Anne Tyler
Die Touren des Mr. Leary

Anne Tyler

Die Touren des Mr. Leary

Roman

Deutsch von
Alexandra Baumrucker

Marion von Schröder Verlag

Die Originalausgabe erschien 1985 unter dem Titel »The Accidental Tourist«
bei Alfred A. Knopf Inc., New York
Schutzumschlag: Jan Buchholz & Reni Hinsch, Hamburg

CIP-Kurztitelaufnahme der Deutschen Bibliothek

Tyler, Anne:
Die Touren des Mr. Leary: Roman / Anne Tyler. –
Dt. von Alexandra Baumrucker. – 1. Aufl. –
Düsseldorf: Marion von Schröder Verlag, 1987
Einheitssacht.: The accidental tourist ⟨dt.⟩
ISBN 3-547-79194-4

Gesetzt aus der Garamond
Satz: ICS Communikations-Service GmbH, Bergisch Gladbach
Papier: Papierfabrik Schleipen GmbH, Bad Dürkheim
Druck und Bindearbeiten: Ebner Ulm
Printed in Germany
ISBN 3-547-79194-4

Die Touren des Mr. Leary

1

Eigentlich hatten sie vorgehabt, eine Woche am Strand zu bleiben, aber sie hielten es beide nicht aus und fuhren nun kurz entschlossen früher heim. Macon lenkte. Sarah saß neben ihm, den Kopf ans Seitenfenster gelehnt. Zwischen ihren zerzausten braunen Locken zeigten sich Sprenkel des wolkenverhangenen Himmels.

Macon trug einen korrekten Sommeranzug, seinen Reiseanzug – viel vernünftiger für Reisezwecke als Jeans, behauptete er immer; Jeans hätten lauter harte, steife Nähte und dann diese Nieten. Sarah trug ein trägerloses Strandkleid aus Frottee. Man hätte meinen können, die beiden kehrten von zwei grundverschiedenen Reisen zurück. Sarah war braun gebrannt, Macon nicht. Er war ein hochgewachsener, blasser, grauäugiger Mann mit glattem, kurzgeschnittenem Blondhaar und jenem Typ von empfindlicher Haut, die leicht Sonnenbrand bekommt. Er hatte sich während der mittleren Tageszeit immer der Sonne ferngehalten.

Kaum waren sie auf der Schnellstraße, wurde der Himmel fast schwarz, und einige dicke Tropfen klatschten auf die Windschutzscheibe. Sarah richtete sich auf. »Hoffentlich regnet es nicht«, sagte sie.

»Mir macht ein bißchen Regen nichts aus«, sagte Macon.

Sarah lehnte sich wieder zurück, behielt jedoch die Straße im Auge.

Es war ein Donnerstagmorgen. Es gab kaum Verkehr. Sie überholten einen Lieferwagen, dann einen Kleinbus, der über und über mit Aufklebern von Attraktionen aus aller Welt bepflastert war. Die Tropfen auf der Windschutzscheibe wurden immer dichter. Macon schaltete die Scheibenwischer ein. *Wisch-wasch* machten sie – ein einlullendes Geräusch; und aufs Dach begann es sacht zu plätschern. Ab und zu fauchte ein Windstoß. Regen drückte das hohe, fahle Gras am Straßenrand flach, fiel in schrägen Schnüren über Bootsliegeplätze, Holzlager und Möbel-Discount-Märkte, die bereits nachgedunkelt aussahen, als hätte es hier schon längere Zeit geregnet.

»Siehst du denn überhaupt etwas?« fragte Sarah.

»Klar«, sagte Macon. »Das ist doch gar nichts.«

Sie schlossen zu einem Lastzug auf, dessen Hinterräder sprühenden Gischt aufwirbelten. Macon scherte links aus und überholte ihn. Sekundenlang, bevor der Lastzug zurückblieb, war vor lauter Wasser die Sicht gleich Null. Sarah griff mit einer Hand nach dem Armaturenbrett und hielt sich fest.

»Ich versteh' nicht, wie du genug zum Fahren siehst«, sagte sie.

»Vielleicht solltest du deine Brille aufsetzen.«

»Wenn ich meine Brille aufsetze, siehst *du* besser?«

»Ich nicht; du«, gab Macon zurück. »Du konzentrierst dich auf die Windschutzscheibe statt auf die Fahrbahn.«

Sarah hielt sich noch immer am Armaturenbrett fest. Sie hatte ein breites, glattes Gesicht, das ruhig wirkte, doch bei näherem Hinsehen wäre einem die nervöse Spannung um ihre Augenwinkel nicht entgangen.

Der Wagen wurde ihnen ungemütlich eng. Ihr Atem trübte die Fenster. Zuvor war die Klimaanlage gelaufen, und schon bald wurde der verbliebene Rest künstlicher Kühle klamm und roch nach Moder. Sie zischten in eine Unterführung hinein. Der Regen hörte schlagartig auf. Sarah stieß erleichtert einen kleinen Seufzer aus, aber noch bevor er ganz heraus war, begann es wieder aufs Dach zu prasseln. Sie drehte sich um und schaute verlangend der Unterführung nach. Macon raste weiter, die Hände locker und ruhig auf dem Steuer.

»Hast du den Jungen mit dem Motorrad gesehen?« fragte Sarah. Sie mußte laut sprechen; der Wagen war in ein fortwährendes, penetrantes Brausen eingebettet.

»Welchen Jungen?«

»Der in der Unterführung geparkt hat.«

»Heller Wahnsinn, bei diesem Wetter Motorrad zu fahren«,

fand Macon. »Heller Wahnsinn bei jedem Wetter. So ganz den Elementen ausgeliefert.«

»Das könnten wir doch auch«, meinte Sarah. »Anhalten und warten, bis es aufhört.«

»Sarah, wenn ich es irgendwie gefährlich fände, weiterzufahren, dann wäre ich längst rechts rangefahren.«

»Da bin ich mir nicht so sicher«, sagte Sarah.

Sie fuhren an einem Feld vorbei, wo der Regen wasserfallgleich herabströmte, Guß um Guß die Getreidehalme niedermähte und das rissige Erdreich überschwemmte. Gewaltige Sturzfluten schlugen gegen die Windschutzscheibe. Macon schaltete die Wischer auf die höchste Geschwindigkeit.

»Ich weiß nicht, ob es dir im Grunde nicht ziemlich egal ist«, sagte Sarah. »Oder?«

Macon wiederholte: »Egal?«

»Neulich habe ich doch zu dir gesagt: ›Macon, seit Ethan tot ist, frage ich mich manchmal, ob das Leben noch einen Sinn hat.‹ Weißt du noch, was du geantwortet hast?«

»Im Moment nicht.«

»Du hast gesagt: ›Schatz, ehrlich gestanden hatte ich nie den Eindruck, daß es überhaupt je viel Sinn gehabt hätte.‹ Wörtlich.«

»Hm . . .«

»Und du merkst nicht einmal, was da nicht stimmt.«

»Durchaus möglich«, erwiderte Macon.

Er fuhr an einer Schlange von Autos vorbei, die am Straßenrand parkten; ihre Fenster waren beschlagen, von den spiegelnden Außenflächen spritzte der Regen in flachen Fontänen auf. Einer der Wagen hatte leichte Schlagseite, als wäre er drauf und dran, in die schlammige Flut zu kippen, die im Straßengraben schäumend und brodelnd dahinschoß. Macon fuhr in gleichbleibendem Tempo weiter.

»Du bist mir kein Trost, Macon«, sagte Sarah.

»Schatz, ich tue mein möglichstes.«

»Du machst einfach genauso weiter wie gehabt. Deine kleinen Routinen und Rituale, diese deprimierenden Gewohnheiten. Tag für Tag. Überhaupt kein Trost.«

»Brauche ich etwa keinen Trost?« fragte Macon. »Du bist nicht die einzige, Sarah. Ich weiß nicht, wieso du dir einbildest, nur du hättest einen Verlust erlitten.«

»So kommt es mir aber vor, manchmal.«

Sie schwiegen eine Weile. Ein großer See, allem Anschein nach mitten auf der Straße, schwappte krachend gegen die Unterseite des Wagens und schleuderte ihn nach rechts. Macon trat ein paarmal kurz auf die Bremse und fuhr weiter.

»Dieser Regen zum Beispiel«, sagte Sarah. »Du weißt, er macht mich nervös. Was wäre schon dabei, wenn wir abwarten, bis er aufhört? Dann hätte ich das Gefühl, daß ich dir nicht egal bin. Daß wir beide in einem Boot sitzen.«

Macon spähte durch die Windschutzscheibe, an der das Wasser so herunterrann, daß sie marmoriert aussah. Er sagte: »Ich habe ein System, Sarah. Du weißt doch, daß ich nach einem System fahre.«

»Du mit deinen Systemen!«

»Außerdem«, fuhr er fort, »wenn das Leben für dich keinen Sinn hat, dann ist es mir schleierhaft, wieso ein Wolkenbruch dich so nervös macht.«

Sarah sank gegen die Lehne zurück.

»Sieh dir das an!« bemerkte er. »Da hat es ein Wohnmobil glatt über den ganzen Campingplatz gespült!«

»Macon, ich möchte mich scheiden lassen«, tat Sarah kund.

Macon bremste und warf ihr einen Seitenblick zu. »Was?« Der Wagen schlingerte. Macon mußte wieder geradeaus schauen. »Was habe ich denn gesagt?« fragte er. »Was soll das heißen?«

»Ich kann einfach nicht mehr mit dir zusammenleben.«

Macon starrte weiterhin auf die Straße, aber seine Nase wirkte spitzer und weißer, als hätte seine Gesichtshaut sich gestrafft. Er räusperte sich. Er sagte: »Liebes. Hör zu. Wir haben ein schweres Jahr hinter uns. Wenn Leute ein Kind verlieren, dann geht es ihnen oft so. Alle sagen das. Alle sagen, es ist eine schreckliche Zerreißprobe für die Ehe.«

»Ich möchte mir eine eigene Wohnung suchen, sobald wir zurück sind.«

»Eigene Wohnung«, wiederholte Macon; er sprach aber so leise, und der Regen hämmerte so laut aufs Dach, daß er nur die Lippen zu bewegen schien. »Nun ja«, sagte er. »Also gut. Wenn du unbedingt willst.«

»Du kannst das Haus behalten«, sagte Sarah. »Du bist noch nie gern umgezogen.«

Aus irgendeinem Grund war es gerade das, was ihr den Rest gab. Sie wandte sich jäh ab. Macon betätigte den rechten Blinker. Er bog in eine Texaco-Tankstelle ein, parkte unter dem Schutzdach und schaltete den Motor ab. Dann begann er, sich mit den Handflächen die Knie zu reiben. Sarah drückte sich in ihre Ecke. Außer dem Trommeln des Regens auf das Schutzdach hoch über ihnen war nichts zu hören.

2

Nachdem seine Frau ihn verlassen hatte, dachte Macon zunächst, das Haus würde ihm größer erscheinen. Statt dessen fühlte er sich beengter. Die Fenster schrumpften. Die Zimmerdecken senkten sich. Die Möbel hatten etwas Aufdringliches an sich, schienen ihn zu umzingeln.

Natürlich war Sarahs Privateigentum – kleine Dinge wie Kleider und Schmuck – nicht mehr da. Es stellte sich jedoch heraus, daß einige der großen Dinge privater waren, als er geahnt hatte. Da war der Schreibsekretär im Wohnzimmer, die Fächer vollgestopft mit ihrem Sammelsurium aufgerissener Kuverts und unbeantworteter Briefe. Da war das Radio in der Küche, auf den Sender »98 Rock« eingestellt. (Sie wolle den Kontakt zu ihren Schülern aufrechterhalten, hatte sie früher immer gesagt, wenn sie summend und rhythmisch zuckend um den Frühstückstisch herumtänzelte.) Da war die Liege hinter dem Haus, wo sie sich gesonnt hatte, postiert an der einzigen Stelle, die überhaupt Sonne abbekam. Er betrachtete die geblümten Kissen und staunte, wie ein leerer Raum so von einer Person erfüllt sein konnte – ihr schwacher Duft nach Kokosnußöl, der immer den Wunsch nach einer *piña colada* in ihm weckte; ihr breites, glänzendes Gesicht, unergründlich hinter der Sonnenbrille; ihr fester Körper in dem Badeanzug mit Schürzcheneffekt, auf den sie sich nach ihrem vierzigsten Geburtstag unter Tränen kapriziert hatte. Ein paar Kräusel ihres prachtvollen Haares waren auf dem Grund des Waschbeckens zurückgeblieben. Ihr Bord im Badezimmerschränkchen war noch mit Tropfen einer flüssigen, eigentümlich pflaumenblaustichigen Schminke besprenkelt, die sein Gedächtnis augenblicklich auffrischte. Er hatte sich über ihre Nachlässigkeit immer geärgert, doch jetzt rührten ihn diese Spritzer. Sie wirkten wie buntes Spielzeug, verstreut auf dem Boden zurückgelassen, nachdem ein Kind zu Bett gegangen ist.

Das Haus selbst war mittelgroß, nicht ungewöhnlich anzusehen, und stand an einer von ähnlichen Häusern gesäumten Straße in einem älteren Teil von Baltimore. Mächtige Eichen überragten es, schützten es vor der glühenden Sommersonne, hielten aber auch kühlende Brisen ab. Die Räume im Innern waren quadratisch und dämmerig. In Sarahs Kleiderschrank hing nur noch ein braunes Seidentuch an einem Haken; die Schubladen ihrer Kommode enthielten nichts außer Fusseln und leeren Parfümflakons. Das ehemalige Zimmer ihres gemeinsamen Sohnes war sauber aufgeräumt und unpersönlich wie ein Motelzimmer. An manchen Stellen warfen die Wände schier ein Echo zurück. Dennoch ertappte Macon sich des öfteren dabei, wie er die Arme dicht am Körper hielt, sich seitwärts an den Möbeln vorbeischob, so als passe er kaum noch in dieses Haus. Er kam sich zu groß vor. Seine langen, tapsigen Füße schienen ihm ungewohnt entfernt zu sein. Ging er durch eine Tür, zog er jedesmal den Kopf ein.

Jetzt bot sich ihm die Gelegenheit, alles zu reorganisieren, redete er sich ein. Unvermuteter Ehrgeiz begann, sich in ihm zu regen. Auch Haushaltsführung erforderte schließlich irgendein System; Sarah hatte das nie begriffen. Sie gehörte zu den Frauen, die das Eßbesteck unsortiert aufbewahren. Bedenkenlos ließ sie die Geschirrspülmaschine auch dann laufen, wenn sie nur mit einer Handvoll Gabeln beschickt war. Macon tat so etwas weh. Er war überhaupt gegen Geschirrspülmaschinen; seiner Meinung nach waren sie Energieverschwender. Energieeinsparung war sein Hobby, gelinde gesagt.

Er gewöhnte sich an, im Spülbecken stets Wasser bereitzuhalten, das er zwecks Desinfektion mit Chlorbleiche versetzte. Was immer er gerade benützt hatte, versenkte er einfach darin. Jeden zweiten Tag zog er den Stöpsel und sprühte alles mit kochendheißem Wasser ab. Dann stapelte er das so gereinigte Geschirr in der Geschirrspülmaschine auf, die seinem neuen System entsprechend als gewaltiges Depot diente.

Wenn er sich über das Spülbecken beugte und die Sprühvorrichtung laufen ließ, beschlich ihn öfter das Gefühl, Sarah beobachte ihn. Er brauchte wohl nur ein bißchen nach links zu schielen und würde sie dastehen sehen – die Arme über der Brust verschränkt, den Kopf zur Seite geneigt, die vollen, geschwungenen Lippen nachdenklich gespitzt. Auf den ersten Blick betrachtete sie sich nur die Prozedur; auf den zweiten Blick (wußte er) amüsierte sie sich über ihn. In ihren Augen nistete ein verstohlenes Funkeln, das er nur allzu gut kannte. »Aha«, hatte sie oft genug gesagt und zu seinen langatmigen Erklärungen genickt; dann, beim Aufblicken, hatte er das Funkeln und die verräterische Vertiefung eines ihrer Mundwinkel erhascht.

Wenn sie ihm erschien – falls man das so nennen kann in Anbetracht der Tatsache, daß er niemals zu ihr hinüberschielte –, trug sie ein leuchtendblaues Kleid aus den Anfängen ihrer Ehe. Er hatte keine Ahnung, wann sie das Kleid ausrangiert hatte, aber es mußte viele Jahre her sein. Es kam ihm fast so vor, als sei Sarah ein Geist – als lebte sie nicht mehr. In gewisser Weise, dachte er, während er den Wasserhahn zudrehte, lebte sie wirklich nicht mehr, die junge, impulsive Sarah aus der ersten gemeinsamen, von Hochgefühl durchwehten Wohnung in der Cold Spring Lane. Sobald er versuchte, sich an diese Zeit zu erinnern, wurde jedes Bild von Sarah durch die Tatsache verzerrt, daß sie ihn verlassen hatte. Wenn er sich die erste Begegnung mit ihr vergegenwärtigte – sie waren noch halbe Kinder zu der Zeit –, dann schien ihm, daß sich schon damals die Trennung angebahnt hatte. Als sie an dem bewußten Abend zu ihm aufgeblickt und mit den Eiswürfeln in ihrem Pappbecher geklappert hatte, waren sie schon auf das letzte gemeinsame Jahr voller Reizbarkeit und Elend zugesteuert, auf die Monate, da jedes Wort, das einer von ihnen äußerte, falsch war, auf die Einsicht, daß sie aneinander vorbei lebten. Sie ähnelten Menschen, die mit ausgebreiteten Armen aufeinander zu laufen, sich aber verkalkulieren, einander verfehlen und weiterlaufen. Alles war umsonst gewesen, letzten Endes. Er starrte ins Spülbekken, und die vom Geschirr aufsteigende Wärme umfächelte sanft sein Gesicht.

Tja, man muß einfach durchhalten. Durchhalten. Er beschloß, sein Duschbad vom Morgen auf den Abend zu verlegen. Das zeugte von Anpassungsvermögen – fand er –, von einer gewissen Geistesfrische. Während er duschte, ließ er das Wasser in der Wanne nicht abfließen und schwenkte dann, kreisförmig planschend, seine tagsüber getragenen Sachen mit den Füßen durch. Später wrang er alles aus und hängte es zum Trocknen auf Kleiderbügel. Dann schlüpfte er in die Unterwäsche für den nächsten Tag, damit er keine Schlafanzüge waschen mußte. An eigentlicher Wäsche fiel einmal pro Woche nur ein Berg Handtücher und Bettlaken an – Handtücher bloß zwei, dafür um so mehr Laken. Er hatte nämlich ein System entwickelt, das ihm ermöglichte, allnächtlich in sauberen Laken zu schlafen, ohne das Bettzeug wechseln zu müssen. Dieses System hatte er Sarah jahrelang schmackhaft zu machen versucht, aber sie war ja so unflexibel. Er ging so vor, daß er von der Matratze jedwedes Linnen abzog und es durch eine riesige Hülle ersetzte, die aus einem der sieben Laken bestand, welche er gefaltet und mit der Nähmaschine zusammengesteppt hatte. Diese Erfindung nannte er im Geiste den Macon-Leary-Leibsack. Ein Leibsack erforderte kein Zurechtzupfen, verrutschte nicht, war leicht zu wechseln und vom Gewicht her ideal für Sommernächte. Im Winter würde er sich etwas Wärmeres zulegen müssen, aber noch konnte er nicht an den Winter denken. Schaffte er es zur Zeit doch kaum von einem Tag zum anderen.

Gelegentlich – während er auf der malträtierten Wäsche in der Badewanne umherschlitterte oder sich auf der nackten, rostfleckigen Matratze in seinen Leibsack hineinwurstelte – war ihm durchaus klar, daß er übertreiben mochte. Warum, das wußte er freilich selbst nicht. Er hatte zwar seit jeher eine Vorliebe für Methode bekundet, doch war sie nie in Manie ausgeartet. Wenn er an Sarahs Schlendrian dachte, fragte er sich, ob auch dieser jetzt überhandgenommen hatte. Vielleicht hatten sie all die Jahre nur durch gegenseitiges Dazutun einen passablen Mittelweg eingehalten. Getrennt, sozusagen entmagnetisiert, mußten sie vom Kurs abweichen. Er malte sich im Geiste Sarahs neue Wohnung, die er nie gesehen hatte, so chaotisch aus wie ein Tollhaus: Turnschuhe in der Backröhre, das Sofa mit Porzellan überhäuft. Allein schon der Gedanke regte ihn auf. Anerkennend betrachtete er seine eigene Umgebung.

Er verrichtete den Großteil seiner Arbeit zu Hause; sonst hätten ihn Haushaltsabläufe wohl kaum so sehr beschäftigt. Er hatte sich in der Kammer hinter der Küche ein kleines Arbeitszimmer eingerichtet. Auf einem Bürostuhl plaziert, hämmerte er auf eine Schreibmaschine ein, die ihm schon während seiner vier College-Jahre gute Dienste geleistet hatte: Er verfaßte Reiseführer – Ratgeber für Leute, die von Berufs wegen gezwungen waren, viel zu reisen. Absurd, im Grunde genommen – Macon konnte Reisen nicht ausstehen. Fremdes Terrain nahm er sozusagen mit dem Mut der Verzweiflung in Angriff – die Augen zusammengekniffen, den Atem angehalten, um Haaresbreite am Tod vorbei, wie er sich manchmal einbildete – und machte sich dann, wieder daheim, mit einem Seufzer der Erleichterung an die Produktion seiner kompakten Paperbacks im Reisepaßformat. *Tourist wider Willen in Frankreich. Tourist wider Willen in Deutschland. In Belgien.* Kein Verfassername, lediglich ein Signet: ein geflügelter Lehnsessel auf dem Einband.

In diesen Reiseführern gab es nur Auskünfte über große Städte, denn Geschäftsreisende erreichten und verließen große Städte auf dem Luftweg und bekamen von der Landschaft überhaupt nichts zu sehen. Von den Städten übrigens auch nicht. Sie wollten sich vor allem in dem Glauben wiegen, sie wären niemals von zu Hause weg gewesen. Welche Hotels in Madrid hatten amerikanische *Beautyrest*-Matratzen zu bieten? Welche Restaurants in Tokio servierten amerikanische kalorienarme *Sweet'n'Low*-Limonade? Gab es in Amsterdam ein *McDonald's*? Gab es in Mexico-Stadt *Taco-Bell*-Imbißstuben, wo man die amerikanische Version gefüllter Tortillas bekam? Waren in irgendeinem römischen Lokal Ravioli der amerikanischen Konservenfirma *Chef Boyardee* zu haben? Andere Reisende mochten sich erhoffen, typisch bodenständige Weine zu entdecken; Macons Leser aber forschten nach pasteurisierter und homogenisierter Milch.

Genauso, wie er das Reisen haßte, liebte er das Schreiben – das rechtschaffene Vergnügen, ein desorganisiertes Land zu organisieren, das Unwichtige und Zweitklassige wegzulassen und den Rest in übersichtliche, knappe Abschnitte zu gliedern. Er schrieb aus anderen Reiseführern ab, pickte aber nur wertvolle Körnchen heraus und verschmähte die Spreu. Er grübelte vergnügliche Stunden lang über Interpunktionsprobleme nach. Gerecht und unbarmherzig merzte er das Passivum aus. Die Anstrengung des Tippens zog ihm die Mundwinkel herab, so daß kein Mensch vermutet hätte, wie gut er sich dabei unterhielt. *Ich freue mich, mitteilen zu können,* tippte er, sein Gesicht blieb jedoch finster und bärbeißig. *Ich freue mich, mitteilen zu können, daß es in Stockholm neuerdings Kentucky Fried Chicken zu kaufen gibt. Desgleichen Pita-Brot,* fügte er hinzu, weil es ihm gerade einfiel. Er wußte nicht, wie es geschehen war, aber in letzter Zeit hatte dieser Fladen sich allem Anschein nach zu etwas so Amerikanischem entwickelt wie Hot Dogs.

»Natürlich kommst du zurecht«, sagte seine Schwester übers Telefon zu ihm. »Habe ich etwas anderes behauptet? Aber du hättest uns wenigstens verständigen können. Seit drei Wochen! Sarah ist seit drei Wochen weg, und ich erfahre es erst heute. Und auch noch rein zufällig. Hättest du uns jemals gesagt, daß sie dich verlassen hat, wenn ich nicht eben nach ihr gefragt hätte?«

»Sie hat mich nicht *verlassen*«, sagte Macon. »Das heißt, es war nicht so, wie du es hinstellst. Wir haben wie vernünftige Leute darüber gesprochen und beschlossen, uns zu trennen, das ist alles. Es hätte mir gerade noch gefehlt, daß meine Familie sich um mich schart und jammert: ›Ach, du armer Macon, wie konnte Sarah dir das nur antun –‹«

»Wie käme ich dazu?« fragte Rose. »Alle wissen, daß man mit den Leary-Männern kein leichtes Leben hat.«

»Oh.«

»Wo ist sie?«

»Sie hat eine Wohnung in der Stadt«, sagte Macon. »Und übrigens«, setzte er hinzu, »brauchst du dich jetzt nicht gleich zu überschlagen und sie zum Dinner einzuladen oder so. Sie hat ihre eigene Verwandtschaft. Du solltest für *mich* Partei ergreifen.«

»Du hast doch immer gewollt, daß wir unparteiisch bleiben.«

»Schon, schon. Ich meine nur, du sollst nicht für *sie* Partei ergreifen, das wollte ich damit sagen.«

»Wir haben doch auch die Frau von Charles noch nach der Scheidung zum Weihnachtsdinner eingeladen, genau wie immer. Weißt du noch?«

»Sicher weiß ich das«, antwortete Macon erschöpft. Charles war der älteste Bruder.

»Ich glaube, sie käme auch jetzt noch, wenn sie nicht einen Mann geheiratet hätte, der so weit weg wohnt.«

»Was? Wenn ihr Mann ein Einheimischer wäre, hättest du sie dann womöglich beide eingeladen?«

»Wenn sie und Porters Frau und Sarah in der Küche zusammensaßen – das war, bevor Porters Frau sich von ihm scheiden ließ –, da hat das Gerede über die Leary-Männer kein Ende genommen! In einem fort: die Leary-Männer dies, die Leary-Männer das, in allem so pingelig, immer müssen sie gründlich vorausplanen, ständig auf der Welt herumhacken, als glaubten sie wirklich, sie könnten sie zur Räson bringen. Die Leary-Männer! Ich höre es jetzt noch. Es war zum Lachen: Einmal, am Erntedanktag, wollten June und Porter gerade gehen – damals waren ihre Kinder noch klein –, und June, das Baby auf dem Arm, Danny im Schlepptau und beladen mit einem Haufen Spielsachen und Zeugs, strebt schon zur Tür, da ruft Porter ›Halt!‹ und beginnt von einem dieser Kassenzettelstreifen, auf die er immer seine Listen schreibt, abzulesen: Decken, Flaschen, Fläschchen aus dem Kühlschrank,

Windelsack ... June hat die beiden anderen nur angesehen und die Augen verdreht.«

»Gar keine so schlechte Idee«, fand Macon, »wenn man June kennt.«

»Eben, und alphabetisch angeordnet war es auch«, sagte Rose. »Ich finde allerdings auch, daß alphabetische Anordnung die Übersicht erleichtert.«

Roses Küche war so total durchalphabetisiert, daß das Allgewürz neben dem Ameisenvernichtungsmittel stand. Sie hatte es gerade nötig, über die Leary-Männer herzuziehen!

»Wie auch immer«, sagte sie. »Hat Sarah sich gemeldet, seit sie weg ist?«

»Sie hat ein paarmal vorbeigeschaut. Eigentlich nur einmal«, erwiderte Macon. »Um Sachen zu holen, die sie braucht.«

»Was für Sachen?«

»Also – einen Doppelkocher. Solche Sachen.«

»Dann war es ein Vorwand«, sagte Rose prompt. »Einen Doppelkocher bekommt sie in jedem Kaufhaus.«

»Sie hängt angeblich an dem unsrigen.«

»Sie wollte nur herauskriegen, wie du zurechtkommst. Sie mag dich noch immer. Habt ihr überhaupt miteinander geredet?«

»Nein«, sagte Macon. »Ich habe ihr bloß den Doppelkocher gegeben. Und das Ding, mit dem man Flaschendeckel aufschraubt.«

»Ach Macon. Du hättest sie hereinbitten sollen.«

»Ich wollte keine Abfuhr riskieren.«

Schweigen.

»Nun ja. Immerhin«, sagte Rose schließlich.

»Aber ich komme zurecht!«

»Ja, natürlich«, stimmte sie zu.

Dann erklärte sie, sie habe etwas in der Backröhre, und legte auf.

Macon ging und stellte sich vors Fenster seines Arbeitszimmers. Es war ein heißer Tag Anfang Juli mit einem Himmel so blau, daß ihm die Augen schmerzten. Er lehnte die Stirn an die Scheibe und starrte in den Garten hinaus, die Hände tief in den Gesäßtaschen seiner Khakihose vergraben. Hoch oben in einer der Eichen sang ein Vogel etwas Ähnliches wie die ersten drei Töne von *My little Gypsy Sweethart,* »mein kleines Zigeunerherz« – »Schlumm ... re ... sanft ...«, sang der Vogel. Macon fragte sich, ob auch dieser Moment eines Tages zu seinen wehmütigen Erinnerungen gehören würde. Er hielt es für unwahrscheinlich; so weit er sich entsann, hatte es in seinem ganzen Leben noch nie ein so düsteres Tief gegeben; es war ihm aber nicht entgangen, daß die Zeit es irgendwie fertigbrachte, allem Farbe zu verleihen. Dieser Vogel da zum Beispiel hatte eine so reine, süße, durchdringende Stimme ...

Er wandte sich vom Fenster ab, deckte die Schreibmaschine zu und verließ das Zimmer.

Er aß nichts Ordentliches mehr. Wenn er Hunger hatte, trank er ein Glas Milch oder löffelte ein bißchen Eiscreme direkt aus der Packung. Nach dem kleinsten Imbiß fühlte er sich voll und schwer, aber morgens beim Ankleiden merkte er, daß er offenbar dünner wurde. Der Hemdkragen stand ihm vom Hals ab. Die vertikale Kerbe zwischen Nase und Oberlippe hatte sich so vertieft, daß er sie nur mühsam ausrasieren konnte. Sein Haar, früher immer von Sarah gestutzt, ragte über der Stirn vor wie ein Sims. Und seine unteren Augenlider waren unerklärlicherweise erschlafft. Früher hatte er schmale Schlitzaugen gehabt; jetzt waren sie wie vor Schreck geweitet. Sollte das auf Unterernährung hindeuten?

Frühstück: Frühstück war doch die wichtigste Mahlzeit. Er schloß die Kaffeemaschine und die elektrische Bratpfanne an den Radiowecker auf dem Fensterbrett seines Schlafzimmers an. Natürlich beschwor er eine Lebensmittelvergiftung herauf, wenn er zwei rohe, aufgeschlagene Eier bei Zimmertemperatur die ganze Nacht warten ließ, doch sobald er den Speisezettel geändert hatte, war das Problem gelöst. In diesen Dingen mußte man flexibel sein. Nun weckte ihn der Duft von frisch gebrühtem Kaffee und heißem Popcorn mit Butter, und er konnte sich an beidem gütlich tun, ohne das Bett verlassen zu müssen. Oh, er kam bestens zu Rande, bestens. Den Umständen entsprechend.

Aber seine Nächte waren fürchterlich.

Er litt nicht etwa an Einschlafschwierigkeiten. Die überwand er leicht. Er saß so lange vor dem Fernsehgerät, bis ihm die Augen brannten; dann ging er ins Obergeschoß. Er drehte die Dusche auf und breitete sein Anziehzeug in der Wanne aus. Gelegentlich erwog er, diesen Teil zu überspringen, aber dadurch wäre das System ins Wanken geraten. Deshalb hielt er sich streng an die Reihenfolge: Wäsche aufhängen, Frühstückssachen bereitstellen, die Zähne mit Zahnseide säubern. Über letzteres hatte Sarah sich aus unerfindlichem Grund immer aufgeregt. Wenn Macon zum Tode verurteilt wäre, hatte sie einmal gesagt, und im Morgengrauen vors Erschießungspeloton treten müßte, würde er abends zuvor noch unbedingt sein Zahnseidenritual absolvieren. Macon hatte das nach einigem Überlegen bestätigt. Ja, natürlich. Hatte er nicht auch während seiner Lungenentzündung daran festgehalten? Im Krankenhaus mit Gallensteinen? Nachts in einem Motel nach der Ermordung seines Sohnes? Prüfend betrachtete er seine Zähne im Spiegel. Sie waren nie ganz weiß, trotz all der Pflege. Und jetzt schien auch seine Haut eine gelbliche Färbung anzunehmen.

Er knipste die Lampe aus, schob die Katze beiseite, half dem Hund aufs Bett. Der Hund war ein Welsh Corgie, sehr kurzbeinig, aber er schlief gar zu gern im Bett, und so stellte er sich allabendlich auf die Hinterbeine, die Vorderpfoten auf die Matratze gestützt, und sah Macon erwartungsvoll an, bis Macon ihn von hinten hochschubste. Dann machten es sich alle drei bequem. Macon schlüpfte in seine Hülle, die Katze schmiegte sich in die warme Höhlung unter seinem Arm, der Hund plumpste zu seinen Füßen nieder. Dann schloß Macon die Augen und döste ein.

Nach einiger Zeit merkte er jedoch, daß er sich seiner Träume bewußt war, denen er sich keineswegs wohlig hingab, nein, die er, an Einzelheiten tüftelnd, langwierig konstruierte. Dämmerte ihm, daß er wach war, dann öffnete er die Augen und warf einen schnellen Blick auf den Radiowecker. Erst ein Uhr. Höchstens zwei. Noch so viele Stunden zu überdauern.

Kleine Sorgen huschten ihm durch den Kopf. Hatte er nicht vergessen, die Hintertür abzuschließen? Die Milch einzuräumen?

Hatte er auf dem Scheck nicht sein Bankguthaben eingesetzt statt der Summe der Gasrechnung? Siedend heiß fiel ihm ein, daß er eine angebrochene Dose V-8-Saft in den Kühlschrank gestellt hatte. Oxydation der Metallfalze! Endergebnis Bleivergiftung!

Die Sorgen wechselten, wogen schwerer. Er fragte sich, woran seine Ehe gescheitert war. Sarah war seine erste und einzige Freundin gewesen; jetzt war er der Ansicht, er hätte sich vorher an einer anderen Frau erproben sollen. Während der zwanzig Ehejahre hatte es Momente gegeben – sogar Monate –, da er gar nicht den Eindruck hatte, daß er und Sarah wirklich eine Einheit bildeten, wie es Ehepaaren ansteht. Nein, sie waren zwei Einzelpersonen geblieben, zwischen denen mitunter nicht einmal Freundschaft herrschte. Manchmal hatten sie sich wie Rivalen gebärdet, hatten einander mit unlauteren Mitteln auszustechen versucht im Konkurrenzkampf um den Status der besseren Art Mensch. War es Sarah, impulsiv und sprunghaft? Oder aber Macon, methodisch und unerschütterlich?

Nach Ethans Geburt war die Verschiedenheit seiner Eltern noch krasser zutage getreten. Dinge, die jeder am anderen zu übersehen gelernt hatte, machten sich wieder bemerkbar. Sarah versorgte ihren Sohn nie nach irgendeinem Stundenplan, war nachlässig und unbekümmert. Und Macon (oh, er wußte es, er gab es ja zu) war so darauf erpicht, ihn auf jede Eventualität vorzubereiten, daß ihm gar keine Zeit blieb, sich an dem Jungen zu erfreuen. Ethan mit zwei, mit vier Jahren erschien vor seinem geistigen Auge so deutlich wie ein Farbfilm, auf die Schlafzimmerdecke projiziert. Ein fröhlich glucksendes, sonniges Bübchen, damals, von der vorgebeugten Silhouette eines händeringenden Macon überragt. Macon hatte dem Sechsjährigen unerbittlich beigebracht, wie man einen Baseballschläger schwingt; es hätte ihm in der Seele weh getan, wenn Ethan für das Schulteam erst als letzter in Frage gekommen wäre. »Wieso?« hatte Sarah gesagt. »Und wenn schon! So kommt er eben als letzter dran. Nun laß es schon gut sein!« Laß es gut sein! Im Leben gab es so vieles, an dem sich nichts ändern ließ, da mußte man doch so gut vorsorgen, wie man konnte. Sie hatte nur gelacht, als Macon einen ganzen Herbst hindurch *Wacky*

Packs sammelte, Kaugummipäckchen mit witzigen Aufklebern, die Ethan gern an seine Schlafzimmertür pappte. Er sollte mehr davon haben als irgend jemand sonst in der dritten Klasse, hatte Macon sich gelobt. Auch als Ethan längst das Interesse daran verloren hatte, kam Macon verbissen damit zu Hause an. Er fand es selbst absurd, aber da war doch noch der eine letzte Aufkleber, dessen sie noch nicht habhaft geworden waren . . .

Ethan fuhr ins Ferienlager, als er zwölf war – vor fast genau einem Jahr. Die meisten Jungen durften das schon früher, aber Macon hatte es immer wieder hinausgezögert. Wozu schafft man sich überhaupt ein Kind an, hatte er Sarah gefragt, wenn man es bloß an irgendeinen gottverlassenen Ort in Virginia verfrachten will? Als er endlich nachgab, war Ethan schon in der obersten Altersklasse – ein lang aufgeschossener, blonder Bengel mit einem offenen, freundlichen Gesicht und der liebenswerten Angewohnheit, auf den Fußballen zu wippen, wenn er nervös war.

Nicht daran denken.

Am zweiten Abend seiner Ferien wurde er in einer *Burger-Bonanza*-Imbißstube ermordet. Es war ein sinnloser, unbegreiflicher Mord – einer jener Fälle, in denen der Bandit das Geld schon eingesteckt hat und ungehindert gehen konnte, sich statt dessen aber entschließt, zuerst jeden einzelnen Anwesenden durch einen Genickschuß zu töten.

Ethan hätte gar nicht dort sein dürfen. Er war heimlich aus dem Lager ausgerissen, gemeinsam mit einem Kumpel aus seiner Blockhütte, der vor dem Lokal aufpaßte.

Schuld war die Lagerverwaltung wegen mangelnder Aufsicht. Schuld war *Burger Bonanza* wegen unzureichender Sicherheitsvorkehrungen. Schuld war der andere Junge, weil er nicht mit hineingegangen war und am Geschehen – womöglich – noch etwas geändert hatte. (Worauf hatte er denn aufgepaßt, um Himmels willen?) Schuld war Sarah, weil sie Ethan von zu Hause weggelassen hatte; schuld war Macon, weil er damit einverstanden gewesen war; schuld war (jawohl, auch) Ethan. Schuld war Ethan, weil er in dieses Lager gewollt hatte, weil er von dort ausgerissen war und weil er stur wie ein Bock das Lokal betreten hatte, während der Überfall stattfand. Schuld war er, weil er mit den anderen so folgsam in die Küche ging, die Hände flach an die Wand legte, wie ihm befohlen wurde, und zweifellos leicht auf den Fußballen wippte . . .

Nicht daran denken.

Der Direktor des Ferienlagers, der sich scheute, die Eltern telefonisch zu benachrichtigen, war nach Baltimore gekommen, um es ihnen persönlich mitzuteilen. Dann hatte er sie in seinem Wagen nach Virginia mitgenommen. Macon entsann sich dieses Direktors noch oft. Jim hatte er geheißen, Jim Robinson oder vielleicht Robertson – ein stämmiger Mann mit weißem Schnurrbart und Bürstenhaarschnitt, der über seinem T-Shirt gleichsam anstandshalber ein Anzugjackett trug. Schweigen schien ihm Unbehagen zu bereiten, und er tat sein Bestes, es mit unzusammenhängenden Belanglosigkeiten aufzufüllen. Macon hatte nicht zugehört oder hatte es sich zumindest eingebildet, doch jetzt fiel ihm alles wieder ein. Daß Jims Mutter ebenfalls aus Baltimore stammte. Daß Jims Tomatenstauden sich höchst kurios benommen hatten, weil sie nur winzige grüne Kügelchen hervorgebracht hatten, die abfielen, bevor sie heranreifen konnten. Daß Jims Frau sich vor dem Fahren im Rückwärtsgang ängstigte und jede Situation vermied, die das erforderte. Macon dachte jetzt oft darüber nach, nachts im Bett. Konnte man wirklich einen Wagen fahren, ohne den Rückwärtsgang zu benutzen? Was tat man an einer Kreuzung, wenn ein Busfahrer den Kopf zu seinem Seitenfenster herausstreckte und einen aufforderte, ein Stück zurückzusetzen, damit er mit dem Bus vorbeikonnte? Hätte sie sich geweigert? Macon stellte sich die Frau vor, wie sie, bieder und trotzig, geradeaus starrte und unbeteiligt tat. Er hörte den Busfahrer in Gefluche ausbrechen, ein Hupkonzert, andere Fahrer schreien: »Na, Lady!« Eine nette Szene. Er prägte sie seinem Gedächtnis ein.

Schließlich setzte er sich dann auf und schälte sich aus seinem Laken. Der Hund rappelte sich seufzend hoch, hopste vom Bett und folgte ihm trappelnd treppab. Die Dielenbretter unter Macons Sohlen waren kühl, das Küchenlinoleum noch kühler; vom Eisschrank ging ein Leuchten aus, während er sich ein Glas Milch eingoß. Er ging ins Wohnzimmer und schaltete den Fernseher ein. Um diese Zeit lief für gewöhnlich ein Schwarzweißfilm – Männer in komplettem Anzug, Filzhut auf dem Kopf, Frauen mit wattierten Schultern. Er bemühte sich erst gar nicht, der Handlung zu folgen. Er trank die Milch in kleinen, gleichmäßigen Schlucken und spürte, wie das Kalzium sich auf seine Knochen verteilte. Hatte er nicht gelesen, daß Kalzium Schlaflosigkeit kurierte? Geistesabwesend streichelte er die Katze, die sich irgendwie auf seinem Schoß eingefunden hatte. Es war viel zu heiß dafür, eine Katze auf dem Schoß zu haben, besonders dieses Exemplar hier – eine phlegmatische, graugesprenkelte Katzendame, die aus einer ungewöhnlich dichten Substanz zu bestehen schien. Und der Hund lag meist quer über Macons Füßen. »Jetzt sind wir ganz unter uns, alte Kameraden«, sagte er dann wohl. Die Katze verursachte auf seinen nackten Schenkeln ein Komma aus Schweiß.

Endlich wand er sich dann unter den Tieren hervor und schaltete das Fernsehgerät aus. Das benützte Glas versenkte er in der Chlorlösung im Spülbecken. Er stieg die Treppe hinauf. Stellte sich ans Schlafzimmerfenster und betrachtete die Nachbarschaft – schwarze Äste, auf den violetten Nachthimmel gestrichelt, da und dort das Schimmern der weißen Bretterverschalung eines Hauses, gelegentlich ein Licht. Da konnte noch jemand nicht schlafen, nahm er an. Andere Möglichkeiten zog er ungern in Betracht – etwa eine Party oder ein vertrauliches Gespräch unter Freunden. Er wollte lieber glauben, daß da noch jemand auf sich allein gestellt war, hellwach dasaß und sich seiner Gedanken zu erwehren suchte. Dadurch fühlte er sich gleich viel wohler. Er kehrte zu seinem Bett zurück. Er legte sich nieder. Er schloß die Augen und schlief, ganz ohne Nachhilfe, sofort ein.

3

Sarah rief Macon an und fragte, ob sie kommen und den marineblauen Teppich aus dem Eßzimmer holen könnte.

»Den marineblauen Teppich«, wiederholte Macon. (Er mußte Zeit gewinnen.)

»Ich hätte ja gar nicht davon angefangen, aber du hast ihn nie gemocht«, machte Sarah geltend. »Du hast gesagt, wo man ißt, soll kein Teppich liegen.«

Ja, das hatte er gesagt. Ein Krümelfänger, hatte er gesagt. Unhygienisch. Warum überfiel ihn dann dieses jähe, brennende Verlangen, den Teppich zu behalten?

»Macon, bist du noch da?«

»Ja, ich bin noch da.«

»Hast du also etwas dagegen, wenn ich ihn mir hole?«

»Nein, warum denn?«

»Gut! Die Böden in meiner Wohnung sind so kahl, und du kannst dir nicht vorstellen, wie –«

Wenn sie den Teppich holen kam, würde er sie hereinbitten. Ihr ein Glas Sherry anbieten. Saßen sie dann mit dem Sherry zu zweit auf der Couch, würde er sagen:

»Sarah, habe ich dir gefehlt?« Halt, nein, er würde sagen: »Du hast mit gefehlt, Sarah.«

Darauf würde sie sagen . . .

Sie sagte: »Ich könnte am Samstagvormittag bei dir vorbeischauen, wenn es dir paßt.«

Am Vormittag trinkt man aber keinen Sherry . . .

Und außerdem: Er würde gar nicht da sein. »Ich fliege morgen nachmittag nach England«, sagte er.

»So, ist schon wieder einmal England fällig?«

»Vielleicht könntest du heute abend kommen.«

»Nein, mein Wagen ist in der Werkstatt.«

»Dein Wagen? Was fehlt ihm denn?«

»Also, ich fahre so dahin und . . . Du kennst doch das rote Lämpchen links am Armaturenbrett?«

»Was, die Kontrollampe für den Öldruck?«

»Ja, und da dachte ich: Also, ich komme zu spät zum Zahnarzt, wenn ich anhalte und mich gleich darum kümmere, und überhaupt, der Wagen scheint ganz ordentlich zu laufen, und so –«

»Moment. Du sagst, die Lampe hat aufgeleuchtet? Und du bist weitergefahren?«

»Es hat ja nichts anders geklungen als sonst oder sich irgendwie anders *benommen*, und da dachte ich –«

»Mein Gott, Sarah.«

»Ist das ein Grund zur Aufregung?«

»Du hast wahrscheinlich den Motor ruiniert.«

»Nein, den Motor habe ich nicht ruiniert, damit du es genau weißt. Ich brauche weiter nichts als eine simple Reparatur, aber leider wird sie ein paar Tage dauern. Na ja, schon gut. Ich habe noch meinen Schlüssel, da kann ich am Samstag allein ins Haus.«

»Ich könnte dir den Teppich ja bringen.«

»Ich warte bis Samstag.«

»Auf diese Weise bekäme ich deine Wohnung zu sehen«, sagte Macon. »Ich war noch nie drin, nicht wahr?«

»Nein, sie ist noch nicht fertig eingerichtet.«

»Ist mir doch egal.«

»Sieht einfach katastrophal aus. Bis jetzt ist nichts getan worden.«

»Wie ist das möglich? Du lebst doch schon seit über einem Monat dort!«

»Tja, ich bin eben kein so einmaliges Organisationsgenie wie du, Macon.«

»Man braucht kein Genie zu sein, um –«

»An manchen Tagen«, sagte Sarah, »komme ich erst gar nicht aus dem Morgenrock heraus.«

Macon schwieg.

»Ich hätte diesen Ferienkurs doch übernehmen sollen«, sagte Sarah. »Damit die Dinge wenigstens wieder etwas Form annehmen. Ich mache morgens die Augen auf und denke: Wozu überhaupt aufstehen?«

»Ich auch«, sagte Macon.

»Wozu essen? Wozu atmen?«

»Ich auch, mein Schatz.«

»Macon, meinst du, dieser Kerl weiß überhaupt, was er angerichtet hat? Ich will zu ihm ins Gefängnis gehen. Ich will auf der anderen Seite von diesem Gitter sitzen oder diesem Drahtnetz oder was es da gibt, und dann sage ich zu ihm: ›Schau mich an. Schau her. Schau, was du getan hast. Du hast nicht nur die Leute umgebracht, die du erschossen hast. Du hast auch noch andere Leute umgebracht. Was du getan hast, wirkt ewig weiter fort. Du hast nicht nur meinen Sohn umgebracht, du hast mich umgebracht, du hast meinen Mann umgebracht. Ich bin ja nicht einmal fähig, meine Gardinen aufzuhängen. Begreifst du, was du getan hast?‹ Und wenn ich dann überzeugt bin, daß er begriffen hat, daß er es wirklich einsieht, daß er sich entsetzlich vorkommt, dann mache ich meine Handtasche auf, ziehe eine Pistole heraus und schieße ihm zwischen die Augen.«

»Also weißt du, Schatz –«

»Du hältst das bloß für irres Gerede, ich weiß schon. Aber ich schwöre dir, Macon, ich spüre direkt den kleinen Rückstoß auf der Handfläche beim Schießen. Ich habe noch nie im Leben mit einer Pistole geschossen – Gott, ich glaube, ich habe sogar noch nie eine *gesehen.* Komisch, nicht? Ethan *hat* eine gesehen. Ethan hatte ein Erlebnis, das du und ich nicht nachvollziehen können. Manchmal strecke ich aber doch die Hand aus, mit abgespreiztem Daumen, wie die Kinder beim Cowboyspielen, und dann krümme ich den Abzugsfinger und spüre, was für eine Befriedigung es wäre!«

»Sarah, sprich nicht so, das tut dir nicht gut.«

»So? Wie soll ich denn sprechen?«

»Ich meine, wenn du dich in Wut steigerst, dann ... dann reibst du dich völlig auf. Du machst dich kaputt. Das bringt nichts.«

»Ach so! Ja, dann dürfen wir bloß keine Zeit damit vergeuden, wenn es nichts bringt!«

Macon massierte sich die Stirn. Er sagte: »Sarah, ich bin einfach der Ansicht, daß wir uns solche Gedanken nicht leisten können.«

»Du hast leicht reden.«

»Nein, ich habe nicht leicht reden, verdammt noch mal –«

»Schlag einfach die Tür zu, Macon. Geh einfach weg. Tu einfach so, als wäre es nie passiert. Geh doch dein Werkzeug neu sortieren, ordne deine Schraubenschlüssel vom größten zum kleinsten anstatt vom kleinsten zum größten, so was macht immer Spaß.«

»Gottverdammt noch mal, Sarah –«

»Verschon mich mit deinen Flüchen, Macon Leary!«

Beide legten eine Pause ein.

Macon sagte: »Also.«

Sarah sagte: »Also, wie auch immer . . .«

»Du kommst also, während ich weg bin.«

»Wenn's dir recht ist.«

»Ja, sicher«, sagte er.

Trotzdem fühlte er sich sonderbar unbehaglich, nachdem er aufgelegt hatte. So, als ob er eine Fremde ins Haus kommen ließe. Als ob sie mehr mitnehmen könnte als nur den Eßzimmerteppich.

Für seinen Abstecher nach England zog er seinen bequemsten Anzug an. *Ein Anzug genügt vollauf,* empfahl er in seinen Ratgebern, *wenn Sie eine Reisepackung Fleckentferner mitnehmen.* (Macon kannte sämtliche Artikel, die es in Reisepackungen gab, von Deo-Spray bis zu Schuhcreme.) *Der Anzug sollte mittelgrau sein. Grau ist nicht nur weniger schmutzempfindlich, sondern eignet sich darüber hinaus auch für unvorhergesehene Bestattungen oder andere offizielle Anlässe. Zugleich ist es nicht zu düster für den Alltag.*

Er packte ein Minimum an Kleidung und seinen Kulturbeutel ein. Ferner ein Exemplar seines neuesten England-Ratgebers. Und einen Roman als Flugzeuglektüre.

Nehmen Sie nur mit, was in einer Reisetasche Platz findet. Mitgepäck verursacht nur Ärger. Versorgen Sie sich auch mit mehreren Reisepackungen Waschpulver, damit Sie nicht ausländischen Wäschereien ausgeliefert sind.

Als er gepackt hatte, setzte er sich auf die Couch, um auszuruhen. Vielmehr, genauer gesagt, um sich zu sammeln – wie ein Mann, der mehrmals tief Atem holt, bevor er in den Fluß hechtet.

Die Möbel – lauter gerade Linien und wohltuende Kurven. Stäubchen schwebten in der Schräge eines einfallenden Sonnenstrahls. Was für ein friedliches Leben er hier führte! An jedem anderen Tag hätte er sich jetzt eine Tasse Pulverkaffee gemacht. Er hätte den Löffel ins Spülbecken geworfen und den Kaffee stehend aus seinem Henkelbecher geschlürft, während die Katze um seine Füße strich. Dann hätte er vielleicht die Post geöffnet. All dies erschien ihm nun lieb und teuer. Wie hatte er über Langeweile klagen können? Zu Hause hatte er alles um sich herum so angeordnet, daß er kaum zu denken brauchte. Auf Reisen erforderte selbst das kleinste Vorhaben Einsatz und Enschlußkraft.

Zwei Stunden vor dem Abflug erhob er sich. Der Flughafen war allerhöchstens dreißig Fahrminuten entfernt, aber er wollte sich um nichts in der Welt gedrängt fühlen. Er machte einen letzten Rundgang durchs Haus, wobei er im Erdgeschoß kurz das Bad aufsuchte – das letzte *echte* Bad (nach seinen Vorstellungen), das er auf sieben Tage hinaus zu sehen bekommen würde. Er pfiff den Hund herbei. Er nahm die Reisetasche und ging zur Haustür hinaus. Die Hitze schlug ihm entgegen wie eine geballte Masse.

Der Hund sollte ihn nicht weiter begleiten als bis zur Tierklinik. Hätte das Tier das gewußt, wäre es nie in den Wagen gehüpft. So aber saß der Hund begeistert hechelnd neben Macon, den fäßchenförmigen Körper erwartungsvoll gespannt. Macon sprach zu ihm in einem Ton, den er für vertrauenerweckend hielt. »Heiß heute, stimmt's, Edward? Möchtest du es kühler haben?« Er stellte den Regler der Klimaanlage ein. »Schon geschehen, besser so?« Er hörte einen salbungsvollen Unterton aus seiner Stimme heraus. Edward hörte ihn möglicherweise auch, denn er vergaß zu hecheln und warf Macon plötzlich einen argwöhnischen Blick zu. Macon beschloß, nichts mehr zu sagen.

Gemächlich fuhren sie durch das Viertel, durch die von Bäumen überdachten Straßen. Sie bogen in eine sonnigere Zone voller Läden und Tankstellen ein. Als sie sich der Murray Avenue näherten, begann Edward zu fiepen. Auf dem Parkplatz der

Murray-Avenue-Veterinärklinik schrumpfte er irgendwie zu einem viel kleineren Tier zusammen.

Macon stieg aus, ging um den Wagen herum und öffnete die Tür auf der Beifahrerseite. Als er nach Edwards Halsband griff, grub Edward die Krallen ins Sitzpolster. Die ganze Strecke bis zum Gebäude ließ er sich schleifen und schurrte dabei über den heißen Beton.

Der Warteraum war leer. In einer Ecke blubberte ein Goldfischaquarium vor sich hin. Darüber hing ein buntes Plakat, das den Lebenszyklus des im Herzen von Hunden gedeihenden Fadenwurms veranschaulichte. Auf einem Hocker hinter dem Schalter saß ein leicht verwahrlost aussehendes Persönchen in einem Sonnentop.

»Ich möchte meinen Hund in Pflege geben«, sagte Macon. Er mußte laut sprechen, um Edwards Röcheln zu übertönen.

Unverdrossen Gummi kauend, reichte das Mädchen ihm einen Vordruck und einen Bleistift. »Schon mal hier gewesen?«

»Ja, öfter.«

»Wie ist der Zuname?«

»Leary.«

»Leary, Leary«, wiederholte sie, während sie in der Kartei blätterte. Macon begann, den Vordruck auszufüllen. Edward stand aufrecht, an Macons Knie geklammert wie ein Dreikäsehoch, der sich vor dem Kindergarten fürchtet.

»Oho!« sagte das Mädchen und betrachtete stirnrunzelnd die gezogene Karte. »Edward?« fragte sie. »Wohnhaft Rayford Road?«

»Stimmt.«

»Wir können ihn nicht aufnehmen.«

»Wie bitte?«

»Da steht, er hat einen Wärter gebissen. Da steht: ›Hat Barney in den Knöchel gebissen; nicht wieder aufnehmen.‹«

»Das hat man mir nie gesagt.«

»Hätte man aber tun sollen.«

»Kein Wort hat man mir gesagt! Ich habe ihn im Juni hiergelassen, als wir an den Strand gefahren sind. Ich bin zurückgekommen, und man hat ihn mir einfach wiedergegeben.«

Das Mädchen blinzelte ihn ausdruckslos an.

»Hören Sie«, sagte Macon, »ich muß zum Flughafen, und zwar sofort. Ich darf meine Maschine nicht verpassen.«

»Ich befolge nur Anweisungen.«

»Und was hat ihn überhaupt so gereizt?« fragte Macon. »Hat sich das irgend jemand überlegt? Vielleicht hatte Edward allen Grund dazu!«

Das Mädchen blinzelte abermals. Edward hatte sich inzwischen auf alle viere niedergelassen und schaute interessiert aufwärts, als lauschte er dem Gespräch.

»Ach was, hol's der Teufel«, sagte Macon. »Komm, Edward.«

Beim Weggehen brauchte er Edward nicht mehr am Halsband hinter sich herzuzerren. Edward galoppierte die ganze Strecke über den Parkplatz vor ihm her.

Trotz der kurzen Zeit hatte der Wagen sich in einen Backofen verwandelt. Macon kurbelte das Fenster auf seiner Seite herunter und saß bei laufendem Motor da. Was nun? Er zog seine Schwester in Betracht, aber die hätte Edward höchstwahrscheinlich auch nicht genommen. Offen gestanden, war es nicht das erstemal, daß es Klagen gegeben hatte. Vorige Woche zum Beispiel war Macons Bruder Charles vorbeigekommen, um sich ein Fräseisen zu leihen, und Edward war, wütend nach seinen Hosenaufschlägen schnappend, im Kreis um seine Füße herumgeflitzt. Charles, total verblüfft, hatte nur langsam den Kopf gedreht und hinuntergegafft. »Was ist denn in den gefahren?« hatte er gefragt. »So etwas hat er doch *früher* nie gemacht.« Dann, von Macon am Halsband zurückgehalten, hatte Edward geknurrt. Er hatte die Oberlippe hochgezogen und geknurrt! Konnte ein Hund einen Nervenzusammenbruch bekommen?

Macon verstand nicht besonders viel von Hunden. Er mochte lieber Katzen. Er schätzte ihre Undurchschaubarkeit. Mit Edward beschäftigte er sich überhaupt erst neuerdings. Seit er so viel allein war, hatte er sich angewöhnt, zu ihm zu sprechen, manchmal saß er auch nur da und beobachtete ihn. Er bewunderte Edwards intelligente braune Augen und sein fuchsähnliches kleines Gesicht. Ihm gefielen die honigfarbenen Wirbel, die so symmetrisch von seinem Nasenrücken ausgingen. Und sein Gang! Ethan hatte immer gesagt: Edward latscht, als hätte er Sand in der Badehose. Sein Hinterteil wackelte munter; seine Beinchen schienen von einem primitiveren Mechanismus angetrieben zu werden als die Beine größerer Hunde.

Macon fuhr jetzt wieder heimwärts, weil ihm nichts Besseres einfiel. Er überlegte, was geschehen würde, wenn er Edward – nicht anders als die Katze – einfach zu Hause ließ, reichlich mit Futter und Wasser versorgt. Nein. Oder konnte nicht Sarah nach ihm sehen kommen, zwei-, dreimal am Tag? Davor schreckte Macon zurück; hätte es doch bedeutet, daß er sie darum bitten mußte. Es hätte bedeutet, die Telefonnummer zu wählen, die er noch nie gewählt hatte, und Sarah um einen Gefallen zu bitten.

Plötzlich entdeckte er auf der anderen Straßenseite das Schild einer Tierklinik. *Wie* hieß der Laden? *Miau-Wau*? Macon bremste, und Edward schlitterte nach vorn. »Entschuldige«, sagte Macon. Er bog nach links auf den Parkplatz ein.

Der Warteraum dieses Tierheims roch kräftig nach Desinfektionsmittel. Hinter der Theke stand eine magere junge Frau in einer rüschenbesetzten Folklorebluse. Sie hatte schauderhaft krauses, schwarzes Haar, das ihr bis auf die Schultern herabwallte wie eine arabische Kopfbedeckung.

»Halli-hallo«, grüßte sie.

Macon fragte: »Nehmen Sie Hunde in Pflege?«

»Sicher.«

»Ich möchte Edward hier unterbringen, den da.«

Sie beugte sich über die Theke, um Edward zu mustern. Edward hechelte fröhlich zu ihr empor. Er hatte offensichtlich noch nicht mitgekriegt, was für eine Art von Etablissement das hier war.

»Sind Sie vorgemerkt?« fragte die Frau.

»Vorgemerkt! Nein.«

»Die meisten Leute lassen sich vormerken.«

»Davon weiß ich nichts.«

»Besonders im Sommer.«

»Könnten Sie nicht eine Ausnahme machen?«

Sie ließ sich das durch den Kopf gehen, während sie stirnrunzelnd auf Edward hinunterblickte. Ihre Augen waren ganz klein wie Kümmelkörner, und ihr Gesicht war spitz und farblos.

»Bitte«, sagte Macon. »Ich muß zum Flughafen. Ich verreise für eine Woche, und ich habe keine Menschenseele, die sich um ihn kümmert. Ich bin am Verzweifeln, glauben Sie mir.«

Aus dem Blick, den sie ihm zuwarf, schloß er, daß diese Mitteilung sie irgendwie überraschte. »Können Sie ihn nicht zu Hause lassen, bei Ihrer Frau?« wollte sie wissen.

Er fragte sich, was in ihrem Kopf vorgehen mochte.

»Wenn ich das könnte«, sagte er, »stünde ich nicht hier, oder?»

»Oh«, sagte sie. »Sie sind nicht verheiratet?«

»Doch, aber sie – sie lebt woanders. Dort sind Haustiere unerwünscht.«

»Oh.«

Sie kam hinter der Theke hervor. Sie hatte ganz kurze rote Shorts an; ihre Beine waren wie Stecken. »Ich bin auch geschieden«, sagte sie. »Ich weiß, was Sie mitmachen.«

»Und dann«, sagte Macon, »in diesem Heim, wo ich ihn sonst unterbringe, behaupten sie plötzlich, er beißt. Behaupten, er hat einen Wärter gebissen, und sie können ihn deshalb nicht mehr aufnehmen.«

»Edward? Beißt du?« fragte die Frau.

Macon sah ein, daß es besser gewesen wäre, das zu verschweigen, aber sie schien sich nichts dabei zu denken. »Wie kannst du nur?« fragte sie Edward. Edward grinste zu ihr empor und legte die Ohren zurück, ein Tätscheln heischend. Sie bückte sich und strich ihm über den Kopf.

»Behalten Sie ihn also?« fragte Macon.

»Ach, na gut«, meinte sie und richtete sich auf. »Bevor Sie noch verzweifeln.« Mit Betonung auf dem »verzweifeln« – und Macon mit ihren kleinen braunen Augen fixierend –, wie um dem Wort mehr Gewicht zu verleihen, als Macon beabsichtigt hatte. »Füllen Sie das aus.« Sie reichte ihm eines der Formulare von dem Stapel auf der Theke. »Name und Adresse und wann Sie zurückkommen. Vergessen Sie nicht einzutragen, wann Sie zurückkommen.«

Macon nickte und schraubte seinen Füllhalter auf.

»Ich sehe Sie höchstwahrscheinlich wieder, wenn Sie ihn abholen«, sagte sie. »Ich meine, wenn Sie eintragen, um welche Uhrzeit man Sie erwarten kann. Ich heiße Muriel.«

»Ist hier abends geöffnet?«

»Jeden Abend außer Samstag. Bis acht.«

»Wie gut.«

»Muriel Pritchett«, sagte sie.

Macon füllte das Formular aus, während die Frau kniend Edwards Halsband aufschnallte. Edward leckte ihr den Backenknochen; er glaubte anscheinend, sie wollte nur nett zu ihm sein. Macon verabschiedete sich erst gar nicht, als er das Formular ausgefüllt hatte. Er hinterließ es auf der Theke und ging schnell hinaus, eine Hand in die Tasche gesteckt, um seine Schlüssel am Klingeln zu hindern.

Auf dem Flug nach New York saß er neben einem ausländisch wirkenden, schnurrbärtigen Mann, der einen Kopfhörer für einen dieser Minikassettenrecorder übergestülpt hatte. Ausgezeichnet: keine Gefahr einer Unterhaltung. Macon lehnte sich zufrieden in seinem Sitz zurück.

Flugzeuge behagten ihm. Bei ruhigem Wetter merkte man gar nicht, daß man sich fortbewegte. Man konnte sich geborgen zu Hause im Sessel wähnen. Die Aussicht aus dem Fenster blieb immer gleich – Luft und nochmals Luft –, und das Innere eines Flugzeugs war mit dem Inneren jedes beliebigen anderen praktisch austauschbar.

Er verschmähte das Angebot vom Getränkewagen, aber der Mann neben ihm nahm die Kopfhörer ab und bestellte eine Bloody Mary. Eine schrille, komplizierte, mittelöstliche Melodie drang zirpend aus den rosa Schaumstoff-Ohrpfropfen. Macon starrte auf das kleine Gerät hinunter und überlegte, ob er sich auch eines kaufen sollte. Nicht wegen der Musik, du lieber Himmel – auf der Welt gab es ohnehin schon viel zuviel Lärm –, sondern zur Abschottung. Er konnte das Ding anstellen, und niemand würde ihn behelligen. Er konnte ein leeres Band laufen lassen: volle dreißig Minuten Stille. Dann die Kassette gewendet und noch einmal dreißig Minuten.

Sie landeten auf dem Kennedy-Flughafen, und Macon bestieg den Zubringerbus zu seiner Anschlußmaschine, die erst am Abend starten sollte. Kaum in der Abflughalle installiert, begann er, ein Kreuzworträtsel zu lösen, das er sich eigens für diese Gelegenheit aus der New York Times vom letzten Sonntag aufgespart hatte. Er saß innerhalb einer Art von Barrikade – die Reisetasche auf einem Stuhl, das Anzugjackett auf einem zweiten. Ringsum wimmelte es von Menschen, aber er hielt den Blick auf das Zeitungsblatt geheftet und nahm sich gelassen das Silbenrätsel vor, sobald er mit dem Kreuzworträtsel fertig war. Als er beide Rätsel gelöst hatte, begaben sich die ersten Passagiere schon in die Maschine.

Seine Sitznachbarin war eine grauhaarige Frau mit Brille. Sie hatte sich eigens eine gestrickte Wolldecke mitgebracht. Kein gutes Zeichen, befürchtete Macon, jedoch kein unlösbares Problem. Zunächst tat er geschäftig, lockerte sich die Krawatte, zog die Schuhe aus und holte ein Buch aus der Reisetasche. Dann schlug er das Buch auf und begann, ostentativ zu lesen.

Der Titel dieses Buches lautete *Miss MacIntosh, My Darling*, und es war 1198 Seiten lang. *(Nehmen Sie immer ein Buch mit, zum Schutz gegen Fremde. Zeitschriften sind unergiebig. Zeitungen aus der Heimat wecken Heimweh, und Zeitungen von anderswo machen Ihnen deutlich, daß Sie am falschen Platz sind. Sie wissen doch, wie fremdartig das Schriftbild einer ungewohnten Zeitung wirkt.)* Er schleppte *Miss MacIntosh* schon seit Jahren mit sich herum. Das Buch bot den Vorteil, daß es keine fortlaufende Handlung hatte, soweit er feststellen konnte, aber unverändert interessant blieb, weshalb er jederzeit aufs Geratewohl weiterlesen konnte. Hob er zwischendurch einmal den Blick, so achtete er darauf, den betreffenden Absatz mit dem Finger zu markieren und gedankenverloren dreinzuschauen.

Aus dem Lautsprecher drangen die üblichen, sanft gemurmelten Hinweise auf Sitzgurte, Notausstiege, Sauerstoffmasken. Er hätte gern gewußt, warum Stewardessen die unmöglichsten Wörter betonten. »*Auf* unserem Flug heute abend *werden* wir Ihnen . . .« Die Frau auf dem Nebensitz bot ihm ein Eisbonbon an. Macon lehnte dankend ab und widmete sich wieder seinem Buch. Sie raschelte mit Einwickelpapier, und kurz darauf wehte der Geruch von Minze zu ihm herüber.

Er verzichtete auf den Cocktail, er verzichtete auf den Abendimbiß, nahm jedoch die dazugehörige Milch. Er verzehrte einen Apfel und eine kleine Packung Rosinen aus der Reisetasche, trank die Milch und begab sich dann in den Waschraum, um sich das Gebiß mit Zahnseide und Zahnbürste zu putzen. Als er zurückkahm, herrschte im Flugzeug schon Dunkel, hie und da von Leselämpchen durchsetzt. Einige Passagiere schliefen bereits. Seine Sitznachbarin rollte ihr Haar zu kleinen Os ein, die sie mit Haarklammern gleichsam durchkreuzte. Macon konnte sich nicht genug wundern, wie ungeniert manche Leute sich im Flugzeug betrugen. Er hatte schon Männer im Schlafanzug gesehen; er hatte schon dick mit Nährcreme eingefettete Frauen gesehen. Als ob es gerade die nötig gehabt hätten, sich gehenzulassen.

Er rückte sein Buch schräg in den schmalen Lichtstrahl und schlug eine neue Seite auf. Die Triebwerke klangen brummig und zielstrebig. Der Zeitabschnitt war angebrochen, den er als die Durststrecke bezeichnete – die Kluft zwischen Abendbrot und Frühstück, wenn man über dem Ozean schwebte und auf das Hellerwerden des Himmels wartete, das als Tagesanbruch galt, obwohl es drüben in der Heimat längst noch nicht tagte. Nach Macons Meinung glich die Morgendämmerung in anderen Zeitzonen einem Bühneneffekt – einem Vorhang, bemalt mit der aufgehenden Sonne, der die eigentliche Dunkelheit verdeckte.

Er ließ den Kopf gegen die Sitzlehne fallen und schloß die Augen. Die Stimme einer Stewardeß irgendwo vorn in der Maschine verschaffte sich, in das Geräusch der Triebwerke verwoben, Gehör. »Wir hockten und hockten einfach da, es gab überhaupt nichts zu tun, und wir hatten nichts anderes als die Mittwochszeitung, und an einem Mittwoch ereignet sich bekanntlich nie etwas Neues . . .«

Macon hörte einen Mann gelassen in sein Ohr sprechen. »Macon.« Aber er bewegte nicht einmal den Kopf. Er kannte inzwischen all die akustischen Täuschungen in Nachtmaschinen. Er sah hinter geschlossenen Augenlidern den Seifennapf auf dem

Spülbecken in der Küche daheim – wieder so eine Täuschung, dieses konkrete Sehen. Es handelte sich um einen ovalen Seifennapf aus Porzellan, mit gelben Rosen bemalt, der einen hauchdünnen Rest Seife und Sarahs Ringe enthielt – ihren Verlobungsring und ihren Ehering, genauso, wie sie beides zurückgelassen hatte, als sie gegangen war.

»Da sind die Eintrittskarten«, hörte er Ethan sagen. »Und die Türen werden in fünf Minuten aufgemacht.«

»Gut«, sagte Macon, »dann wollen wir unsere Strategie planen.«

»Strategie?«

»Wo wir sitzen wollen.«

»Zu so was brauchen wir 'ne Strategie?«

»*Du* wolltest doch diesen Film sehen, Ethan. Da hätte ich gedacht, es würde dich interessieren, wo du sitzt. Ich habe es so geplant: Du gehst hinüber zu der Schlange links und zählst die kleinen Kinder. Ich nehme die Schlange rechts.«

»Och, Dad –«

»Möchtest du neben irgendeinem Schreihals sitzen?«

»Nicht direkt.«

»Und was wäre dir lieber, ein Eckplatz?«

»Ist mir egal.«

»Eckplatz, Ethan? Oder Mitte der Reihe? Du wirst doch noch wissen, was dir lieber ist.«

»Eigentlich nicht.«

»Mitte der Reihe?«

»Kommt nicht darauf an.«

»Ethan. Es kommt sehr wohl darauf an. Eckplatz, und du kommst schneller hinaus. Wenn du dir etwas zum Knabbern kaufen oder auf die Toilette gehen möchtest, empfiehlt sich ein Eckplatz. Allerdings quetschen sich dann alle Leute an dir vorbei. Wenn du aber glaubst, daß du deinen Platz nicht verlassen wirst, dann schlage ich vor –«

»Wirklich, Dad, du meine Güte!» sagte Ethan.

»Na schön«, sagte Macon. »Wenn das deine Einstellung ist, dann sitzen wir eben dort, wohin es uns verschlägt.«

»Bestens«, sagte Ethan.

»Bestens«, sagte Macon.

Jetzt bewegte er doch den Kopf, wiegte ihn hin und her. Aber die Augen hielt er fest geschlossen, und nach einiger Zeit verstummten die Stimmen. Und er versank in jenen Dämmerzustand, der auf Reisen als Schlaf gilt.

Im Morgengrauen ließ er sich eine Tasse Kaffee geben und schluckte eine Vitaminpille aus der Reisetasche. Die anderen Passagiere sahen übernächtigt und blaß aus. Seine Sitznachbarin schleppte ein ganzes Köfferchen mit in den Waschraum und kam tadellos frisiert zurück, ihr Gesicht war aber gedunsen. Macon war überzeugt, daß Reisen die Flüssigkeitsausscheidung hemmt. Als er seine Schuhe anzog, waren sie ihm zu eng, und als er sich rasieren ging, entdeckte er ungewohnte Schwellungen unter seinen Augen. Er war freilich besser dran als die meisten der anderen Leute, weil er weder gesalzenes Essen noch alkoholische Getränke zu sich genommen hatte. Alkohol staute sich ganz bestimmt im Körper. Trinkt man im Flugzeug Alkohol, fühlt man sich hinterher tagelang benommen, davon war Macon überzeugt.

Die Stewardeß gab die Londoner Uhrzeit durch, woraufhin Bewegung entstand, als die Passagiere ihre Uhren neu einstellten. Macon stellte nur den Digitalwecker aus dem Kulturbeutel vor. Die Armbanduhr – keine Digitaluhr, sondern eine richtige, runde – ließ er so, wie sie war.

Sie landeten unversehens. Man setzte gleichsam auf dem Boden harter Tatsachen auf – all die Reibung plötzlich, die rauhe Landebahn, das Aufheulen und Bremsen. Der Lautsprecher knackste, gab schnurrend höfliche Hinweise von sich. Die Frau neben Macon faltete die Strickdecke zusammen. »Ich bin so aufgeregt«, sagte sie. »Ich bekomme zum erstenmal mein Enkelkind zu sehen.« Macon lächelte und wünschte ihr alles Gute zu diesem Ereignis. Jetzt, da er nicht mehr befürchten mußte, mit Beschlag belegt zu werden, fand er sie ganz nett. Außerdem sah sie so ungemein amerikanisch aus.

In Heathrow ging es auch diesmal zu wie kurz nach einer

Katastrophe. Menschen rannten hektisch durcheinander, andere, von Koffern und Paketen umgeben, standen da wie Flüchtlinge, und uniformiertes Personal bemühte sich, dem Ansturm der Fragen gerecht zu werden. Da Macon auf keinerlei Gepäck warten mußte, war er bei der Erledigung der Formalitäten allen anderen weit voraus. Dann wechselte er seine Valuta und stieg in die U-Bahn. *Ich empfehle die U-Bahn allen außer jenen, die nicht schwindelfrei sind, aber auch diesen, wenn sie die folgenden Haltepunkte meiden, wo es außergewöhnlich steile Rolltreppen gibt . . .*

Während der Zug dahinratterte, verteilte er sein Geld auf verschiedene Kuverts, die er von daheim mitgebracht hatte – jedes schon mit einem anderen Nennwert gekennzeichnet. *(Kein langes Suchen nach ungewohnten Münzen, kein Prüfen irreführender Aufdrucke, wenn Sie ausländische Währung rechtzeitig klassifizieren und sortieren.)* Von gegenüber schaute ihm eine Reihe aufmerksamer Gesichter zu. Die Leute sahen hier anders aus, obwohl er nicht zu sagen vermocht hätte, wieso. Sie erschienen ihm sowohl feiner als auch ungesünder. Eine Frau mit greinendem Baby wiederholte fortwährend: »Still jetzt, Liebes. Still jetzt, Liebes«, mit dieser klaren, schwebenden, ungequetschten englischen Stimme. Es war heiß, die blasse Stirn der Frau glänzte. Wie Macons Stirn zweifellos auch. Er schob die Kuverts in die Brusttasche. Der Zug hielt, und noch mehr Menschen stiegen ein. Sie standen da und hielten sich nicht etwa an Schlaufen fest, sondern an einer Art Knollen, die an biegsamen Stäben befestigt waren; Macon hatte sie bei seinem ersten Londoner Aufenthalt für so etwas wie Mikrofone gehalten.

Wie üblich hatte er sein Standquartier in London. Von hier aus unternahm er kurze Streifzüge in andere Städte, wo er nie mehr als eine Handvoll Hotels, eine Handvoll Gaststätten innerhalb eines winzigen, leicht erreichbaren Gebiets registrierte, denn seine Reiseführer waren quasi das Gegenteil von ausführlich. (»Es gibt genug Bücher mit Anleitungen, wie man von einer Stadt soviel wie möglich zu sehen bekommt«, hatte sein Verleger ihm vorgehaltern. »Du sollst Anleitungen geben, wie man von einer Stadt sowenig wie möglich zu sehen bekommt.«) Macons Hotel führte den Namen Jones Terrace. Ihm wäre eines der Häuser einer amerikanischen Hotelkette lieber gewesen, aber die waren zu teuer. Gegen das Jones Terrace – klein und gut geführt – gab es jedoch nichts einzuwenden. Er ging unverzüglich daran, sich in seinem Zimmer häuslich einzurichten, indem er die scheußliche Bettdecke abzog und in den Schrank stopfte, seine Habseligkeiten auspackte und die Reisetasche wegräumte. Er kleidete sich um, spülte die getragenen Sachen aus und hängte sie in der Duschkabine auf. Dann, nach einem sehnsüchtigen Blick aufs Bett, ging er auswärts frühstücken. Drüben in der Heimat war der Morgen zwar noch fern, aber Frühstück war die eine Mahlzeit, um die Geschäftsreisende sich meist selbst kümmern mußten. Macon erachtete es als Ehrensache, die Frühstücksmöglichkeiten überall besonders genau zu erkunden.

Er begab sich zu Fuß ins Yankee Delight, wo er Rühreier und Kaffee bestellte. Die Bedienung war exzellent. Der Kaffee kam sofort, und seine Tasse wurde unablässig nachgefüllt. Die Eier schmeckten nicht so wie die Eier daheim, aber so schmeckten sie ja nie. Woran mangelte es Gaststätteneiern bloß? Sie hatten keinen Charakter, kein Rückgrat. Dennoch schlug er seinen Reiseführer auf und hakte das Yankee Delight ab. Ende der Woche sollten diese Seiten kaum noch zu entziffern sein. Bis dahin hatte er einige Namen durchgestrichen, andere eingefügt und an die Ränder Anmerkungen gekritzelt. Er suchte immer wieder bereits registrierte Adressen auf – jedes Hotel und jedes Lokal. Das war ermüdend, aber sein Verleger bestand darauf. »Wie sieht denn das aus«, hatte Julian gesagt, »wenn ein Leser in ein Lokal kommt, das du empfohlen hast, und feststellt, daß sich dort jetzt Vegetarier verköstigen!«

Er bezahlte die Rechnung und ging dann die Straße hinunter ins New America, wo er abermals Eier und Kaffee bestellte. »Entkoffeinierten«, fügte er hinzu. (Seine Nerven vibrierten schon.) Der Kellner erwiderte, entkoffeinierten hätten sie nicht. »So, haben Sie nicht«, sagte Macon. Als der Kellner gegangen war, brachte Macon in seinem Reiseführer einen entsprechenden Vermerk an.

Als drittes besuchte er ein Lokal namens U.S. Open, wo die Bratwürste so trocken waren wie Sägespäne. Natürlich: Das U.S. Open hatte ein Leser empfohlen. Ach, was die Leser nicht alles empfahlen! Macon hatte einmal (bevor er klüger wurde) lediglich auf eine solche Empfehlung hin ein Hotelzimmer gebucht – irgendwo in Detroit oder auch Pittsburgh oder wie die Stadt geheißen haben mochte –, um es für *Tourist wider Willen in Amerika* zu begutachten. Nach einem Blick auf das Bett war er sofort ausgezogen und über die Straße ins Hilton geflohen, wo der Portier ihm entgegengeeilt war und sich seiner Reisetasche mit einem Ausruf des Mitleids bemächtigt hatte, als wäre Macon geradewegs aus der Wüste herangewankt. Nie wieder, hatte Macon sich geschworen. Er ließ die Bratwürste auf dem Teller und verlangte die Rechnung.

Am Nachmittag (hierzulande) nahm er sich die Hotels vor. Er sprach mit verschiedenen Geschäftsführern und inspizierte Musterzimmer, wo er die Betten ausprobierte, in der Toilette die Wasserspülung betätigte, den Brausekopf der Dusche sozusagen unter die Lupe nahm. Die meisten Hotels hatten ihr Niveau mehr oder weniger gewahrt, nur mit dem Royal Prince stimmte etwas nicht mehr. Es wirkte nämlich – nun ja, exotisch. Dunkle, hübsche Männer in knappen Seidenanzügen tuschelten miteinander in der Halle, während kleine braune Kinder rund um die Spucknäpfe Haschen spielten. Macon kam es vor, als hätte er sich noch auswegloser verlaufen als sonst und sei nach Kairo geraten. Kegelförmige Damen in langen schwarzen Schleiern drängten sich an der Drehtür, schleusten sich schwungvoll von der Straße herein, die Einkaufstaschen prall gefüllt – womit? Er versuchte, sich vorzustellen, wie sie stone-washed Jeans-Shorts und durchbrochene schenkelhohe Stiefel kauften – die Ware, die er in den meisten Schaufenstern gesehen hatte. »Äh –«, sagte er zum Geschäftsführer. Wie drückte man sich da am besten aus? Er wollte auf keinen Fall engstirnig erscheinen, aber seine Leser schwärmten nun mal nicht fürs Exotische. »Hat das Hotel – äh – den Besitzer gewechselt?« fragte er. Der Geschäftsführer schien ein ungewöhnlich empfindlicher Mensch zu sein. Er reckte sich auf und erklärte, das Royal Prince gehöre einem Konsortium, schon immer und für alle Zeit demselben Konsortium. »Aha«, sagte Macon. Er entfernte sich verstört.

Zur Abendessenszeit wäre eigentlich ein »gehobenes« Lokal an der Reihe gewesen. Er mußte für jede Stadt mindestens ein Nobelrestaurant anführen – zwecks Kundenbewirtung. An diesem Abend war ihm jedoch nicht danach zumute. Er begab sich stattdessen in eine Gaststätte namens My American Cousin. Hier sprachen die Gäste mit amerikanischem Akzent, ein Teil des Personals ebenfalls, und die Empfangsdame gab an der Tür numerierte Zettel aus. Wurde eine Nummer über den Lautsprecher aufgerufen, konnte man ein Fernsehgerät gewinnen oder zumindest einen gerahmten Farbdruck, auf dem die Gaststätte abgebildet war.

Macon bestellte ein erquickliches Nachtmahl: schlicht in Wasser gekochtes Gemüse und zwei Lammkoteletts in weißen Papiermanschetten, dazu ein Glas Milch. Der Mann am Nebentisch war auch ohne Begleitung. Er verzehrte eine leckere Schweinefleischpastete, und als die Servierein ihm etwas zum Nachtisch offerierte, sagte er: »Tja, also, vielleicht nehme ich doch noch etwas«, in dem gedehnten, selbstgefällig-herablassenden Tonfall eines Mannes, dessen Weiberleute ihm sein Leben lang zugeredet haben, ein bißchen Fleisch auf den Rippen anzusetzen. Macon bestellte sich Lebkuchen. Sie kamen mit Sahne, genau wie weiland im Haus seiner Großmutter.

Um acht – von seiner Armbanduhr angezeigt – lag er im Bett. Das war natürlich viel zu früh, aber länger konnte er den Tag nicht hinausdehnen; für die Engländer war es bereits Mitternacht. Morgen wollte er mit seinen Stippvisiten anderer Städte beginnen. Sich ein paar Pflichthotels ansehen, sich ein paar Pflichtfrühstücke einverleiben. Kaffee mit Koffein und Kaffee ohne Koffein. Frühstücksspeck nicht durchgebraten und zu scharf gebraten. Orangensaft frisch gepreßt, aus der Dose und tiefgekühlt. Wieder Brauseköpfe, wieder Matratzen. Haartrockner auf Wunsch verfügbar? 110-Volt-Anschlüsse für Elektrorasierer? Als er einschlief, war ihm, als drehten sich lauter fremde Räume wie auf einem

Karussell an ihm vorbei. Ihm war, als glitten Kofferablagen aus Segeltuch, Deckensprinkler und laminierte Anweisungen für den Fall eines Brandes auf ihn zu und von ihm weg, immer wieder, bis ans Ende seiner Tage. Er sah Ethan auf einem Kamel aus Gips reiten, hörte ihn »Fang mich!« rufen, bevor er stürzte, aber Macon konnte ihn nicht rechtzeitig erreichen, und als er die Arme nach ihm ausstreckte, war Ethan verschwunden.

Zu Macons schlechten Gewohnheiten gehörte auch der Drang zu vorzeitiger Heimkehr. Egal, wie kurz der Aufenthalt bemessen war, irgendwann mittendrin fand er, daß er abreisen sollte, daß er viel zuviel Zeit eingeplant hatte, daß alles wirklich Wichtige erledigt war – oder fast alles fast erledigt. Die restliche Zeit vertat er mit Telefonanrufen bei Reisebüros und ergebnislosen Gängen zu Fluggesellschaften, mit vergeblichem Warten auf einen frei gewordenen Platz in einer Maschine, so daß er sich gezwungen sah, in das Hotel zurückzukehren, aus dem er eben erst ausgezogen war. Er nahm sich jedesmal vor, dergleichen nie wieder vorkommen zu lassen, aber jedesmal passierte es dann doch. In England widerfuhr es ihm an seinem vierten Nachmittag. Was gab es hier noch zu tun? begann er zu überlegen. Hatte er denn nicht alles Wesentliche erfaßt?

Zugegeben, es war Samstag. Er hatte, als er das Datum in sein Spesenheft eintrug, zufällig bemerkt, daß es drüben in der Heimat Samstagvormittag war. Sarah wollte kommen, um den Teppich zu holen.

Sie würde die Hausür öffnen und den heimischen Geruch schnuppern. Sie würde durch die Räume gehen, in denen sie all die Jahre so glücklich gewesen war. (Oder etwa nicht?) Sie würde die Katze lang und faul auf der Couch ausgestreckt antreffen, würde sich neben sie aufs Kissen setzen und denken: *Wie konnte ich jemals weggehen?*

Bedauerlicherweise war es Sommer, und sämtliche Luftlinien waren ausgebucht. Er brachte zwei Tage damit zu, vagen Möglichkeiten nachzugehen, die sich in Nichts auflösten, sobald er der Sache näher kam. »Irgend etwas! Verschaffen Sie mir irgend etwas!

Es muß nicht unbedingt New York sein. Ich nehme auch Dulles! Oder Montreal! Chicago! Meinetwegen auch Paris oder Berlin, vielleicht kriegt man dort einen Flug. Gibt's keine Schiffe? Wie lange braucht ein Schiff heutzutage? Und wenn es sich um einen Dringlichkeitsfall handelte? Zum Beispiel meine Mutter auf dem Sterbebett oder so? Wollen Sie behaupten, es gibt einfach keine Möglichkeit, von hier wegzukommen?«

Die Leute, mit denen er verhandelte, ließen es nie an Höflichkeit fehlen und strotzten vor guter Laune – ehrlich, wenn das Reisen nicht so strapaziös gewesen wäre, hätte er die Engländer richtig liebgewinnen können –, aber aus der Klemme helfen konnten sie ihm nicht. Letzten Endes mußte er bleiben. Er igelte sich für den Rest der Woche in seinem Zimmer ein, hockte vor dem Fernseher, kaute an den Fingernägeln und ernährte sich von haltbaren Essensvorräten und lauwarmer Limonade, denn er hatte Gaststätten einfach satt.

Am Tag des Abflugs stand er natürlich als erster am Flugsteig. Er konnte sich seinen Platz aussuchen: Fenster, Nichtraucher. Neben ihm saß ein junges Paar, ausschließlich mit sich selbst beschäftigt, daher brauchte er *Miss MacIntosh* nicht, saß einfach da und starrte den ganzen langen, langweiligen Nachmittag hindurch hinaus auf die Wolken.

Nachmittag war noch nie seine liebste Tageszeit gewesen; das war das Schlimmste an diesen Rückflügen. So ein Nachmittag dauerte Stunden und Stunden, zog sich hin durch Drinks und Essen und wieder Drinks, aber er winkte bei jedem Angebot ab. Es war Nachmittag, als der Film gezeigt wurde; die Passagiere mußten die Sonnenblenden herunterlassen. Orangefarbenes Licht, beklemmend und trüb, erfüllte das Flugzeug.

Einmal, als er eine ungewöhnlich beschwerliche Reise unternommen hatte – nach Japan, wo man sich nicht einmal die Straßenschilder merken konnte, um an eine bestimmte Stelle zurückzufinden –, hatte Sarah ihn in New York erwartet. Es war der fünfzehnte Hochzeitstag, und sie wollte ihn überraschen. Sie hatte Becky im Reisebüro angerufen und seine Flugnummer erfragt, hatte Ethan ihrer Mutter anvertraut und war ihm zum

Kennedy-Flughafen entgegengeflogen. In einem Picknickkorb hatte sie Wein und verschiedenerlei Käse mitgebracht, und sie ließen es sich in der Flughalle gemeinsam schmecken, während sie auf die Maschine warteten, die sie heimbringen sollte. Jede Einzelheit dieses Picknicks war Macon im Gedächtnis haften geblieben: der Käse, auf einer Marmorplatte angerichtet, der Wein in langstieligen Kristallgläsern, die den Flug sogar heil überstanden hatten. Macon schmeckte immer noch den geschmeidigen Brie auf der Zunge. Er sah immer noch Sarahs kleine, wohlgeformte Hand resolut das Brot schneiden.

Diesmal erwartete sie ihn aber nicht in New York.

Sie erwartete ihn nicht einmal in Baltimore.

Er holte den Wagen vom Parkplatz und fuhr auf dem Weg in die Stadt durch ein bedrohliches Zwielicht, das allerhand zu verheißen schien – ein Gewitter oder Wetterleuchten oder sonst etwas Aufregendes. Wartete sie vielleicht zu Hause? In ihrem gestreiften Kaftan, der ihm so gut gefiel? Mit einem erfrischenden Sommerimbiß, auf dem Tisch im Patio bereitgestellt?

Vorsichtshalber – schließlich konnte er mit nichts rechnen – kaufte er unterwegs Milch ein, bevor er ins Tierheim fuhr, um Edward abzuholen. Er erreichte das Miau-Wau wenige Minuten vor Torschluß; irgendwie hatte er es fertiggebracht, sich zu verirren. Der Schalter war verwaist. Er mußte die Kundenklingel betätigen. Ein Mädchen mit Pferdeschwanzfrisur steckte den Kopf zu einer Tür heraus und gewährte dadurch einem Gewirr von Tierlauten Einlaß, die sämtliche Register durchliefen wie ein Orchester beim Stimmen seiner Instrumente. »Ja?« fragte das Mädchen.

»Ich möchte meinen Hund abholen.«

Das Mädchen kam heran und schlug einen Aktenhefter auf. »Ihr Familienname?«

»Leary.«

»Oh«, sagte das Mädchen. »Einen Augenblick.«

Macon fragte sich, was Edward diesmal angestellt haben mochte.

Das Mädchen verschwand, und kurz darauf erschien die andere, die Kraushaarige. An diesem Abend trug sie ein spitz ausgeschnittenes, schwarzes, mit großen rosa Blumen übersätes Kleid – die Schultern ausladend, das Röckchen zu knapp; dazu Sandaletten mit schwindelerregend hohen Absätzen.

»Ja, halli-hallo!« grüßte sie strahlend. »Wie war die Reise?«

»Ach, es war . . . Wo ist Edward? Fehlt ihm etwas?«

»Gar nichts fehlt ihm. Der war so brav und süß und lieb!«

»Wie schön«, sagte Macon.

»Wir sind einfach prima miteinander ausgekommen, mir scheint, er hat sich in mich verknallt, weiß selbst nicht, warum.«

»Wunderbar«, sagte Macon. Er räusperte sich. »Kann ich ihn also wiederhaben, bitte?«

»Caroline bringt ihn gleich.«

Eine Pause entstand. Die Frau wartete, ihm zugewandt, ein kesses Lächeln im Gesicht, die Finger auf der Theke verschränkt. Sie hatte sich die Nägel dunkelrot lackiert, bemerkte Macon, und mit einem schwärzlichen Lippenstift die ungewöhnlich komplizierte Form ihres Mundes betont – irgendwie kantig wie bei einer gewissen Sorte von Äpfeln.

»Hm«, äußerte Macon schließlich. »Vielleicht könnte ich inzwischen zahlen.«

»Ach ja.«

Sie hörte auf zu lächeln und schaute von oben herab in dem aufgeschlagenen Aktenhefter nach. »Macht zweiundvierzig Dollar.«

Macon reichte ihr seine Kreditkarte. Die Bedienung des Adressographen bereitete ihr Schwierigkeiten; alles mußte mit den Ballen der Finger gemacht werden zur Schonung der Nägel. Sie füllte den Vordruck mit krakeliger Schrift aus und schob ihm dann die Rechnung zu. »Unterschrift und Telefon, bitte.« Sie beugte sich über die Theke vor, um zu sehen, was er schrieb. »Ist das Ihre Privatnummer oder die von Ihrem Geschäft?«

»Beides. Warum? Kommt es darauf an?«

»Ich hab' nur gemeint.« Sie löste den Durchschlag ab, mit

gespreizten Fingern natürlich, und legte das Original in die Schublade. »Ich weiß nicht, ob ich es schon mal erwähnt habe, aber ich kann zufällig auch Hunde abrichten.«

»Tatsächlich«, sagte Macon.

Er warf einen Blick auf die Tür, durch die das Mädchen vorhin verschwunden war. Er wurde immer nervös, wenn es zu lange dauerte, bevor Edward gebracht wurde. Was machten die dort drinnen – irgendwelche Beweismittel vernichten?

»Meine besondere Spezialität sind bissige Hunde«, sagte die Frau.

»Nur Spezialität.«

»Wie bitte?«

»Eine Spezialität ist schon besonders.«

Sie sah ihn verständnislos an.

»Das muß gefährlich sein«, sagte Macon aus reiner Höflichkeit.

»Oh, nicht für mich! Ich fürchte mich vor nichts auf dieser Welt.«

An der Tür hinter ihr gab es ein scharrendes Geräusch, dann wetzte Edward herein, gefolgt von dem Mädchen mit dem Pferdeschwanz. Edward jaulte in den höchsten Tönen und tobte so ausgelassen herum, daß Macon, der sich bückte, um ihn zu tätscheln, dabei fast ins Leere griff.

»Schluß jetzt«, sagte das Mädchen zu Edward und versuchte, ihm das Halsband umzuschnallen. Die Frau hinter der Theke sprach weiter: »Bissige Hunde, Kläffer, taube Hunde, ängstliche Hunde, in Tierhandlungen aufgewachsene Hunde, die keinem Menschen trauen – alle kein Problem für mich.«

»Ausgezeichnet«, sagte Macon.

»*Mich* beißt er freilich nicht«, behauptete die Frau. »Er hat sich glatt in mich verliebt, wie ich ja, glaube ich, schon gesagt habe.«

»Freut mich zu hören«, sagte Macon.

»Aber ich könnte ihm in Null Komma nichts abgewöhnen, andere Leute zu beißen. Überlegen Sie sich's, und dann rufen Sie mich an. Muriel, wissen Sie noch? Muriel Pritchett. Ich gebe Ihnen mal meine Karte.«

Sie reichte ihm eine lachsrosa Empfehlungskarte, die sie von irgendwo hervorgezaubert hatte. Er mußte sich an Edward vorbeilavieren, damit er die Karte in Empfang nehmen konnte.

»Ich hab' bei einem Mann gearbeitet, der früher Hetzhunde ausgebildet hat«, sagte sie. »Was Sie vor sich sehen, ist keine Amateurin.«

»Gut, ich werde es mir merken«, sagte Macon. »Vielen Dank.«

»Oder Sie rufen einfach so an! Zum Reden.«

»Zum Reden?«

»Klar! Über Edward, seine Probleme, über – sonstwas! Zum Hörer greifen und einfach reden! Haben Sie nie das Bedürfnis nach so was?«

»Eigentlich nicht«, sagte Macon.

Dann jaulte Edward besonders durchdringend auf, und Herr und Hund machten sich eilends auf den Heimweg.

Natürlich war sie nicht da. Er wußte es gleich, als er das Haus betrat, sobald er die schale, heiße Luft roch und die drückende Gedämpftheit wahrnahm, die entsteht, wenn alle Fenster geschlossen sind.

Eigentlich hatte er es von Anfang an gewußt. Er hatte sich Illusionen hingegeben. Er hatte sich etwas zusammenfabuliert.

Die Katze flitzte an ihm vorbei und floh unter vorwurfsvollem Miauen zur Tür hinaus. Der Hund sauste ins Eßzimmer, um sich auf dem Teppich zu wälzen und den Geruch des Tierheims loszuwerden. Aber da war kein Teppich – nur blanker, fusseliger Fußboden. Edward hielt verdutzt inne und machte ein dummes Gesicht. Macon wußte genau, was der Hund empfand.

Er räumte die Milch in den Kühlschrank und ging hinauf, um auszupacken. Er duschte, während er die getragenen Sachen mit Füßen trat, und machte sich für die Nacht bereit. Als er das Licht im Bad ausknipste, erinnerte ihn der Anblick seiner in die Wanne tropfenden Wäsche ans Reisen. Was war denn wirklich anders? *Tourist wider Willen zu Hause*, dachte er und schlüpfte erschöpft in seinen Leibsack.

4

Als das Telefon klingelte, träumte Macon, Ethan sei am Apparat. Er träumte, daß Ethan aus dem Ferienlager anrief und wissen wollte, warum sie ihn nie holen gekommen waren. »Wir dachten doch, du bist tot«, sagte Macon, und Ethan sagte – mit seiner hellen, in den oberen Lagen kieksenden Stimme –: »Wie könnt ihr *so was* denken?« Das Telefon klingelte abermals, und Macon wachte auf. Die Enttäuschung äußerte sich durch einen dumpfen Schlag irgendwo in seinem Brustkorb. Jetzt verstand er, warum es hieß, etwas drücke einem das Herz ab.

Er griff im Zeitlupentempo nach dem Hörer. »Ja.«

»Macon! Willkommen daheim!«

Es war Julian Edge, Macons Verleger, wie üblich laut und munter, selbst so früh am Morgen. »Oh«, sagte Macon.

»Wie war die Tour?«

»Passabel.«

»Erst seit gestern abend zurück?«

»Ja.«

»Irgendwas Neues, Supergutes aufgetan?«

»Na, ›super‹ wäre ein bißchen übertrieben.«

»Und jetzt fängst du also gleich mit dem Schreiben an.«

Macon schwieg.

»Wann kannst du schätzungsweise das Manuskript liefern?«

»Ich weiß nicht«, sagte Macon.

»Bald, meinst du?«

»Ich weiß nicht.«

Pause.

»Ich habe dich wohl aufgeweckt«, sagte Julian.

»Ja.«

»Macon Leary im Bett«, sagte Julian. Es klang wie ein Buchtitel. Julian war jünger als Macon und forscher, flotter, kein ernster Mensch. Er schien sich darin zu gefallen, Macon als komischen Kauz hinzustellen. »Also, kann ich bis Ende des Monats damit rechnen?«

»Nein«, sagte Macon.

»Warum nicht?«

»Ich bin noch nicht genügend organisiert.«

»Organisiert! Was gibt's da zu organisieren? Du brauchst doch nur deinen alten Text neu abzutippen, im Grunde genommen.«

»Damit ist es noch lange nicht getan«, sagte Macon.

»Paß auf, Kamerad. Heute haben wir –« Julians Stimme wurde schwächer. Er hatte sich vermutlich zurückgelehnt, um seine protzige goldene Armbanduhr mit Datumsanzeige zu konsultieren. »Heute haben wir den dritten August. Ich will das Ding spätestens Anfang Oktober an den Kiosken ausliegen haben. Das bedeutet, Ablieferungstermin des Manuskripts 31. August.«

»Nicht zu machen«, sagte Macon.

Er wunderte sich, daß er überhaupt die Kraft fand, das Gespräch fortzusetzen.

»31. August, Macon. Das sind noch volle vier Wochen.«

»Das reicht nicht«, sagte Macon.

»Reicht nicht«, echote Julian. »Tja. Na schön. Dann: Mitte September. Das bringt so ziemlich alles aus dem Lot, aber ich lasse dir Zeit bis Mitte September. Einverstanden?«

»Ich weiß nicht«, sagte Macon.

Die Mattigkeit seiner Stimme fesselte ihn. Er fühlte sich der eigenen Person seltsam entrückt. Julian mochte das gespürt haben, denn er sagte nach einer weiteren Pause: »He, Kumpel. Bist du okay?«

»Mir geht's gut«, versicherte Macon.

»Ich weiß, du hast allerhand durchgemacht, Kumpel.«

»Mir geht's gut! Bestens! Was soll schon los sein? Ich brauche eben nur ein bißchen Zeit, um alles zu organisieren. Du bekommst das Manuskript am 15. September. Möglicherweise früher. Ja, höchstwahrscheinlich früher. Vielleicht schon Ende August. In Ordnung?«

Dann legte er auf.

Aber sein Arbeitszimmer war so düster und stickig und roch nach den salzigen, tintigen Ausdünstungen geistiger Verrenkungen. Er trat ein und fühlte sich von seiner Aufgabe erdrückt, als hätte das

Chaos schließlich doch gesiegt. Er machte kehrt und ging wieder hinaus.

Seinen Reiseführer vermochte er vielleicht nicht zu organisieren, aber die Organisation des Haushalts war etwas gänzlich anderes. Das hatte etwas Befriedigendes an sich, etwas Tröstliches – sogar mehr als das; es verlieh ihm das Gefühl, eine Gefahr abzuwenden. Während der nächsten Woche nahm er sich die Zimmer vor und entwickelte neue Systeme. Er arrangierte in sämtlichen Küchenschränken alles radikal um und warf das Zeug in den klebrigen, verstaubten Gläsern weg, die Sarah seit Jahren nicht geöffnet hatte. Er schloß den Staubsauger an ein dreißig Meter langes Verlängerungskabel an, das ursprünglich für den Rasenmäher vorgesehen war. Er begab sich ins Gärtchen und jätete, schnitt, stutzte, kappte – mistete aus, wie er sich einbildete. Bis jetzt hatte Sarah die Gartenarbeit verrichtet, und nun erlebte er dabei so manche Überraschung. Ein bestimmtes Unkraut entlud seine Samen mit Knalleffekt, sobald er sie berührte, ein bravouröser Gegenangriff in höchster Not, andere hingegen räumten das Feld ganz gefügig – viel zu gefügig: Sie brachen am oberen Sproßglied ab, und die Wurzeln blieben im Boden. Diese Zähigkeit! Diese Überlebenskunst! Warum konnten Menschen das nicht ebensogut?

Er spannte im Keller eine Wäscheleine auf, damit er den Trockner nicht in Betrieb nehmen mußte. Trockner waren entsetzliche Energieverschwender. Dann montierte er den dicken, flexiblen Abluftschlauch ab und lehrte die Katze, die Öffnung im Fenster, wo der Schlauch hinausgeführt hatte, als Ein- und Ausgang zu benützen. Somit entfiel die Katzentoilette. Mehrmals täglich sprang die Katze lautlos aufs Ausgußbecken, reckte sich lang und sehnig auf den Hinterbeinen empor und schnellte durchs Fenster.

Ein Jammer, daß Edward es ihr nicht gleichtun konnte. Macon haßte es, ihn Gassi zu führen. Edward hatte nie gelernt, bei Fuß zu gehen, und wickelte seine Leine immer um Macons Beine. Ach, Hunde waren eine Plage. Hunde verschlangen auch gewaltige Mengen Futter; Edwards Futterflocken mußten aus dem Supermarkt heimgekarrt, aus dem Kofferraum gehievt und über die steile Eingangstreppe und durchs Haus in die Vorratskammer geschleppt werden. Für dieses Problem ersann Macon immerhin eine Lösung. Er stellte am Fuß der alten Kohlenschütte im Keller einen Plastikmülleimer auf, aus dessen Boden er ein Viereck ausgeschnitten hatte. Dann füllte er den Rest aus einem Sack Hundeflocken in den Mülleimer, der sich wunderbarerweise in einen Futterspender verwandelte, wie ihn auch die Katze hatte. Wenn er nächstens Hundefutter kaufte, brauchte er nur ums Haus zu fahren und es die Kohlenschütte hinunterrasseln zu lassen.

Der einzige Haken an der Sache war, daß Edward sich vor dem Keller fürchtete, wie sich erwies. Er begab sich allmorgendlich in die Vorratskammer, wo ihm früher das Frühstück vorgesetzt worden war, hockte sich auf sein kleines, dickes Hinterteil und winselte. Also mußte Macon ihn leibhaftig die Kellertreppe hinuntertragen, wobei er ins Schwanken geriet, weil Edward in seinen Armen zappelte. Da die ganze Sache eigentlich der Arbeitsersparnis dienen sollte, sah Macon seine Absichten durchkreuzt. Dennoch gab er nicht auf.

Seines Rückens eingedenk, band er den Wäschekorb auf Ethans altem Skateboard fest und ließ ein Einkaufsnetz am Ende eines Seils den Wäscheschacht hinab. Hinfort brauchte er die Wäsche also weder hinauf noch hinunter, ja nicht einmal durch den Keller zu schleppen. Manchmal freilich – wenn er mühsam den fahrbaren Wäschekorb von der Wäscheleine zum Wäscheschacht schob, saubere Laken ins Einkaufsnetz stopfte und dann hinaufrannte, um es an dem harten Seil hochzuziehen – genierte Macon sich denn doch ein bißchen. War das, was er da tat, nicht ziemlich albern?

Aber im Grunde genommen war ja alles albern.

Die Nachbarschaft mußte inzwischen mitbekommen haben, daß Sarah ihn verlassen hatte. An ganz gewöhnlichen Wochentagen riefen jetzt Leute an und luden ihn zu einem Essen »auf gut Glück« ein. Macon dachte zuerst, es handle sich um eine dieser Angelegenheiten, zu denen jeder etwas zu essen mitbringt, und wenn man Glück hat, kommt sogar ein anständiges Mahl zustande. Er kam bei Bob und Sue Carney mit einer Schüssel

Makkaroni und Käse an. Da sie Spaghetti servierte, schien es mit seinem Glück nicht weit her zu sein. Sie stellte seine Makkaroni ans Ende des Tisches, und niemand aß welche, außer Delilah, der Dreijährigen. Die ließ sich allerdings mehrmals den Teller füllen.

Macon hatte nicht erwartet, die Kinder bei Tisch anzutreffen. Er galt jetzt offenbar als ein anderer Mensch, als so etwas wie ein alleinstehender Onkel, der es anscheinend nötig hatte, von Zeit zu Zeit am Familienleben zu schnuppern. In Wirklichkeit aber hatte er anderer Leute Kinder noch nie besonders gern gemocht. Und Zusammenkünfte jedweder Art deprimierten ihn. Körperliche Berührung mit Menschen, die ihm nicht nahestanden – ein Arm um seine Schulter, eine Hand auf seinem Ärmel – hatte zur Folge, daß er sich zurückzog wie eine Schnecke in ihr Haus. »Wissen Sie, Macon«, sagte Sue Carney und streckte sich über den Tisch, um sein Handgelenk zu tätscheln, »wann immer Sie das Bedürfnis verspüren, sind Sie bei uns jederzeit willkommen. Auch ohne Einladung.«

»Das ist nett von Ihnen, Sue.« Er hätte gern gewußt, woher es kam, daß die Haut fremder Menschen sich so unecht anfühlte – beinahe wächsern, als gäbe es zwischen ihm und den anderen eine unsichtbare, zusätzliche Schicht. Er zog die Hand bei der erstbesten Gelegenheit zurück.

»Wenn du so leben könntest, wie du wolltest«, hatte Sarah ihm einmal vorgehalten, »würdest du wahrscheinlich auf einer einsamen, menschenleeren Insel enden.«

»Aber! Das ist überhaupt nicht wahr!« hatte er entgegnet. »Ich hätte doch dich und Ethan, meine Schwester und meine Brüder . . .«

»Aber keine Leute! Ich meine Leute, die zufällig da wären, Leute, die du nicht kennst!«

»Nun ja, wahrscheinlich nicht«, hatte er gesagt. »Du schon?«

Natürlich hätte sie auch andere Leute um sich gewollt – damals. Bevor Ethan starb. Sie war von Natur aus ein geselliger Mensch. Wenn es nichts anderes zu tun gab, schlenderte sie selig durch Einkaufszentren – Macons Vorstellung von der Hölle, wo all die Schultern fremder Menschen seine Schultern streiften. Sarah lebte im Gedränge auf. Sie schloß gern neue Bekanntschaften. Sie mochte Partys, sogar Cocktailpartys. Man mußte von Sinnen sein, um Cocktailpartys zu mögen, fand Macon – diese Schauspiele geistiger Verwirrung, zu denen sie ihn mitschleppte und wo er schon ein schlechte Gewissen haben mußte, wenn es ihm zufällig gelang, an einem halbwegs vernünftigen Gespräch teilzunehmen. »Zirkulieren. Zirkulieren«, zischte ihm Sarah bei solchen Gelegenheiten immer zu, wenn sie mit ihrem Drink hinter seinem Rücken vorbeistrich.

Das hatte sich im Laufe des letzten Jahres geändert. Sarah mochte kein Gedränge mehr. Sie mied Einkaufszentren, hatte ihn mit Cocktailpartys verschont. Sie nahmen nur noch an kleinen, ruhigen Essen teil, und Sarah selbst hatte seit Ethans Tod niemanden mehr zum Dinner geladen. Macon hatte einmal gefragt: »Sollten wir nicht die Smiths und die Millards kommen lassen? Wir waren schon so oft bei ihnen.«

Sarah hatte nur gemeint: »Ja. Du hast recht. Demnächst.« Und dabei war es geblieben.

Sie hatten einander auf einer Party kennengelernt. Sie waren damals beide siebzehn Jahre alt. Es handelte sich um eine Gemeinschaftsveranstaltung seiner und ihrer Schule. Macon fand schon in diesem Alter Partys gräßlich, brannte aber insgeheim darauf, sich zu verlieben, und hatte sich deshalb dazu durchgerungen, hinzugehen, stellte sich dann aber, unbeteiligt dreinschauend – wie er hoffte –, abseits in eine Ecke und nippte an seinem Ginger-ale. Das war 1958. Alle Welt lief in Hemden mit Aufknöpfkragen herum, Macon hingegen trug einen schwarzen Rollkragenpullover, schwarze Hosen und Sandalen. (Er machte gerade seine Dichterphase durch.) Und Sarah, ein quecksilbriges Mädchen mit einer Mähne kupferbrauner Locken und einem runden Gesicht, großen blauen Augen und einer vollen Unterlippe – Sarah hatte etwas Rosafarbenes an, entsann er sich, das ihren Teint zum Strahlen brachte. Sie war von bewundernden Knaben umringt. Sie war klein und wohlgeformt, und sie hielt die braungebrannten Waden geradezu schneidig angespannt, als sei sie entschlossen, sich von dieser Horde baumlanger Baseball- und Rugbystars bloß nicht umwerfen zu lassen. Macon ließ jede Hoffnung fahren. Nein, nicht einmal das – er zog Sarah gar nicht erst in Betracht, keine Sekunde lang, sondern starrte an ihr vorbei auf andere, leichter zugängliche Mädchen. Also mußte Sarah die Initiative ergreifen. Sie kam zu ihm herüber und erkundigte sich, warum er eigentlich so arrogant tue.

»Arrogant!« sagte er. »Ich bin nicht arrogant.«

»Siehst aber ganz so aus.«

»Nein, ich bin bloß – angeödet«, eröffnete er ihr.

»Also, willst du jetzt tanzen oder nicht?«

Sie tanzten. Er war so unvorbereitet, daß alles vor seinem Blick verschwamm. Er genoß den Tanz erst später, zu Hause, wo er ruhigeren Gemüts nachdenken konnte. Und beim Nachdenken wurde ihm klar, daß er ihr nie aufgefallen wäre, wenn er nicht arrogant getan hätte. Er war der einzige Junge, der sie nicht unverhohlen hofiert hatte. Die Klugheit gebot ihm, sie auch weiterhin nicht zu hofieren, nicht allzu beflissen zu erscheinen, seine Gefühle nicht zu zeigen. Sarah gegenüber mußte man seine Würde wahren, das spürte er.

Aber die Würde zu wahren war weiß Gott nicht leicht. Macon lebte bei seinen Großeltern, und die vertraten die Ansicht, daß kein Mensch unter achtzehn einen Führerschein haben dürfte. (Obwohl der Staat Maryland anderer Meinung war.) Folglich fuhr Großvater Leary die beiden spazieren, wenn Macon und Sarah ein Rendezvous hatten. Sein Wagen war ein langer, schwarzer Buick mit einer samtigen, grauen Sitzbank hinten, auf der Macon ganz für sich allein saß, denn sein Großvater fand es unschicklich, dort beide nebeneinandersitzen zu lassen. »Ich bin nicht euer Mietchauffeur«, hieß es, »und außerdem sind mit dem Fondsitz bestimmte Vorstellungen verknüpft.« Marcon saß also allein hinten, und Sarah saß vorn neben Großvater Leary. Ihre Lockenpracht, vor dem grellen Licht entgegenkommender Scheinwerfer gesehen, erinnerte Macon an einen brennenden Busch. Einmal beugte er sich vor, räusperte sich und fragte: »Äh – bist du mit deiner Semesterarbeit fertig?«

Sarah fragte zurück: »Semesterarbeit?«

»Semesterarbeit«, sagte Großvater Leary zu ihr. »Der Junge will wissen, ob du damit fertig bist.«

»Ach so. Ja, ich bin fertig.«

»Sie ist fertig«, meldete Großvater Leary nach hinten.

»Ich bin nicht taub, Großvater.«

»Willst du aussteigen und zu Fuß gehen? Ich brauche mir nämlich keine Frechheiten gefallen zu lassen. Ich könnte gemütlich bei meinen Lieben zu Hause sitzen, statt hier im Finstern herumzufahren.«

»'tschuldigung, Großvater.«

Macons einzige Hoffnung gründete auf Schweigen. Er lehnte sich ruhig und gelassen zurück, da er wußte, daß Sarah, wenn sie nach ihm schaute, nur einen Schimmer blonden Haares und ein leeres Gesicht sehen würde – alles übrige Dunkelheit, sein schwarzer Rollkragenpulli mit den Schatten verschmolzen. Es funktionierte. »Woran *denkst* du die ganze Zeit?« fragte sie an seinem Ohr beim Pokaltanzen in der Turnhalle seiner Schule. Er verzog lediglich einen Mundwinkel, gleichsam erheitert, und gab keine Antwort.

Viel änderte sich nicht, als er den Führerschein gemacht hatte. Es änderte sich auch nicht viel, als er nach Princeton aufs College ging, außer daß er keine schwarzen Rollkragenpullis mehr trug und sich in einen Studenten verwandelte, der adrett und salopp in weißem Hemd und Khakihose daherkam. Von Sarah getrennt, empfand er eine beständige Leere, aber in seinen Briefen äußerte er sich nur über sein Studium. Sarah, daheim in Goucher, fragte in ihrem Antwortschreiben einmal: *Fehle ich Dir kein bißchen? Ich traue mich nirgends hinzugehen, wo wir zusammen gewesen sind, aus lauter Angst, Du könntest vom anderen Ende des Raumes geheimnisumwittert herüberstarren.* Sie beendete ihre Briefe mit *Ich liebe Dich*, er die seinen mit *Herzlichst.* Nachts träumte er, daß sie neben ihm lag und ihr Haar sich wispernd an seinem Kopfkissen rieb. Dabei hatten sie sich im wirklichen Leben bisher nur ausgiebig geküßt. Er war sich, ehrlich gesagt, auch gar nicht sicher, ob er mehr zustande gebracht hätte, ohne – wie hatte man das damals genannt? – aus den Pantinen zu kippen. Manchmal war er fast wütend auf Sarah. Er fühlte sich in eine falsche Position gedrängt. Er war gezwungen, diese Unnahbarkeit zu heucheln, wenn er von ihr geliebt werden wollte. Männern wurde wirklich allerhand zugemutet!

Sie schrieb, sie gehe mit niemand anderem aus. Macon ging auch mit keiner anderen aus, aber das verriet er natürlich nicht. Er kam im Sommer heim und arbeitete in der Fabrik seines Großvaters. Sarah arbeitete im Schwimmbad daran, braun zu werden. Als der Sommer halb herum war, machte sie die Bemerkung, es wundere sie, warum er eigentlich noch nie mit ihr schlafen gewollt habe. Macon dachte eine Weile nach und sagte dann gelassen, er gedenke, das jetzt zu tun. Sie gingen zu ihr nach Hause, ihre Eltern machten Urlaub in Rehoboth. Sie stiegen hinauf in ihr kleines Schlafzimmer mit all den weißen Rüschen und dem Geruch von frischer Farbe in der Sonnenglut. »Hast du ein Dingsbums mitgebracht?« fragte Sarah, und Macon, der nicht eingestehen wollte, daß er kaum wußte, wie so etwas aussah, entgegnete barsch: »*Nein,* ich habe kein Dingsbums mitgebracht. Wofür hältst du mich?« Eine sinnlose Frage, genaugenommen, aber Sarah faßte sie als Ausdruck des Abscheus vor ihrer Direktheit auf, und sie sagte: »Du entschuldigst schon, daß es mich überhaupt gibt!«, rannte die Treppe hinunter und zur Haustür hinaus. Es dauerte eine halbe Stunde, bis er sie fand, und noch wesentlich länger, bis er sie beruhigen konnte. Ehrlich, sagte er, nur an ihr Wohlergehen habe er gedacht: Seiner Erfahrung nach seien diese Dingsbumsdinger gar nicht so zuverlässig. Er bemühte sich um den Anschein, gut unterrichtet und gegen plötzliche Leidenschaftsausbrüche gefeit zu sein. Er empfahl ihr den Besuch eines Arztes, den er kannte – zufällig war es der Doktor, der das »Frauenleiden« seiner Großmutter behandelte. Sarah trocknete sich die Tränen, lieh sich Macons Füller und notierte sich die Adresse auf der Rückseite eines Kaugummi-Einwickelpapiers. Würde der Arzt sie denn nicht abweisen? fragte sie. Würde er nicht meinen, sie sollte wenigstens verlobt sein? Tja, na gut, sagte Macon, dann würden sie sich eben verloben. Sarah sagte, das wäre himmlisch.

Die Verlobungszeit dauerte drei Jahre, das ganze restliche Studium hindurch. Großvater Leary vertrat die Ansicht, die Hochzeit solle noch länger hinausgeschoben werden, bis Macon eine feste Anstellung gefunden hatte; doch da ihm diese Anstellung bei der Firma Leary Metals sicher war, die Kronenkorken für Limonadeflaschen erzeugte, sah Macon keine Notwendigkeit, sich auch nur vorübergehend mit dem Gedanken zu befassen. Außerdem begann das Gerenne in und aus Sarahs Schlafzimmer – immer dann, wenn Sarahs Mutter ihren Rotkreuztag hatte – an beider Nerven zu zehren.

Sie heirateten also in dem Frühling, als sie mit dem College fertig waren. Macon trat seinen Posten in der Fabrik an, Sarah nahm ihre Tätigkeit als Englischlehrerin an einer Privatschule auf. Das war sieben Jahre vor Ethans Geburt. Inzwischen nannte Sarah ihren Mann nicht mehr »geheimnisumwittert«. Wenn er sich jetzt ruhig gab, schien sie sich darüber zu ärgern. Macon spürte das, vermochte es jedoch nicht zu ändern. Er war auf eine merkwürdige Weise eingesperrt in das arrogante Ich, das er bei seiner ersten Begegnung mit ihr angenommen hatte. Er war darin erstarrt. Egal, wie sehr er sich auch bemühte, sein Benehmen zu ändern – Sarah behandelte ihn weiterhin wie einen unnatürlich leidenschaftslosen Menschen, wie jemanden, der vom Temperament her ausgeglichener war als sie, aber vielleicht auch nicht so tief empfand.

Einmal war ihm zufällig ein Fragebogen untergekommen, den sie ausgefüllt hatte – eine dieser Umfragen zum Thema »Wie glücklich ist Ihre Ehe?« –, und bei dem Satz *Ich glaube, ich liebe meinen Mann/meine Frau mehr, als er/sie mich liebt,* hatte Sarah die Antwort *Richtig* angekreuzt. Das Beunruhigende daran war allerdings, daß Macon, nachdem er automatisch sein verächtliches Schnauben ausgestoßen hatte, sich fragen mußte, ob das nicht doch der Wahrheit entsprach. Irgendwie hatte seine Rolle von ihm Besitz ergriffen. Selbst innerlich war er inzwischen ein ziemlich kühler Mann geworden, und abgesehen von seinem Sohn (Kunststück: ein Kind ist überhaupt kein Prüfstein) gab es in seinem Leben keinen einzigen Menschen, um den er wirklich gebangt hätte.

Wenn er jetzt daran dachte, bereitete ihm die Einsicht , daß Sarah ihm letzten Endes doch fehlte, einige Erleichterung. Aber auch diese Erleichterung schien auf Gefühllosigkeit hinauszulaufen, und er ächzte und schüttelte den Kopf und raufte sich mit beiden Händen das Haar.

Eine Frau rief an und sagte: »Macon?« Er erkannte sofort, daß es nicht Sarah war. Sarahs Stimme war hell und vibrierend; diese hier klang fest, forsch, rauh. »Hier ist Muriel.«

»Muriel«, wiederholte er.

»Muriel Pritchett.«

»Ach ja«, sagte er, hatte aber immer noch keine Ahnung, wer sie war.

»Aus der Tierklinik«, erläuterte sie. »Die so gut mit Ihrem Hund ausgekommen ist.«

»Oh, aus der Tierklinik!«

Er sah sie vor sich, wenngleich undeutlich. Er sah sie ihren eigenen Namen aussprechen, wobei das langgedehnte »u« und das »p« den dunkelroten Mund zusammenzog.

»Ich wollte wissen, wie es Edward geht.«

Macon warf einen Blick auf Edward. Sie waren gerade beide im Arbeitszimmer, wo Macon sich eine halbe Schreibmaschinenseite abgerungen hatte. Edward lag platt auf dem Bauch, die Hinterbeine gerade hinter sich ausgestreckt – kurze, dralle Beine wie die Keulen einer bratfertig dressierten Long-Island-Jungente. »Scheint ihm recht gutzugehen.«

»Ich meine, beißt er noch?«

»In letzter Zeit nicht mehr, aber ein neues Symptom hat er. Er wird wütend, wenn ich aus dem Haus gehe. Dann bellt er und fletscht die Zähne.«

»Ich finde ja immer noch, daß er Training braucht.«

»Ach wissen Sie, er ist viereinhalb Jahre alt, und ich nehme an – «

»Das ist nicht zu alt! Das schaffe ich mit links. Hören Sie, ich komme einfach zu Ihnen, und wir unterhalten uns darüber. Wir trinken vielleicht einen Schluck oder so und reden über seine Probleme.«

»Also, ich glaube wirklich nicht –«

»Oder Sie kommen zu mir. Ich mache Ihnen auch etwas zu essen.«

Macon fragte sich, was es Edward nützen würde, zum Essen bei fremden Leuten geschleppt zu werden.

»Macon? Wie finden Sie das?« fragte sie.

»Och, na ja, hm ... Ich glaube, ich versuche zunächst selbst einmal, mit ihm fertig zu werden.«

»Das kann ich verstehen«, sagte sie. »Glauben Sie mir. Ich hab' diesen Zustand auch durchgemacht. Also dann warte ich eben, bis Sie sich bei mir melden. Sie haben doch meine Karte, oder?«

Macon bejahte, obwohl er keine Ahnung hatte, wo sie hingeraten war.

»Ich will mich nicht aufdrängen!« versicherte sie.

»Ach wo«, sagte Macon. Dann legte er auf und wandte sich wieder seinem Ratgeber zu.

Er arbeitete noch immer am Vorwort, und dabei war es schon Ende August. Wie sollte er jemals den Ablieferungstermin einhalten? Die Rückenlehne des Bürostuhls drückte an genau der falschen Stelle gegen seine Wirbelsäule. Die S-Taste klemmte. Die Schreibmaschine tippte vernehmbare Wörter. »Unvergleichlich«, sprach sie. Es klang genauso, wie Sarah »unvergleichlich« sagte. »Du auf deine unvergleichliche Art ...« Er schüttelte den Kopf. *Im allgemeinen ist das Essen in England nicht so mißlich wie in anderen fremden Ländern. Leckeres gekochtes Gemüse, Sachen in weißer Sauce, Pudding zum Nachtisch ... Ich weiß nicht, warum manche Reisende sich über das englische Essen beklagen.*

Im September beschloß er, sein Bekleidungssystem zu ändern. Wenn er zu Hause Trainingsanzüge tragen würde – die reißverschlußlose Sorte, nichts, was kratzte oder einschnürte –, brauchte er zwischen den Duschbädern nicht mehr die Kleidung zu wechseln. Der Trainingsanzug würde zugleich als Schlaf- und als Hausanzug dienen.

Er kaufte zwei davon, mittelgrau. Am ersten Abend, als er sich in dem einen schlafen legte, fühlte das Material sich höchst angenehm an, und er freute sich, daß er sich am nächsten Morgen nichts anderes anziehen mußte. Ja, er kam auf die Idee, denselben Trainingsanzug zwei Tage hintereinander zu tragen und nur jeden zweiten Tag zu duschen. Und die Energieeinsparung! Frühmorgens brauchte er sich nur noch zu rasieren. Er erwog sogar, sich einen Bart wachsen zu lassen.

Gegen Mittag des zweiten Tages beschlich ihn eine gewisse Niedergeschlagenheit. Er saß an der Schreibmaschine und wurde sich unversehens seiner Haltung bewußt – krumm und schlaff. Er schob es auf den Trainingsanzug. Er stand auf, ging in die Diele und stellte sich vor den großen Spiegel. Sein Abbild erinnerte an den Insassen einer Klinik für Geisteskranke. Schuld daran waren eventuell seine Schuhe – gewöhnliche schwarze Schnürschuhe, die zu einem normalen Anzug gehörten. Sollte er sich Turnschuhe kaufen? Er wollte aber auf gar keinen Fall mit einem Jogger verwechselt werden. Er sah, daß er ohne Gürtel um die Taille dazu tendierte, den Bauch hängen zu lassen. Er richtete sich gerader auf. Am Abend, als es Zeit war, den ersten Trainingsanzug zu waschen, verwendete er besonders heißes Wasser, um die Pludrigkeit durch Einlaufen etwas zu verringern.

Am nächsten Morgen fühlte er sich noch viel schlechter. Nachts war es warm gewesen, und er wachte klebrig und mißgestimmt auf. Der Gedanke an Popcorn zum Frühstück machte ihn schaudern. Er steckte einen Haufen Laken in die Waschmaschine, und später, mitten beim Aufhängen, bemerkte er plötzlich, wie er mit gesenktem Kopf erstarrt dastand, die Hände an den Gelenken von der Leine baumelnd, als wäre er selbst dort mit Klammern befestigt. »Reiß dich am Riemen«, sagte er laut. Seine Stimme klang krächzend und eingerostet.

Es war der Tag, an dem er immer seine Lebensmittel einkaufen ging – ein Dienstag, wenn sich im Supermarkt etwas weniger Menschen drängten als sonst. Aber er konnte sich einfach nicht dazu aufraffen. Ihm graute vor der Plackerei mit den drei Merkbüchern mit Registerleiste, nach denen er sich beim Einkauf richtete. (Das eine enthielt Angaben aus *Verbraucher-Report* – etwa über das höchstbewertete Brot, unter B eingetragen. Im zweiten notierte er sich die Preise, und im dritten ordnete er die Rabatt-Coupons ein.) Er mußte immer wieder stehenbleiben und nachschlagen, während er vor sich hin murmelnd Vergleiche zwischen den Preisen für Hausmarken und herabgesetzte Markenartikel zog. Ach, alles war so kompliziert. Wozu die Plage? Wozu denn überhaupt essen!

Indes, er brauchte Milch. Und Edwards Hundefutter ging zur Neige, und Helens Katzenfutter war restlos aufgezehrt.

Er tat etwas, was er noch nie getan hatte. Er rief das »Einkaufskörbchen« an, ein kleines, teures Lebensmittelgeschäft, das ins Haus lieferte. Und er bestellte nicht nur Notrationen. Nein, er orderte den ganzen Wochenbedarf. »Sollen wir das an der Haustür oder an der Hintertür abliefern?« flötete die Angestellte.

»An der Hintertür«, sagte Macon. »Nein, halt. Bringen Sie das Leichtverderbliche nach hinten, aber das Hundefutter laden Sie vor der Kohlenschütte ab.«

»Kohlenschütte«, wiederholte die Angestellte, während sie offenbar mitschrieb.

»Die Kohlenschütte an der Seite des Hauses. Aber nicht das Katzenfutter. Das kommt nach hinten mit dem Leichtverderblichen.«

»Also Moment mal –«

»Und die Artikel für oben an die Haustür.«

»Was für Artikel für oben?«

»Zahnpasta, Toilettenseife, Hundekuchen –«

»Ich denke, Hundekuchen kommt zur Kohlenschütte.«

»Nicht Hundekuchen, das Hunde*futter*! Das Hundefutter kommt vor die Kohlenschütte, verdammt noch mal!«

»Also das ist doch –«, sagte die Angestellte. »Werden Sie bloß nicht grob.«

»Entschuldigung«, entgegnete Macon, »aber was ich will, ist doch stinkeinfach, will mir scheinen: einen mickrigen Karton Milkbone-Hundekuchen oben neben mein Bett. Wenn ich Edward von meinem Popcorn mit Butter abgebe, bringt es seinen Magen durcheinander. Sonst wäre es mir egal. Schließlich horte ich das Zeug ja nicht für mich selbst, aber er verträgt nun mal keine

Fette, und außer mir ist niemand im Haus, folglich muß *ich* saubermachen, wenn er sich übergibt. An mir bleibt es hängen, ich steh' schließlich allein da, bin ganz auf mich gestellt. Anscheinend sind alle einfach . . . vor mir davongelaufen, was weiß ich, sie sind weg, und ich stehe da und frage mich: Wohin sind sie entschwunden? Wo sind sie nur alle hin? Mein Gott, was habe ich denn verbrochen?«

Er hatte einen Frosch in der Stimme. Er legte auf. Er stand vor dem Telefon und rieb sich die Stirn. Hatte er seinen Namen genannt oder nicht? Er konnte sich nicht erinnern. Bitte, bitte, hoffentlich hatte er seinen Namen nicht genannt.

Er löste sich allmählich in seine Bestandteile auf, soviel stand fest. Er mußte sich an die Kandare nehmen. Als erstes: Heraus aus dem Trainingsanzug. Er brachte ihm Unglück. Macon klatschte energisch in die Hände und ging dann ins Obergeschoß hinauf. Im Bad riß er sich den Trainingsanzug vom Leib und warf ihn in die Wanne. Der von gestern hing an der Duschvorhangstange, immer noch feucht. Ausgeschlossen, daß er bis zum Abend trocknen würde. Was für ein Mißgriff! Er kam sich blöd vor. Es hätte nicht viel gefehlt, kaum eine Haaresbreite, und er hätte sich in eine dieser Jammergestalten verwandelt, die man gelegentlich herumstreunen sieht – ungewaschen, unrasiert, aus dem Leim gegangen, Selbstgespräche führend, in ihren Wohlfahrtsklamotten dahinschlurfend.

Frisch angezogen, in weißem Hemd und Khakihose, nahm er den feuchten Trainingsanzug ab und trug ihn in den Keller. Als Winterschlafanzug konnte man das Ding ja noch gebrauchen. Er steckte es in den Trockner, klemmte den Abluftschlauch wieder in die Fensteröffnung und stellte die Wählscheibe ein. Besser, ein bißchen Energie zu verschwenden, als wegen eines triefenden Trainingsanzugs der Verzweiflung anheimzufallen.

Oben auf der Kellertreppe klagte Edward sein Leid. Er hatte zwar Hunger, aber nicht den Mut, allein hinunterzulaufen. Als er Macon erblickte, legte er sich flach, ließ die Schnauze über die oberste Stufe hervorlugen und setzte eine hoffnungsvolle Miene auf. »Feigling«, tadelte Macon. Er nahm Edward auf beide Arme und schickte sich an, wieder hinunterzupoltern. Edward begann, mit den Zähnen zu klappern – ticketi-tick, wie Reis in einer Tasse. Macon ertappte sich bei dem Gedanken, ob Edward vielleicht etwas wußte, was ihm, Macon, unbekannt war. Sollte es im Keller etwa spuken? Nach all den Wochen hatte Edward immer noch solche Angst, daß er manchmal, vor sein Futter gestellt, bloß beklommen dastand und eine Pfütze machte, ohne auch nur ein Bein zu heben. »Du benimmst dich ausgesprochen albern, Edward«, rügte Macon.

Da erscholl ein unheimliches Heulen von – ja, von wo? Anscheinend direkt aus der Luft. Es tönte gleichmäßig weiter; es schwoll an. Edward, der dies offenbar längst erwartet hatte, rammte die stämmigen, krallenbewehrten Hinterbeine augenblicklich in Macons Zwerchfell. Macon spürte, wie es ihm den Atem verschlug. Edward platschte gegen die Wand aus aufgehängten, feuchten Leibsäcken, prallte ab und landete mitten auf Macons Magen. Macon stellte blindlings einen Fuß in den Wäschekorb mit dem fahrbaren Untersatz, und die Beine rutschten unter ihm weg. Er trat mit voller Wucht ins Leere.

Rücklings lag er da – auf dem feuchtkalten Zementboden, das linke Bein unter dem Körper verklemmt. Der Ton, welcher das Ganze in Gang gebracht hatte, setzte einen Sekundenbruchteil lang aus, dann erscholl er wieder. Jetzt war deutlich zu hören, daß er aus dem Abluftschlauch des Trockners drang. »Mist«, sagte Macon zu Edward, der keuchend auf ihm drauf lag. »Glaubst du nicht, die blöde Katze hätte merken müssen, daß der Trockner läuft?«

Er reimte sich zusammen, wie es geschehen sein mußte. Bei dem Versuch, hereinzugelangen, hatte ihr ein Luftstrom entgegengepfiffen, aber sie hatte sich eisern in den Schlauch vorgearbeitet. Macon stellte sich das Bild vor, wie sie, die Augen zu Schlitzen verengt, die Ohren vom flusenerfüllten Wirbelwind flach an den Kopf gepreßt, jaulend und protestierend, dennoch ihren Weg fortgesetzt hatte. Diese Hartnäckigkeit!

Macon schüttelte Edward ab und rollte sich auf den Bauch. Selbst diese kleine Bewegung verursachte ihm Pein. Brechreiz würgte ihn, aber er machte noch eine Rolle, wobei er das linke Bein nachzog. Die Zähne zusammengebissen, griff er nach der Klappe des Trockners und öffnete sie. Der Trainingsanzug hörte allmählich auf zu rotieren. Die Katze hörte auf zu jaulen. Macon schaute zu, wie sich ihre taumelnde, struppige Figur rückwärts durch den Schlauch schob. Just als sie den Ausschlupf erreichte, fiel der Schlauch aus der Fensteröffnung und in den Ausguß, aber Helen fiel nicht mit. Er hoffte, daß ihr nichts passiert war. Er wartete, bis sie am anderen Fenster vorbeihuschte, offensichtlich nur ein bißchen ramponiert. Dann holte er tief Luft und machte sich auf den langen, beschwerlichen Weg treppauf, um Hilfe herbeizurufen.

5

»Oh, wie bin ich gestrauchelt, wie hab' ich gefehlt«, sang Macons Schwester in der Küche, »wie hab' ich gesündigt, 's war töricht, ich weiß . . .«

Sie hatte eine zittrige Sopranstimme wie eine alte Dame, obwohl sie jünger war als Macon. So eine Stimme hätte in eine Kirche gepaßt, in eine Kirche auf dem Land, wo die Frauen noch immer flache Strohhüte tragen. ». . . nun bin ich ein froher Pilger – auf dem Weg ins Paradeis.«

Macon lag auf dem Ruhebett in der Glasveranda seiner Großeltern. Sein linkes Bein, von der Oberschenkelmitte bis zum Spann eingegipst, tat nicht übermäßig weh, es war vielmehr gar nicht da. Um die beständige watteartige Fühllosigkeit loszuwerden, hätte er sich gern ins eigene Schienbein gekniffen. Das ging natürlich nicht. Er war sich selber unerreichbar. Der heftigste Schlag hörte sich an, als pochte jemand im Nebenzimmer an die Wand.

Dennoch war er einigermaßen zufrieden. Er lag da und hörte zu, wie seine Schwester das Frühstück bereitete, kraulte gemächlich die Katze, die sich in der Decke eine Mulde gemacht hatte. »Ich hatte Kummer, ich hatte Sorgen«, trillerte Rose fröhlich, »ich kannte Leid und Tränen heiß . . .« Sobald sie den Kaffee aufgesetzt hatte, würde sie kommen und ihm helfen, durchs Wohnzimmer ins Erdgeschoßbad zu gelangen. Es kostete ihn immer noch Mühe, sich fortzubewegen, zumal auf gewachsten Böden. Neuerdings staunte er über all die Menschen auf Krücken, die er früher als gegeben hingenommen hatte. Jetzt erschienen sie ihm wie ein Schwarm würdig einherstolzierender Stelzvögel, die ihre munteren Hüpfer und gefälligen Schwünge so bewundernswert vollführten. Wie machten die das bloß?

Seine eigenen Krücken, so neu, daß die Gummikappen noch kein bißchen abgewetzt waren, lehnten an der Wand. Sein Bademantel hing über einer Stuhllehne. Unter dem Fenster stand ein zusammenklappbarer Spieltisch mit einer Platte aus holzfaserartig angestrichener Pappe und mit wackligen Beinen. Die Großeltern waren seit Jahren tot, aber der Tisch blieb wie in Erwartung eines ihrer endlosen Bridge-Spiele aufgestellt. Macon wußte, daß auf der Unterseite ein vergilbtes Etikett klebte, auf dem nicht nur die Herstellerfirma ATLAS MFG. CO angegeben, sondern auch ein Stahlstich zu sehen war, der sechs korpulente, humorlose Männer in Stehkragenanzügen auf einem Brett stehend zeigte, das quer über genau dem gleichen Tisch lag. MÖBEL VON TÄUSCHENDER ZERBRECHLICHKEIT, verkündete die Bildunterschrift. Macon bezog den Satz auch auf seine Großmutter: täuschende Zerbrechlichkeit. Als Junge hatte er, wenn er in der Glasveranda auf dem Boden lag, oft ihre zerbrechlichen Beine betrachtet, an denen die Knöchel vorsprangen wie Türknäufe. Ihre derben schwarzen Schuhe mit den Blockabsätzen standen fest postiert und einen halben Schritt auseinander da, ohne je auf den Boden zu klopfen oder zu scharren.

Er hörte seinen Bruder Porter im Obergeschoß zu Roses Gesang pfeifen. Er wußte, daß es Porter war, denn Charles pfiff nie. Die Dusche begann zu rauschen. Seine Schwester erschien an der Verandatür, Edward äugte hinter ihr hervor und hechelte Macon an, als wollte er lachen.

»Macon? Bist du wach?« fragte Rose.

»Seit *Stunden*«, betonte er, denn sie hatte so eine Art an sich, die ihre Brüder veranlaßte, sich belästigt und bedauernswert zu geben, sobald die Schwester sie nur ins Auge faßte. Sie war unauffällig hübsch und trug ihr beiges Haar schlicht im Nacken zusammengefaßt, weil das die wenigsten Umstände bereitete. Sie hatte eine Figur wie ein junges Mädchen, kaschierte sie jedoch mit ihrer altjüngferlichen Kleidung.

Sie wickelte Macon in den Bademantel ein und half ihm beim Aufstehen. Jetzt tat sein Bein höllisch weh. Der Schmerz hing offenbar mit der Schwerkraft zusammen, denn er zog sich pulsierend am ganzen Knochen entlang nach unten. Rechts auf Rose und links auf eine Krücke gestützt, humpelte er ins Wohnzimmer mit den abgenützten, verschnörkelten Möbeln. Der Hund geriet ihm immerzu zwischen die Füße. »Vielleicht könnte ich hier ein bißchen rasten«, meinte Macon, als sie an der Couch vorbeikamen.

»Es ist nicht mehr weit.«

Sie betraten den Vorraum. Rose öffnete die Tür zum Bad und half ihm hinein. »Ruf mich, wenn du fertig bist«, sagte sie und schloß die Tür hinter ihm. Macon sank gegen das Waschbecken.

Beim Frühstück redete Porter munter drauflos, während die anderen schweigend aßen. Porter sah von allen Learys am besten aus – kompakter als Macon, das Haar eine Nuance blonder. Er strahlte eine Vitalität und eine Direktheit aus, die seinen Brüdern fehlte. »Gibt eine Menge zu tun heute«, sagte er zwischen einzelnen Bissen. »Die Konferenz mit Herrin, die Bewerber für Daves früheren Posten, dann kommt Cates aus Atlanta angeflogen . . .«

Charles schlürfte lediglich seinen Kaffee. Im Gegensatz zu Porter, der bereits ausgehfertig gekleidet war, hatte Charles noch den Schlafanzug an. Er war ein ruhiger Mensch mit sanftem Gesicht und schien sich nie zu bewegen. Wann immer man ihn ansah, betrachtete er einen mit seinen traurigen Augen, deren äußere Winkel tiefer lagen als die inneren.

Rose brachte die Kaffeekanne vom Herd. »Heut nacht hat Edward mich zweimal aufgeweckt, weil er hinauswollte«, sagte sie. »Meint ihr, mit seinen Nieren stimmt etwas nicht?«

»Das macht die Umstellung«, erklärte Macon. »Der Ortswechsel. Ich frage mich, wieso er weiß, daß er nicht mich wecken soll.«

Porter meinte: »Vielleicht könnten wir etwas organisieren. So eine kleine Katzenklappe oder so.«

»Edward ist ziemlich behäbig für eine Katzenklappe«, wandte Macon ein.

»Außerdem«, sagte Rose, »ist der Vorgarten nicht eingezäunt. Wir können ihn nicht allein hinauslassen, ohne Zaun.«

»Dann eine Katzentoilette.«

»Katzentoilette! Für einen Hund?«

»Warum nicht? Wenn sie groß genug ist.«

Macon schlug vor: »Nehmt eine Badewanne. Die im Keller. Dort kommt niemand mehr hin.«

»Und wer macht sie sauber?«

»Ah.«

Alle richteten den Blick auf Edward, der zu Roses Füßen lag. Edward schielte zu ihnen hinauf.

»Woher hast du ihn überhaupt?« fragte Porter.

»Er hat Ethan gehört.«

»Oh. Ach so.« Porter hüstelte. »Tiere!« krähte er. »Schon mal überlegt, was die von uns denken müssen? Ich meine, da kommen wir vom Kaufmann mit der tollsten Beute heim – Hähnchen, Schweinefleisch, ein halbes Rind. Wir gehen um neun weg und sind um zehn wieder da und haben offensichtlich eine ganze Herde Viehzeug erlegt. Die müssen uns für die größten Jäger der Welt halten!«

Macon lehnte sich zurück, die Kaffeetasse mit beiden Händen umschlossen. Die Sonne beschien den Frühstückstisch, die Küche duftete nach Toast. Fast wäre der Verdacht in ihm aufgestiegen, daß er auf irgendeine krumme, unbewußte Tour diesen Unfall womöglich gedeichselt, ihn schrittweise herbeigeführt hatte, nur um Ruhe und Geborgenheit bei den Menschen zu finden, mit denen er sein Leben begonnen hatte.

Charles und Porter fuhren in die Fabrik, und Rose ging nach oben staubsaugen. Macon, der eigentlich an seinem Reiseführer hätte arbeiten müssen, schleppte sich auf die Veranda und klappte zusammen. Seit seiner Rückkehr in den Schoß der Familie schlief er zuviel. Das Schlafbedürfnis rollte in seinem Schädel herum wie eine große schwarze Kanonenkugel und verursachte ihm einen schweren Kopf, der immer wieder vornübersank.

An der Schmalseite des Raums hing ein Portät der vier Leary-Kinder: Charles, Porter, Macon und Rose, in einem Lehnsessel zusammengedrängt. Der Großvater hatte es malen lassen, einige Jahre, bevor er sie zu sich holte. Damals lebten sie noch in Kalifornien bei ihrer Mutter – einer leichtsinnigen jungen Kriegerwitwe. Sie schickte von Zeit zu Zeit Fotos, die Großvater Leary jedoch als unzureichend empfand. Es liege in der Natur der Sache, hatte er sie brieflich belehrt, daß Photographien lügen. Sie zeigten das Aussehen eines Menschen während eines Sekundenbruchteils, nicht während langer Minuten, die man daran wenden würde, um sich jemandem im richtigen Leben genau anzusehen. Unter diesen Umständen, hatte Alicia gemeint, müßte ein Gemälde doch auch lügen. Das halte statt Minuten eben Stunden fest. Das hatte sie nicht etwa Großvater Leary gegenüber geäußert, sondern zu dem Maler gesagt, einem älteren Kalifornier, dessen Namen Großvater Leary irgendwo aufgeschnappt hatte. Ob und was der Maler darauf erwidert hatte, wußte Macon nicht mehr.

Er erinnerte sich aber noch an die Sitzungen, und als er das Gemälde jetzt betrachtete, sah er klar und deutlich seine Mutter in einem rosa Kimono unmittelbar neben dem Goldrahmen stehen und zuschauen, wie das Bild Gestalt annahm, während sie ihr Haar trockenfrottierte. Sie hatte kurzes, flatterndes, sprödes Haar, dessen Farbe sie laut eigener Aussage »etwas nachhalf«. Ihr Gesicht gehörte zu einem Typ, den es gar nicht mehr zu sehen gab – er war nicht nur aus der Mode gekommen, sondern ganz einfach verschwunden. Wie gelang es den Frauen bloß, ihre Grundformen dem Zeitgeschmack anzupassen? Wohin waren diese in den vierziger Jahren so beliebten Gesichter – rundes Kinn, runde Stirn und dick aufgetragener Mund – verschwunden?

Der Maler fand sie, unverkennbar, äußerst attraktiv. Er unterbrach seine Arbeit immer wieder mit der Bemerkung, wie sehr er sich wünschte, Alicia säße ihm Modell. Alicia lachte trocken auf und wischte seine Worte mit einer Handbewegung weg. Später ging sie dann vermutlich ein paarmal mit ihm aus. Sie ließ sich immer wieder mit einem neuen Mann ein, und zwar immer wieder mit dem aufregendsten Mann der Welt, wenn man sie so reden hörte. War es ein Maler, nun, dann mußte sie eine Party veranstalten und alle ihre Freunde überreden, seine Bilder zu kaufen. Flog er an Wochenenden ein kleines Flugzeug, mußte sie sogleich Flugunterricht nehmen. Handelte es sich um einen Politiker, stand sie auch schon an der Straßenecke und drängte den Passanten Petitionen auf. Ihre Kinder waren zu klein, als daß die Männer selbst sie verstört hätten – falls hierzu überhaupt Anlaß bestand. Nein, es waren Alicias Begeisterungsanfälle, die sie beunruhigten. Ihr Enthusiasmus brach in Schüben aus, in einem ungezügelten Hin und Her zwischen Hobbys, Freundinnen, Freunden und Anlässen. Sie schien immer über die Stränge zu schlagen. Sie ging immer zu weit. Ihre Stimme klang schrill und so, als könnte sie sich jeden Moment überschlagen. Je rascher sie sprach und je mehr ihre Augen glänzten, desto unverwandter starrten ihre Kinder sie an, als wollten sie ihr hypnotisch aufzwingen, sich an ihrer, der Kinder, Festigkeit und Zuverlässigkeit ein Beispiel zu nehmen. »Was ist denn los mit euch?« fragte sie dann. »Warum seid ihr solche Klötze?« Und sie verlor die Geduld und rauschte davon, um sich mit ihrer Clique zu treffen. Rose, das Nesthäkchen, wartete dann oft in der Diele auf ihre Rückkehr, lutschte dabei am Daumen und streichelte eine alte Pelzstola, die Alicia längst nicht mehr trug.

Manchmal richtete sich Alicias Begeisterungstaumel auch auf ihre Kinder – ein zwiespältiges Erlebnis. Sie ging mit ihnen in den Zirkus, kaufte ihnen Zuckerwatte, die alle vier nicht mochten. (Sie waren auf Reinlichkeit bedacht.) Sie nahm die Kinder aus der Schule und steckte sie vorübergehend in eine experimentelle Lernkommune, wo Kleidung verpönt war. Dort hockten sie dann fröstelnd und kreuzunglücklich, die Hände flach zwischen die nackten Knie gepreßt, zu viert nebeneinander im Gemeinschaftsraum. Sie kostümierte sich als Hexe und zog mit ihnen an Halloween, dem Abend vor Allerheiligen, von Tür zu Tür, um nach altem Brauch Süßigkeiten zu erbitten und Geizhälsen Streiche zu spielen – für alle vier das schmachvollste Halloween ihres Lebens, denn Alicia geriet wie üblich außer Rand und Band, sie kreischte, krächzte, sie stürzte sich auf fremde Menschen und fuchtelte ihnen mit dem ausgefransten Besen vor dem Gesicht herum. Sie begann, für sich und Rose Mutter-und-Tochter-Kleider zu nähen, in Erdbeerrot mit Puffärmeln, gab es jedoch auf, als die Nähmaschinennadel sie in den Finger stach und ihr Tränen entlockte. (Sie verletzte sich immerzu. Vielleicht, weil sie so hektisch war.) Dann warf sie sich auf etwas anderes und wieder auf etwas anderes und noch etwas Neues. Sie glaubte mit religiöser Inbrunst an die Kraft der Veränderung. Melancholisch? Einen neuen Mann gesucht! Von Gläubigern verfolgt, mit der Miete im Rückstand, die Kinder fieberkrank? In eine neue Wohnung umgezogen! Sie zogen binnen eines Jahres so oft um, daß Macon jeden Tag nach der Schule erst eine Weile dastand und überlegte, bevor er sich auf den Heimweg machen konnte.

Im Jahre 1950 entschloß sie sich zur Heirat mit einem Ingenieur, der als Brückenbauer um die Welt reiste. »Portugal. Panama. Brasilien«, schwärmte sie den Kindern vor. »Mit der Zeit werden wir unseren ganzen Planeten zu sehen bekommen.« Die Kinder starrten sie ausdruckslos an. Sie konnten sich nicht erinnern, dem Mann schon jemals begegnet zu sein. Alicia fragte: »Findet ihr das nicht aufregend?« Später – wohl nachdem er sie alle einmal zum Essen ausgeführt hatte – eröffnete sie ihnen, sie habe es sich anders überlegt, und sie, die Kinder, würden fortan bei den Großeltern leben. »Baltimore ist für Kinder viel besser geeignet, wirklich«, sagte sie. Hatten sie sich widersetzt? Macon konnte sich nicht erinnern. In der Rückschau erschien ihm seine Kindheit wie ein Glaskasten, an dem die Erwachsenen vorbeihasteten, ab und zu das Wort an ihn richteten, über ihn verfügten, während er selbst stumm blieb. Alicia setzte die Kinder also eines heißen Juniabends ins Flugzeug nach Baltimore. Sie wurden von ihren Großeltern abgeholt, zwei mageren, strengen, vornehmen Herrschaften in dunkler Kleidung. Die Kinder waren sofort von ihnen angetan.

Danach sahen sie ihre Mutter nur noch selten. Alicia kam dann mit einem Armvoll wertloser Mitbringsel aus tropischen Ländern in die Stadt hereingeschneit. Ihre Imprimékleider empfanden die Kinder als zu geschmacklos, ihr Make-up als zu grell. Sie fand ihre Kinder allem Anschein nach komisch – die marineblau-weiße Schuluniform, die tadellose Haltung. »Mein Gott! Was seid ihr bieder geworden!« rief sie aus, wobei sie offenbar vergaß, daß sie ihr seit jeher bieder vorgekommen waren. Sie behauptete, die Kinder gerieten ihrem Vater nach. Die Kinder spürten, daß dies nicht als Kompliment gemeint war. (Wenn sie fragten, wie ihr Vater denn gewesen sei, schielte Alicia auf ihr eigenes Kinn hinunter und sagte: »Ach Alicia, sei nicht so kindisch!«) Später, als ihre Söhne verheiratet waren, entdeckte sie wohl noch mehr Ähnlichkeiten, denn gelegentlich sprach sie ihren drei Schwiegertöchtern ihr Bedauern darüber aus, daß sie so viel durchmachen mußten. Wie eine böse, schadenfrohe Fee, dachte Macon, war sie durchs Leben aller vier gewirbelt, hatte eine Fährte unverantwortlicher Äußerungen hinterlassen und anscheinend nie bedacht, daß sie sich herumsprechen würden. »Ich begreife nicht, wie du mit diesem Mann zusammenleben kannst«, sagte sie einmal zu Sarah. Sie selbst hatte sich bereits den vierten Ehemann zugelegt, einen Steingartenarchitekten mit weißem Spitzbart.

Zugegeben, den Kindern auf dem Gemälde sah man die Verwandtschaft mit ihr kaum an. Ihnen fehlte Alicias blaugoldenes Kolorit; das Haar der Kinder hatte einen aschblonden Schimmer, und ihre Augen waren stahlgrau. Alle vier hatten die ausgeprägte Kerbe zwischen Nase und Oberlippe. Und außerdem hätte Alicia nie im Leben so voller Vorbehalt und Mißtrauen in die Welt geschaut.

Unbequem hingruppiert starrten sie den Betrachter an. Die älteren Jungen, der rundliche Charles und der hübsche Porter, beide in weißem Hemd mit Schillerkragen, hockten auf je einer Armlehne. Rose und Macon, in zusammenpassenden Spielanzügen, saßen auf der Sitzfläche. Rose schien auf Macons Schoß zu sitzen, obwohl sie in Wirklichkeit zwischen seinen Knien plaziert worden war, und Macon wirkte innerlich verkrampft wie jemand, der sich in eine physisch kühle, ihm völlig ungewohnte Lage versetzt sieht. Sein Haar, seidig wie das der anderen, fiel ihm schräg in die Stirn. Sein Mund war schmal, fast farblos und ein wenig verkniffen, als habe er einen unverrückbaren Entschluß gefaßt. Dieser Zug um den Mund rief jetzt etwas in Macons Erinnerung wach. Er schaute hin, schaute weg, schaute wieder hin. Es war Ethans Mund. Macon hatte zwölf Jahre lang in dem Glauben gelebt, Ethan sei so eine Art Austauschschüler, ein Gast aus einer anderen Welt, und nun stellte sich heraus, daß er seit jeher ein Leary gewesen war. Was für eine merkwürdige Feststellung, und zu diesem späten Zeitpunkt.

Er setzte sich jäh auf und griff nach seiner Hose, an der Rose das linke Bein in Oberschenkelhöhe gekürzt und mit winzigen, gleichmäßigen Stichen gesäumt hatte.

Niemand sonst auf der weiten Welt wußte, wo er sich aufhielt. Weder Julian noch Sarah, noch sonst jemand. Macon freute sich darüber. Er ließ es auch Rose wissen. »Schön, so aus dem Verkehr gezogen zu sein«, erklärte er. »Wenn es doch eine Weile so bleiben könnte!«

»Warum auch nicht?«

»Na ja, du weißt schon, jemand wird hier anrufen, Sarah oder sonstwer –«

»Wir brauchen ja nicht ans Telefon zu gehen.«

»Was, es einfach klingeln lassen?«

»Warum nicht?«

»Überhaupt nicht abheben?«

»Mich rufen meist nur Nachbarn an«, sagte Rose. »Die kommen schon selbst vorbei, wenn sich niemand meldet. Und du kennst unsere Jungen: Weder der eine noch der andere telefoniert gern.«

»Stimmt«, sagte Macon.

Julian würde demnächst bei ihm zu Hause anklopfen, um ihm wegen des verschleppten Termins die Leviten zu lesen. Sarah würde kommen, um einen Suppenschöpfer oder dergleichen zu holen, und, wenn er nicht an der Tür erschien, die Nachbarn fragen und erfahren, daß er sich schon längere Zeit unsichtbar gemacht hatte. Sie würde versuchen, mit seinen Angehörigen Verbindung aufzunehmen, und das Telefon würde klingeln und klingeln, und dann würde sie sich Sorgen machen. *Was ist denn los?* würde sie grübeln. *Wie konnte ich ihn bloß im Stich lassen?*

Macon war schon aufgefallen, daß er Sarah neuerdings geradezu als Feindin sah. Er hatte sich abgewöhnt, sie herbeizusehnen, und sich statt dessen angewöhnt, ihr Gewissensbisse anzudichten. Er war selbst überrascht, wie schnell er sich umgestellt hatte. War das die Summe von zwei Jahrzehnten Ehe? Er malte sich genüßlich ihre Selbstvorwürfe aus. Er feilte an der Formulierung ihrer Abbitte. Solche Gedanken hatten ihn zuletzt in seiner Kindheit beschäftigt, als er davon geträumt hatte, wie seine Mutter bei seinem Begräbnis weinen würde.

Tagsüber, wenn er am Eßzimmertisch arbeitete, geschah es mitunter, daß er das Telefon klingeln hörte und im Tippen innehielt, die Finger reglos auf den Tasten der Schreibmaschine. Es klingelte einmal, es klingelte zum zweitenmal, es klingelte zum drittenmal. Kam Rose dann eventuell mit einem Tiegel Silberputzmittel herein, so tat sie, als hörte sie nichts. »Und wenn zufällig etwas passiert ist?« fragte er. Darauf Rose: »Hmm? Wer sollte da ausgerechnet uns anrufen?« Sprachs's und holte das Silber aus der Anrichte und breitete es am anderen Ende des Tisches aus.

Es hatte immer irgendein Familienmitglied gegeben, das ihrer Pflege bedurfte. Großmutter war vor ihrem Tod jahrelang bettlägerig gewesen, dann war Großvater so senil geworden, schließlich war Charles' und dann auch Porters Ehe gescheitert, und beide waren nach Hause zurückgekehrt. Rose hatte folglich alle Hände voll zu tun. Daran war sie selbst allerdings nicht ganz schuldlos; denn es war gewiß nicht nötig, jede Woche jedes Stück Silber zu putzen. Macon, den ganzen Tag mit ihr im Haus eingeschlossen, entging nicht, wie gewissenhaft sie die Mahlzeiten plante; wie oft sie die Besteckschublade umräumte; daß sie sogar die Socken ihrer Brüder bügelte, nachdem sie die raffinierten Plastikklammern entfernt hatte, von denen die Socken in der Waschmaschine paarweise zusammengehalten wurden. Zum Lunch kochte sie für Macon ein ordentliches Essen und servierte es auf richtigen Platzdeckchen. Sie füllte Schälchen aus geschliffenem Glas mit Essiggürkchen und Oliven, die nachher wieder in ihre ursprünglichen Behälter zurückmußten. Sie häufte selbstgemachte Mayonnaise in ein winziges Schüsselchen.

Macon hätte gern gewußt, ob ihr je aufgefallen war, daß sie ein sonderbares Leben führte – erwerbslos, unverheiratet, von ihren Brüdern finanziell unterstützt. Für welche Berufstätigkeit wäre sie überhaupt geeignet? fragte er sich. Dabei konnte er sich Rose durchaus als Stab und Stütze einer muffigen, antiquierten Anwalts- oder Finanzberatungsfirma vorstellen. Nominell eine Sekretärin, hätte sie in Wirklichkeit den ganzen Laden regiert, jeden Morgen auf dem Schreibtisch ihres Arbeitgebers alles peinlich korrekt bereitgelegt und keinem Menschen unter oder über sich die geringste Nachlässigkeit durchgehen lassen. So eine Sekretärin hätte Macon gebraucht. Beim Gedanken an die Gummi kauende Rothaarige in Julians chaotischem Büro seufzte er und bedauerte, daß es auf der Welt nur diese eine Rose gab.

Schwungvoll zog er das eingespannte Blatt aus der Schreibmaschine und legte es, beschriftete Seite nach unten, auf den Stoß der bereits getippten. Das Vorwort war fertig, ebenso das Kapitel mit der Überschrift »Wo man in England etwas zu essen bekommt«. Rose hatte beides gestern zum Briefkasten getragen. Das war seine neue Taktik: das Manuskript ratenweise von diesem geheimgehaltenen Ort zu versenden.

»Da fehlt der Absender«, hatte Rose festgestellt. »Mit vollster Absicht«, war Macons Antwort. Rose hatte ernst genickt. Sie war die einzige in der Familie, die seine Reiseführer für Literatur hielt. Sie hatte eine ganze Reihe davon auf dem Bücherregal in ihrem Schlafzimmer stehen, nach Ländern alphabetisch angeordnet.

Mitten am Nachmittag unterbrach Rose ihre Arbeit, um sich ihre Lieblingsfernsehserie anzusehen. Das war etwas, was Macon nicht begriff. Wie konnte sie ihre Zeit mit solchem Schund verschwenden? Angeblich wegen dem herrlich verruchten Weib, das darin vorkam.

»Es gibt doch schon genug verruchte Menschen im wirklichen Leben«, sagte Macon.

»Ja, aber nicht herrlich verruchte.«

»Das stimmt.«

»Diese da ist so durchsichtig. Man weiß genau, wem man nicht trauen darf.«

Beim Zuschauen sprach sie laut zu den Darstellern. Macon hörte es bis ins Eßzimmer. »Auf *dich* ist er gar nicht scharf, Goldkind«, sagte sie, und »Wirst schon sehen. Ha!« – ganz und gar nicht ihre normale Ausdrucksweise. Werbung wurde eingeblendet, Rose blieb jedoch gebannt sitzen. Macon arbeitete mittlerweile, verbissen und lustlos auf die Schreibmaschine einhämmernd, an »Wo man in England ein Nachtlager bekommt«.

Als es an der Haustür klingelte, reagierte Rose nicht. Edward begann verrückt zu spielen, er bellte, kratzte an der Tür, rannte zu Macon und raste wieder zur Tür zurück. »Rose?« rief Macon. Sie antwortete nicht. Schließlich erhob er sich, machte es sich auf den Krücken bequem und begab sich so leise wie möglich in die Diele.

Tja, Sarah war es nicht. Das verriet ihm schon ein einziger Blick durch die Spitzengardine. Er öffnete die Tür und spähte hinaus. »Ja?«

Es war Garner Bolt, ein Nachbar von daheim – ein dürrer, grauer Mann, der sein Glück mit Reinigungsgeräten gemacht hatte. Als er Macon erblickte, bewegte sich jede Runzel seines Spitzbubengesichts aufwärts. »Hier stecken Sie also!« Macon hörte ihn kaum, weil Edward wütend weiterbellte.

»Sieh da, Garner«, sagte Macon.

»Wir haben schon gedacht, Sie sind gestorben.«

»Tatsächlich?«

Macon wollte Edwards Halsband packen, griff aber daneben.

»Haufen Zeitungen auf Ihrem Rasen, immer mehr Post hinter der Fliegengittertür – kam uns komisch vor.«

»Ich wollte schon meine Schwester bitten, daß sie alles holt«, erklärte Macon. »Ich habe mir nämlich das Bein gebrochen.«

»Wie haben Sie denn das angestellt?«

»Das ist eine lange Geschichte.«

Macon machte widerwillig die Tür frei. »Kommen Sie doch herein.«

Garner nahm die Mütze ab, an der vorne das Firmenzeichen der Sherwin-Williams-Farbenfabrik prangte. Sein speckig-braunes, abgetragenes Jackett hatte vor langer Zeit einmal zu einem Anzug gehört, und sein Overall war an den Knien weiß ausgebleicht. Er trat ein, wich dem Hund aus und schloß die Tür hinter sich. Edwards Kläffen löste sich in winselnde Töne auf. »Mein Wagen ist voll mit Ihrer Post«, sagte Garner. »Brenda hat gesagt, ich soll alles zu Ihrer Schwester bringen und fragen, wo Sie abgeblieben sind. Ihrer Freundin hab ich's auch versprochen.«

»Welcher Freundin?«

»Dame in Torerohosen.«

»Ich kenne keine Dame in Torerohosen.« Macon wußte gar nicht, daß es so etwas wie Torerohosen überhaupt noch gab.

»Seh' sie auf Ihrer Vorderveranda stehen, wie sie so an Ihrer Tür rüttelt. Ruft: ›Macon? Hallo?‹ Mageres Dämchen mit 'ner Mähne. Mitte Zwanzig oder so.«

»Keine Ahnung, wer das gewesen sein kann.«

»Linst hinein und hält sich die Hand an die Augen.«

»Wer kann das gewesen sein?«

»Trippelt die Verandastufen 'runter auf solchen hohen, spitzigen Absätzen.«

»Die Hundedame«, sagte Macon. »Du liebe Zeit.«

»Reichlich jung, oder?«

»Aber ich kenne sie doch gar nicht!«

»Und da geht sie ums Haus herum und ruft: ›Macon! Macon!‹?«

»Ich habe sie kaum jemals gesehen!«

»Sie hat mir aber das von dem Fenster erzählt.«

»Von welchem Fenster?«

»Kellerfenster, total zerschmissen. Kaum ist es Herbst, springt Ihre Heizung automatisch an. Schade um die viele Energie.«

»Oh. Ja, das kann passieren«, gab Macon zu.

»Wir haben schon an Einbrecher gedacht oder so.«

Macon ging voraus ins Eßzimmer. »Sehen Sie, es war so«, sagte er. »Ich habe mir das Bein gebrochen und wohne jetzt bei meinen Geschwistern, bis ich mich wieder selbst versorgen kann.«

»Wir haben aber keinen Krankenwagen gesehen und gar nichts.«

»Ich habe meine Schwester angerufen.«

»Ach, die ist Ärztin?«

»Damit sie mich holt und mich zur Unfallstation fährt.«

»Wie Brenda sich die Hüfte gebrochen hat, da, wo die Stufe fehlt«, sagte Garner, »hat sie den Krankenwagen gerufen.«

»Ich habe eben meine Schwester gerufen.«

»Brenda hat den Krankenwagen gerufen.«

Sie hatten sich offenbar festgefahren.

»Ich glaube, ich sollte bei der Post Bescheid geben«, sagte Macon schließlich. Er ließ sich vorsichtig auf seinem Stuhl nieder.

Garner zog sich einen anderen Stuhl heran und setzte sich, die Mütze in beiden Händen. Er meinte: »Ich könnte Ihre Post weiterhin bringen.«

»Nein, ich sage Rose, sie soll das Postamt verständigen. Himmel, die vielen Rechnungen, die fällig werden, und so weiter –«

»Macht mir bestimmt keine Umstände.«

»Trotzdem vielen Dank.«

»Kann ich doch leicht machen.«

»Offen gestanden«, sagte Macon, »ich weiß nicht so genau, ob ich dort überhaupt wieder einziehe.«

Das war ihm bisher noch gar nicht in den Sinn gekommen. Er legte die Krücken behutsam aneinander wie Eßstäbchen und deponierte sie neben seinem Stuhl auf dem Boden. »Vielleicht bleibe ich hier bei meinen Verwandten.«

»Und geben das nette kleine Haus auf?«

»Für einen einzelnen Menschen ist es ziemlich groß.«

Garner betrachtete stirnrunzelnd seine Mütze. Er setzte sie auf, besann sich anders und nahm sie wieder ab. »Passen Sie auf«, sagte er. »Früher, wie Brenda und ich ein junges Ehepaar waren, sind wir wie Hund und Katz gewesen. Wie Hund und Katz. Einer hat den anderen einfach nicht riechen können. Wird mir immer schleierhaft bleiben, wieso wir's miteinander ausgehalten haben.«

»Wir sind aber kein junges Ehepaar«, wandte Macon ein. »Wir sind seit zwanzig Jahren verheiratet.«

»Brenda und ich haben neunzehn-fünfunddreißig so gut wie das ganze Jahr überhaupt nicht miteinander geredet«, sagte Garner. »Von Januar bis August neunzehn-fünfunddreißig. Von Neujahr bis zu meinem Urlaub. Kein einziges gottverdammtes Wörtchen.«

Macon horchte auf. »Was?« fragte er. »Nicht einmal ›Reich mir das Salz‹ oder ›Mach das Fenster auf‹?«

»Nicht mal das.«

»Wie sind Sie dann im Alltag zurechtgekommen?«

»Meistens ist sie bei ihrer Schwester geblieben.«

»Ja, dann.«

»An meinem ersten freien Tag war mir schon in der Früh so miserabel, wirklich zum Sterben. Also sag' ich mir: ›Was soll das eigentlich?‹ Rufe in Ocean City an und reserviere ein Doppelzimmer. Damals waren Ferngespräche eine große Sache, können Sie mir glauben. Jede Menge Vermittlungen dazwischen, und hat eine Stange Geld gekostet. Dann packe ich also ein paar Klamotten für mich und ein paar Klamotten für Brenda und geh' damit zu ihrer Schwester ins Haus. Ihre Schwester sagt: ›Was willst denn *du* hier?‹ Die war so eine, die hat es gern, wenn's Streit gibt. Ich gehe schnurstracks an ihr vorbei. Finde Brenda im Wohnzimmer beim Strümpfestopfen. Mache den Koffer auf: ›Schau her. Dein ausgeschnittenes Kleid fürs Dinner im Fischrestaurant‹, sage ich. ›Zwei Paar Shorts. Zwei Blusen. Dein Badeanzug.‹ Sie sieht mich nicht mal an. ›Dein Bademantel‹, sage ich. ›Dein Nachthemd, was du auf der Hochzeitsreise angehabt hast.‹ Tut, als ob ich Luft bin. ›Brenda‹, sage ich zu ihr, ›Brenda, ich bin neunzehn Jahre alt und werde nie wieder neunzehn sein. Werd' auch nie wieder *lebendig* sein. Ich meine, ich habe nur dieses eine Leben, Brenda, soviel ich weiß, und davon hab' ich jetzt so viel Zeit verplempert, mutterseelenallein in der leeren Wohnung, weil ich zu stolz war, einzulenken, und zuviel Schiß hatte, daß du nein sagst, aber auch wenn du wirklich nein sagst, kann's nicht schlimmer werden, wie's mir jetzt geht. Ich bin der einsamste Mensch von der Welt, Brenda, also komm bitte mit mir nach Ocean City!‹ Und Brenda, die läßt das Strümpfestopfen sein und sagt: ›Na ja, wenn du so bittest – aber mir scheint, du hast meine Badekappe vergessen.‹ Und weg waren wir.«

Er lehnte sich triumphierend zurück. »Also?«

»Also«, wiederholte Macon.

»Also klar, auf was es ankommt?«

»Auf was denn?«

»Sie müssen ihr zeigen, daß Sie sie brauchen.«

»Sehen Sie, Garner, wir sind längst hinaus über solche Kleinigkeiten wie daß ich ihr zeigen muß –«

»Nehmen Sie's mir nicht übel, Macon, aber ich sag's, wie es ist: Manchmal sind Sie schon ein bißchen schwierig. Ich rede nicht von mir. *Ich* versteh' das. Aber ein paar andere Leute aus der Nachbarschaft, die haben sich wohl schon gewundert. Zum Beispiel bei Ihrem tragischen Verlust. Bei solchen Gelegenheiten wollen die Leute doch irgendwie Beistand leisten – Blumen schicken und zur Besichtigungsstunde kommen und was zum Essen mitbringen für nach dem Trauergottesdienst. Aber Sie haben ja nicht mal einen gehabt. Eine Feuerbestattung, großer Gott, irgendwo im hintersten Virginia, ohne ein Wort zu irgendwem, und dann direkt nach Hause. Da sagt Peg Everett zu Ihnen, sie hat Sie in ihre Gebete eingeschlossen, und Sarah sagt: ›Gott segne dich, Peg‹, aber was sagen Sie? Sie fragen Peg, ob ihr Sohn nicht Lust hat, Ihnen Ethans Fahrrad abzunehmen.«

Macon ächzte. »Ja«, sagte er, »ich weiß nie, wie ich mich bei solchen Gelegenheiten benehmen soll.«

»Und dann mähen Sie Ihren Rasen, als ob nichts gewesen wäre.«

»Das Gras war eben weitergewachsen, Garner.«

»Wir alle hätten es liebend gern für Sie gemacht.«

»Vielen Dank«, sagte Macon, »aber die Arbeit hat mir gutgetan.«

»Merken Sie jetzt, was ich meine?«

Macon sagte: »Moment mal! Bloß um ein bißchen Logik in dieses Gespräch zu bringen –«

»Genau *das* meine ich!«

»Sie fangen an, über Sarah zu sprechen, dann bringen Sie die Rede auf die von mir enttäuschten Nachbarn –«

»Das kommt aufs selbe heraus. Sie wissen es vielleicht nicht, Macon, aber Sie kommen einem vor wie jemand, der irgendwie stur im Alleingang losprescht. Wenn man Sie nur gehen sieht! Wie Sie die Straße runterstiefeln, den Kopf ein Stück voraus. Wenn unsereins Sie anhalten möchte und – was weiß ich – sein Beileid ausdrücken, dann kann einem blühen, daß er glatt umgerannt wird. Ja, ich weiß, Sie sind nicht so, und Sie wissen es auch, aber wie sehen das die anderen Leute? Sagen Sie selbst! Kein Wunder, daß sie auf und davon ist!«

»Garner, es ist sehr nett von Ihnen, daß Sie sich solche Gedanken machen«, sagte Macon, »aber Sarah weiß sehr wohl, daß mir nicht alles egal ist. Ich bin nicht so mundfaul, wie Sie das hinstellen. Und es handelt sich auch nicht um einen klaren Fall von ›Ist diese Ehe noch zu retten?‹. Will sagen, Sie liegen einfach total falsch, Garner.«

»Na ja«, sagte Garner. Er blickte auf seine Mütze hinunter, stülpte sie sich dann jäh über. »Dann hole ich jetzt Ihre Post herein.«

»Gut. Danke.«

Garner stand auf und schlurfte hinaus. Edward spitzte die Ohren und begann wieder zu bellen. Während der Wartezeit betrachtete Macon sein Gipsbein und hörte sich die Serie aus dem Wohnzimmer an. Edward vertrieb sich die Zeit, indem er an der Tür winselte oder mit klappernden Krallen hin und her lief. Dann kam Garner zurück. »Hauptsächlich Kataloge«, meldete er und kippte seine Last auf den Tisch. Er brachte den Geruch von frischer Luft und dürrem Laub mit herein. »Brenda meint, die Zeitungen sind den Aufwand nicht wert, einfach weg damit.«

»Ja, natürlich«, stimmte Macon zu.

Er stand auf, und sie tauschten einen Händedruck. Garners Finger waren rauh und verformt wie zerknülltes Papier.

»Danke für den Besuch«, sagte Macon.

»Gern geschehen«, sagte Garner abgewandten Blicks.

»Ich wollte wirklich nicht ... Ich hoffe, ich habe nicht zu gereizt geklungen.«

»Ach wo.« Garner hob einen Arm und ließ ihn wieder sinken. »Was soll's. Denken Sie sich nichts dabei.« Dann wandte er sich zum Gehen.

Im selben Moment fiel Macon noch tausenderlei ein, was erwähnenswert gewesen wäre. Er sei nicht an allem allein schuld, hätte er sagen wollen. Auch Sarah habe ihr Teil dazu beigetragen. Was Sarah brauche, sei ein Felsen, hätte er sagen wollen, jemand, der sich nicht unterkriegen läßt. Warum hätte sie sich sonst ausgerechnet ihn als Ehemann ausgesucht? Er beschränkte sich jedoch darauf, Garner nachzublicken, als der hinausging. Irgend etwas an den beiden Strängen, die an Garners Nacken scharf hervortraten und eine kleine Furche rissiger brauner Haut begrenzten, weckte Macons Mitleid.

Als seine Brüder von der Arbeit heimkamen, verbreitete sich im Haus eine gelöste, gelockerte Stimmung. Rose zog die Wohnzimmervorhänge zu und knipste ein paar Lampen an, die gedämpft leuchteten. Charles und Porter kleideten sich um und erschienen in Pullovern. Macon begann, seine Spezialsalatsauce zu mixen. Seiner Überzeugung nach kam es vor allem darauf an, Kräuter und Gewürze zuerst im Mörser zu zerstoßen. Die anderen waren sich sogar einig, daß niemand eine so gute Salatsauce machen konnte wie Macon. »Solange du weg warst«, sagte Charles zu ihm, »mußten wir im Laden das fertige Zeug kaufen.« Das hörte sich an, als wäre Macon nur ein paar Wochen weggeblieben – als wäre seine ganze Ehe nur ein kurzer Ausflug gewesen.

Zum Abendessen gab es Roses geschmortes Rindfleisch, den Salat mit Macons Sauce und gebackene Kartoffeln.

Gebackene Kartoffeln waren seit jeher die Lieblingsspeise aller vier Geschwister. Sie hatten schon als Kinder gelernt, wie man sie zubereitet, und selbst als sie groß genug waren, ausgewogene Mahlzeiten auf den Tisch zu bringen, ernährten sie sich ausschließlich von gebackenen Kartoffeln, wann immer sie von Alicia sich selbst überlassen wurden. Eine Idaho-Kartoffel in der Backröhre verströmte einen so urgemütlichen Duft, roch so – nun, *konservativ,* fand Macon. Er entsann sich unzähliger Winterabende: draußen vor dem Küchenfenster Schwärze, in den Winkeln dunkelnde, flaumige Schatten, am verschrammten, lackierten Küchentisch sie, die vier Kinder, damit beschäftigt, in ausgehöhlte Kartoffelschalen gewissenhaft Butter einzufüllen. Man ließ die Butter in der Schale zergehen, während man das mehlige Innere zerstampfte und würzte; die Schalen kamen zuletzt dran. Es war beinahe ein Ritual. Er wußte noch, daß einmal, während einer längeren Abwesenheit Alicias, deren Freundin Eliza ihnen etwas vorgesetzt hatte, was sie Kartoffelschiffchen nannte – schon gefüllt und mit echten gebackenen Kartoffeln überhaupt nicht zu vergleichen. Die Kinder hatten mit verkniffener, mäkeliger Miene die Füllung herausgekratzt und die Schalen wie üblich behandelt, als hätten sie Elizas Fehler nicht bemerkt. Die Schalen mußten kroß sein. Sie durften nicht gesalzen werden. Der Pfeffer mußte frisch gemahlen sein. Paprika war zulässig, aber nur amerikanischer. Ungarischer Paprika hatte einen zu ausgeprägten Eigengeschmack. Macon persönlich konnte überhaupt auf Paprika verzichten.

Während des Essens überlegte Porter, was er mit seinen Kindern unternehmen könnte. Am nächsten Tag war sein wöchentlicher Besuchsabend fällig, an dem er immer nach Washington fuhr, wo seine Kinder mit ihrer Mutter lebten. »Die Sache ist die«, sagte er, »Restaurantessen hat immer so was Künstliches. Mit richtigem Essen hat das kaum etwas zu tun. Und außerdem hat jedes von den dreien einen anderen Geschmack. Sie streiten immer, wo wir hingehen sollen. Eines der Kinder macht gerade eine Abmagerungskur, eines ist Vegetarier geworden, eines mag nichts Knuspriges. Bis ich zum Schluß schreie: ›Himmeldonnerwetter noch mal, wir gehen dort und dort hin und damit basta!‹ Wir gehen also hin, und alle motzen, solange das Essen dauert.«

»Vielleicht solltest du sie erst gar nicht besuchen«, sagte Charles sachlich. (Er selbst hatte keine Kinder.)

»Aber natürlich besuche ich sie. Wenn wir bloß ein anderes Programm hätten! Wißt ihr, was ideal wäre? Wenn wir uns alle gemeinsam mit Werkzeug beschäftigen könnten. Ich meine, so wie früher vor der Scheidung, als Danny mir beim Entleeren des Heißwassergeräts geholfen hat oder Susan auf einem Brett gesessen ist, an dem ich gesägt habe. Wenn ich bei ihnen einfach mal vorbeischauen könnte, dann könnten doch June und ihr Mann ins Kino gehen oder so, und die Kinder könnten mit mir die Dachrinnen reinigen, die Fenster mit Klebestreifen abdichten, die Warmwasserrohre umwickeln ... Junes Ehegespons hat nämlich zwei linke Hände, verlaßt euch drauf, der läßt seine Warmwasserrohre splitternackt. Ich würde sogar mein eigenes Werkzeug mitbringen. Wir könnten es richtig schön haben! Susan könnte uns Kakao machen. Ist der Abend dann um, packe ich meine Sachen und hinterlasse das Haus tipptopp hergerichtet. June sollte die Gelegenheit eigentlich beim Schopf packen.«

»Schlag es ihr doch mal vor«, sagte Macon.

»Nö. Darauf geht die nie ein. Sie ist so unpraktisch. Vorige Woche zum Beispiel, da hab' ich zu ihr gesagt: ›Du weißt doch, daß die eine Verandastufe locker ist? Springt jedesmal aus den Nägeln, wenn man drauf tritt.‹ Da sagt sie: ›Ach Gott, ja, so ist das eben‹, als ob die Vorsehung es so bestimmt hätte. Als ob man nichts dagegen tun könnte. Die haben in der Dachrinne ja noch Laub vom letzten Winter, aber Laub ist schließlich etwas Natürliches, warum also widernatürlich handeln. So was von unpraktisch!«

Porter selbst war der praktischste Mann, den Macon je gekannt hatte. Er war der einzige Leary, der mit Geld umzugehen verstand. Diesem Talent für Finanzen hatte das Familienunternehmen es zu verdanken, daß es solvent blieb – obschon gerade noch. Das Geschäft war nicht besonders einträglich. Großvater Leary hatte es Anfang des Jahrhundert als Blechwarenfabrik gegründet und mit der Produktion von Kronenkorken erst 1915 begonnen. »Kronenkorkenkönig« hatte er sich genannt, war auch in seinem Nachruf so genannt worden, obwohl die meisten Kronenkorken von der Firma »Crown Cork« hergestellt wurden, und zwar seit jeher.

Großvater Leary rangierte mit weitem Abstand erst auf Platz zwei oder drei. Sein einziger Sohn, der Kronenkorkenprinz, hatte seinen Posten in der Fabrik kaum angetreten, als er auch schon wieder austrat, um als Freiwilliger in den Zweiten Weltkrieg zu ziehen – ein Anfall von Enthusiasmus, der sich als weitaus fataler erwies als jeder, den Alicia je an den Tag gelegt hatte. Nachdem er gefallen war, schleppte das Geschäft sich hin, niemals recht florierend und niemals ganz fallierend, bis Porter, direkt vom College gekommen, einsprang und die finanzielle Seite übernahm. Geld war für Porter etwas beinahe Chemisches, eine flüchtige Substanz, die, wenn mit anderen Substanzen kombiniert, auf unterschiedliche, interessante Weise reagierte. Er war nicht ausgesprochen gewinnsüchtig; er wollte Geld nicht um des Geldes willen, sondern wegen der Möglichkeiten, die es erschloß: Ja, als seine Frau von ihm geschieden wurde, überließ er ihr den größten Teil seines Besitzes ohne ein einziges Wort der Klage.

Porter war es, der die Firma leitete, Geld und Ideen investierte. Charles, eher technisch veranlagt, kümmerte sich um die Produktion. Macon hatte sich seinerzeit auf beiden Gebieten ein wenig betätigt und sich dabei tödlich gelangweilt, denn für einen dritten hatte es wirklich nicht genug zu tun gegeben. Porter drängte ihn nur der Ausgewogenheit halber, wieder einzutreten. »Hör mal zu, Macon«, sagte er jetzt, »wie wär's: Wir nehmen dich morgen mit, und du siehst dich wieder mal auf deinem alten Tummelplatz um?«

»Besten Dank», lehnte Macon ab.

»Hinten im Wagen ist reichlich Platz für deine Krücken.«

»Vielleicht ein andermal.«

Sie wichen nicht von Roses Seite, während sie das Geschirr spülte. Sie mochte sich nicht von ihnen helfen lassen, weil sie ihre eigene Methode hatte, sie wie behauptete. Sie schusselte lautlos in der altmodischen Küche umher und räumte das Geschirr in die hohen hölzernen Schränke ein. Charles führte den Hund aus; Macon kam auf dem schwammigen Boden des Hintergärtchens mit den Krücken nicht gut zurecht. Und Porter ließ die Küchenrollos herab, wobei er Rose dahin gehend belehrte, daß die weißen Flächen die Wärme in den Raum abstrahlten, jetzt, da die Nächte kühler wurden. Rose sagte: »Ja, Porter, das weiß ich selbst«, hielt die Salatschüssel gegen das Licht und betrachtete sie prüfend, bevor sie sie wegstellte.

Sie sahen sich pflichtschuldigst die Fernsehnachrichten an, dann begaben sie sich in die Glasveranda und setzten sich an den Spieltisch ihrer Großeltern. Sie spielten etwas, was »Schutzimpfung« hieß, ein Kartenspiel, das sie als Kinder erfunden hatten und das im Laufe der Jahre derart ausgewuchert war, daß kein Außenstehender die Geduld aufbrachte, es zu erlernern. Mehr noch: So mancher Außenstehende hatte sie gar beschuldigt, die Regeln zu ändern, wenn es ihnen gerade in den Kram paßte. »Moment mal«, hatte Sarah gesagt, früher einmal, als sie noch gehofft hatte, dahinterzukommen. »Ihr habt doch gesagt, As ist Trumpf.«

»Ist es auch.«

»Das heißt also –«

»Aber nicht, wenn es vom Stock gezogen wird.«

»Aha! Warum gilt dann das eine, das Rose gezogen hat, als Trumpf?«

»Weil sie es eben nach einer Zwei gezogen hat, Sarah.«

»Jedes As, das nach einer Zwei gezogen wird, gilt als Trumpf?«

»Nein, nur ein As nach einer Zahl, die unmittelbar vorher zweimal hintereinander gezogen wurde.«

Sarah hatte ihren Kartenfächer zusammengeschoben und mit der Bildseite nach unten auf den Tisch gelegt – die letzte der Ehefrauen hatte kapituliert.

Macon befand sich in Quarantäne und mußte Rose sämtliche Karten ausliefern. Rose rückte ihren Stuhl neben den seinen und spielte seine Karten aus, während er zurückgelehnt dasaß und die Katze hinter den Ohren kraulte. Ihm gegenüber, in den winzigen, dunklen Fensterscheiben, sah er sich und die anderen gespiegelt – hohläugig und mit scharf hervortretenden Backenknochen, interessantere Ausprägungen ihrer selbst.

Das Telefon im Wohnzimmer gab ein ersticktes Quieken von sich, dann erst ein richtiges Klingeln. Niemand schien es wahrzunehmen. Rose legte einen König auf Porters Dame, und Porter sagte: »Gemein!« Das Telefon klingelte wieder und wieder. Beim viertenmal brach der Ton plötzlich ab. »Spitze«, sagte Rose zu Porter und übertraf den König noch mit einem As.

»Du bist richtig gemein, Rose.«

Aus dem Gemälde an der Schmalseite des Raumes blickten die Leary-Kinder mit ihren verschleierten Augen heraus. Macon stellte fest, daß sie heute abend ganz ähnlich gruppiert dasaßen: Charles und Porter rechts und links von ihm, Rose im Vordergrund. Hatte sich wirklich viel verändert? Ein Gefühl nahezu panischer Angst durchfuhr ihn. Da war er! Immer noch derselbe! *Was habe ich bloß angestellt?* fragte er sich. Er schluckte schwer und schaute hinunter auf seine leeren Hände.

6

»Hilfe! Hilfe! Ruft den Hund zurück!«

Macon hörte auf zu tippen und hob den Kopf. Die Stimme kam von irgendwo draußen und überschrie eine Salve scharfen, aufgeregten Gekläffs. Aber Edward ging doch mit Porter spazieren! Es mußte sich also um einen anderen Hund handeln.

»Ruft ihn zurück, verdammt noch mal!«

Macon erhob sich mit Hilfe seiner Krücken und humpelte zum Fenster. Und ob es Edward war. Er verbellte offenbar jemanden auf dem gewaltigen Magnolienbaum rechts neben dem Pfad. Er bellte so angestrengt, daß es ihn immer wieder vom Boden in die Höhe riß, mit allen vier Beinen zugleich, genau wie ein Spielzeug von der Art, das senkrecht in die Luft steigt, wenn man einen Gummiballon drückt.

»Edward! Hör auf!« brüllte Macon.

Edward hörte nicht auf. Er hörte nicht einmal hin. Macon stapfte in die Diele, öffnete die Haustür und sagte: »Du kommst sofort hierher!«

Edward ließ sich nicht stören.

Es war ein Samstagmorgen Anfang Oktober, blaßgrau und kühl. Macon spürte die Kühle in sein abgeschnittenes Hosenbein kriechen, während er sich über die Vorderveranda bewegte. Als er eine Krücke fallen ließ, um sich beim Hinabsteigen der Stufen am eisernen Handlauf festzuhalten, entdeckte er, daß sich auf dem Metall Feuchtigkeit niedergeschlagen hatte.

Er humpelte hinüber zu der Magnolie, bückte sich wackelig, packte die Leine, die Edward hinter sich herschleifte, und holte sie ohne Mühe ein; Edwards Interesse begann bereits zu schwinden. Macon spähte hinauf in die dunkle Krone der Magnolie. »Wer ist denn da?« fragte er.

»Dein Arbeitgeber, Macon.«

»Julian?«

Julian ließ sich von einem der schwankenden, ausgreifenden Äste herunter. Vorn an seiner Hose zeichnete sich quer ein Schmutzstreifen ab. Sein weißblondes Haar, stets so tadellos frisiert, daß es ihm das Aussehen eines Hemdenreklamemannes verlieh, sträubte sich in alle Richtungen. »Macon«, sagte er, »ein Mann mit einem widerwärtigen Hund ist mir zutiefst verhaßt. Ich hasse nicht nur den Hund. Ich hasse auch den Mann, dem der Hund gehört.«

»Du entschuldigst schon. Ich dachte, er ist spazierengegangen.«

»Du läßt ihn alleine spazierengehen?«

»Nein, nein . . .«

»Ein Hund, der einsame Spaziergänge unternimmt!« sagte Julian. »So einen kann nur Macon Leary haben.« Er staubte die Ärmel seines Wildlederblazers ab. Dann fragte er: »Was ist mit deinem Bein?«

»Gebrochen.«

»Das sehe ich, aber wie?«

»Es ist ziemlich schwer zu erklären«, sagte Macon.

Sie gingen aufs Haus zu, Edward zockelte brav nebenher. Julian half Macon die Stufen hinauf. Julian war ein sportlich aussehender Mann, der sich ungezwungen und locker gab – ein Segler. Das sah man ihm buchstäblich an der Nase an, deren Spitze, selbst noch so spät im Jahr, wund war. Kein Mensch mit so bestürzend blondem Haar und so lebhaft gerötetem Gesicht sollte sich jemals in die pralle Sonne wagen, predigte Macon ihm immer wieder. Aber Julian war nun mal so: ein Draufgänger. Ein verwegener Segler, ein schneidiger Autofahrer, häufiger Gast in Singles-Bars – ganz der Mann, der Einkäufe tätigte, ohne den *Verbraucher-Report* zu Rate zu ziehen. Er schien nie an sich selbst zu zweifeln und betrat jetzt das Haus so unbekümmert, als wäre er hereingebeten worden, nahm zuerst Macons vorhin fallengelassene Krücke vom Boden, hielt Macon dann die Tür auf und winkte ihn herein.

»Wie hast du mich überhaupt gefunden?« fragte Macon.

»Aber – bist du denn untergetaucht?«

»Nein, natürlich nicht.«

Julian sah sich in der Diele um, die Macon plötzlich schäbig vorkam. Der Satinschirm der Tischlampe hatte Dutzende von langen senkrechten Rissen; er sah aus, als würde er demnächst in Fetzen fallen.

»Dein Nachbar hat mir verraten, wo du bist«, sagte Julian schließlich.

»Oh. Garner.«

»Ich bin mal bei dir zu Hause vorbeigekommen, als du telefonisch nicht zu erreichen warst. Weißt du, wie lange du mit deinem Reiseführer in Verzug bist?«

»Du siehst doch, ich habe einen Unfall gehabt«, gab Macon zurück.

»Keiner kann weitermachen, nur weil dein Manuskript nicht kommt. Ich sage ihnen dauernd, ich erwarte es momentan, aber – «

»Jeden Moment«, sagte Macon.

»Häh?«

»Du erwartest es jeden Moment.«

»Ja, und alles, was ich bis jetzt gesehen habe, sind zwei Kapitel, ohne Erklärung mit der Post zugeschickt.«

Julian ging voraus ins Wohnzimmer, während er sprach. Er wählte den bequemsten Sessel und setzte sich. »Wo ist Sarah?« erkundigte er sich.

»Wer?«

»Deine Frau, Macon.«

»Äh, hm, sie und ich, wir haben uns . . .«

Macon hätte sich darin üben sollen, es freiheraus zu sagen; das

Wort »getrennt« klang so kraß; so etwas stieß nur anderen Leuten zu. Er ging zur Couch und machte ein großes Getue, bevor er sich niedergelassen und die Krücken neben sich angeordnet hatte. Dann sagte er: »Sie hat eine Wohnung in der Stadt.«

»Ihr seid *auseinander*?«

Macon nickte.

»Ach herrje.«

Edward stupste mit der Schnauze gebieterisch Macons Handfläche an; er wollte getätschelt werden. Macon war froh, daß er etwas zu tun bekam.

»Aber Macon, du meine Güte, was ist denn schiefgegangen?«

»Nichts!« gab Macon Bescheid. Seine Stimme klang ein wenig zu laut. Er dämpfte sie. »Ich meine, darauf kann ich keine Antwort geben.«

»Oh. Entschuldige.«

»Nein, ich meine – es gibt keine Antwort. Letztlich passiert so etwas aus keinem besonderen Grund.«

»Na ja, ihr wart mit den Nerven herunter, ihr beide«, sagte Julian. »Kein Wunder nach allem, was geschehen ist, und überhaupt ... Sie kommt zurück, sobald sie drüber weg ist ... Vielmehr nicht drüber *weg*, du weißt schon ...«

»Kann sein«, sagte Macon. Er genierte sich für Julian, der immerzu mit einem seiner schicki-micki Docksider-Segelschuhe schlenkerte. »Was hältst du von den beiden ersten Kapiteln?«

Julian öffnete den Mund, um zu antworten, wurde aber vom Hund daran gehindert. Edward war in die Diele hinausgewetzt und bellte wütend. Ein metallisches »Schrumm« ertönte, welches Macon sofort als das Geräusch identifizierte, das entstand, wenn die Haustür beim Aufschwingen gegen den Heizkörper schlug. »Still jetzt«, hörte er Rose zu Edward sagen. Sie kam quer durch die Diele und schaute ins Wohnzimmer herein.

Julian erhob sich. Macon sagte: »Julian Edge, das ist meine Schwester Rose. Und das«, fügte er hinzu, als Charles hinter ihr auftauchte, »ist mein Bruder Charles.«

Weder Rose noch Charles konnten Julian die Hand reichen; beide waren mit Lebensmitteln beladen. Sie standen mitten im

Zimmer, die Arme um große braune Einkaufstüten geschlungen, während Julian das zum besten gab, was Macon insgeheim seine Macon-Leary-Nummer nannte. »Macon Leary hat eine Schwester! Und einen Bruder! Wer hätte das gedacht? Daß Macon Leary Verwandte hat, wäre mir einfach nie in den Sinn gekommen, irgendwie.«

Rose schenkte ihm ein höfliches, befremdetes Lächeln. Sie trug einen langen schwarzen Mantel, der ihrem Gesicht alle Farbe entzog. Und Charles, zerknautscht und atemlos, machte eine seiner Tüten zu schaffen. Er versuchte unablässig, sie besser in den Griff zu bekommen. »Lassen Sie sich doch von mir helfen«, erbot Julian sich. Er nahm die Tüte und lugte hinein. Macon befürchtete, Julian würde sich sogleich über Macon Learys Lebensmittel auslassen, doch Julian unterließ es. Er sprach Rose an: »Ja, die Familienähnlichkeit ist unverkennbar.«

»Sie sind Macons Verleger«, sagte Rose zu ihm. »Das weiß ich vom Adressenaufkleber.«

»Vom Adressenaufkleber?«

»Ich bin diejenige, die Ihnen Macons zwei Kapitel geschickt hat.«

»Ach so.«

»Ich soll Ihnen noch mehr schicken, aber zuerst muß ich Versandtaschen in der richtigen Größe besorgen. Wir haben nur noch großformatige da. Ich finde es schrecklich, wenn das Format nicht genau stimmt. Alles verrutscht dann.«

»Ah«, äußerte Julian. Er sah sie einen Moment lang an.

Macon sagte: »Laß dich nicht aufhalten, Rose.«

»Oh! Nein.« Sie lächelte Julian zu, schubste ihre Lebensmitteltüte höher und ging hinaus. Charles holte sich seine Tüte von Julian zurück und stapfte ihr nach.

»Die große Macon-Leary-Versandtaschenkrise«, sagte Julian und setzte sich wieder.

Macon sagte: »Julian, laß das, bitte.«

»Entschuldigung«, sagte Julian verwundert. Nach einer Pause meinte er: »Wirklich, ich hatte keine Ahnung, Macon. Ich meine, wenn du mir anvertraut hättest, was in deinem Leben vorgeht . . .«

Er schlenkerte schon wieder mit seinem Docksider. Anscheinend fühlte er sich nie ganz wohl in seiner Haut, wenn er auf die Macon-Leary-Nummer verzichten mußte. Nach Ethans Tod war er Macon wochenlang ausgewichen; er hatte einen baumgroßen Blumenstrauß ins Haus geschickt, Ethans Namen jedoch nie wieder erwähnt.

»Hör mal«, sagte er jetzt. »Wenn du noch einen – was weiß ich – Monat brauchst –«

»Ach Quatsch, was bedeuten schon ein paar abgängige Ehefrauen, oder? Ha, ha! Ich hole jetzt alles, was ich schon getippt habe, und du kannst es dir ansehen.«

»Wenn du meinst.«

»Danach kommt nur noch der Schluß.« Macon sprach über die Schulter zurück, während er ins Eßzimmer humpelte, wo das letzte Kapitel gestapelt auf der Anrichte lag. »Der Schluß ist leicht, ein Kinderspiel. Ich werde den alten abschreiben, größtenteils.«

Er kam mit dem Manuskript zurück und händigte es Julian aus. Dann setzte er sich wieder auf die Couch, und Julian begann zu lesen. Macon hörte Porter zur Hintertür hereinkommen, wo ihn Edwards explosives Gekläff begrüßte. »Scheusal«, sagte Porter. »Weißt du, wie lange ich dich gesucht habe?« Das Telefon klingelte ein übers andere Mal, aber niemand hob ab. Julian sah Macon an und zog die Brauen hoch, enthielt sich jedoch eines Kommentars.

Macon und Julian hatten einander vor zwölf oder dreizehn Jahren kennengelernt, als Macon noch in der Kronenkorkenfabrik arbeitete. Macon hatte sich zu der Zeit nach einem anderen Betätigungsfeld umgesehen. Er hatte schon begonnen, mit einem Posten bei einer Zeitung zu liebäugeln. Da er hierfür aber nicht ausgebildet war, ja nicht einmal einen Journalisten-Lehrgang absolviert hatte, versuchte er es auf die einzige Art, die ihm einfiel: Er sandte einem Bezirkswochenblatt einen unverlangten Artikel ein. Das Thema war eine Handwerksmesse drüben in Washington. *Hinzugelangen ist schwierig,* schrieb er, *denn die Autostraße ist so öde, daß man sich ganz verloren vorkommt und melancholisch wird. Und ist man erst angelangt, wird es noch schlimmer. Die Straßen sind ganz anders als bei uns und verlaufen nicht einmal rechtwinklig zueinander.*

Des weiteren setzte er sich kritisch mit einem Imbiß auseinander, den es dort an einem Kiosk gab und der eine ihm ungewohnte Würze enthielt, *etwas gewissermaßen Kaltes und Gelbes, das ich fast als Fremdkörper bezeichnen möchte,* worauf er sich für einen Hot Dog von einer Bude entschieden hatte, die auf der anderen Straßenseite stand und gar nicht zur Messe gehörte. *Diesen Hot Dog kann ich empfehlen,* schrieb er, *obgleich er mich ein bißchen wehmütig stimmte, denn meine Frau Sarah verwendet die gleiche Chilisauce, und schon bei dem Geruch mußte ich an zu Hause denken.* Er empfahl auch die Patchwork-Quilts – eine dieser Bettdecken hatte genauso ein Sternenmuster wie der Quilt im Zimmer seiner Großmutter. Er schlug seinen Lesern vor, die Messe nicht später als um halb vier zu verlassen, *da Sie auf der Rückfahrt nach Baltimore direkt am Lexington Market vorbeikommen werden und vor Ladenschluß sicherlich noch Ihre Krebse mitnehmen möchten.*

Sein Artikel erschien unter der Überschrift HANDWERKSMESSE ERFREUT, BELEHRT! Darunter stand ein Untertitel. Er lautete: *Oder: Mir ist so bang, ich will heim.* Erst als er den Untertitel sah, wurde Macon bewußt, in was für einem Ton er seinen Artikel verfaßt hatte. Dann genierte er sich.

Julian Edge hingegen fand den Artikel perfekt. Julian rief Macon an. »Sind *Sie* das, der die Sache mit dem Hot Dog im *Watchbird* geschrieben hat?«

»Äh – ja.«

»Ha!«

»So lustig finde ich das gar nicht«, sagte Macon eingeschnappt.

»Wer redet von lustig? Es ist perfekt! Ich möchte Ihnen einen Vorschlag machen.«

Sie trafen sich im Restaurant Old Bay, wohin Macons Großeltern die vier Kinder an Geburtstagen auszuführen pflegten. »Für die Krebssuppe kann ich mich persönlich verbürgen«, sagte Macon. »An der hat sich seit meinem neunten Lebensjahr nichts geändert.« Julian machte wieder »Ha!« und schaukelte mit seinem

Stuhl. Er trug ein Polohemd und eine weiße Segeltuchhose, und seine Nase strahlte in leuchtendem Rosa. Es war Sommer oder vielleicht auch Frühling. Sein Boot lag jedenfalls im Wasser.

»Also, mein Plan sieht so aus«, hub er während der Suppe an. »Ich habe da einen kleinen Verlag, das Druck- und Verlagshaus ›Der Handelsmann‹. Nun ja, klein, was heißt klein. Wir sind nämlich vom Atlantik bis zum Pazifik im Geschäft. Nichts Spektakuläres, sondern Nützliches, ja? Terminzettelblöcke, Kostenrechnungsbroschüren, Staffelzinstabellen, Währungsumrechnungsscheiben ... Und jetzt möchte ich einen Ratgeber für Geschäftsreisende herausgeben. Für den Anfang nur auf die USA bezogen; später vielleicht auch auf andere Länder. Unter einem zugkräftigen Sammeltitel, etwa *Tourist wider Willen* ... Und Sie sind der gegebene Verfasser.«

»Ich?«

»Beim Lesen Ihrer Hot-Dog-Geschichte war mir das sofort klar.«

»Aber ich gehe äußerst ungern auf Reisen.«

»Das habe ich mir gedacht«, sagte Julian. »Auch Geschäftsleute tun das nicht gern. Ich meine, diese Leute sausen nicht in der Gegend herum, weil es ihnen Spaß macht. Die möchten lieber zu Hause im Wohnzimmer bleiben. Sie, Macon, werden ihnen also zu der Illusion verhelfen, daß sie sich genau dort befinden.«

Dann zog er ein Blatt Papier aus der Brusttasche und fragte: »Was halten Sie davon?«

Es war ein Stahlstich und zeigte einen Polstersessel. Über die Rückenlehne des Sessels ragten riesige gefiederte Flügel, wie man sie an den Seraphim in alten Bibeln sieht. Macon blinzelte.

»Ihr Signet«, erläuterte Julian. »Alles klar?«

»Hm ...«

»Lehnsesselreisende träumen von Ortsveränderung«, sagte Julian. »Reisende Lehnsessel hingegen träumen vom Stubenhokken. Ich denke, wir bringen das auf dem Deckel.«

»Ah!« sagte Macon dümmlich. Und dann: »Müßte ich denn wirklich selbst auf Reisen gehen?«

»Das schon.«

»Oh!«

»Aber nur kurz. Ich bin nicht auf etwas Allumfassendes aus, sondern auf das Gegenteil. Und denken Sie an das Honorar.«

»Es bringt etwas ein?«

»Eine Stange.«

Es brachte nicht direkt eine Stange sein. Aber man konnte bequem davon leben. An Zeitungsständen in Flughäfen, Bahnhöfen und in Bürobedarfsgeschäften fand das Büchlein flotten Absatz. Macons Ratgeber für Frankreich verkaufte sich sogar noch besser. Und zwar aufgrund der großangelegten Werbekampagne einer internationalen Mietwagenfirma – gekoppelt mit einer Sammlung von Redewendungen, die in den drei wichtigsten Fremdsprachen Floskeln wie »Wir erwarten einen Aufschwung in grenzüberschreitenden Kapitalanlagen« wiedergab. Diese Sammlung von Redewendungen hatte Macon allerdings nicht verfaßt. Seine einzige Fremdsprache war Latein.

Jetzt ordnete Julian die gelesenen Seiten wieder zu einem Stapel. »Gut«, sagte er. »Ich glaube, das können wir so weitergeben, wie es ist. Was fehlt noch am Schluß?«

»Nicht viel.«

»Als nächstes möchte ich mir wieder die USA vornehmen.«

»So bald?«

»Es ist drei Jahre her, Macon.«

»Schon, aber . . .« Macon deutete auf sein Bein. »Du siehst, daß ich beim Reisen Schwierigkeiten hätte.«

»Wann kommt der Gips herunter?«

»Frühestens am 1. November.«

»Na und? Die paar Wochen!«

»Aber mir kommt es wirklich so vor, als hätte ich die USA eben erst hinter mich gebracht.« So etwas wie Überdruß befiel ihn. Diese endlos wiederholten Touren – Boston, Atlanta, Chicago . . . Er ließ den Kopf gegen die Couchlehne sinken.

Julian sagte: »Alles ändert sich von einer Minute zur anderen. Veränderung! Die sorgt dafür, daß wir in den schwarzen Zahlen bleiben. Wo kämen wir denn hin, wenn wir veraltete Reiseführer an den Mann bringen wollten?«

Macon entsann sich der mürben alten *Ratschläge für den Continent* im Bücherschrank seines Großvaters. Da wurde Reisenden geraten, ein Weinglas umgekehrt aufs Hotelbett zu stellen und dergestalt das Bettzeug auf Feuchtigkeit zu prüfen. Damen sollten vor dem Packen die Stöpsel ihrer Parfümfläschchen mit geschmolzenem Kerzenwachs versiegeln. Dieses Buch ließ durchblicken, daß Touristen alle im selben Boot saßen, alle gleich beklommen und wehrlos. Macon hätte eine Reise zur damaligen Zeit fast Spaß gemacht.

Julian schickte sich jetzt zum Gehen an. Er stand auf, Macon erhob sich mit einiger Mühe ebenfalls. Dann kam Edward, einen Abschied witternd, ins Wohnzimmer hereingerannt und begann zu bellen. »Tut mir leid!« Macon mußte schreien bei dem Lärm. »Edward, sei still! – Das ist wahrscheinlich sein Schafhütetrieb«, erklärte er Julian. »Er duldet nicht, daß jemand sich von der Herde absondert.«

Auf dem Weg zur Diele wateten sie durch ein Gewirbel von Hundegehüpfe und Hundegebell. Als sie die Tür erreichten, versperrte Edward ihnen den Weg. Zum Glück zog er noch immer die Leine nach. Macon reichte Julian also eine seiner Krücken und bückte sich, um nach der Leine zu greifen. Kaum hatte Edward den Ruck verspürt, da fuhr er auch schon herum und knurrte Macon mit gefletschtem Gebiß an. »Holla!« sagte Julian, denn ein zähnefletschender Edward bot wirklich keinen schönen Anblick. Seine Fangzähne schienen sich zu verlängern. Er schnappte mit einem hörbaren Klicken nach der Leine. Dann schnappte er nach Macons Hand. Macon spürte Edwards heißen Atem und die sonderbar innige Feuchtigkeit seiner Zähne. Macons Hand bekam weniger einen Biß ab als vielmehr einen Schlag – ähnlich wie bei der Berührung mit einem Elektrozaun. Macon wich zurück und ließ die Leine fallen. Die andere Krücke polterte zu Boden. Die Diele schien plötzlich voller Krücken zu sein, die Luft war wie mit Splittern und Stacheln geladen.

»He, holla!« sagte Julian in die jäh eingetretene Stille hinein. Der Hund setzte sich, keuchend und mit schuldbewußter Miene. »Macon? Hat er dich erwischt?« fragte Julian.

Macon blickte hinunter auf seine Hand. Im fleischigen Teil zeichneten sich vier rote punktförmige Vertiefungen ab – zwei vorn, zwei hinten –, die jedoch nicht bluteten und kaum schmerzten. »Halb so schlimm«, sagte er.

Julian reichte ihm die Krücken, behielt Edward aber im Auge. »Ich möchte keinen solchen Hund haben«, sagte er. »Ich würde ihn erschießen.«

»Er wollte mich nur schützen«, meinte Macon.

»Ich würde den Tierschutzverein anrufen.«

»Julian, bitte geh jetzt, solange er ruhig ist.«

»Oder den – wie heißt er – Hundefänger. Sag, man soll ihn einschläfern.«

»Geh endlich, Julian.«

Julian sagte: »Gut, na schön.« Er öffnete die Tür und schlüpfte seitwärts hinaus, nicht ohne dabei nach Edward zu schielen. »Mit dem Hund stimmt was nicht«, sagte er noch, bevor er verschwand.

Macon humpelte zurück in den hinteren Teil des Hauses, gefolgt von Edward, der ein wenig schniefte und sich klein machte. In der Küche stand Rose auf einem Tritthocker vor einem Ungetüm von Schrank mit Glastüren und nahm die Lebensmittel entgegen, die Charles und Porter ihr hinaufreichten. »Jetzt brauche ich alles, was mit N anfängt, egal, was«, sagte sie.

»Was ist mit diesen Nudeln?« fragte Porter. »N gleich Nudel? P gleich Pasta?«

»F gleich Fadennudeln. Die hättest du mir schon früher heraufreichen können, Porter.«

»Rose?« sagte Macon. »Mir scheint, Edward hat mich da ein bißchen angeknabbert.«

Sie drehte sich um, Charles und Porter unterbrachen die Arbeit, um die Hand zu untersuchen, die er ihnen hinhielt. Jetzt schmerzte sie schon, stark und stechend. »Aber Macon!« rief Rose aus. Sie stieg vom Tritthocker. »Wie ist das geschehen?«

»Rein zufällig. Trotzdem habe ich ein Antiseptikum nötig, glaube ich.«

»Eine Tetanusspritze hast du nötig«, fand Charles.

»Den Hund abschaffen, das hast du nötig«, sagte Porter. Alle sahen Edward an. Er grinste nervös zu ihnen hinauf.

»Er hat es nicht bös gemeint«, sagte Macon.

»Beißt dir den Arm am Ellenbogen ab und meint es nicht bös? Du solltest ihn loswerden, hörst du.«

»Das kann ich aber nicht«, sagte Macon.

»Warum nicht?«

»Weil –«

Sie warteten.

»Weißt du, gegen die Katze habe ich ja nichts«, erklärte Rose. »Aber Edward ist solch ein Störenfried. Er wird von Tag zu Tag aufsässiger.«

»Du könntest ihn jemandem schenken, der einen Wachhund braucht«, meinte Charles.

»Einer Tankstelle«, schlug Rose vor. Sie nahm eine Rolle Verbandmull aus einer Schublade.

»Niemals«, sagte Macon. Er setzte sich auf den Küchenstuhl, den Rose ihm mit dem Zeigefinger anwies. Er stellte die Krücken in die Ecke. »Edward allein in irgendeiner Exxon? Er wäre todunglücklich.«

Rose betupfte seine Hand mit Mercurochrom. Jede einzelne der Bißstellen war jetzt geschwollen und blau verfärbt.

»Er ist gewöhnt, bei mir zu schlafen«, sagte Macon zu ihr. »Er ist sein Leben lang noch nie allein gewesen.«

Außerdem war Edward in seinem innersten Wesen kein böser Hund – nur ein bißchen widerspenstig. Er war anhänglich, er mochte Macon und trottete ihm auf Schritt und Tritt nach. Er hatte ein runzeliges W auf der Stirn, das ihm einen Ausdruck von Kummer verlieh. Seine großen spitzen, samtigen Ohren wirkten ausdrucksvoller als die Ohren anderer Hunde; wenn er glücklich war, standen sie zu beiden Seiten seines Kopfes ab wie die Tragflächen eines Flugzeugs. Er hatte auch einen überraschend angenehmen Geruch – den süßlichen Geruch, den ein Lieblingspulli annimmt, wenn er ungewaschen längere Zeit zusammengefaltet in einer Schublade gelegen hat.

Und er hatte Ethan gehört.

Einst hatte Ethan ihn gebürstet, ihn gebadet, hatte auf dem Boden mit ihm herumgebalgt; und wenn Edward sich zwischendurch mit der Pfote ans Ohr fuhr, hatte Ethan ausgesucht höflich gefragt: »Darf ich es für dich kratzen?« Täglich hatten die beiden am Fenster auf die Nachmittagszeitung gewartet, und sobald sie da war, schickte Ethan seinen Edward los, sie zu holen – da wetzte er dahin, daß Vorderbeine und Hinterbeine einander berührten und die Fersen übermütig ausschlugen. Dann, Zeitung in der Schnauze, blieb Edward stehen und blickte in die Runde, sich gleichsam Beachtung erhoffend, und stolzierte anschließend aufgeplustert und wichtigtuerisch zurück; vor dem Spiegel in der Diele blieb er noch einmal stehen, um zu bewundern, was für eine gute Figur er machte. »Eitler Hund«, sagte Ethan bei solcher Gelegenheit liebevoll. Ethan holte zum Wurf mit einem Tennisball aus, und Edward geriet so in Aufregung, daß sein ganzes Hinterteil zu wackeln begann. Ethan ging mit Edward und einem Fußball zum Spielen hinaus, und wenn Edward völlig aus dem Häuschen geriet, wenn er herumtollte, den Ball mit der Schulter ins Gebüsch abdrängte und grimmig knurrte, erscholl Ethans Lachen so hell und klar – ein Klang reiner Lebensfreude, verschwebend in der Milde eines Sommerabends.

»Ich kann einfach nicht«, sagte Macon.

Schweigen.

Rose wickelte Mull um seine Hand, so behutsam, daß er es kaum spürte. Sie schob das Ende der Binde unter den Verband und griff nach einer Rolle Heftpflaster. Dann sagte sie: »Wir könnten ihn doch zum Gehorsamstraining schicken.«

»Das ist etwas für kleine Probleme – Bei-Fuß-Gehen und dergleichen«, belehrte Porter sie. »Hier geht es um mehr.«

»Stimmt doch nicht!« widersprach Macon. »Im Grunde ist es gar nichts. Die Frau im Miau-Wau ist bestens mit ihm ausgekommen.«

»Miau-Wau?«

»Wo ich ihn in Pflege hatte, als ich nach England mußte. Sie war ganz verschossen in ihn. Sie wollte ihn für mich abrichten.«

»Dann ruf sie doch an.«

»Vielleicht tu' ich's«, sagte Macon.

Er würde es selbstverständlich nicht tun. Die Frau war ihm ziemlich exzentrisch vorgekommen. Es hatte aber keinen Sinn, jetzt darauf einzugehen.

Am Sonntagmorgen demolierte Edward die Fliegengittertür, als er versuchte, an einen älteren Nachbarn heranzukommen, der sich einen Schraubenschlüssel leihen wollte. Am Sonntagnachmittag sprang er Porter an, um ihn am Weggehen zu hindern. Porter mußte sich zur Hintertür hinausschleichen, als Edward gerade nicht aufpaßte. »Das ist würdelos«, beschwerte Porter sich bei Macon. »Wann rufst du endlich in diesem Kittekat an oder wie das heißt.«

Macon erwiderte, das Miau-Wau sei am Sonntag bestimmt geschlossen.

Am Montagmorgen, als Edward mit Rose spazierenging, stürzte er sich auf einen des Wegs kommenden Jogger und brachte Rose zu Fall. Sie kam mit einem aufgeschürften Knie nach Hause. Sie erkundigte sich: »Hast du schon im Miau-Wau angerufen?«

»Nicht direkt«, antwortete Macon.

»Macon.« Roses Stimme klang ganz ruhig. »Ich muß dich etwas fragen.«

»Und zwar?«

»Kannst du mir erklären, warum du solche Zustände einreißen läßt?«

Nein, er konnte es nicht, er konnte es wahrhaftig nicht. Er verstand sich allmählich selbst nicht mehr. Edwards Missetaten machten ihn zwar rasend, aber irgendwie empfand er sie auch als Schicksalsfügung. Dagegen war er machtlos. Als Edward später mit einem zerfetzten Gürtel Porters in der Schnauze aufkreuzte, seufzte Macon nur: »Ach Edward . . .«

Macon saß zu diesem Zeitpunkt auf der Couch, wo er wegen einer besonders hanebüchenen Szene in Roses Fernsehserie hängengeblieben war. Rose warf ihm einen Blick zu. Sie schaute eigenartig drein. Nicht mißbilligend – eher . . . Er suchte nach dem richtigen Ausdruck. Resigniert. Das war es. Sie sah ihn an, wie sie etwa einen hoffnungslos heruntergekommenen, seiner Sinne nicht mehr mächtigen Stadtstreicher angesehen hätte. Letztlich, schien sie zu denken, war so einem Menschen wohl kaum noch zu helfen.

»Tierklinik Miau-Wau.«

»Ist – äh – Muriel da, bitte?«

»Moment mal.«

Er wartete, gegen eine Vitrine gelehnt. (Er benutzte das Telefon im Vorraum.) Er hörte zwei Frauen über Wuschel Cohens Tollwutspritze sprechen. Dann hob Muriel den Hörer ans Ohr. »Hallo?«

»Ja, hier Macon Leary. Ich weiß nicht, ob Sie sich noch an mich erinnern oder –«

»Oh, Macon! Halli-hallo! Was macht Edward?«

»Tja, es wird immer schlimmer mit ihm.«

Sie schnalzte mit der Zunge.

»Er attackiert alles und jeden. Knurrt wütend, beißt, zernagt Sachen –«

»Hat Ihr Nachbar Ihnen erzählt, daß ich bei Ihnen vorbeischauen wollte?«

»Was? Ja, ja.«

»Ich war gerade in Ihrer Straße, auf einem Botengang. Ich verdiene mir ein bißchen was nebenbei mit Botengängen. ›George‹ nennt sich das. Ist das nicht süß?«

»Wie bitte?«

»›George.‹ So heißt meine Firma. Ich habe einen Werbezettel unter Ihrer Tür durchgeschoben. *George macht alles,* steht drauf, und dann sind alle Preise angegeben: Abholen vom Flugzeug, Chauffieren, Kurierdienst, Einkaufen . . . Geschenke besorgen kostet am meisten, weil ich mich dabei nach meinem eigenen Geschmack richten muß. Haben Sie meinen Werbezettel nicht bekommen? Ich wollte Sie aber wirklich nur besuchen. Ihr Nachbar hat freilich gesagt, Sie sind schon länger nicht dagewesen.«

»Ja, ich habe mir das Bein gebrochen.«

»Das ist aber blöd.«

»Und da ich nicht allein zurechtkommen konnte, bin ich –«

»Sie hätten George anrufen sollen.«

»Welchen George?«

»Meine Firma George! Die, von der ich Ihnen gerade erzählt habe.«

»Ach so.«

»Dann hätten Sie nicht aus dem hübschen Haus weggemußt. Ihr Haus gefällt mir. Haben Sie dort auch gewohnt, als Sie verheiratet waren?«

»Ja.«

»Wundert mich, daß sie bereit war, es so ohne weiteres schießen zu lassen.«

»Die Sache ist die«, sagte Macon. »Ich bin wirklich am Ende meiner Weisheit mit Edward, und da dachte ich mir, vielleicht können Sie mir helfen.«

»Und ob ich kann!«

»Das wäre schön«, sagte Macon.

»Ich kann alles«, versicherte sie. »Suchen, bewachen, apportieren, retten, Bomben, Rauschgift aufspüren –«

»Rauschgift?«

»Auf den Mann dressieren, angreifen, Zwingerkoller –«

»Halt, ich weiß ja nicht mal, was das alles sein soll«, warf Macon ein.

»Ich kann sogar gespaltene Persönlichkeiten abrichten.«

»Gespaltene Persönlichkeiten?«

»Wenn Ihr Hund zu Ihnen nett ist, aber alle anderen am liebsten fressen möchte.«

»Wissen Sie, ich glaube, das ist mir etwas zu hoch«, sagte Macon.

»Nein, nein, sagen Sie *das* nicht!«

»Aber hier handelt es sich um das einfachste aller Probleme! Sein einziger Fehler ist, daß er mich beschützen will.«

»Man kann den Schutz auch übertreiben«, meinte sie.

Macon versuche sich an einem kleinen Scherz. »›Da draußen, das ist ein Dschungel!‹ sagt er. Möchte er sagen. ›Ich kenne mich besser aus als du, Macon.‹«

»Ach? Sie lassen sich von ihm duzen?«

»Also –«

»Er muß Respekt beigebracht bekommen«, sagte sie. »Ich komme fünf- bis sechsmal die Woche zu Ihnen, solange es eben nötig ist. Ich fange mit den Grundbegriffen an: Setzen, bei Fuß gehen ... Ich verlange fünf Dollar pro Lektion. Sie kriegen es billiger. Meistens verlange ich zehn.«

Macon schloß die Hand fester um den Hörer. »Warum nicht auch zehn von mir?«

»O nein. Sie sind ein Freund.«

Er fühlte sich beschämt. Er nannte ihr seine Adresse und einigte sich mit ihr auf einen Termin, mit dem unguten Gefühl, daß die Situation seiner Kontrolle zu entgleiten drohte. »Aber hören Sie«, sagte er, »wegen des Honorars, da –«

»Bis morgen also«, sagte sie. Und legte auf.

Als er den anderen beim Abendessen davon erzählte, glaubte er so etwas wie ein Stutzen wahrzunehmen. Porter fragte: »Du hast wirklich angerufen?« Macon antwortete: »Ja, warum nicht?« – betont lässig –, die anderen dachten sich folglich ihr Teil und ließen das Thema augenblicklich fallen.

7

»Als ich noch klein war«, sagte Muriel, »konnte ich Hunde überhaupt nicht leiden und andere Tiere auch nicht. Ich habe mir immer eingebildet, die können meine Gedanken lesen. Zum Geburtstag bekam ich einmal einen kleinen Hund geschenkt, der hat den Kopf so schräg gehalten, Sie wissen schon. Hält den Kopf schräg und schaut mich mit seinen glänzenden Kulleraugen an, und ich plärre: ›Hu! Nehmt ihn weg! Ihr wißt doch, ich kann's nicht ausstehen, wenn mich einer so anstarrt!‹«

Sie hatte eine Stimme, die sich in jeder Richtung zu weit vorwagte; sie kletterte kreischend in die höchsten Regionen, dann senkte sie sich zu einem heiseren Brummen. »Sie haben ihn zurücknehmen müssen. Haben ihn einem Jungen aus der Nachbarschaft gegeben und mir ein ganz anderes Geschenk kaufen müssen, einen Gutschein für eine Dauerwelle im Frisiersalon. Das war seit jeher mein Wunschtraum.«

Sie stand mit Macon in der Diele. Sie hatte noch den Mantel an – eine breitschultrige, dreiviertellange, genoppte schwarze Chose, wie man sie zuletzt in den vierziger Jahren gesehen hatte. Edward saß vor ihr, wie ihm befohlen worden war. Er hatte sie mit seiner üblichen Paradenummer – Hochspringen und wütendes Knurren – an der Tür empfangen, aber sie war mehr oder weniger über ihn hinweggegangen, hatte auf sein Hinterteil gezeigt und ihm angeordnet, sich zu setzen. Er hatte sie verdutzt angeglotzt. Sie hatte die Hand ausgestreckt und sein Sitzfleisch mit dem langen, spitzen Zeigefinger hinuntergedrückt.

»Jetzt schnalzen Sie mal so mit der Zunge«, hatte sie zu Macon gesagt und es vorgemacht. »Mit der Zeit lernt er, daß ein Schnalzen Lob bedeutet. Und wenn ich die Hand so abwehrend ausstrecke – sehen Sie? Das bedeutet, er muß sitzen bleiben.«

Edward war sitzen geblieben, doch alle paar Sekunden entrang sich ihm ein ersticktes Aufjaulen, das Macon an das regelmäßige Gluckern einer Kaffeemaschine erinnerte. Muriel schien es nicht gehört zu haben. Sie hatte begonnen, ihren Unterrichtsplan zu erläutern, und war dann ohne ersichtlichen Grund zu ihrer Autobiographie übergewechselt. Aber sollte man Edward denn nicht erlauben, endlich wieder aufzustehen? Wie lange wollte sie ihn denn noch sitzen lassen?

»Sie wundern sich wahrscheinlich, warum ich mir eine Dauerwelle gewünscht habe, wo mein Haar eh so kraus ist«, sagte sie. »Blöder Mop! Aber ich gesteh's ehrlich, es ist nicht von Natur aus so. Mein Haar ist von Natur aus echt glatt und schlaff. Hat mich manchmal zur Verzweiflung getrieben. Ich war blond, als ich klein war, halten Sie das für möglich? Blond wie eine Märchenprinzessin. Alle Leute haben zu meiner Mutter gesagt, ich müßte wie Shirley Temple aussehen, wenn sie mir Locken dreht, und das hat sie auch gemacht, hat mein Haar auf Orangensaft-Dosen aufgewickelt. Auch blaue Augen hab' ich gehabt, und zwar lange, lange Zeit, viel länger als die meisten Babys. Alle Leute haben gedacht, ich werde immer so aussehen, und haben gemeint, ich soll zum

Film. Im Ernst! Meine Mutter hat mich in eine Steptanzschule geschickt, kaum das ich laufen konnte. Kein Mensch hat sich je träumen lassen, daß mein Haar mir so einen Streich spielt.«

Edward stöhnte. Muriel betrachtete sich, an Macon vorbei, in der Glasscheibe eines Bildes, das hinter ihm hing. Sie hielt die hohle Hand unter die Enden ihres Haares, wie um dessen Gewicht zu prüfen. »Können Sie sich vorstellen, wie einem zumute ist«, sagte sie, »wenn man eines Morgens aufwacht und feststellt, daß man dunkel geworden ist? Meine Mutter hat fast der Schlag getroffen, kann ich Ihnen sagen. Eine ganz gewöhnliche Muriel, schmutzig-braune Augen und Haare so schwarz wie Ruß.«

Macon hatte das Gefühl, daß ein Kommentar von ihm erwartet wurde, aber er sorgte sich zu sehr um Edward. »Nun ja . . .«, sagte er. Und dann: »Sollten wir ihn jetzt nicht aufstehen lassen?«

»Aufstehen? Ach so, den Hund. Gleich«, sagte sie. »Das war's dann. Und daß es so kraus ist, kommt daher, daß ich mir eine sogenannte Stützwelle habe machen lassen. Schon mal davon gehört? Eine Stützwelle soll dem Haar bloß Fülle geben, aber irgend etwas ist schiefgegangen. Sie halten *das* für schlimm? Wenn ich mit der Bürste drangehen wollte, würde mein Haar buchstäblich zu Berge stehen. Und zwar kerzengerade. Wie bei einer Juxperücke, oder wie man das nennt. Ich kann es also nicht mal bürsten. Ich stehe am Morgen auf und bin ausgehfertig. Gott, mich graust, wenn ich an dieses Gestrüpp nur denke!«

»Kämmen Sie es doch einfach«, schlug Macon vor.

»Schwierig, da einen Kamm durchzuziehen. Die kleinen Zinken würden alle abbrechen.«

»Vielleicht einen dieser breitzinkigen Kämme, wie sie von Schwarzen benutzt werden.«

»Ich weiß, was Sie meinen, aber ich käme mir blöd vor, so einen zu kaufen.«

»Wieso?« fragte Macon. »Die hängen doch in jedem Supermarkt einfach so da. Es muß ja keine Affäre daraus gemacht werden. Sie kaufen Milch und Brot oder was immer und eben einen Afro-Kamm, und kein Mensch denkt sich etwas dabei.«

»Da könnten Sie recht haben«, sagte sie, aber jetzt, da sie ihm ihr Problem aufgedrängt hatte, schien sie selbst das Interesse daran zu verlieren. Sie schnippte mit den Fingern oberhalb von Edwards Kopf. »Okay!« Edward sprang auf und bellte. »Das war sehr gut«, lobte sie.

Es war in der Tat so gut, daß Macon sich ein bißchen ärgerte. So einfach kann das doch nicht sein, hätte er am liebsten gesagt. Edward hatte sich zu rasch gebessert, so wie Zahnschmerzen sich bessern, kaum daß man das Wartezimmer des Zahnarztes betritt.

Muriel nahm die Schultertasche ab und stelle sie auf den Dielentisch. Zum Vorschein kam eine lange, blaue Leine, befestigt an einem Würgehalsband. »Das muß er die ganze Zeit umhaben«, sagte Muriel. »Jede einzelne Minute, bis er abgerichtet ist. Damit können Sie ihn immer zurückreißen, wenn er etwas falsch macht. Die Leine macht genau sechs Dollar, das Halsband zweifünfundneunzig. Mit Mehrwertsteuer macht das, Moment mal, neunvierzig. Sie können zahlen, wenn die Stunde aus ist.«

Sie streifte Edward das Würgehalsband über den Kopf. Dann untersuchte sie einen ihrer Fingernägel. »Wenn ich mir *noch* einen Nagel abbreche, dann schreie ich.« Sie trat einen Schritt zurück und deutete auf Edwards Hinterteil. Er zögerte kurz, dann setzte er sich. Im Sitzen sah er richtig vornehm aus, fand Macon – Brust heraus und würdevoll, ganz anders als sonst. Doch sowie Muriel mit dem Finger schnippte, sprang er auf, so quirlig wie immer.

»Jetzt versuchen Sie es«, forderte Sie Macon auf.

Macon nahm die Leine und zeigte auf Edwards Hinterteil. Edward rührte sich nicht. Macon runzelte die Stirn und zeigte strenger hin. Er kam sich albern vor. Im Gegensatz zu Muriel wußte Edward ganz genau, über wie wenig Autorität Macon verfügte.

»Stupsen Sie ihn hinunter«, empfahl Muriel.

Leichter gesagt als getan. Macon lehnte eine Krücke an den Heizkörper und bückte sich steif, um Edward mit dem Zeigefinger zu stupsen. Edward setzte sich. Macon schnalzte mit der Zunge. Dann richtete er sich auf, trat zurück und streckte abwehrend die Hand aus, doch statt sitzen zu bleiben, stand Edward auf und folgte ihm. Muriel machte mit zusammengebissenen Zähnen:

»Tssss.« Edward sank wieder zurück. »Er nimmt Sie nicht ernst«, sagte Muriel.

»Das weiß ich selbst!« brauste Macon auf.

Sein gebrochenes Bein begann zu schmerzen.

»Ich hab' doch tatsächlich nicht einmal ein Kätzchen gehabt als Kind«, sagte Muriel. Wollte sie Edward ewig dasitzen lassen? »Dann habe ich vor ein paar Jahren eine Annonce in der Zeitung gesehen: *Verdienen Sie sich in Ihrer Freizeit etwas hinzu! Arbeiten Sie sowenig oder soviel, wie Sie möchten.* Das war eine Firma, die Hunde abgerichtet hat, und zwar bei den Leuten im Haus. ›Der brave Hund‹ hat sie geheißen. Finden Sie den Namen nicht gräßlich? Erinnert einen an ›blöder Hund‹. Jedenfalls habe ich mich auf die Annonce gemeldet. ›Ehrlich gestanden mag ich keine Tiere‹, habe ich gesagt, aber Mr. Quarles, der Chef, der hat gemeint, das geht in Ordnung. Er hat gemeint, es sind die Leute, die sich gefühlsduselig anstellen, die nachher die meisten Probleme mit Tieren haben.«

»Das leuchtet mir ein«, sagte Macon mit einem Seitenblick auf Edward. Er hatte gehört, daß Hunde Rückenschmerzen bekamen, wenn sie zu langem Sitzen gezwungen wurden.

»Ich war so ungefähr seine beste Schülerin, wie sich herausgestellt hat. Scheint so, als ob ich mit Tieren umgehen kann. Und dann habe ich den Job im Miau-Wau bekommen. Vorher war ich bei Fix-Kopie beschäftigt, einer Fotokopieranstalt, aber von dort wollte ich schleunigst weg. Wer ist die Dame?«

»Welche Dame?«

»Die gerade durchs Eßzimmer gegangen ist.«

»Das ist Rose.«

»Ihre Verflossene? Oder wer?«

»Meine Schwester.«

»So, Ihre Schwester.«

»Dieses Haus gehört ihr«, sagte Macon.

»Ich lebe auch mit niemandem zusammen«, eröffnete sie ihm.

Macon blinzelte. Hatte er nicht soeben erklärt, daß er mit seiner Schwester zusammenlebte?

»Manchmal, in der Nacht, wenn ich dringend jemand zum

Reden brauche, rufe ich die Zeitansage an«, sagte Muriel. »›Beim nächsten Ton ist es dreiundzwanzig Uhr – achtundvierzig Minuten. Und fünfzig Sekunden.‹« Ihre Stimme nahm eine satte Klangfülle an.

»›Beim nächsten Ton ist es dreiundzwanig Uhr – neunundvierzig Minuten. Und null Sekunden.‹ Sie können ihn jetzt laufen lassen.«

»Wie bitte?«

»Ihren Hund.«

Macon schnippte mit den Fingern, und Edward sprang kläffend auf.

»Und was machen Sie?« fragte Muriel. »Womit verdienen Sie Ihre Brötchen?«

Macon sagte: »Ich verfasse Reiseführer.«

»Reiseführer! Sie Glückspilz!«

»Wieso?«

»Na, Sie müssen doch jede Menge Reisen machen!«

»Ach so, Reisen«, sagte Macon.

»Das möchte ich auch gern.«

»Es sind nur Formalitäten, größtenteils.«

»Ich bin noch gar nie mit einem Flugzeug geflogen, können Sie sich das vorstellen?«

»Formalitäten in Bewegung. Warteschlangen vor dem Ticketschalter, Warteschlangen bei der Zollabfertigung . . . Ist es eigentlich richtig, daß Edward so bellt?«

Muriel sah Edward mit zusammengekniffenen Augen an, und Edward verstummte.

»Wenn ich mir aussuchen könnte, wohin ich fahre, dann möchte ich nach Paris«, sagte sie.

»Paris ist schrecklich. Alle Leute sind unhöflich.«

»Ich möchte am Ufer der Seine spazierengehen, wie es in dem Lied heißt. ›You will find your love in Paris‹«, sang sie krächzend, »›if you walk along the –.‹ Ich finde, es klingt halt so romantisch.«

»Ist es aber nicht«, sagte Macon.

»Sie wissen eben nicht, wo es was zu sehen gibt, das ist es.

Nehmen Sie mich nächstes Mal mit. Ich zeige Ihnen die guten Seiten.«

Macon räusperte sich. »Ich habe leider nur ein sehr begrenztes Spesenkonto«, sagte er. »Ich habe nicht einmal meine Frau mitgenommen oder, äh, meinen – meine Frau.«

»Ich habe nur Spaß gemacht«, sagte sie.

»Ach so.«

»Haben Sie gedacht, ich meine es im Ernst?«

»Ach nein.«

Plötzlich hatte sie es eilig. »Das macht dann vierzehnvierzig, die Leine und das Würgehalsband inbegriffen.« Dann, während Macon in seiner Brieftasche herumfummelte, fuhr sie fort: »Sie müssen mit ihm üben, was er gelernt hat, und außer Ihnen darf das sonst niemand. Morgen komme ich wieder, zur zweiten Stunde. Ist acht Uhr zu früh? Ich muß um neun im Miau-Wau sein.«

»Acht Uhr geht in Ordnung.« Macon gab ihr vierzehn Dollar und alles Kleingeld, das er lose in der Tasche hatte – sechsunddreißig Cent.

»Die restlichen vier Cent können Sie mir morgen geben«, sagte sie.

Dann mußte Edward sich auf ihr Geheiß setzen, und sie reichte Macon die Leine. »Lassen Sie ihn frei, wenn ich weg bin.«

Macon streckte abwehrend die Hand aus, starrte fest in Edwards Augen und flehte ihn stumm an, sitzen zu bleiben. Edward blieb tatsächlich sitzen, stieß aber einen Klagelaut aus, als er Muriel weggehen sah. Als Macon mit den Fingern schnippte, sprang Edward auf und warf sich gegen die Haustür.

Macon und Edward übten den ganzen Nachmittag und Abend hindurch. Edward lernte, sein Hinterteil beim leisesten Fingerzeig niederplumpsen zu lassen. Und verharrte so, wehklagend und augenrollend, während Macon anerkennend mit der Zunge schnalzte. Zur Abendessenszeit war dieses Zungenschnalzen bereits in die Familiensprache eingegangen. Charles schnalzte beim Verzehr von Roses Schweinskoteletts. Porter schnalzte, als Macon ihm später beim Austeilen gute Spielkarten gab.

»Stellt euch eine Flamencotänzerin mit galoppierender Schwindsucht vor«, sagte Rose zu Charles und Porter. »Das ist Edwards Trainerin. Sie redet wie ein Wasserfall, ich weiß gar nicht, wann sie überhaupt Luft holt. Als sie über ihren Stundenplan gesprochen hat, da hat sie immer ›das einzigst Richtige‹ statt ›das einzig Richtige‹ gesagt.«

»Ich dachte, du wolltest dich nicht blicken lassen«, warf Macon ihr vor.

»Und? Hast du mich erblickt?«

»Muriel hat dich erblickt.«

»Das will ich meinen! So wie sie dauernd hinter deinem Rücken herumgespäht hat!«

Im Wohnzimmer rumpelte es unaufhörlich, denn Edwards neue Leine verfing sich immer wieder am Schaukelstuhl und zog ihn hinter Edward her. Im Laufe des Abends zernagte er einen Bleistift, stibitzte einen Schweinskotelettknochen aus dem Mülleimer und erbrach sich auf dem Teppich in der Glasveranda; doch nun, da er auf Kommando sitzen gelernt hatte, fühlten sich alle zu neuen Hoffnungen berechtigt.

»Als ich in der High-School war, da habe ich lauter Einser bekommen«, sagte Muriel. »Da staunen Sie, nicht wahr. Sie halten mich für keinen, na, Intellekt. Ich weiß, was Sie denken, Sie wundern sich.«

»Aber nein«, sagte Macon, obwohl er sich wirklich wunderte.

»Ich habe Einser bekommen, weil ich den Dreh heraushatte. Sie meinen, da gibt's keinen Dreh? Bei allem gibt's einen Dreh, nur so kommt man durchs Leben.«

Sie standen vor dem Haus, beide im Regenmantel, denn es war ein feuchter, nieseliger Morgen. Muriel hatte knöchelhohe schwarze Wildlederstiefeletten mit spitzen Kappen und Stilettabsätzen an. Ihre Beine ragten daraus hervor wie Zahnstocher. Sie hielt die Leine locker zwischen den Fingern. Eigentlich sollte sie ja Edward im richtigen Gehen unterweisen. Statt dessen redete sie weiter über ihre Schulzeit.

»Ein paar von meinen Lehrern haben gemeint, ich gehöre aufs

College. Eine Lehrerin ganz besonders, also, sie war keine Lehrerin, sondern die Bibliothekarin, ich bin ihr in der Bibliothek zur Hand gegangen, Bücher aufs Regal zurückstellen und so. Die hat gesagt: ›Muriel, du solltest aufs Towson State gehen.‹ Aber ich weiß nicht ... Und jetzt rede ich auf meine Schwester ein: ›Hast du dir das mit dem College überlegt? Laß es nicht sausen wie ich damals.‹ Ich habe doch diese kleine Schwester. Claire. *Ihr* Haar ist niemals nachgedunkelt. Sie ist blond wie ein Englein. Aber ist das nicht komisch: Ihr ist das piepegal. Bindet sich das Haar irgendwie zurück, damit es ihr nicht in die Augen hängt. Läuft in abgewetzten Jeans herum und denkt nicht daran, sich die Beine zu rasieren. Ist das nicht typisch? Meine Leute zu Hause finden sie großartig. Sie ist die Brave, ich bin die Schlimme. Dabei kann sie gar nichts dafür; ich trage es ihr nicht nach. Die Leute verbeißen sich eben in bestimmte Meinungssysteme von anderen Leuten, finden Sie nicht auch? Claire hat im Weihnachtsspiel immer die Maria dargestellt. Die Jungen in ihrer Grundschule haben ihr laufend Heiratsanträge gemacht, da war ich schon in der High-School, aber mir hat keiner einen Heiratsantrag gemacht. High-School-Jungen sind richtig zum Abgewöhnen. Ich meine, da gehen sie mit mir aus und so, wollen ins Autokino fahren und benehmen sich so nervös und heimlichtuerisch, tasten mit der Hand um meine Schulter herum und denken, ich merke nichts, und dann lassen sie die Hand herunterhängen, Sie wissen schon, wie, tiefer und tiefer, und dabei starren sie die ganze Zeit geradeaus auf den Film, als hätten sie noch nie im Leben etwas so Faszinierendes gesehen. Die konnten einem echt leid tun. Aber am Montagmorgen, da sind sie angekommen, wie wenn nichts gewesen wäre, ganz aufgekratzt, albern mit ihren Freunden herum und stoßen sich an, wenn ich vorbeigehe, sagen aber nicht mal ›Hallo‹ zu mir. Glauben Sie, das hat mich nicht gekränkt? Kein einziger von den Jungen hat mich in all der Zeit wie eine feste Freundin behandelt. Sind am Samstagabend mit mir ausgegangen und haben erwartet, daß ich nett zu ihnen bin, aber meinen Sie, einer von denen hätte sich beim Lunch in der Cafeteria zu mir gesetzt oder mich von einem Klassenzimmer zum nächsten begleitet?«

Sie blickte hinunter auf Edward. Plötzlich klatschte sie sich auf die Hüfte; ihr schwarzer Vinylregenmantel gab ein Knattern von sich. »Das ist das Kommando ›Bei Fuß‹«, sagte sie zu Macon. Sie setzte sich in Bewegung. Edward folgte ihr unsicher. Macon blieb zurück. Es hatte ihn schon genug Mühe gekostet, die Stufen der Vorderveranda herunterzukommen.

»Er soll sein Tempo jeder Gangart angleichen«, rief sie zurück. »Langsam, schnell oder was ich sonst mache.« Sie beschleunigte den Schritt. Geriet Edward ihr vor die Füße, lief sie direkt in ihn hinein. Zauderte er, so riß sie an der Leine. Sie stöckelte flott in östlicher Richtung dahin, ihr Mantel ein steifes, schwankendes Dreieck unter dem kleineren Dreieck ihres hinter ihr drein wehenden Haares. Macon wartete knöcheltief im nassen Laub.

Auf dem Rückweg hielt Edward sich dicht an Muriels linker Seite. »Ich glaube, er hat's kapiert!« rief sie. Vor Macon angelangt, reichte sie ihm die Leine. »Jetzt Sie.«

Er versuchte, sich auf die Hüfte zu klatschen – ein schwieriges Unterfangen auf Krücken. Dann machte er sich auf den Weg. Er bewegte sich quälend langsam, und Edward preschte immer wieder vor. »An der Leine reißen!« sagte Muriel, die hinterdrein trippelte. »Er weiß, was er zu tun hat. Bockiger Kerl.«

Endlich hielt Edward Schritt, obwohl er gelangweilt und hochmütig in die Gegend schaute. »Das Schnalzen nicht vergessen«, ermahnte Muriel. »Sie müssen ihn immer wieder loben.« Ihre Absätze verursachten ein schabendes Geräusch hinter ihm. »Einmal habe ich mit einer Hündin gearbeitet, die war noch nicht stubenrein. Zwei Jahre alt und kein bißchen stubenrein, die Besitzer waren schon am Durchdrehen. Erst bin ich nicht schlau daraus geworden, dann ist mir ein Licht aufgegangen. Diese Hündin hat geglaubt, sie darf *nirgends* pinkeln, weder drinnen noch draußen. Nämlich, weil niemand sie gelobt hat, wenn sie's richtig gemacht hat. Haben Sie so was schon gehört? Ich hab' sie erst einmal erwischen müssen, wie sie draußen ein Pfützchen gemacht hat, leicht war es nicht, das können Sie mir glauben, weil, sie hat sich die ganze Zeit geschämt deswegen und wollte es verbergen, und dann hab' ich sie bis über den grünen Klee gelobt, und da hat sie's allmählich begriffen.«

Sie erreichten die Straßenecke. »Also, wenn Sie stehenbleiben, muß er sich setzen«, sagte sie.

»Aber wie soll ich denn üben?« fragte Macon.

»Ich verstehe nicht.«

»Mit diesen Krücken?«

»Na und? Das ist ein gutes Training für Ihr Bein«, befand sie. Fragte aber nicht, wie es zu dem Beinbruch gekommen war. Sie schien sich überhaupt nicht leicht beeindrucken zu lassen, trotz all ihrer Neugier bezüglich seines Privatlebens. Sie sagte: »Üben Sie fleißig, zehn Minuten hintereinander.«

»Zehn Minuten!«

»Und jetzt machen wir uns auf den Rückweg.«

Sie übernahm die Führung, ging voraus mit ihrem steifbeinig stolzierenden, bei jedem Aufsetzen der hohen Hacken von einem Ruck interpunktierten Gang. Macon und Edward folgten. Als sie das Haus erreichten, fragte Muriel, wie spät es sei. »Acht Uhr fünfzig«, sagte Macon streng. Er mißtraute Frauen, die keine Uhr bei sich hatten.

»Ich muß weg. Das macht fünf Dollar, bitte, und die vier Cent, die Sie mir gestern schuldig geblieben sind.«

Er gab ihr das Geld, und sie stopfte es in die Tasche ihres Regenmantels. »Nächstens bleibe ich länger, damit wir reden können«, sagte sie. »Das verspreche ich Ihnen.« Sie machte mit den Fingern winke-winke, dann strebte sie mit klappernden Absätzen zu einem Wagen, der ein Stück weiter am Randstein parkte – ein vorsintflutlicher grauer Straßenkreuzer, blitzblank poliert. Als sie eingestiegen war und die Tür hinter sich zuknallte, erscholl ein Scheppern wie von fallenden Bierdosen. Der Motor spuckte und rasselte, bis er schließlich ansprang. Macon schüttelte den Kopf und ging mit Edward ins Haus.

Von Mittwoch bis Donnerstag brachte Macon schier eine Ewigkeit damit zu, sich neben Edward die Dempsey Road hinauf und hinunter zu schleppen. In seinen Achselhöhlen entwickelte sich ein Dauerschmerz. Im Oberschenkel peinigte ihn ein senkrecht verlaufendes Ziehen. Unbegreiflicherweise; man hätte es eher am Schienbein erwartet. Er überlegte, ob irgend etwas schiefgegangen war – ob etwa die Fraktur schlecht eingerichtet worden war, so daß der Oberschenkel einer ungewöhnlichen Belastung ausgesetzt wurde. Womöglich mußte er wieder ins Krankenhaus, um das Bein noch einmal brechen zu lassen, voraussichtlich unter Vollnarkose mit all den scheußlichen Begleiterscheinungen; und hinterher monatelang im Streckverband verbringen und eventuell bis ans Lebensende lahmen. Er malte sich aus, wie er, grotesk einen Fuß nachziehend, über eine Straßenkreuzung schwankte: Sarah fährt gerade vorbei und hält mit kreischenden Bremsen an. »Macon?« Sie kurbelt das Fenster herunter. »Macon? Was ist denn passiert?«

Er hebt einen Arm, läßt ihn sinken und torkelt davon.

Oder er sagt zu ihr: »Mich wundert, daß dir das nicht egal ist.«

Nein, einfach davontorkeln.

Aller Wahrscheinlichkeit nach waren diese kleinen Anfälle von Selbstmitleid (eine Regung, die er normalerweise verabscheute) auf rein physische Erschöpfung zurückzuführen. Worauf hatte er sich da bloß eingelassen? Sich auf die Hüfte zu schlagen war das eine Problem; das andere bestand darin, das Gleichgewicht zu bewahren, damit er energisch an der Leine ziehen konnte, wenn Edward nicht Schritt hielt, sowie pausenlos nach Eichhörnchen und Fußgängern Ausschau zu halten. Er machte immer wieder »Tsss!« und »Schnalz-schnalz« und abermals »Tsss!« Die Passanten mußten ihn ja für verrückt halten. Edward trottete neben ihm her, gähnte mitunter und sah sich überall nach Radfahrern um. Radfahrer hatten es ihm besonders angetan. Sobald er einen sah, sträubte sich ihm das Fell zwischen den Schultern, und er machte einen Satz nach vorn. Macon kam sich vor wie auf einem Hochseil, das plötzlich zu schwingen beginnt.

Bei diesem ungleichmäßigen Humpeltempo sah er viel mehr als sonst. Jeder Busch und jedes struppige Blumenbeet blieben länger in seinem Blickfeld. Er prägte sich Frostaufbrüche im Straßenbelag ein, die sich quasi als Stolpersteine erweisen mochten. Es war eine

Alte-Leute-Straße und nicht in bestem Zustand. Die Nachbarn riefen einander den lieben langen Tag an, um sich zu vergewissern, daß keiner einen Schlaganfall auf der Treppe erlitten hatte oder eine Herzattacke im Bad, daß niemand sich die Hüfte gebrochen hatte, keiner von Atemnot befallen oder vor dem Gasherd mit voll aufgedrehten Brennern von Schwindel erfaßt worden war. Manche brachen zu einem Spaziergang auf und wurden Stunden später gewahr, daß sie mitten auf der Straße standen und nicht mehr wußten, wohin sie eigentlich wollten. Manche begannen gegen Mittag, sich einen Imbiß zu bereiten, ein weiches Ei oder eine Tasse Tee, und werkelten bei Sonnenuntergang noch immer in der Küche, suchten das Salz und hatten vergessen, wie der Toaster funktioniert. Macon hatte das alles von seiner Schwester erfahren, bei der hilfsbedürftige Nachbarn sich Rat holten. »Rose! Liebe Rose!« ließ sich so manchesmal eine zittrige Stimme vernehmen, und dann schlurfte der eine oder die andere ins Vorgärtchen, eine überfällige Rechnung, einen besorgniserregenden Brief oder ein Pillenfläschchen mit Sicherheitskappe schwenkend.

Abends, wenn Macon mit Edward ein letztes Mal spazierenging, warf er gelegentlich einen Blick in fremde Fenster und sah Menschen in geblümten Ohrensesseln kauern, von ihren Fernsehgeräten bläulich und flackernd angestrahlt. Die *Orioles* gewannen gerade das zweite Spiel der Baseball-Weltmeisterschaft, aber diese Menschen schienen nur ihren eigenen Gedanken nachzuhängen. Macon konnte sich des Eindrucks nicht erwehren, daß sie ihn irgendwie niederzogen, ihn dazu brachten, sich schwerfällig fortzubewegen, einen Buckel zu machen, nach Atem zu ringen. Sogar der Hund wirkte schlapp und bedrückt.

Und wenn er ins Haus zurückkam, wurden seine Geschwister wieder einmal von Unentschlossenheit gebeutelt. War es besser, den Thermostat nachts niedriger einzustellen, oder nicht? Würde der Heizofen bei niedriger Einstellung nicht mehr verbrauchen? Hatte Porter das nicht irgendwo gelesen? Sie debattierten hin und her, einigten sich und fingen wieder von vorn an. Himmel! dachte Macon. Sie unterschieden sich nicht sehr von ihren Nachbarn. Auch sie wurden alt. Macon hatte seinen Senf dazugegeben (unbedingt niedriger einstellen), er wurde aber immer einsilbiger, und dann sagte er gar nichts mehr.

In dieser Nacht sah er sich im Traum am Lake Roland in seines Großvaters geparktem Buick, Baujahr 57, sitzen. Und zwar im Dunkeln, ein Mädchen neben sich. Er kannte sie nicht, aber der herbe Geruch ihres Parfüms war ihm vertraut, auch das Rascheln ihres Rocks, als sie näher rückte. Er drehte sich um und sah sie an. Es war Muriel. Er holte Luft, um sie zu fragen, was sie hier wolle, aber sie verschloß ihm die Lippen mit dem Zeigefinger. Sie rückte noch näher. Sie nahm ihm die Schlüssel ab und legte sie aufs Armaturenbrett. Sie sah ihm unverwandt ins Gesicht, löste die Schnalle seines Gürtels und ließ eine kühle, geübte Hand in seine Hose hineingleiten. Er erwachte verblüfft und peinlich berührt und setzte sich steil im Bett auf.

»Alle fragen immer: ›Wie ist denn *Ihr* Hund?‹« sagte Muriel. »›Bestimmt ein Musterexemplar an gutem Benehmen‹, meinen sie. Aber wissen Sie, was das Komische daran ist? Ich habe gar keinen Hund. Und als ich mal einen hatte, ist er weggelaufen. Das war Spook, der Hund von Norman. Der von meinem Exehemann. Gleich in unserer Hochzeitsnacht ist Spook zu Normans Mama abgehaun. Ich glaube, er hat mich gehaßt.«

»Aber nicht doch«, sagte Macon.

»Er hat mich gehaßt. Ich hab's gemerkt.«

Sie waren wieder an der frischen Luft, um Edwards Ausbildung fortzusetzen. Macon hatte sich inzwischen an den Rhythmus dieser Trainingsstunden gewöhnt. Er wartete, Edwards Leine fest im Griff. Muriel erzählte weiter: »Es war genau wie in einem Film von Walt Disney. Sie wissen schon: Wo ein Hund ganz weit wegläuft, bis zum Yukon oder so. Spook ist freilich nur nach Timonium gelaufen. Ist bei mir und Norman in unserer Stadtwohnung, büxt von dort aus und pilgert die ganzen, wer weiß wie vielen Meilen heim zu Normans Mama. Sie ruft an: ›Wann habt ihr Spook hier abgesetzt?‹ – ›Wovon redest du?‹ fragt Norman.«

Sie paßte ihre Stimme der jeweiligen Person an. Macon hörte das quengelige Näseln der Mutter Normans, das verlegene Gestammel des Jungen. Der Traum der vergangenen Nacht fiel ihm ein, und er fühlte sich abermals peinlich berührt. Er betrachtete Muriel genau, in der Hoffnung, Mängel zu entdecken – die allerdings reichlich vorhanden waren: lange schmale Nase, blasser Teint und sommersprossige, knubbelige Schlüsselbeine, die einen dürftigen Körper verhießen.

»Also, seine Mama steht in der Frühe auf«, erzählte Muriel weiter, »und da sitzt Spook auf der Schwelle. Aber da haben wir erst mitgekriegt, daß er weg war. Norman legt los: ›Ich weiß nicht, was in den gefahren ist. Er ist noch nie weggelaufen.‹ Und sieht mich so argwöhnisch an. Ich hab' ihm angemerkt, daß er überlegt, ob ich nicht schuld daran bin. Vielleicht hat er das für ein Omen gehalten oder so. Wir waren schrecklich jung für die Ehe. Jetzt sehe ich das ein. Ich war siebzehn, er achtzehn – ein Einzelkind. Mamas Liebling. Verwitwete Mutter. Er hatte so ein frisches rosa Gesicht wie ein Mädchen und das kürzeste Haar von allen Jungen in der Schule, und er hat sich das Hemd immer bis zum Hals zugeknöpft. Ist am Ende des vorletzten Schuljahres von Parkville zugezogen. Hat mich in meinem trägerlosen Sonnentop erblickt und mich in jeder Schulstunde angeglotzt. Die anderen Jungen haben ihn aufgezogen, aber das war ihm schnurz. Er war einfach so – unschuldig, verstehen Sie? Er hat mir so ein Gefühl gegeben, wie wenn ich Macht hätte. Da läuft er mir durch die Gänge nach, mit Büchern beladen, und ich sage: ›Norman? Willst du mit mir zum Lunch gehen?‹ Er wird rot und sagt: ›Oh, meinst du das im Ernst?‹ Er konnte noch nicht mal Auto fahren, aber ich hab' zu ihm gesagt, wenn er den Führerschein macht, geh' ich mit ihm aus. ›Wir fahren irgendwohin an ein stilles Plätzchen, wo wir reden und allein sein können‹, sage ich, ›du weißt, was ich meine?‹ Ich war wirklich ein Früchtchen. Ich weiß nicht, was mit mir nicht gestimmt hat damals. Er hat schleunigst den Führerschein gemacht und hat mich im Chevy von seiner Mutter abgeholt, den hat sie zufällig bei meinem Vater gekauft, der ist Verkäufer bei Ruggles Chevrolet. Das hat sich bei der Hochzeit herausgestellt. Wir haben im Herbst geheiratet, er war ganz versessen darauf, mich zu heiraten, da konnte ich ja nicht anders, oder? Und bei der Trauung geht mein Daddy zu Normans Mama: ›Habe ich Ihnen nicht kürzlich einen Wagen verkauft?‹, aber die hat vor lauter Flennen gar nicht richtig hingehört. Dieses Weib hat sich aufgeführt, wie wenn Heiraten schlimmer wäre als der Tod. Dann, als Spook zu ihr nach Hause getürmt ist, sagt sie zu uns: ›Am besten, ich behalte ihn, es ist doch sonnenklar, daß es ihm bei euch nicht gefällt.‹ Bei mir, hat sie natürlich gemeint. Sie konnte es mir nicht verzeihen, daß ich ihr den Sohn weggenommen habe. Hat behauptet, ich beraube ihn seiner Chancen; sie hat gewollt, daß er sein Abschlußexamen macht. Dabei habe ich ihn nie daran gehindert. Er war derjenige, der gesagt hat, er geht ab, wozu auch in der Schule bleiben, wenn er von Fußböden gut leben kann.«

»Von *was*?« fragte Macon.

»Fußböden. Fußböden abschleifen. Sein Onkel war die Firma Pritchett Refinishing. Norman ist gleich nach der Hochzeit bei ihm eingetreten, und seine Mama hat immerzu gejammert, er wirft sich weg. Angeblich hätte er Buchhalter werden können oder so, aber ich weiß nicht, wie sie auf *die* Idee gekommen ist. Zu *mir* hat er nie etwas von Buchhaltung gesagt.«

Sie pflückte ein Hundehaar von ihrem Mantelärmel, betrachtete es prüfend und schnipste es weg. »Jetzt sehen wir ihn uns mal an.«

»Wie bitte?«

»Wir sehen uns an, wie er bei Fuß geht.«

Macon schlug sich auf die Hüfte und setzte sich in Bewegung. Edward folgte nicht ganz dicht auf. Als Macon anhielt, hielt auch Edward an und setzte sich. Macon war angenehm überrascht, Muriel stellte jedoch fest: »Er sitzt nicht.«

»Was? Wie nennen Sie das denn sonst?«

»Er hält den Hintern ein Stück über dem Boden. Versucht, sich herauszuschwindeln.«

»Ach Edward«, sagte Macon traurig.

Er machte kehrt und kam zurück.

»Also, daran müssen Sie noch arbeiten«, sagte Muriel. »Einstweilen nehmen wir uns Liegenbleiben vor. Probieren wir's im Haus.«

Macon befürchtete ein Zusammentreffen mit Rose, doch die war nirgends zu sehen. In der Diele roch es nach Heizkörperstaub. Die Uhr im Wohnzimmer schlug eben die halbe Stunde.

»Damit packen wir nämlich Edwards eigentliches Problem an«, sagte Muriel. »Ihn so weit bringen, daß er sich niederlegt und liegen bleibt, damit er nicht dauernd gegen die Tür springt.«

Sie führte Macon das Kommando vor: Zweimaliges Klopfen mit dem Fuß. Ihre Stiefelette verursachte dabei ein trockenes Geräusch. Als Edward nicht reagierte, bückte sie sich und zog ihm die Vorderpfoten unter dem Leib weg nach vorn. Dann hieß sie ihn aufstehen und wiederholte das Ganze mehrmals hintereinander. Edward erzielte keinerlei Fortschritt. Wenn sie mit dem Fuß klopfte, hechelte er und schaute woanders hin. »Dickschädel«, sagte Muriel zu ihm, »dickschädlig bis zum Gehtnichtmehr.« Und zu Macon: »Viele Hunde benehmen sich so. Sie sperren sich gegen das Niederlegen; ich weiß nicht, warum. Jetzt Sie.«

Macon klopfte mit dem Fuß. Edward schien irgend etwas links von ihm ungeheuer faszinierend zu finden.

»Packen Sie seine Pfoten«, sagte Muriel.

»Auf Krücken?«

»Sicher.«

Macon seufzte und stellte die Krücken in eine Ecke. Das Gipsbein vorgestreckt, hockte er sich auf den Boden, ergriff Edwards Vorderpfoten und zwang ihn, sich niederzulegen. Edward murrte drohend, aber schließlich fügte er sich. Um wieder auf die Beine zu kommen, mußte Macon sich am Lampentisch hochziehen. »Das ist wirklich sehr schwierig«, beschwerte er sich, aber Muriel sagte: »Hören Sie, ich hab's schon einem Mann mit überhaupt keinen Beinen beigebracht.«

»Tatsächlich?« Macon stellte sich einen beinlosen Mann vor, der sich mit irgendeinem Biest von Hund den Gehsteig entlang plagte, während Muriel teilnahmslos abwartete und ihre Maniküre überprüfte. »*Sie* haben sich wohl noch nie ein Bein gebrochen«, sagte Macon vorwurfsvoll. »Sich so zu bewegen ist schwerer, als es aussieht.«

»Ich hab' mir mal den Arm gebrochen«, sagte Muriel.

»Ein Arm ist kein Vergleich.«

»Ist sogar beim Hundetraining passiert. Ein Dobermannpinscher hat mich von der Veranda gestoßen.«

»Ein Dobermann!«

»Als ich zu mir komme, steht er über mir und bleckt alle seine Zähne. Da hab' ich mich erinnert, was beim ›Braven Hund‹ gesagt worden ist: Nur einer von euch beiden kann der Boß sein. Also sage ich zu ihm: ›Ausgeschlossen!‹ Das war das erste, was mir eingefallen ist – was meine Mutter immer gesagt hat, wenn sie mir etwas nicht durchgehen lassen wollte. ›Ausgeschlossen‹, sage ich zu ihm, und weil mein rechter Arm gebrochen ist, strecke ich den linken aus, zeige ihm die aufgestellte Handfläche und starre ihm in die Augen – das können Hunde nicht aushalten – und stehe ganz langsam auf. Und ob Sie's glauben oder nicht, setzt sich der Hund doch prompt auf den Hintern.«

»Guter Gott«, sagte Macon.

»Einmal ist mir ein Cockerspaniel direkt an die Kehle gesprungen. Ein ganz gemeines Aas. Ein Deutscher Schäferhund hat einmal meinen Fußknöchel zwischen die Zähne genommen, dann aber wieder losgelassen.«

Sie hob einen Fuß und bewegte ihn kreisförmig. Ihre Fesseln waren ungefähr so dick wie ein Bleistift.

»Haben Sie auch einmal einen Mißerfolg erlebt?« fragte Macon. »Einen Hund, mit dem nichts auszurichten war?«

»Keinen einzigen«, sagte sie. »Und Edward wird nicht der erste sein.«

Doch Edward schien darüber ganz anders zu denken. Muriel arbeitete noch eine halbe Stunde mit ihm, und obwohl er liegenblieb, wenn er erst einmal lag, weigerte er sich glatt, es aus eigenem Antrieb zu tun. Er mußte jedesmal dazu gezwungen werden.

»Macht nichts«, meinte Muriel. »So ist das meistens. Morgen ist er bestimmt wieder so bockig, da lasse ich lieber einen Tag aus. Sie üben weiter mit ihm, und ich komme erst am Samstag um die gleiche Zeit.«

Dann befahl sie Edward, sich nicht von der Stelle zu rühren, kassierte ihr Honorar und schlüpfte zur Tür hinaus. Als Macon sich Edwards standhafte, ablehnende Haltung betrachtete, fühlte er sich überfordert. Wozu verpflichtete man eigentlich eine Trainerin, wenn das Training einem selbst aufgebürdet wurde?

»Ach, ich weiß nicht, ich weiß nicht«, sagte er. Edward seufzte und trollte sich, obwohl er keine Erlaubnis dazu erhalten hatte.

Den ganzen Nachmittag bis in den Abend hinein war Edward nicht zu bewegen, sich niederzulegen. Macon versuchte es mit Schmeicheln, Drohen, Bitten; Edward murrte ominös und blieb fest. Rose und die Brüder machten um beide einen Bogen, die Augen wohlerzogen abgewandt, wie unfreiwillige Zeugen einer privaten Auseinandersetzung.

Am nächsten Morgen attackierte Edward den Briefträger. Macon gelang es zwar, rechtzeitig die Leine zu erwischen, aber der Vorfall stimmte ihn nachdenklich. Was hatte all dieses Sitzen und Bei-Fuß-Gehen mit Edwards wirklichem Problem zu tun? »Ich sollte dich einfach im Tierasyl abgeben«, sagte er zu Edward. Er klopfte zweimal mit dem Fuß. Edward legte sich nicht nieder.

Am Nachmittag rief Macon im Miau-Wau an. »Bitte, könnte ich Muriel sprechen?« Ihr Familienname fiel ihm partout nicht ein.

»Muriel arbeitet heute nicht«, gab ein Mädchen Auskunft.

»Ach so.«

»Ihr kleiner Junge ist krank.«

Daß sie einen kleinen Jungen hatte, war ihm neu. Er spürte innerlich das Klicken einer Art Umschaltvorrichtung; sie war nicht ganz die Person, für die er sie gehalten hatte. »Tja«, sagte er. »Hier ist Macon Leary. Dann spreche ich eben morgen mit ihr.«

»Oh, Mr. Leary. Möchten Sie bei ihr zu Hause anrufen?«

»Nein, nicht nötig.«

»Ich kann Ihnen ihre Nummer geben, falls Sie doch bei ihr zu Hause anrufen möchten.«

»Es genügt, wenn ich morgen mit ihr spreche. Vielen Dank.«

Rose hatte ohnehin etwas in der Stadt zu erledigen und erklärte sich bereit, ihn beim »Handelsmann«-Verlag abzusetzen. Er wollte den Rest des Reiseführers abliefern. Mit seinen Krücken auf der hinteren Sitzbank ausgestreckt, betrachtete er die vorbeiziehende Szenerie: uralte Bürogebäude, geschmackvolle Restaurants, Reformhäuser und Blumenläden, allesamt scharfkantig und farbklar im Licht des strahlenden Oktobernachmittags. Rose hockte hinter dem Lenkrad und fuhr ein gleichmäßiges, gemächliches Tempo, das fast einschläfernd wirkte. Sie trug ein rundes, schüsselförmiges Hütchen, von dem hinten Bänder herabflatterten. Sie sah damit prüde und nach Bibelstunde aus.

Zu den Eigenschaften, die alle vier Leary-Kinder gemeinsam hatten, gehörte die totale Unfähigkeit, sich unterwegs zurechtzufinden. Es mußte sich um eine Art Legasthenie handeln, wie Macon glaubte – eine sozusagen geographische Legasthenie. Keiner der vier wagte sich jemals hinaus, ohne zwanghaft sämtliche vorhandenen Wahrzeichen zu beachten und sich getreulich, aber vergeblich nach einem im Gedächtnis fest verankerten Plan der näheren Umgebung zu richten. Daheim verwahrte Macon einen Stoß Karteikarten, auf denen detailliert verzeichnet stand, wie man zu den Häusern seiner Freunde gelangte, einschließlich derer, die er seit Jahrzehnten kannte. Und jedesmal, wenn Ethan einen neuen Jungen kennenlernte, hatte Macons erste besorgte Frage gelautet: »Weißt du seine genaue Adresse?« Ethan hatte dazu geneigt, unvorteilhafte Freundschaften zu schließen. Er konnte sich nicht einfach mit dem Jungen von nebenan herumtreiben; o nein, es mußte einer sein, der ganz weit draußen jenseits des Beltway wohnte. Ethan war es egal. *Ihm* fiel es nicht schwer, sich zu orientieren. Weil er sein Leben lang immer nur in ein und demselben Haus gewohnt hatte, lautete Macons Theorie; ein Mensch hingegen, der häufigen Ortswechseln unterworfen war, erwarb nie einen festen Bezugspunkt, sondern irrte ewig im Nebel umher – trieb, Wind und Wellen preisgegeben, auf dem Planeten dahin und betete, es möge ihm vergönnt sein, durch schieres Glück mit der Nase auf sein Ziel zu stoßen.

Kurz und gut: Rose und Macon verirrten sich. Rose wußte, wohin sie wollte – zu einem Geschäft, wo es ein spezielles Möbelöl zu kaufen gab –, und Macon hatte Julians Büro schon unzählige Male aufgesucht; trotzdem fuhren sie so lange im Kreis herum, bis Macon einen vertrauten Kirchturm sichtete. »Stopp! Links abbiegen!« sagte er. Rose tat, wie ihr geheißen, und hielt an einer von ihm bezeichneten Stelle. Macon zwängte sich mühsam hinaus. »Meinst du, du kommst zurecht?« fragte er. »Glaubst du, du findest hierher zurück, um mich abzuholen?«

»Ich will es hoffen.«

»Vergiß nicht, nach dem Kirchturm auszuschauen.«

Sie nickte und fuhr los.

Macon erklomm die drei Granitstufen vor dem Eingang des stattlichen Backsteinhauses, das den Verlag »Der Handelsmann« beherbergte. Die Tür bestand aus poliertem, goldgelbem Holz. Der Boden dahinter war mit winzigen weißen und schwarzen Sechsecken gefliest, dessen kleine Unebenheiten ausreichten, Macons Krücken Widerstand entgegenzusetzen.

Dies war kein gewöhnliches Büro. Die Sekretärin tippte in einem Hinterzimmer, während Julian, der das Alleinsein nicht ertrug, im Vorzimmer saß. Er sprach gerade in ein rotes Telefon, hinter einem Schreibtisch lümmelnd, auf dem sich ein Durcheinander von Werbeanzeigen, Broschüren, unerledigter Post, leeren Mitnahme-Behältern vom Chinarestaurant und Perrier-Flaschen türmte. Die Wände waren mit Segelkarten bedeckt. Auf den Bücherregalen standen wenige Bücher, dafür um so mehr altertümliche Navigationsinstrumente aus Messing, die vermutlich gar nicht mehr funktionierten. Jeder, der Augen hatte, konnte erkennen, daß Julians Herz nicht im Druck- und Verlagshaus »Der Handelsmann« weilte, sondern irgendwo draußen auf der Chesapeake Bay. Das wirkte sich zweifellos zu Macons Vorteil aus. Es hätte sich garantiert sonst niemand gefunden, der seine Reihe herausbrachte, die ungeheure Kosten verursachte und immer wieder auf den neuesten Stand gebracht werden mußte.

»Rita bringt Croissants mit«, sagte Julian ins Telefon. »Joe macht seine Quiche.« Dann fiel sein Blick auf Macon. »Macon!« sagte er. »Stefanie, ich rufe dich später zurück.« Er legte auf. »Was macht das Bein? Komm, setz dich.«

Er wuchtete einen Stapel Segelzeitschriften von einem Stuhl.

Macon setzte sich und händigte seinen Aktenhefter aus. »Hier ist das restliche Material über England.«

»Na endlich!«

»Wie ich das sehe, wird diese Ausgabe zehn bis zwölf Seiten länger als die vorige«, sagte Macon. »Weil wir die Geschäfts*frauen* hereingenommen haben – und anführen, welche Hotels Fahrstuhlbegleiter für ängstliche Damen stellen, in welchen im Foyer Drinks serviert werden ... Ich finde, ich sollte mehr Geld bekommen.«

»Ich werde es Marvin unterbreiten«, sagte Julian, im Manuskript blätternd.

Macon seufzte. Julian gab das Geld mit vollen Händen aus, Marvin hingegen ging vorsichtiger damit um.

»Als nächstes kommen also die USA an die Reihe«, sagte Julian.

»Wenn du meinst.«

»Hoffentlich brauchst du nicht allzu lange.«

»Ich kann nur so schnell machen, wie es geht«, sagte Macon. »Die USA haben mehr Großstädte.«

»Ja, darüber bin ich mir im klaren. Es empfiehlt sich vielleicht, die Neuausgabe in einzelnen Teilen zu drucken: Nordosten, mittelatlantische Staaten und so weiter; mal sehen ...« Doch dann wechselte er das Thema. (Er hatte ein ziemlich sprunghaftes Gemüt.) »Habe ich dir schon von meiner neuen Idee erzählt? Ein Arzt, Freund von mir, untersucht sie auf Tauglichkeit. *Tourist wider Willen im Krankheitsfall.* Ein Verzeichnis aller in Amerika ausgebildeten Ärzte und Zahnärzte in der Hauptstadt jedes Landes und zusätzlich vielleicht ein paar Vorschläge für eine pharmazeutische Grundsausrüstung: Aspirin, das *Merck Manual* –«

»Bloß nicht!« sagte Macon. »Wenn man das in der Fremde liest, wird aus jedem Niednagel gleich Krebs.«

»So? Das notiere ich mir«, sagte Julian (ohne auch nur den Bleistift zu heben). »Willst du mich nicht um ein Autogramm auf deinen Gips bitten? Er ist so weiß.«

»Ich mag ihn weiß. Ich pflege ihn mit Schuhbalsam.«

»Das kann man?«

»Ich verwende die flüssige Sorte. Die Marke mit dem Krankenschwestergesicht auf dem Etikett – damit du im Bedarfsfall Bescheid weißt.«

»Tourist wider Willen auf Krücken«, sagte Julian und schaukelte vernügt mit seinem Stuhl.

Macon merkte, daß Julian sich anschickte, seine Macon-Leary-Nummer zum besten zu geben. Er stand hastig auf und sagte: »Also, dann gehe ich wieder.«

»Schon? Wie wär's mit einem Drink?«

»Nein, danke, ich kann nicht. Meine Schwester holt mich ab, sobald sie ihre Besorgung erledigt hat.«

»Ah«, äußerte Julian. »Was für eine Besorgung?«

Macon beäugte ihn mißtrauisch.

»Na? Chemische Reinigung? Schuhreparatur?«

»Eine ganz gewöhnliche Besorgung. Nichts Besonderes.«

»Eisenwarenhandlung? Apotheke?«

»Nein.«

»Was denn?«

»Äh – sie will ›Möbelspeise‹ kaufen.«

Julian kippte seinen Stuhl so weit nach hinten, daß Macon schon dachte, er würde umkippen. Er wünschte es sich sogar.

»Macon, tu mir einen Gefallen. Könntest du mich nicht einmal zu einem Familiendinner einladen?«

»Wir sind nicht besonders für geselliges Beisammensein«, entgegnete Macon.

»Es müßte ja nichts Ausgefallenes sein. Eben was ihr normalerweise so eßt. Was eßt ihr denn überhaupt normalerweise? Oder ich bringe das Essen selbst mit. Du sperrst den Hund ein . . . Wie heißt er doch gleich?«

»Edward.«

»Edward. Ha! Und ich verbringe den Abend bei euch.«

»Nun ja«, sagte Macon unbestimmt. Er drapierte sich auf seine Krücken.

»Ich begleite dich hinaus und warte mit dir.«

»Es wäre mir lieber, du tätest es nicht«, sagte Macon.

Ihn schauderte bei dem Gedanken, Julian könnte Roses Schüsselhütchen zu Gesicht bekommen.

Er stelzte hinaus auf den Gehsteig, stand da und schaute in die Richtung, aus der Rose kommen sollte. Wahrscheinlich hatte sie sich wieder verfahren. Die Kälte kroch bereits durch den ausgeweiteten Socken, den er über den Gipsverband gezogen hatte.

Es war Julians Pech, fand Macon, daß ihm nie etwas zugestoßen war. Auf seinem geröteten, fröhlichen Gesicht hatte nichts anderes als Sonnenbrand Spuren hinterlassen, sein einziges Interesse galt einer lächerlich unzulänglichen Form der Fortbewegung. Seine kurze Ehe war in beiderseitigem Einvernehmen aufgelöst worden. Er hatte keine Kinder. Macon wollte nicht als voreingenommen gelten, aber er konnte sich des Eindrucks nicht erwehren, daß Leute, die keine Kinder hatten, nicht richtig erwachsen waren. Sie waren nicht ganz – echt, fand er.

Unvermittelt stellte er sich Muriel vor, nachdem der Dobermann sie von der Veranda gestoßen hatte: Ihr Arm hing leblos herab; er wußte, wie bleiern ein gebrochenes Glied aussehen konnte. Doch Muriel achtete nicht darauf. Beschmutzt, zerzaust und angeschlagen, wie sie war, streckte sie abwehrend die andere Hand aus und sagte: »Ausgeschlossen.«

Sie erschien am nächsten Morgen, ein duftiges, geblähtes Tuch über dem Haar gebauscht, die Hände tief in den Manteltaschen vergraben. Edward tanzte um sie herum. Sie deutete auf sein Hinterteil. Gleich saß er, und sie bückte sich, um die Leine aufzuheben.

»Wie geht es Ihrem kleinen Jungen?« fragte Macon.

Sie sah ihn an. »Was?«

»War er nicht krank?«

»Wer hat Ihnen das erzählt?«

»Jemand in der Tierklinik, als ich angerufen habe.«

Sie sah ihn unverwandt an.

»Was hat ihn denn erwischt? Influenza?«

»Ja, schon möglich«, antwortete sie nach einer Weile. »Irgendeine Magengeschichte.«

»Ist ja auch typisch für diese Jahreszeit.«

»Wieso haben Sie angerufen?« fragte sie.

»Ich wollte wissen, warum Edward sich nicht nierderlegen will.«

Sie richtete den Blick auf Edward. Sie wickelte sich die Leine um die Hand und betrachtete ihn nachdenklich.

»Ich klopfe mit dem Fuß, aber er gehorcht nie«, sagte Macon. »Da stimmt etwas nicht.«

»Ich habe ja gleich gesagt, er wird bockig sein.«

»Schon, aber ich habe jetzt zwei Tage lang mit ihm geübt, und er zeigt keinerlei –«

»Was erwarten Sie denn? Glauben Sie, ich kann zaubern oder so? Warum machen Sie mich dafür verantwortlich?«

»Aber das tue ich doch gar –«

»Und ob Sie's tun! Sie werfen mir vor, daß etwas nicht stimmt, Sie rufen mich an –«

»Ich wollte ja nur –«

»Es kommt Ihnen merkwürdig vor, daß ich nichts von Alexander gesagt habe, oder?«

»Alexander?«

»Sie halten mich für eine Rabenmutter.«

»Was? Also Moment mal –«

»Für Sie bin ich erledigt, oder, jetzt, wo Sie wissen, daß ich ein Kind habe. Sie denken sich: Ach was, Finger weg, bringt nichts, sich mit *so was* einzulassen. Und dann wundern Sie sich, daß ich nicht gleich damit herausgerückt bin. Ist doch verständlich, oder? Sie sehen doch, was passiert, wenn es heraus ist.«

Macon konnte dieser Logik nicht ganz folgen, vielleicht weil er durch Edward abgelenkt war. Je schriller Muriels Stimme wurde, desto steiler sträubten sich Edwards Nackenhaare. Ein schlechtes Zeichen. Ein sehr schlechtes Zeichen. Edwards Oberlippe kräuselte sich. Allmählich, zunächst fast unhörbar, begann er, drohend zu knurren.

Muriel sah ihn an und verstummte. Beunruhigt schien sie nicht zu sei. Sie klopfte lediglich zweimal mit dem Fuß. Doch statt sich hinzulegen, erhob Edward sich aus der sitzenden Haltung. Jetzt hatte er einen deutlichen, schwellenden Buckel zwischen den Schultern. Es war, als hätte er eine andere Gestalt angenommen. Seine Ohren lagen flach am Schädel an.

»Leg dich«, sagte Muriel gelassen.

Edward bellte wütend auf und sprang ihr direkt ins Gesicht. Jeder Zahn war entblößt und funkelte. Seine Lefzen verzerrten sich zu einer schreckenerregenden Grimasse, und Flocken weißen Schaums troffen ihm aus dem Maul. Muriel riß mit beiden Fäusten sofort die Leine hoch, bis Edward den Boden unter den Beinen verlor. Er hörte auf zu bellen und begann, gurgelnde Laute von sich zu geben.

»Er erstickt«, sagte Macon.

Aus Edwards Kehle drang ein sonderbares Knacken.

»Aufhören! Genug! Sie erwürgen ihn ja!«

Trotzdem ließ sie Edward hängen. Er verdrehte die Augen. Macon griff nach Muriels Schulter, bekam aber nur eine Handvoll Mantel zu fassen, nachgiebig und beweglich wie etwas Lebendiges. Dennoch rüttelte er daran. Muriel senkte die Leine, Edward landete auf dem Boden wie ein nasses Sandsäckchen, die Beine knickten unter ihm ein, der Kopf sank schlaff zur Seite. Macon kauerte sich neben ihn. »Edward? Edward? Mein Gott, er ist tot!«

Edward hob den Kopf und leckte sich kraftlos die Lefzen.

»Sehen Sie das? Wenn ein Hund sich die Lippen leckt, ist das ein Zeichen, daß er klein beigibt«, sagte Muriel munter. »Das habe ich beim ›Braven Hund‹ gelernt.«

Macon stand auf. Er zitterte.

»Wenn ein Hund sich die Lippen leckt, ist es gut, aber wenn er einem die Pfote auf den Fuß stellt, ist es schlecht«, sagte Muriel. »Klingt wie eine Geheimsprache, ungefähr, nicht?«

»Tun Sie das nie, nie wieder«, sagte Macon.

»Häh?«

»Sie brauchen überhaupt nicht mehr zu kommen.«

Sie schwieg erschrocken.

»Na schön«, sagte sie dann und band sich das Kopftuch fester um. »Wenn das Ihre Einstellung ist – mir soll's recht sein.« Sie stieg behend über Edward hinweg und öffnete die Haustür. »Sie wollen einen Hund, mit dem Sie nicht fertig werden? Von mir aus.«

»Lieber einen Hund, der bellt, als einen kaputten, der Angst hat«, entgegnete Macon.

»Sie wollen einen Hund, der alle Ihre Freunde beißt? Die Nachbarskinder lebenslänglich verunstaltet? Der Ihnen Gerichtsprozesse einbrockt? Sie wollen einen Hund, der die ganze Welt haßt? Einen bösen, ekligen, *wütenden* Hund? Der die ganze Welt verrückt macht?«

Sie schlüpfte zur Fliegengittertür hinaus und schloß sie hinter sich. Dann starrte sie durch das Fliegengitter, Macon direkt in die Augen. »Ja, ich glaube schon, daß Sie so einen wollen.«

Vom Dielenboden sandte Edward ein Röcheln empor und schaute ihr nach, als sie wegging.

8

Jetzt waren die Tage schon kürzer und kühler, und die Bäume überschütteten den Rasen mit ganzen Blättermeeren, blieben jedoch unerklärlicherweise so belaubt wie zuvor; folglich erblickte man, kaum mit dem Harken fertig, beim Hinaufschauen große Wogen von Orange und Gelb, die nur darauf warteten, das Gras erneut zuzudecken, sobald man ihnen den Rücken kehrte. Charles und Porter fuhren zu Macons Haus und harkten auch dort Laub, zündeten die Zündflamme des Heizofens an und reparierten das Kellerfenster. Zurückgekommen meldeten sie, alles sehe zufriedenstellend aus. Macon vernahm es recht teilnahmslos. Nächste Woche sollte der Gipsverband abgenommen werden, aber niemand fragte, wann er wieder zu Hause einzuziehen gedachte.

Jeden Morgen übte er mit Edward Bei-Fuß-Gehen. Sie wanderten den ganzen Block entlang, wobei Edward sich Macons Gangart so vollkommen anpaßte, daß er selbst gehbehindert wirkte. Begegneten sie Fußgängern, dann murrte Edward nur leise, griff aber keinen an. »Na bitte!« hätte Macon gern zu irgend jemandem gesagt. Mit Radfahrern verhielt es sich freilich anders; Macon mangelte es jedoch nicht an Zuversicht, daß sie auch dieses Problem lösen würden – eines Tages.

Er bewog Edward, sich zu setzen, und wich dann zurück, eine Hand abwehrend ausgestreckt. Edward wartete. Er war ja gar kein so schlimmer Hund! Macon wünschte sich, er könnte die Kommandogesten ändern – die abwehrende Handhaltung, den kreisenden Finger, die ganze Zeichengebung dieser herzlosen Abrichterin –, aber dazu war es jetzt wohl zu spät. Er klopfte mit dem Fuß. Edward knurrte. »Mein Lieber«, sagte Macon und hockte sich schwerfällig neben ihn, »hättest du die Güte, dich niederzulegen?« Edward wandte sich ab. Macon streichelte die weiche breite Stelle zwischen Edwards Ohren. »Nun ja, morgen vielleicht«, sagte er.

Seine Angehörigen waren nicht so optimistisch. »Was ist, wenn du wieder verreisen mußt?« fragte Rose. »Bei mir läßt du ihn nicht. Ich kann nicht mit ihm umgehen.«

Macon antwortete, das werde sich finden, wenn es soweit sei. Er konnte sich kaum mehr vorstellen, je wieder auf Reisen zu gehen. Manchmal wünschte er sich, den Gipsverband ewig behalten zu können. Mehr noch: Er wünschte sich, von Kopf bis Fuß darin zu stecken. Man würde dumpf an seine Brust pochen, durch seine Sehlöcher spähen. »Macon? Bist du da drin?« Vielleicht ja, vielleicht nein. Niemand würde es je ergründen.

Eines Abends, gleich nach dem Essen, kam Julian mit einem Papierstapel an. Macon mußte Edward in die Kammer schubsen, bevor er die Tür öffnete. »Da bist du ja!« sagte Julian und schlenderte an ihm vorbei. Er trug Cord und wirkte sportgestählt und gesund. »Seit drei Tagen versuche ich, dich telefonisch zu erreichen. Der Hund klingt aber schrecklich nah, findest du nicht?«

»Er ist in der Kammer.«

»Also, hier bringe ich dir einige Unterlagen – hauptsächlich über New York. Wir haben eine Menge Vorschläge für New York bekommen.«

Macon stöhnte. Julian deponierte die Papiere auf der Couch und sah sich um. »Wo sind die anderen?«

»Ach, da und dort«, antwortete Macon ausweichend, doch im selben Moment erschien Rose, dicht gefolgt von Charles.

»Hoffentlich störe ich nicht beim Abendessen«, sagte Julian zu ihnen.

»Nein, nein«, versicherte Rose.

»Wir haben schon gegessen«, trumpfte Macon auf.

Julian machte ein langes Gesicht. »Wirklich? Um welche Zeit eßt ihr denn?«

Darauf gab Macon keine Antwort. (Sie aßen um halb sechs. Julian hätte gelacht.)

Rose sagte: »Aber unseren Kaffee haben wir noch nicht getrunken. Möchten Sie welchen?«

»Mit dem größten Vergnügen.«

»Kommt mir ein bißchen blöd vor«, warf Macon ein, »wenn du noch nichts gegessen hast.«

»Nun ja«, meinte Julian. »Jemandem wie dir, Macon, mag es so vorkommen. Aber für mich ist ein hausgemachter Kaffee ein echter Genuß. Alle Leute in meinem Apartmenthaus essen auswärts, und keiner hat was anderes in der Küche als ein paar Dosen Erdnüsse und ein bißchen magenfreundlichen Sprudel.«

»Was ist denn das für ein Haus?« wollte Rose wissen.

»Es heißt ›Calvert Arms‹ – ein Wohnhaus für Alleinstehende. Jeder einzelne ist ein Single.«

»Oh! Wie interessant!«

»Nun ja, wie man's nimmt«, sagte Julian düster. »Zunächst schon. Anfangs hat es mir gefallen, aber jetzt finde ich es deprimierend. Manchmal sehne ich mich nach den guten, altmodischen Zuständen mit Kindern und Familien und alten Leuten wie in gewöhnlichen Wohnhäusern.«

»Das glaube ich gern«, sagte Rose. »Und jetzt bekommen Sie einen schönen heißen Kaffee.«

Sie ging, die anderen setzten sich. »So. Beschränkt sich die Familie auf euch drei?« fragte Julian.

Macon ersparte sich die Antwort, aber Charles sagte: »O nein. Porter ist auch noch da.«

»Porter? Wo ist Porter?«

»Äh – das wissen wir nicht so genau.«

»Verschollen?«

»Er wollte in eine Eisenwarenhandlung, aber wir glauben, er ist verlorengegangen.«

»Himmel, wann ist das passiert?«

»Kurz vor dem Abendessen.«

»Abendessen. Sie meinen heute?«

»Er macht nur eine Besorgung«, sagte Macon. »Er ist nicht für immer verlorengegangen.«

»Wo ist der Laden?«

»Irgendwo in der Howard Street«, sagte Charles.

»Er ist in der Howard Street verlorengegangen?«

Macon stand auf. »Ich gehe Rose helfen.«

Rose stellte gerade die durchsichtigen, gläsernen Kaffeebecher ihrer Großmutter auf ein Silbertablett. »Hoffentlich nimmt er keinen Zucker«, sagte sie. »Die Zuckerdose ist leer, und Edward ist in der Kammer, wo die Tüte steht.«

»Zerbrich dir nicht den Kopf darüber.«

»Du könntest doch hingehen und den Zucker holen.«

»Ach, gib ihm den Kaffee schwarz, und sag ihm, so oder gar nicht.«

»Aber Macon! Er ist dein Arbeitgeber!«

»Er ist ja nur gekommen, weil er hofft, daß wir uns exzentrisch aufführen«, sagte Macon. »Er macht sich einseitige Vorstellungen von uns. Ich flehe bloß zu Gott, daß keiner von uns etwas Unkonventionelles äußert. Hörst du überhaupt zu?«

»Was sollten wir schon äußern?« fragte Rose. »Wir sind die konventionellsten Menschen, die ich kenne.«

Das entsprach zwar durchaus der Wahrheit, paradoxerweise aber auch wieder nicht. Macon wußte keine Erklärung dafür. Er seufzte und folgte ihr aus der Küche.

Im Wohnzimmer erwog Charles unentwegt, ob man den Hörer abheben sollte, falls das Telefon klingelte, falls es Porter war, falls er wollte, daß sie etwas im Stadtplan nachschauten. »Wahrscheinlich macht er sich gar nicht die Mühe, hier anzurufen«, schloß er, »weil er weiß, daß wir sowieso nicht abheben. Oder es zumindest annimmt. Vielleicht glaubt er aber auch, daß wir doch abheben, weil wir uns Sorgen machen.«

»Geben Ihnen Telefonate immer so viel zu denken?« fragte Julian.

Macon warf ein: »Trink einen Schluck Kaffee, Julian. Versuch ihn schwarz.«

»Aber gern!« Julian nahm seinen Becher und studierte die auf der Wandung umlaufende Inschrift. »JAHRHUNDERT DES FORTSCHRITTS 1933«, las er ab. Er grinste und prostete ihnen zu. »Auf den Fortschritt!«

»Fortschritt«, echoten Rose und Charles. Macon machte ein finsteres Gesicht.

Julian fragte: »Womit verdienen Sie ihr Geld, Charles?«

»Ich fabriziere Kronenkorken.«

»Kronenkorken! Tatsächlich!«

»Keine große Sache«, sagte Charles. »Ich meine, es ist halb so aufregend, wie es klingt, wirklich.«

»Und Rose? Arbeiten Sie?«

»Ja, ich arbeite«, antwortete Rose tapfer und treuherzig wie bei einem Interview. »Ich arbeite zu Hause. Ich führe meinen Brüdern den Haushalt. Außerdem kümmer' ich mich um eine Menge Leute in der Nachbarschaft. Die meisten sind alt und brauchen mich zum Vorlesen ihrer Rezepte und zum Reparieren ihrer Installationen.«

»Sie reparieren Installationen?«

Das Telefon klingelte. Die Learys erstarrten.

»Was meinst du?« wandte Rose sich an Macon.

»Hm . . .«

»Er weiß doch, daß wir nicht abheben«, sagte Charles.

»Ja, er würde bestimmt eher bei einem Nachbarn anrufen.«

»Andererseits . . .«, sagte Charles.

»Andererseits . . .«, sagte Macon.

Julians Gesicht gab schließlich den Ausschlag – Julians unverschämte, amüsierte Miene. Macon streckte die Hand zum Beistelltischchen aus und hob den Hörer ab. »Leary.«

»Macon?«

Es war Sarah.

Macon streifte die anderen mit einem Blick und wandte ihnen den Rücken zu. »Ja.«

»Na endlich.« Ihre Stimme klang sonderbar sachlich und fest. Plötzlich sah er sie deutlich vor sich: Sie hatte eines seiner abgelegten Hemden an und saß da, einen Arm um die nackten Knie geschlungen. »Ich habe versucht, dich zu Hause zu erreichen«, sagte sie. »Dann ist mir eingefallen, du bist vielleicht bei deinen Leuten zum Essen eingeladen.«

»Ist etwas passiert?«

Er raunte beinahe. Daraus schloß Rose wohl, wer am Apparat war, denn sie begann, plötzlich lebhaft auf die anderen einzureden. Sarah fragte: »Was? Ich höre dich kaum.«

»Ist alles in Ordnung?«

»Wer spricht denn da?«

»Julian ist hier.«

»So, Julian. Grüß ihn recht herzlich von mir. Was macht Sukie?«

»Sukie?«

»Sein Boot, Macon.«

»Dem geht es gut.« Oder hätte er ›der‹ sagen sollen? Von ihm aus mochte *Sukie* auf dem Grund der Chesapeake Bay liegen.

»Ich rufe an, weil ich finde, daß wir miteinander reden müssen«, sagte Sarah. »Ich dachte, wir könnten einmal zusammen essen gehen.«

»Oh. Hm. Ja, das könnten wir«, sagte Macon.

»Wäre dir morgen recht?«

»Aber sicher.«

»Welches Restaurant?«

»Vielleicht das Old Bay.«

»Das Old Bay. Natürlich«, sagte Sarah. Er vermochte nicht zu unterscheiden, ob sie seufzte oder lachte.

»Das erreichst du nämlich zu Fuß«, erklärte er. »Deshalb schlage ich es vor.«

»Ja, also, laß mich mal überlegen. Du ißt gern früh; sagen wir – sechs Uhr?«

»Sechs Uhr paßt ausgezeichnet.«

Nachdem er aufgelegt hatte, stellte er fest, daß Rose inzwischen eine Diskussion über Sprachgewohnheiten in Gang gebracht hatte.

Sie tat, als bemerkte sie nicht, daß er sich ihnen wieder zuwandte. Einfach empörend, sagte sie, wie die Umgangssprache verschlampt sei. Wie alle Welt sich darauf versteife, »*die* hoi polloi« zu sagen, ein klarer Fall von »weißem Schimmel«, angesichts der Tatsache, daß »hoi« schon der Artikel sei. Wie »Chauvinist« zur Abkürzung für »männlicher Chauvinist« geworden und die ursprüngliche Bedeutung kaum noch bekannt sei. Unglaublich, mischte Charles sich ein, daß ein weiblicher Filmstar »incognito« reise, da doch jeder Dummkopf wissen sollte, daß es »incognita« heißen müsse. Julian schien die allgemeine Entrüstung zu teilen. Noch unglaublicher sei es, sagte er, wie alle mit dem Wort »unglaublich« um sich würfen, da es auf der Welt ohnehin nur weniges gebe, was jeder Glaublichkeit spotte. »Glaubwürdigkeit«, korrigierte Macon, doch Rose redete eilends darüber hinweg: »Oh, ich weiß genau, was Sie meinen. Die Wörter werden entwertet, nicht wahr?« Sie zog sich mit einer kindlichen Bewegung den grauen Schlauchrock über die Knie herunter. Man hätte meinen können, sie sei nie gewarnt worden, sich vor fremden Männern in acht zu nehmen.

Um ins Restaurant Old Bay zu gelangen, mußte Macon ein paar Stufen überwinden. Bevor er sich das Bein gebrochen hatte, war ihm gar nicht zu Bewußtsein gekommen, daß diese Stufen überhaupt existierten – geschweige denn, daß sie aus glattem, makellosem Marmor bestanden, so daß seine Krücken unter ihm wegzurutschen drohten. Dann mußte er gegen die schwere Eingangstür ankämpfen, ein wenig in Eile, weil Rose, die ihn hergefahren hatte, falsch abgebogen war und die Uhr bereits fünf nach sechs anzeigte.

Im Vorraum war es stockdunkel. Im Speisesaal dahinter war es nicht viel heller, denn für Beleuchtung sorgten nur die Kerzen auf den Tischen. Macon spähte in die Düsternis. »Ich bin hier verabredet«, sagte er zur Empfangsdame. »Ist sie schon da?«

»Nicht, daß ich wüßte, mein Lieber.«

Sie führte ihn vorbei an einem Wasserbehälter voller träger Hummer, vorbei an zwei alten, blaßrosa Drinks schlürfenden

Damen in Betschwesterhüten, vorbei an einem ganzen Feld unbesetzter Tische. Zu so früher Stunde wollte kaum jemand speisen; die übrigen Gäste hielten sich noch in der Bar auf. Die Tische standen dicht nebeneinander, die Tischtücher reichten bis zum Boden, und Macon sah sich schon mit der Krücke an einem Zipfel hängenbleiben und alles herunterreißen, die Kerze eingeschlossen, sah schon den kastanienbraunen, geblümten Teppich in Flammen aufgehen. Das Stammlokal seines Großvaters – auch seines Urgroßvaters vermutlich – zusammengeschmolzen zu einem Haufen geschwärzter, metallener Krebskörbe! »Miss! Nicht so schnell!« rief er, aber die Empfangsdame schritt weiter, muskulös und sportlich in ihrem schulterfreien Square-dance-Kleid und den weißen Kreppsohlentretern.

Sie plazierte ihn in eine Ecke, und das war gut so, denn damit bot sich ihm die Gelegenheit, die Krücken anzulehnen. Doch just, als er sich anschickte, sie gepaart wegzustellen, sagte sie: »Ich nehme Sie Ihnen ab, Schätzchen.«

»Oh, hier sind sie gut aufgehoben.«

»Ich muß sie in der Garderobe abgeben, Herzchen. Das ist Vorschrift.«

»Es gibt Vorschriften für Krücken?«

»Andere Gäste könnten doch darüber stolpern, Liebster.«

Obwohl das höchst unwahrscheinlich war, da die beiden anderen Gäste am entgegengesetzten Ende des Raumes saßen, händigte Macon ihr die Krücken aus. Wenn er es recht bedachte, mochte er ohne sie besser dran sein. Dann würde Sarah nicht den Eindruck gewinnen (wenigstens nicht auf den ersten Blick), er sei mittlerweile unter die Räder gekommen.

Kaum allein geblieben, zupfte er an den Manschetten seines Hemdes, bis ein fingerbreiter weißer Streifen hervorlugte. Er trug seine graue Tweedjacke und eine graue Flanellhose – ein altes Stück und daher nicht zu schade, um ein Bein kürzer gemacht zu werden. Charles hatte ihm die Hose von zu Hause geholt, Rose hatte sie gesäumt und außerdem Macons Haar geschnitten. Porter hatte ihm seine beste gestreifte Krawatte geliehen. Alle hatten ihm so diskret Hilfe geleistet, daß er ganz traurig geworden war.

Die Empfangsdame erschien wieder am Eingang, gefolgt von Sarah. Macon durchzuckte jähes Wiedererkennen; es war so ähnlich, als hätte er sich selbst zufällig in einem Spiegel erblickt. Der Glorienschein ihrer Locken, der weiche Faltenwurf ihres Mantels, ihr sicheres, elastisches Schreiten in den eleganten Pumps mit geschwungenen Absätzen – wie hatte er all das vergessen können?

Er stand halb auf. Würde sie ihm einen Kuß geben oder bloß – Gott bewahre! – kühl die Hand reichen? Aber nein, sie tat weder das eine noch das andere; sie tat etwas viel Schlimmeres. Sie kam um den Tisch herum und drückte ihre Wange kurz an die seine, als wären sie lediglich Bekannte, die einander auf einer Cocktailparty begegnen.

»Hallo, Macon.«

Sprachlos verwies er sie auf den Stuhl ihm gegenüber. Er setzte sich, nicht ohne Mühe.

»Was ist mit deinem Bein los?« fragte Sarah.

»Ich bin – äh – gestürzt.«

»Ist es gebrochen?«

Er nickte.

»Und was hast du mit deiner Hand gemacht?«

Er hob die Hand und musterte sie. »Das ist gewissermaßen ein Hundebiß. Ist aber fast schon verheilt.«

»Ich meine die andere Hand.«

Die andere Hand war in Knöchelhöhe verpflastert. »Ach das«, sagte er. »Das ist bloß ein Kratzer. Ich habe Rose beim Bau einer Katzenklappe geholfen.«

Sie betrachtete ihn prüfend.

»Aber mir geht es gut!« versicherte er. »Ich fühle mich in dem Gipsverband fast wohl. Fast heimisch. Als hätte ich mir schon einmal in einem früheren Leben das Bein gebrochen.«

Die Servierin fragte: »Darf ich Ihnen etwas aus der Bar bringen?«

Sie stand vor ihnen aufgepflanzt, Stift und Block gezückt. Sarah begann, hastig in der Speisekarte zu blättern, aber Macon sagte: »Einen trockenen Sherry, bitte.« Dann wandte er sich gleichzeitig mit der Serviererin wieder Sarah zu. »Ach je«, seufzte sie. »Also.

Wie wär's mit einem Rob Roy. Ja, ein Rob Roy wäre nicht übel, mit besonders viel Kirschen.«

Das war auch etwas, was er vergessen hatte – wie gern sie in Restaurants komplizierte Drinks bestellte. Seine Mundwinkel zuckten aufwärts.

»So«, sagte Sarah, nachdem die Serviererin sich entfernt hatte. »Wozu braucht Rose eine Katzenklappe? Ich denke, bei ihnen gibt es keine Haustiere.«

»Stimmt, aber das ist für unsere Katze gedacht. Für Helen. Sie wohnt jetzt mit mir dort.«

»Wie das?«

»Wegen meines Beins.«

Sarah schwieg.

»Ich meine, kannst du dir vorstellen, wie ich daheim über die Treppe kommen soll?« fragte Macon. »Siehst du mich mit Edward spazierengehen? Die Mülltonnen herausschleppen?«

Doch sie war damit beschäftigt, den Mantel abzulegen, unter dem ein drapiertes Wollkleid von unbestimmbarer Farbe zum Vorschein kam. (Im Kerzenlicht verwandelte sich alles in Sepiatöne, wie auf einer alten Photographie.) Macon konnte sich in Muße überlegen, ob er sie etwa auf falsche Gedanken gebracht hatte. Ob es nicht wie eine Klage geklungen hatte, wie ein Vorwurf, daß sie ihn sich selbst überlassen hatte.

»Aber sonst«, sagte er, »bin ich wirklich wunderbar zurechtgekommen.«

»Gut«, sagte Sarah, schenkte ihm ein Lächeln und widmete sich wieder der Speisekarte.

Die Drinks wurden auf kleinen, runden Pappscheiben mit aufgeprägten Meeresfrüchten vor sie hingestellt. Die Serviererin erkundigte sich: »Möchtet ihr jetzt bestellen, Ihr Guten?«

»Also«, sagte Sarah, »ich glaube, ich nehme das warme Antipasto und und das Bœuf Pierre.«

Die Serviererin schielte entgeistert über Sarahs Schulter auf die Speisekarte. (Sarah hatte anscheinend nie begriffen, was es mit dem Old Bay auf sich hatte.) »Hier«, sagte Sarah, auf die betreffenden Stellen deutend, »und hier.«

»Wenn Sie meinen«, sagte die Serviererin und schrieb sich die Namen auf.

»Ich nehme die – Sie wissen schon«, sagte Macon. »Krebssuppe, die Krabbensalatplatte ...« Er reichte die Speisekarte zurück. »Sarah, möchtest du Wein?«

»Nein, danke.«

Als sie wieder allein waren, fragte sie: »Wie lange wohnst du schon bei deiner Familie?«

»Seit September.«

»September! Dein Bein ist seit damals gebrochen?«

Er nickte und nippte an seinem Drink. »Morgen kommt der Gips herunter.«

»Und Edward ist auch dort?«

Er nickte abermals.

»Hat Edward dich in die Hand gebissen?«

»Nun ja.«

Er war gespannt, ob sie wie die anderen reagieren, ob sie ihn drängen würde, den Tierschutzverein anzurufen; statt dessen pflückte sie nachdenklich eine Kirsche von dem Plastikspieß in ihrem Drink. »Er war wohl durcheinander«, meinte sie.

»Ja, das stimmt«, sagte Macon. »Er hat sich sehr verändert.«

»Armer Edward.«

»Er ist kaum noch zu bändigen, offen gestanden.«

»Er hat schon immer jede Veränderung schlecht vertragen.«

Macon gab sich einen Ruck. »Ehrlich gesagt, attackiert er links und rechts drauflos. Ich mußte eigens eine Trainerin engagieren. Aber die war zu grob. Sie war sogar brutal. Sie hat ihn fast erwürgt, als er sie beißen wollte.«

»Lächerlich«, fand Sarah. »Er hatte bloß Angst. Wenn Edward Angst hat, greift er an. So ist er eben.«

Macon spürte Liebe in sich aufwallen.

Ach, er hatte mit ihr gehadert, er hatte sie gehaßt, er hatte sie mitunter vergessen. Gelegentlich hatte er sich sogar eingebildet, daß er sie im Grunde nie gemocht hatte; daß er ihr nur nachgestiegen war, weil alle anderen ihr nachgestiegen waren. Aber, und daran gab es nichts zu rütteln, sie war seine älteste Freundin. Sie hatten zusammen so manches durchgemacht, wovon sonst kein Mensch auf der Welt eine Ahnung hatte. Sie war in seinem Leben verwurzelt. Es war viel zu spät, sie daraus zu tilgen.

»Was er braucht«, sprach Sarah weiter, »ist das Gefühl, daß alles seinen gewohnten Gang nimmt. Er braucht vor allem Zuspruch.«

»Sarah«, sagte er, »es ist schrecklich, so getrennt zu leben.«

Sie sah ihn an. Es lag wohl an der Beleuchtung, daß das Blau ihrer Augen so dunkel wirkte, fast schwarz.

»Oder nicht?« fragte er.

Sie senkte ihr Glas. Sie sagte: »Ich habe dich aus einem bestimmten Grund hierhergebeten.«

Er ahnte, daß es sich um etwas handelte, was er nicht hören wollte.

Sie sagte: »Wir müssen die Einzelheiten unserer Trennung festlegen.«

»Wir haben uns getrennt; was gibt es da festzulegen?«

»Ich meine, juristisch.«

»Juristisch, ach so.«

»Also, der Staat Maryland schreibt vor –«

»Ich glaube, du solltest heimkommen.«

Die Vorspeise wurde gebracht und – zumindest sah Macon es so – wie von Geisterhand serviert. Würzfläschchen wurden unnötigerweise herumgerückt; ein Metallbehälter voll Zuckertütchen wurde um zwei Fingerbreit verschoben. »Sonst noch etwas?« fragte die Serviererin.

»Nein!« sagte Macon. »Danke.«

Sie ging.

Er sagte: »Sarah?«

»Das geht nicht«, antwortete sie.

Sie schob die einzelne Perle an ihrem Halskettchen auf und ab. Diese Perle hatte er ihr während der Verlobungszeit geschenkt. Ob eine Absicht dahintersteckte, daß sie sich ausgerechnet heute damit schmückte? Oder machte sie sich schon so wenig aus ihm, daß es ihr gar nicht eingefallen war, auf den Schmuck zu verzichten? Ja, das war es wohl.

»Hör zu«, begann er. »Sag nicht nein, bevor ich ausgeredet

habe. Hast du je bedacht, daß wir noch ein Kind bekommen könnten?«

Er hatte sie erschreckt, er sah es; sie zog scharf den Atem ein. (Er hatte sich selbst erschreckt.)

»Warum nicht?« fragte er. »Wir sind noch nicht zu alt.«

»Ach Macon.«

»Diesmal wäre es leicht«, redete er ihr zu. »Diesmal würde es nicht mehr sieben Jahre dauern, du wirst garantiert sofort schwanger!« Er beugte sich näher zu ihr, krampfhaft bestrebt, ihr das Bild auszumalen: Sarah, voll erblüht, in dem schmeichelnden rosa Umstandskleid, das sie weiland getragen hatte. Doch was ihm statt dessen durch den Kopf schoß, war die Erinnerung an eben jene sieben Jahre – an die Enttäuschung, die sie beide allmonatlich erlebt hatten. Damals hatte Macon sich des Gefühls nicht erwehren können (das natürlich auf purer Einbildung beruhte), daß die Ursache des Mißerfolgs tiefer lag, in einer wesensbestimmten Unvereinbarkeit. Es hatte buchstäblich, im wahrsten Sinne des Wortes, keine Verschmelzung stattgefunden. Als Sarah endlich schwanger geworden war, hatte er sich nicht nur erleichtert, sondern auch schuldig gefühlt wie nach einem gelungenen Streich.

Er drängte diese Gedanken zurück in die Tiefe. »Mir ist klar«, sagte er, »daß es nicht Ethan wäre. Mir ist klar, daß wir ihn nicht ersetzen können. Aber –«

»Nein«, sagte Sarah.

Sie sah ihn fest an. Er kannte diesen Blick. Sie würde nie nachgeben.

Macon begann, seine Suppe zu löffeln. Es war die beste Krebssuppe in Baltimore, doch leider brachten die Gewürze seine Nase immer zum Triefen. Hoffentlich legte Sarah sich das nicht als Weinen aus!

»Entschuldige«, sagte Sarah etwas sanfter. »Aber damit wäre nichts gewonnen.«

Er sagte: »Na schön, vergiß es. Verrückt, nicht? Verrückte Idee. Wenn das Kind erst zwanzig wäre, dann wären wir ... Willst du nichts essen?«

Sie warf einen Blick auf ihren Teller. Dann nahm sie die Gabel in die Hand.

»Angenommen, ich tue folgendes«, sagte Macon. »Angenommen, ich packe deine Kleider in einen Koffer, klopfe an deine Tür und sage: Komm, wir fahren nach Ocean City. Wir haben schon viel zuviel Zeit verloren.«

Sie machte große Augen, ein Artischockenherz blieb kurz vor ihrem Mund in der Schwebe.

»Ocean City?« fragte sie. »Du kannst Ocean City nicht ausstehen.«

»Schon, aber ich meine –«

»Du hast immer behauptet, es ist überlaufen.«

»Schon, aber –«

»Und von welchen Kleidern redest du? Die sind doch alle in meiner Wohnung.«

»Das war nur bildlich gemeint.«

»Wirklich, Macon. Selbst wenn du dich mal zur Kommunikation bequemst, kommt keine Kommunikation zustande.«

»Ach, Kommunikation.« (Nicht gerade sein Lieblingswort.) »Ich will doch nur sagen, ich meine, wir sollten noch einmal von vorn anfangen.«

»Ich bin gerade dabei.« Sie legte das Artischockenherz auf den Teller zurück. »Ich bemühe mich nach Kräften, noch einmal von vorn anzufangen«, sagte sie. »Das heißt aber nicht, daß ich dasselbe Leben ein zweites Mal leben möchte. Ich versuche, neue Dinge auszuprobieren. Ich habe einige Kurse belegt. Ich geh' sogar gelegentlich aus.«

»Du gehst aus?«

»Da ist ein Mediziner, mit dem ich mich seit einiger Zeit treffe.«

Es blieb eine Weile still.

Macon sagte: »Warum sagst du nicht gleich: ein Doktor.«

Sarah schloß kurz die Augen.

»Schau«, sagte sie. »Ich weiß, das ist nicht leicht für dich. Es ist für uns beide nicht leicht. Aber zwischen uns hat es wirklich nicht mehr gestimmt, gib's zu. Überleg mal, an wen du dich gewandt hast nach deinem Beinbruch: an deine Schwester Rose! Du hast es mich nicht einmal wissen lassen, obwohl du meine Telefonnummer kennst!«

»Wenn ich mich an dich gewandt hätte«, sagte er, »wärst du dann gekommen?«

»Also ... Du hättest mich doch wenigstens fragen können. Aber nein, du hast dich an deine Geschwister gewandt. Denen bist du schon immer nähergestanden als mir.«

»Das stimmt nicht«, widersprach Macon. »Vielmehr, es stimmt schon, aber darauf kommt es nicht an. Ich meine, in gewisser Weise stehen wir einander natürlich näher, schließlich sind wir blutsverwandt!«

»Immer dieses alberne Kartenspiel, das sonst kein Mensch durchschaut«, sagte Sarah. »Immer dieses Herumgetüftel an eurem lächerlichen Haushaltskram. Rose mit ihrem Rollgabelschlüssel und ihrem Lötkolben. Klappert Eisenwarenhandlungen ab, nicht anders wie andere Leute Boutiquen.«

»*Als* andere Leute«, sagte Macon. Und bedauerte es sofort.

»Immer dieses Herumgekrittel an anderer Leute Ausdrucksweise«, fuhr Sarah fort. »Immer das Wörterbuch angeschleppt, bei jeder Gelegenheit. Immer dieses Gerede über *Methode.* Die Sorte Familie, die immer den Sicherheitsgurt anlegt.«

»Um Gottes willen, Sarah, was gibt es denn *daran* auszusetzen?«

»Gehen immer nur in ein und dasselbe Restaurant, das schon ihre Großeltern frequentiert haben, und selbst dort müssen sie das Silber umarrangieren und alles anders anordnen, damit sie genauso am Tisch sitzen können wie zu Hause. Überlegen und erwägen, können nicht mal einen Vorhang zuziehen ohne diese Gruppendiskussion – hin und her, von vorn bis hinten, sämtliche Fürs und Widers. ›Tja, wenn wir ihn nicht zuziehen, wird es so heiß, aber wenn wir ihn zuziehen, wird es so dumpfig.‹ Müssen unbedingt ihre sechs Glas Wasser täglich trinken. Jeden Abend ihre blöden gebackenen Kartoffeln essen. Halten nichts von Kugelschreibern oder elektrischen Schreibmaschinen oder vom automatischen Getriebe. Halten nichts von ›Grüß dich‹ und ›Tschüs‹.«

»Grüß dich? Tschüs?«

»Beobachtet euch doch einmal! Jemand kommt herein, und ihr, ach, ihr nehmt es nur mit den Augen zur Kenntnis. Jemand geht, und ihr schaut nur schnell woandershin. Für euch gibt es kein Kommen und Gehen. Und selbst wenn das beste Haus der Welt auf den Markt käme, könntet ihr es nicht kaufen, weil ihr gerade Aufkleber mit der alten Adresse bestellt habt, eintausendfünfhundert gummierte Adressenaufkleber, die aufgebraucht werden müssen, bevor ihr umzieht.«

»Das war nicht ich, das war Charles«, sagte Macon.

»Ja, aber ebensogut hättest du es sein können. Und seine Frau hat sich deswegen von ihm scheiden lassen, und ich kann es ihr nachfühlen.«

»Und du bist drauf und dran, jetzt genau den gleichen verdammten Blödsinn zu machen«, sagte Macon. »Zwanzig Jahre Ehe zu ruinieren, nur wegen: ob ich den Sicherheitsgurt anlege!«

»Glaub mir, sie waren längst runiniert.«

Macon legte den Löffel aus der Hand. Er zwang sich, tief durchzuatmen.

»Sarah«, sagte er. »Wir schweifen vom Thema ab.«

Sie schwieg, gab dann zu: »Ja, scheint so.«

»Die Sache mit Ethan hat uns ruiniert«, sagte Macon.

Sie stützte einen Ellbogen auf und bedeckte sich die Augen mit der Hand.

»Das könnte sich aber ändern«, sagte er. »Manche Leute – also, die bringt so etwas näher zusammen. Wieso lassen wir uns dadurch entzweien?«

Die Serviererin erkundigte sich: »Ist alles in Ordnung?«

Sarah setzte sich gerader auf und begann, in der Handtasche zu kramen.

»Ja, sicher«, sagte Macon.

Die Serviererin balancierte ein Tablett mit dem Hauptgericht. Sie warf einen unsicheren Blick auf Sarahs Antipasto. »Ißt sie das nicht mehr, oder was?« fragte sie Macon.

»Nein, ich glaube – äh – wahrscheinlich nicht.«

»Hat es ihr nicht geschmeckt?«

»Es hat ihr großartig geschmeckt. Nehmen Sie es weg.«

Die Serviererin machte sich beleidigt schweigend am Tisch zu schaffen. Sarah legte die Handtasche weg. Sie betrachtete ihr Essen, das aus etwas Braunem und Klebrigem bestand.

»Ich gebe dir gern die Hälfte meines Krabbensalats ab«, sagte Macon.

Sarah schüttelte den Kopf. Ihre Augen waren dunkel vor Tränen, flossen jedoch nicht über.

»Macon«, sagte sie, »seit Ethan tot ist, habe ich eingesehen, daß die Menschen von Grund auf schlecht sind. Böse, Macon. So böse, daß sie imstande sind, einen zwölfjährigen Jungen ins Genick zu schießen. Wenn ich die Zeitung lese, packt mich die Verzweiflung. Ich sehe mir keine Fernsehnachrichten mehr an. Es gibt so viel Schlechtigkeit, Kinder zünden andere Kinder an, erwachsene Männer werfen Säuglinge aus dem ersten Stock, nichts als Vergewaltigung, Folter und Terrorismus, alte Menschen werden zusammengeschlagen und beraubt, in unserer eigenen Regierung gibt es Leute, die bereit sind, die ganze Welt in die Luft zu sprengen, Gleichgültigkeit und Raffgier und Wutausbrüche an jeder Straßenecke. Ich sehe mir meine Schüler an, und sie sehen so normal aus, aber sie sind genauso wie der Junge, der Ethan erschossen hat. Wenn unter seinem Foto nicht angegeben gewesen wäre, weshalb man ihn verhaftet hat – hättest du ihn nicht für einen x-beliebigen Jungen gehalten? Für einen, der ins Basketball-Team aufgenommen wurde oder ein College-Stipendium erhalten hat? Man kann keiner Menschenseele trauen. Im letzten Frühling, Macon – das habe ich dir noch nicht erzählt –, beim Schneiden der Hecke, da habe ich gesehen, daß jemand das Vogelhäuschen aus unserem Indischen Fliederbaum gestohlen hat. Es findet sich also jemand, der sogar kleinen Vögeln das Futter stiehlt! Und ich habe einfach die Nerven verloren, ich bin über den Fliederbaum hergefallen, ich habe mit der Gartenschere auf ihn eingehackt, hab' Zweige abgefetzt . . .«

Jetzt rannen ihr die Tränen übers Gesicht. Sie beugte sich über den Tisch vor und sagte: »Manchmal habe ich schon mit dem Gedanken gespielt . . . Macon, ich will nicht melodramatisch klingen, aber ... Macon, ich habe mir überlegt, ob ich auf dieser Welt weiterleben kann.«

Macon wußte, daß er jetzt ungemein vorsichtig sein, jedes Wort mit Bedacht wählen mußte. Er räusperte sich. »Ja, ich verstehe schon, aber ...« Er räusperte sich abermals. »Was du über die Menschen sagst, ist wahr. Ich will nicht widersprechen. Aber ich frag' dich: Ist das für dich ein Grund, mich zu verlassen?«

Sie knüllte ihre Serviette zusammen und betupfte sich die Nase. »Weil ich *gewußt* habe, daß du nicht widersprichst. Du hast die Menschen seit jeher für böse gehalten.«

»Tja, dann –«

»Das ganze letzte Jahr lang habe ich gemerkt, wie ich mich absondere. Mich zurückziehe. Wie ich mich verschließe. Ich habe mich in kein Gewühl gestürzt, ich habe keine Partys besucht, ich habe keine Freunde eingeladen. Als wir beide im Sommer am Strand waren, ich auf meiner Decke und ringsherum die vielen Leute mit ihren plärrenden Radios, mit ihren Klatschgeschichten und Streitigkeiten, da habe ich mir gedacht: Uff, sind die deprimierend. So unsympathisch. Direkt abstoßend. Ich bin vor ihnen zurückgeschreckt. Nicht anders wie du, Macon – pardon, *als* du. Genauso. Ich habe gespürt, wie ich mich in eine Leary verwandle.«

Macon sagte, um einen leichten Ton bemüht: »Es dürfte Schlimmeres geben.«

Sie lächelte nicht. Sie sagte: »Ich kann es mir nicht leisten.«

»Leisten?«

»Ich bin zweiundvierzig Jahre alt. Ich kann keine Zeit mehr damit vergeuden, mich in mein Schneckenhaus zu verkriechen. Deshalb mußte etwas geschehen. Ich bin ausgestiegen. Ich lebe in einer Wohnung, die dir ein Greuel wäre, unordentlich, wie sie ist. Ich habe eine Menge neuer Freunde, die dir wahrscheinlich auch nicht besonders genehm wären. Ich lerne Bildhauern. Ich wollte schon immer eine Künstlerin sein, bloß – Unterrichten erschien mir vernünftiger. Ganz in deinem Sinne: vernünftiger. Du bist so durch und durch vernünftig, Macon, daß dich so gut wie alles andere kalt läßt.«

»Was läßt mich kalt?«

Sie faltete die Serviette anders und wischte sich die Augen, unter denen ein reizender Hauch verschmierter Wimperntusche zurückblieb. Sie sagte: »Erinnerst du dich noch an Betty Grand?«

»Nein.«

»Betty Grand, eine Mitschülerin von mir. Du hast für sie geschwärmt, bevor du mich kennengelernt hast.«

»Ich habe für niemanden auf Erden geschwärmt, bevor ich dich kennengelernt habe.«

»Du hast für Betty Grand geschwärmt, Macon. Das hast du mir selber gesagt, gleich am Anfang. Du hast mich gefragt, ob ich sie kenne. Du hast gesagt, du hättest sie hübsch gefunden und deshalb zu einem Baseballspiel eingeladen, aber sie hätte dich abblitzen lassen. Du hast behauptet, daß du inzwischen deine Meinung geändert hast und sie jetzt nicht mehr so hübsch findest. Man sieht ihr Zahnfleisch, wenn sie lächelt, hast du gesagt.«

Macon erinnert sich zwar noch immer nicht, aber er fragte: »Na und? Also?«

»Alles, was dich irgendwie berühren oder erschüttern oder aus der Ruhe bringen könnte, hast du schon immer von dir weggeschoben, ohne mit der Wimper zu zucken. Du sagst einfach, du hättest es sowieso nie gewollt.«

»Ich hätte also besser daran getan, mich mein Leben lang nach Betty Grand zu verzehren.«

»Du hättest zumindest so etwas wie Gefühl gezeigt.«

»Ich zeig' doch meine Gefühle, Sarah. Sitze ich etwa nicht hier mit dir zusammen? Du siehst doch, *dich* weise ich nicht zurück.«

Sie reagierte nicht darauf. »Und nach Ethans Tod«, sagte sie, »hast du jeden einzelnen der Wacky-Pack-Aufkleber von seiner Schlafzimmertür abgeschält. Du hast seinen Schrank und seine Kommode ausgeleert, als könntest du ihn nicht schnell genug loswerden. Du hast allen möglichen Leuten seinen Kellerkram angeboten, Stelzen und Rodelschlitten und Skateboards, und hast überhaupt nicht begriffen, warum keiner etwas nehmen wollte. ›Ich kann das Zeug nicht unnütz herumstehen sehen‹, hast du gesagt. Macon, ich weiß, du hast ihn geliebt, aber ich kann mir nicht helfen, ich glaube, du hast ihn nicht so sehr geliebt wie ich, dir hat sein Tod nicht so sehr ins Herz geschnitten. Ich weiß, du hast um ihn getrauert, aber du erlebst alles so – wie soll ich sagen – so abgestumpft, sei es Liebe oder Kummer oder was auch immer. Als ob du dich durchs Leben mogeln wolltest, ohne dich zu ändern. Verstehst du denn nicht, warum ich wegmußte?«

»Sarah, ich bin nicht abgestumpft. Ich halte allerhand aus. Ich bemühe mich, allerhand auszuhalten, ich bin standfest, ich lasse mich nicht gehen.«

»Wenn du das wirklich glaubst«, sagte Sarah, »dann machst du dir selber etwas vor. Du bist nicht standfest. Du bist verknöchert. Du bist eingekapselt. Du bist wie ein verschrumpelter Obstkern, der sich nicht aufknacken läßt. Ach Macon, es ist kein Zufall, daß du diese dummen Bücher schreibst und den Leuten erzählst, wie sie reisen können, ohne je aus ihrer Ruhe aufzuschrecken. Der reisende Lehnstuhl ist nicht dein Signet; der reisende Lehnstuhl bist du.«

»Nein, das stimmt nicht!« sagte Macon. »Überhaupt nicht!«

Sarah zog sich den Mantel an, ziemlich nachlässig. Eine Ecke des Kragens war nach innen eingeschlagen. »Wie auch immer«, sagte sie. »Was ich dir eigentlich mitteilen wollte: Du bekommst von John Albright in meinem Auftrag einen Brief.«

»Wer ist John Albright?«

»Ein Jurist.«

»Oh.«

Es dauerte mindestens eine Minute, bevor ihm einfiel, zu sagen: »Du meinst wohl – ein Scheidungsanwalt.«

Sarah nahm die Handtasche, stand auf und verließ das Lokal.

Macon aß gewissenhaft seine Krabben auf. Er verzehrte den Kohlsalat des Vitamins C wegen. Dann vertilgte er die Kartoffelchips bis zum letzten Brösel, obwohl er wußte, daß seine Zunge sich am nächsten Morgen wie ein Reibeisen anfühlen würde.

Einmal, als Ethan noch klein gewesen war, nicht älter als zwei oder drei, war er einem Ball auf die Straße nachgelaufen. Macon, zu weit entfernt, war außerstande gewesen, ihn zurückzuhalten.

Er hatte sich darauf beschränken müssen, »Nein!« zu schreien, und hatte dann schreckensstarr gesehen, wie ein Pritschenwagen um die Kurve gebraust kam. Im selben Augenblick hatte Macon seinen Besitzanspruch aufgegeben. Hatte im Bruchteil einer Sekunde auf eine Zukunft ohne Ethan umgeschaltet, auf ein Leben, unermeßlich leerer, zum Ausgleich jedoch einfacher und unkomplizierter, frei von Problemen, die ein kleines Kind mit sich bringt: endlose Anforderungen und Unordnung, das Wetteifern um die Gunst der Mutter. Dann hatte der Pritschenwagen jäh angehalten, Ethan hatte den Ball aufgehoben, und Macon waren vor Erleichterung die Knie weich geworden. Aber er sollte bis an sein Lebensende nicht vergessen, wie rasch er umgeschaltet hatte. Er fragte sich manchmal, ob dieses erste Umschalten ihn nicht so nachhaltig geprägt hatte, daß ihm das, was Ethan später zugestoßen war, einen schwächeren Schlag versetzt hatte als erwartet. Aber wie sollte man denn durchhalten, wenn man nicht umzuschalten verstand?

Er verlangte die Rechnung und zahlte. »War etwas nicht in Ordnung?« fragte die Serviererin. »Hat Ihrer Freundin das Essen nicht geschmeckt? Sie hätte es ohne weiteres zurückgehen lassen können. Das ist bei uns immer drin.«

»Das weiß ich«, sagte Macon.

»Vielleicht war es ihr zu pikant.«

»Es war köstlich«, sagte er. »Dürfte ich um meine Krücken bitten?«

Sie machte sich kopfschüttelnd auf den Weg, die Krücken zu holen.

Er würde sich nach einem Taxi umsehen müssen. Er hatte mit Rose nichts wegen der Heimfahrt ausgemacht. Insgeheim hatte er gehofft, mit Sarah heimzukehren. Jetzt erschien ihm diese Hoffnung erbarmungswürdig. Er blickte sich im Lokal um und sah, daß die meisten Tische besetzt waren und daß jeder Mensch hier in Gesellschaft eines anderen speiste. Nur er saß allein da. Er hielt sich sehr gerade und gab sich würdevoll, aber innerlich zerbrökkelte er, das war ihm bewußt. Und als die Serviererin die Krücken gebracht hatte und er aufgestanden war, um zu gehen, war es nur recht und billig, daß er sich fast gekrümmt vorwärts bewegen mußte, das Kinn tief auf die Brust gesenkt, die Ellbogen linkisch abgespreizt wie die Stummelflügel eines Jungvogels. Die Leute starrten ihn an. Einige lachten unterdrückt. War seine Idiotie so offenkundig? Er kam an den beiden alten Betschwestern vorbei, und eine von ihnen zupfte ihn am Ärmel. »Sir? Sir?«

Er blieb stehen.

»Ich hege den Verdacht, man hat Ihnen meine Krücken gegeben«, sagte sie.

Er sah die Krücken an. Das waren freilich nicht die seinen. Sie waren winzig – kaum größer als für ein Kind. Normalerweise hätte er die Situation sofort erfaßt, aber diesmal entglitt sie ihm irgendwie. Normalerweise hätte er sofort etwas unternommen – den Geschäftsführer verlangt, sich über mangelnde Rücksichtnahme des Personals gegenüber Behinderten beschwert. Diesmal stand er nur mit hängendem Kopf da und wartete auf Hilfe.

9

Vor Jahren, als Großvater Learys Verstand sich zu trüben begann, begriff zunächst niemand, was da vor sich ging. Er war ein so ehrenwerter, strenger alter Herr. So geradlinig. Festgelegt. »Hör zu«, sagte er zu Macon. »Bis zum zwölften Juni brauche ich meinen Reisepaß aus dem Bankschließfach. Ich fahre nach Lassaque.«

»Nach Lassaque, Großvater?«

»Wenn es mir gefällt, bleibe ich vielleicht dort.«

»Aber wo ist denn Lassaque?«

»Das ist eine Insel vor der Küste von Bolivien.«

»Ah«, sagte Macon. Und dann: »Moment mal –«

»Sie interessiert mich, weil die Lassaquaner keine geschriebene Sprache haben. Ja, wenn man was zum Lesen mitbringt, konfiszieren sie es sogar. Sie halten dergleichen für schwarze Magie.«

»Ich denke, Bolivien hat gar keine Küste«, sagte Macon.

»Sie dulden zum Beispiel nicht einmal ein Scheckheft mit deinem Namen darauf. Bevor man an Land geht, muß man sogar vom mitgebrachten Körperspray das Etikett ablösen. Das Geld muß man in lauter kleine bunte Plättchen umtauschen.«

»Großvater, soll das ein Witz sein?«

»Ein Witz! Schlag es nach, wenn du mir nicht glaubst.«

Großvater Leary konsultierte seine stählerne Taschenuhr und zog sie dann mit einer selbstsicheren Vor-und-zurück-Bewegung auf. »Eine interessante Auswirkung ihres Analphabetentums«, sagte er, »ist ihre Ehrfurcht vor dem Alter. Denn die Lassaquaner beziehen ihr Wissen nämlich nicht aus Büchern, sondern aus dem Leben. Deshalb hängen sie an jedem Wort derer, die am längsten gelebt haben.«

»Ich verstehe«, sagte Macon, denn jetzt glaubte er wirklich zu verstehen. »Auch *wir* hängen an *deinen* Worten.«

»Das mag sein«, räumte Großvater ein, »aber trotzdem beabsichtige ich, Lassaque zu besuchen, bevor es korrumpiert wird.«

Macon schwieg eine Weile. Dann ging er zum Bücherschrank und nahm einen der ausgebleichten braunen Bände von Großvaters Lexikon heraus. »Gib es her«, sagte sein Großvater, beide Hände ausgestreckt. Er riß das Buch förmlich an sich und begann darin zu blättern. Modergeruch stieg auf. »Laski«, murmelte er, »Lassalle, Lassaw . . .« Er ließ das Buch sinken und runzelte die Stirn. »Ich weiß nicht . . .« Er vertiefte sich wieder in das Buch. »Lassalle, Lassaw . . .«

Er sah verwirrt, beinahe verängstigt aus. Sein Gesicht verfiel mit einemmal – ein Phänomen, das Macon in letzter Zeit öfter beunruhigt hatte. »Ich begreife das nicht«, flüsterte er Macon zu. »Ich begreife das nicht.«

»Na«, meinte Macon, »vielleicht war es ein Traum. Vielleicht war es einer jener Träume, die man für Wirklichkeit hält.«

»Macon, das war kein Traum. Ich *kenne* den Ort. Ich habe die Passage schon gebucht. Ich fahre am zwölften Juni.«

Macon lief es kalt den Rücken hinunter.

Dann wurde sein Großvater zum Erfinder – sprach von mannigfaltigen Projekten, an denen er angeblich im Keller tüftelte. Von seinem rotledernen Lehnsessel aus, tadellos in Anzug mit weißem Hemd gekleidet, die schwarzen Schuhe auf Hochglanz poliert, die gepflegten Hände im Schoß gefaltet, gab er etwa bekannt, er habe soeben ein Motorrad zusammengeschweißt, das einen Pflug ziehen könne. Er verbreitete sich ernsthaft über Kurbelwellen und Vorsteckstifte, während Macon – obwohl zutiefst bedrückt – sich bezähmen mußte, um nicht laut herauszulachen beim Gedanken an einen in Leder verpackten Hell's Angel, der ein Weizenfeld beackert. »Wenn es mir bloß gelänge, die letzte Hürde zu nehmen«, sagte sein Großvater, »dann hätte ich mein Glück gemacht. Dann wären wir alle reich.« Denn er glaubte anscheinend, daß er wieder arm war und sich recht und schlecht durchschlagen mußte. Sein motorisiertes Radio, das einem von Zimmer zu Zimmer nachlief, sein schwebendes Telefon, sein Wagen, der auf Zuruf herangefahren kam – fände sich für dergleichen etwa keine Verwendung? Würden Interessenten nicht Unsummen dafür zahlen?

Nachdem er einen ganzen Junivormittag auf der Veranda verbracht hatte, eifrig an seinen Bügelfalten kneifend, tat er kund, er habe eine neue Art von Hybriden herangezüchtet: Blumen, die sich schlossen, sobald jemand weinte. »Die Floristen werden in hellen Scharen herbeiströmen«, sagte er. »Stellt euch den dramatischen Effekt bei Beerdigungen vor!« Ein andermal arbeitete er an einer Kreuzung zwischen Basilikum und Tomate. Er sagte, die Spaghettisaucefabrikanten würden ihn zum reichen Mann machen.

Da zu dieser Zeit seine drei Enkelsöhne das großelterliche Haus bereits verlassen hatten und seine Frau nicht mehr lebte, oblag es Rose, ihn zu betreuen. Ihre Brüder begannen, sich ihretwegen zu sorgen. Sie gewöhnten sich an, immer öfter nach ihr zu sehen. Bis Rose sagte: »Das ist aber wirklich nicht nötig.«

Sie sagten: »Was? Was ist nicht nötig! Wovon redest du?« Und dergleichen mehr.

»Falls ihr wegen Großvater kommt – das muß nicht sein. Ich werde mit allem gut fertig, er auch. Er ist sehr glücklich.«

»Glücklich!«

»Ich bin ehrlich überzeugt«, sagte Rose, »daß er noch nie ein so erfülltes und – ja, wirklich, abwechslungsreiches Leben geführt hat. Bestimmt hat er nicht einmal in seiner Jugend so viel Spaß gehabt.«

Sie verstanden, was Rose damit meinte. Macon wurde fast neidisch, als er erst einmal richtig darüber nachdachte. Und später, als diese Phase vorbei war, bedauerte er, daß sie nur so kurz gewährt hatte. Denn Großvater ging bald zu sinnlosem Gestammel über und dann zu großäugigem Schweigen, bis er schließlich starb.

Am Mittwoch in den frühen Morgenstunden träumte Macon, daß Großvater Leary ihn weckte und sich erkundigte, wo der Zentrumsbohrer sei. »Wovon redest du?« fragte Macon. »Ich habe deinen Zentrumsbohrer nicht genommen.«

»Ach Macon«, erwiderte sein Großvater traurig, »merkst du denn nicht, daß ich etwas anderes sage, als ich meine?«

»Was meinst du also?«

»Du hast das Zentrum deines *Lebens* verloren, Macon.«

»Ja, das weiß ich«, sagte Macon, und ihm schien, als stünde Ethan, den blonden Kopf fast auf gleicher Höhe mit demjenigen des alten Mannes, nur um ein weniges weiter links.

Sein Großvater sagte jedoch: »Nein, nein«, winkte ungehalten ab und ging hinüber zur Kommode. (In diesem Traum hielt Macon sich nicht in der Glasveranda auf, sondern oben in seinem früheren Kinderzimmer, mit der Kommode, deren Knäufe aus geschliffenem Glas Rose vor langer Zeit stibitzt hatte, um sie als Puppengeschirr zu benutzen.) »*Sarah* meine ich«, sagte sein Großvater und griff nach einer Haarbürste. »Wo ist Sarah?«

»Sie hat mich verlassen, Großvater.«

»Sarah ist doch die Beste von uns allen!« sagte sein Großvater. »Willst du in diesem alten Haus hocken bleiben und verfaulen, Junge? Wir müssen endlich abhauen! Wie lange sollen wir hier denn noch festkleben?«

Macon schlug die Augen auf. Der Tag war noch fern. Die Konturen der Glasveranda wirkten zerflossen wie auf Löschpapier.

Noch war seines Großvaters Anwesenheit zu spüren. Macon

hatte diese kleine, abwinkende Handbewegung völlig vergessen gehabt; nun war sie ganz von selbst wieder da. Aber gesprochen hätte Großvater Leary in Wirklichkeit nie so wie in dem Traum. Er hatte Sarah recht gern gemocht, Ehefrauen im allgemeinen jedoch für so etwas wie ein notwendiges Übel gehalten, und die Hochzeit eines jeden seiner Enkel hatte er mit resignierter, nachsichtiger Miene über sich ergehen lassen. Er hätte überhaupt keine Frau für ein »Zentrum« gehalten. Außer vielleicht, fiel Macon plötzlich ein, seine eigene, Großmutter Leary. Erst nach ihrem Tod – ja, natürlich, unmittelbar danach – hatte sein Verstand sich zu verwirren begonnen.

Macon lag bis zum Tagesanbruch wach. Er war froh, als er es im Obergeschoß endlich rumoren hörte. Er stand auf, rasierte sich, kleidete sich an und ließ Edward die Zeitung hereinholen. Als Rose herunterkam, hatte er schon den Kaffee aufgesetzt. Das schien ihr nicht recht zu sein. »Hast du die Morgenbohnen genommen oder die Abendbohnen?« fragte sie.

»Die Morgenbohnen«, versicherte er. »Ganz wie es sich gehört.«

Sie machte sich in der Küche zu schaffen, zog die Jalousien hoch, deckte den Tisch, nahm Eier aus dem Karton. »Heute wirst du also den Gipsverband los«, sagte sie.

»Sieht so aus.«

»Und am Nachmittag fährst du nach New York.«

»Nun ja . . .«, sagte er unbestimmt und fragte dann, ob sie an dem Rabatt-Coupon für Frühstücksspeck interessiert sei, den er in der Zeitung entdeckt hatte.

Sie ließ nicht locker: »Fährst du denn nicht heute nachmittag?«

»Doch, doch.«

Der eigentliche Sachverhalt war, daß er zwar nach New York mußte, sich aber nicht um Edwards Unterbringung gekümmert hatte. Die alte Pension wollte ihn nicht aufnehmen, in der neuen gab es diese Muriel . . . Und Macons Meinung nach war Edward ohnehin am besten daheim bei der Familie aufgehoben. Rose war da zweifellos anderer Ansicht. Er hielt den Atem an, aber Rose begann bloß, »Clementine« zu summen und Eier in die Pfanne zu schlagen.

Um neun Uhr, in einer Praxis unten an der St. Paul Street, schnitt der Doktor Macons Gips mit einer winzigen, surrenden Elekrosäge auf. Macons Bein kam zum Vorschein – käsebleich, runzelig und häßlich. Als er aufstand, wackelte sein Knöchel. Er hinkte nach wie vor. Außerdem hatte er vergessen, eine andere Hose mitzubringen, und sah sich daher gezwungen, beim Weggehen in seiner einbeinigen Sommerkhakihose an den anderen Patienten vorbeizuparadieren und sein scheußlich aussehendes Schienbein zur Schau zu stellen. Ob er jemals wieder zu seinem alten, ungebrochenen Ich zurückfinden würde?

Auf der Heimfahrt kam Rose endlich auf den Gedanken, ihn zu fragen, wo er Edward unterzubringen gedenke. »Aber – ich lasse ihn doch bei dir«, antwortete Macon und tat ganz erstaunt.

»Bei mir? Ach Macon, du weißt doch, wie unfolgsam er sein kann.«

»Was soll in der kurzen Zeit schon geschehen? Morgen abend bin ich wieder zu Hause. Schlimmstenfalls sperrst du ihn in die Kammer. Wirf ihm ab und zu etwas zum Knabbern vor, bis ich wieder da bin.«

»Das gefällt mir gar nicht«, sagte Rose.

»Nur Besucher regen ihn auf. Und erwartest du etwa Besuch?«

»Nein, nein«, sagte sie und ließ dann das Thema fallen, Gott sein Dank. Er hatte einen größeren Kampf befürchtet.

Er duschte, er zog seinen Reiseanzug an. Dann nahm er ein zweites Frühstück zu sich. Gegen Mittag fuhr Rose ihn zum Bahnhof, da er seinem Kupplungsfuß noch nicht traute. Als er aus dem Wagen stieg, drohte sein Bein einzuknicken. »Warte!« sagte er zu Rose, die ihm die Reisetasche hinausreichte. »Glaubst du, ich kann es wagen?«

»Unbedingt«, sagte sie, ohne lang zu überlegen. Sie zog die Tür an der Beifahrerseite zu, winkte und fuhr davon.

Seit Macons letzter Bahnfahrt hatte der Bahnhof sich wundersam verändert. Droben wölbte sich sanft ein Dachfenster in abschattiertem Wasserblau. Kugellampen aus Mattglas hingen an

Messinghaken. Die hölzernen Trennwände, die den Wartesaal so lange unterteilt hatten, waren verschwunden, und nun boten sich polierte Holzbänke dem Blick dar. Macon stand verwirrt vor dem funkelnagelneuen Fahrkartenschalter. Vielleicht, dachte er, ist Reisen doch nicht so übel. Vielleicht hatte er sich grundlegend geirrt. Er spürte ein Reislein Hoffnung in sich aufkeimen.

Doch unmittelbar darauf, während er zur Sperre hinkte, überfiel ihn das Gefühl des Verlassenseins, das ihn auf solchen Reisen immer quälte. Er kam sich vor wie eine einsame Eins inmitten von lauter Zweien und Dreien. Man brauchte sich nur die Gruppe am Informationsschalter anzusehen, diese selbstsicheren jungen Leute mit ihren Tornistern und Schlafsäcken. Oder die Familie, die eine ganze Bank mit Beschlag belegt hatte; die vier kleinen Töchter so herausgeputzt mit neuen karierten Mänteln und bebänderten Hüten, da wußte man doch sofort, daß die Großeltern sie am Ziel erwarteten. Selbst die Personen, die allein saßen – die alte Frau mit der Ansteckblume, die Bondine mit dem teuren Ledergepäck –, erweckten den Eindruck, daß sie zu jemandem gehörten.

Er setzte sich auf eine Bank. Ein nach Süden fahrender Zug wurde angekündigt, und die Hälfte der Wartenden ging hinaus auf den Bahnsteig, gefolgt von der unvermeidlichen, atemlosen, aufgelösten Nachzüglerin mit viel zu vielen Koffern und Taschen. Schon kamen vereinzelt Reisende, die soeben angekommen waren, die Treppe herauf. Eine Frau wurde von einem Mann begrüßt, der ein Baby auf dem Arm trug; er gab ihr einen Kuß und drängte ihr das Baby sofort auf wie ein Paket, das ihm zu schwer geworden war. Ein junges Mädchen in Jeans, soeben auf der obersten Treppenstufe angelangt, erblickte ein weiteres Mädchen in Jeans, schloß es in die Arme und brach in Tränen aus. Macon beobachtete die Szene verstohlen und dachte sich Erklärungen aus. (War sie zum Begräbnis ihrer Mutter heimgekommen? Hatte der Junge, mit dem sie durchgebrannt war, sie sitzenlassen?)

Jetzt wurde sein Zug angekündigt. Er nahm also seine Reisetasche und hinkte der Familie mit den vielen Töchtern hinterher. Am Fuß der Treppe wehte ihm ein Schwall kalter, frischer Luft ins Gesicht. Auf diesen Bahnsteigen pfiff der Wind wohl immer, egal, was für ein Wetter herrschte. Der kleinsten der Töchter mußte der Mantel zugeknöpft werden. Der Zug kam in Sicht, nahm hinter einem Pünktchen gelben Lichts langsam Gestalt an.

Es stellte sich heraus, daß die meisten Waggons voll besetzt waren. Macon fand nach einigem Suchen einen Sitzplatz neben einem rundlichen jungen Mann mit Aktentasche. Er packte aber, um sich für alle Fälle abzusichern, *Miss MacIntosh* aus.

Der Zug ruckte an, legte eine Verschnaufpause ein, ruckte abermals an und fuhr los. Macon bildete sich ein, die kleinen Rostkrusten auf den Schienen förmlich zu spüren; die Fahrt verlief nicht reibungslos. Er sah Heimatliches auf sich zueilen und entschwinden, ein Wirrwarr von Reihenhäusern, verödete unbebaute Grundstücke, zum Trocknen aufgehängte, vor Kälte steife Wäsche.

»Kaugummi?« fragte sein Sitznachbar.

Macon sagte: »Danke, nein«, und schlug hurtig sein Buch auf.

Nach ungefähr einer Stunde spürte er, wie seine Lider schwer wurden. Er lehnte den Kopf zurück. Er wollte seinen Augen nur ein bißchen Erholung gönnen, mußte aber eingeschlafen sein. Er merkte es erst, als der Schaffner Philadelphia ausrief. Macon zuckte zusammen, setzte sich auf und konnte gerade noch verhindern, daß *Miss MacIntosh* ihm vom Schoß rutschte.

Sein Sitznachbar beschäftigte sich mit irgendwelchen Schreibarbeiten, wobei er die Aktentasche als Pult benutzte. Offenbar ein Geschäftsmann – einer von den Leuten, für die Macon seine Ratgeber verfaßte. Komisch, Macon hatte sich noch nie ein Bild von seinen Lesern gemacht. Was taten Geschäftsleute, genau betrachtet? Dieser hier trug etwas in Karteikarten ein und schlug zwischendurch in einer Broschüre voller Diagramme nach. Eines davon zeigte quer über die Seite krabbelnde kleine Lastwagen – vier Lastwagen, sieben Lastwagen, dreieinhalb Lastwagen. Macon fand den halbierten Laster in seiner Mißgestalt ausgesprochen mitleiderregend.

Kurz vor der Ankunft suchte er die Toilette am Ende des Wagens auf – nicht ideal, aber gemütlicher als jede andere, die er in New York vorfinden würde. Dann kehrte er auf seinen Platz zurück und packte *Miss MacIntosh* ein. »Wird kalt sein hier«, bemerkte sein Sitznachbar.

»Leicht möglich«, sagte Macon.

»Wetterbericht meldet kalt und windig.«

Macon gab keine Antwort.

Er nahm auf Reisen grundsätzlich keinen Mantel mit – doch nur wieder etwas zum Schleppen –, trug jedoch ein Thermounterhemd und lange Unterhosen. Kälte war die geringste seiner Sorgen.

In New York zerstreuten sich die Fahrgäste wie auf Kommando. Macon fühlte sich an eine berstende Samenkapsel erinnert. Er ließ sich nicht zur Eile verleiten und bahnte sich systematisch einen Weg durchs Gedränge, eine hallende, dunkle Treppe hinauf und wieder durch ein Gedränge, das noch dichter zu sein schien als das, welches er unten hinter sich gelassen hatte. Himmel, wo nahmen diese Frauen ihre Kleider her? Eine trug eine Art Indianerzelt aus buschigem Pelz und Stiefel aus Leopardenfell. Eine andere hatte einen Overall in Schmutzigoliv an, der sich von einer Automechanikerkluft nur insofern unterschied, als er aus Leder bestand. Macon schloß die Hand fester um den Griff der Reisetasche und zwängte sich hinaus auf die Straße, wo Autohupen aufdringlich röhrten und die Luft grau und beißend roch wie das Innere eines kalten Rauchfangs. New York mutete ihn immer fremdartig an. Er staunte jedesmal über die allgegenwärtige Atmosphäre der Zielbewußtheit – über die Umsichtigkeit der Autofahrer, über die Energie der Fußgänger, die kompromißlos jedes Hindernis überrannten, ohne nach rechts und links zu blicken.

Er hielt ein Taxi an, rutschte auf den abgewetzten, glatten Sitz und nannte die Adresse seines Hotels. Der Fahrer begann sofort, über seine Tochter zu sprechen. »Dabei ist sie erst dreizehn«, sagte er, während er sich in den Verkehr einfädelte, »und hat drei Paar Löcher in den Ohren und in jedem Loch einen Ohrring, und jetzt will sie sich noch ein Paar weiter oben ausstanzen lassen. Dreizehn Jahre!« Es war fraglich, ob er die Adresse gehört hatte oder nicht. Er fuhr immerhin weiter. »Mir war schon das erste Paar Löcher nicht recht«, sagte er. »Ich hab' zu ihr gesagt: ›Was? Hast du Ann

Landers nicht gelesen?‹ War das Ann Landers? Ich glaube schon. ›Da kannst du ja gleich einen Nasenring tragen wie die Afrikaner, oder?‹ hab' ich zu meiner Tochter gesagt. Sie sagt: ›Na und? Was gibt's an einem Nasenring auszusetzen? Vielleicht leg' ich mir den als nächstes zu.‹ Dazu ist die glatt imstande. Jetzt geht aber dieses vierte Paar durch den Knorpel, und das wollen die meisten von den Ohrenstechern nicht machen. Da können Sie sehen, was für eine verrückte Idee das ist. Knorpel, das ist ein ganz anderes Paar Stiefel. Knorpel ist nicht wie's Ohrläppchen, so wabbelig und schwammig.«

Macon kam sich nachgerade unsichtbar vor. Er hörte einem Mann zu, der ein Selbstgespräch führte, der vielleicht schon geredet hatte, bevor Macon eingestiegen war, und vermutlich weiterreden würde, nachdem er ausgestiegen war. War er selbst denn überhaupt in diesem Taxi? Solche Gedanken befielen ihn oft auf Reisen. Aus lauter Verzweiflung äußerte er: »Hm . . .«

Der Fahrer verstummte überraschenderweise. Sein Genick straffte sich und verriet, daß er aufhorchte. Macon mußte weitersprechen. Er sagte: »Machen Sie ihr doch angst.«

»Wie denn?«

»Wie . . . Sie können ihr doch sagen, daß Sie ein Mädchen kennen, dem die Ohren abgefallen sind.«

»Darauf fällt die nie herein.«

»Es muß wissenschaftlich klingen. Sagen Sie ihr, wenn man Knorpel durchlöchert, dann verschrumpelt er sofort.«

»Hmm«, machte der Fahrer. Er hupte einen Gemüsewagen an.

»›Stell dir vor‹, sagen Sie zu ihr, ›du müßtest dein Leben lang immer dieselbe Frisur tragen. Um deine verschrumpelten Ohren zu verdecken!‹«

»Glauben Sie, das nimmt die mir ab?«

»Warum nicht?« meinte Macon. Und dann, nach einer Pause: »Es könnte sogar stimmen. Halten Sie es für möglich, daß ich das irgendwo gelesen habe?«

»Kann schon sein«, sagte der Fahrer. »Mir kommt das auch irgendwie bekannt vor.«

»Vielleicht habe ich sogar ein Foto gesehen«, ergänzte Macon. »Ein Paar Ohren, ganz verhutzelt. Total eingeschrumpft.«

»So zerknautscht«, bestätigte der Fahrer.

»Wie zwei gedörrte Aprikosen.«

»Himmel! Das erzähle ich ihr!«

Das Taxi hielt vor Macons Hotel. Macon zahlte und sagte beim Aussteigen: »Hoffentlich klappt es.«

»Wird schon«, sagte der Fahrer, »bis zum nächstenmal. Bis sie einen Nasenring will oder sonst was.«

»Nasen bestehen auch aus Knorpel, denken Sie daran! Nasen können auch schrumpfen!«

Der Fahrer winkte ihm zu und reihte sich wieder in den Verkehr ein.

Macon hielt sich nur kurz in seinem Zimmer auf und fuhr dann mit der U-Bahn zum Hotel Buford. Der Vertreter einer Elektronikfirma hatte es in einer Zuschrift empfohlen. Das Buford vermietete kleine Appartements tage- oder wochenweise an Geschäftsleute. Der Direktor, ein Mr. Aggers, erwies sich als gedrungener, kugelrunder Mann, der genauso hinkte wie Macon. Sie mußten, dachte Macon, einen höchst seltsamen Anblick bieten, als sie so durch die Halle zu den Aufzügen gingen. »Die meisten unserer Appartements gehören Konzernen«, erläuterte Mr. Aggers. Er drückte den »Auf«-Knopf. »Für Firmen, die ihre Leute regelmäßig nach New York schicken, erweist es sich oft als billiger, sich etwas Eigenes zu kaufen. Und während der Wochen, in denen die Appartements leerstehen, bleibt es mir überlassen, andere Mieter zu finden, damit die Kosten einigermaßen gedeckt werden.«

Macon notierte sich das am Rande seines Reiseführers. Mit winziger Schrift notierte er ferner den Dekor der Halle, die ihn an einen altmodischen Herrenklub denken ließ. Auf dem massiven Tisch mit Klauenfüßen zwischen den beiden Aufzügen stand, auf Messingwolken postiert, eine meterhohe nackte, dekorative Messingfalten hinter sich herschleppende Messingdame, die eine staubige Glühbirne hochhielt, von der ein zerfranstes Kabel herabbaumelte. Der Aufzug, endlich da, war mit einem verschwommen geblümten Teppich und Holztäfelung ausgestattet.

»Darf ich fragen«, sagte Mrs. Aggers, »ob Sie persönlich die Reihe ›Tourist wider Willen‹ schreiben?«

»Ja, allerdings.«

»Nun!« sagte Mr. Aggers. »Dann ist es mir wirklich eine Ehre. Ihre Bücher stehen unseren Gästen in der Halle zur Verfügung. Aber ich weiß nicht, irgendwie habe ich mir Sie ein bißchen anders vorgestellt.«

»Wie denn?«

»Nun, vielleicht nicht ganz so groß. Vielleicht ein bißchen, nun, schwerer. Mehr – gepolstert.«

»Ach so.«

Der Aufzug hatte inzwischen angehalten, brauchte aber einige Zeit, bevor er sich öffnete. Dann führte Mr. Aggers Macon einen Gang entlang. Eine Frau mit Wäschewagen trat zur Seite, um sie vorbeizulassen. »Hier sind wir«, sagte Mr. Aggers. Er schloß eine Tür auf und knipste das Licht an.

Macon betrat ein Appartement, das direkt aus den fünfziger Jahren zu stammen schien. Da gab es ein eckiges Sofa mit eingewebten Metallfäden im Überzug, eine chromverzierte Eßnischengarnitur und im Schlafzimmer ein Doppelbett mit gestepptem Kopfteil aus cremefarbenem Vinyl. Macon probierte die Matratze aus. Er streifte die Schuhe ab, streckte sich aus und überlegte eine Weile. Mr. Aggers, die Hände verschränkt, stand stumm daneben. »Hmm«, sagte Macon, setzte sich auf und zog sich die Schuhe an. Dann ging er ins Bad, wo auf einem weißen Papierband quer über der Toilettenschüssel DESINFIZIERT zu lesen stand. »Ich habe noch nie den Sinn dieser Dinger begriffen«, sagte er. »Wie kann ich dessen gewiß sein, nur weil man einen Papierstreifen über meinen Klosettsitz geklebt hat?« Mr. Aggers hob ratlos beide Hände. Macon schob den mit rosa und blauen Fischen bedruckten Duschvorhang zurück und inspizierte die Wanne. Sie sah recht sauber aus trotz des Rostflecks, der sich vom Wasserhahn abwärts zog.

In der Kochnische entdeckte er einen einzigen Kochtopf, je zwei ausgebleichte Teller und Tassen aus Kunststoff sowie ein Bord voller Cocktailgläser. »Unsere Gäste kochen selten selbst«, erklärte Mr. Aggers, »laden aber gelegentlich Geschäftsfreunde zu einem Drink ein.« Macon nickte. Er sah sich hier einem vertrauten Problem gegenüber: der dünnen Trennlinie zwischen »gemütlich« und »schäbig«. Bei Licht besehen, lief gemütlich und schäbig auf dasselbe hinaus. Er öffnete den Kühlschrank, eine kleine Einbaubox. Die Eiswürfelschalen im Gefrierfach – angeschmuddeltes, blaugrünes, arg verkratzes Plastik – unterschieden sich in nichts von denen, die Rose daheim in Baltimore hatte.

»Sie müssen zugeben, daß für alles gesorgt ist«, sagte Mr. Aggers. »Hier, in der Küchenschublade, eine Schürze. Eine Idee meiner Frau. Schützt den Anzug.«

»Ja, sehr nett«, sagte Macon.

»Es ist wie zu Hause außer Hause; so denke ich mir das am liebsten.«

»Also, zu Hause«, sagte Macon. »Nichts ist wie zu Hause.«

»Wieso? Was fehlt?« fragte Mr. Aggers. Er hatte eine blasse, feinporige Haut, die zu glänzen begann, wenn er nervös wurde. »Was vermissen Sie noch?«

»Offen gestanden«, entgegnete Macon, »war ich immer der Meinung, ein Hotel sollte auf Wunsch kleine Tiere zur Verfügung stellen.«

»Tiere?«

»Etwa eine Katze, die nachts mit im Bett schläft, oder einen Hund, der sich freut, wenn man heimkommt. Ist Ihnen noch nie aufgefallen, wie ausgestorben ein Hotelzimmer wirkt?«

»Ja, aber ... Also, ich weiß nicht, wie ich ... Da wäre doch das Gesundheitsamt ... Komplikationen, Papierkrieg, die Fütterung all dieser verschiedenen ... Und Allergien, natürlich, viele Gäste haben –«

»Ich verstehe schon, ich verstehe schon«, sagte Macon. Er notierte sich am Rand seines Reiseführers die Anzahl der Papierkörbe: vier. Sehr gut. »Nein«, sagte er, »eigentlich werde ich auch nie darauf angesprochen.«

»Werden Sie uns also empfehlen?«

»Sicherlich«, sagte Macon, klappte den Reiseführer zu und verlangte die Preisliste.

Den Rest des Nachmittags verbrachte er in Hotels, die er schon früher erkundet hatte. Er suchte die Geschäftsführer in ihren Büros auf, besichtigte unter hauseigener Führung kurz das Angebot, um nachzusehen, ob alles noch intakt war, und hörte sich Ausführungen über steigende Kosten, Umbaupläne und neue, bessere Konferenzräume an. Dann kehrte er in sein Zimmer zurück und schaltete die Abendnachrichten ein. Auf der Welt ging es miserabel zu; aber wie er so vor diesem fremden Fernsehgerät saß, das schmerzende Bein hochgelegt, in einen Sessel geklemmt, der für einen ganz anders beschaffenen Körper entworfen zu sein schien, kamen ihm all diese Kriege und Hungersnöte, die er da sah, unecht vor. Sie wirkten – nun ja – wie gestellt. Er schaltete das Gerät aus, verließ das Hotel und stieg in ein Taxi.

Auf Julians Vorschlag hin gedachte er im allerobersten Stockwerk eines unwahrscheinlich hohen Gebäudes zu dinieren. (Julian hatte eine Schwäche für ausgefallene Restaurants, wie Macon festgestellt hatte. Er gab sich erst zufrieden, wenn ein Lokal sich drehte, wenn es schwebte oder nur über einen schwankenden Steg zu erreichen war.) »Stell dir vor«, hatte er gesagt, »was für einen Eindruck so etwas auf einen auswärtigen Kunden macht. Ja, er muß von auswärts sein, ein einheimischer New Yorker dürfte kaum . . .« Macon hatte nur kurz geschnaubt. Auch der Taxifahrer schnaubte jetzt. »Tasse Kaffee kostet Sie dort fünf Dollar«, gab er Macon zu bedenken.

»Stimmt.«

»In einem von diesen kleinen französischen Lokalen sind Sie besser bedient.«

»Die kommen morgen dran. Für *in*wärtige Kunden.«

Das Taxi strich durch die Straßen, die immer dunkler und stiller wurden, von belebten Gegenden wegführten. Macon sah eine einsame Gestalt, in einen langen Mantel gewickelt, in einem Hauseingang kauern. Von Kanaldeckeln stiegen Dampfwölkchen auf. Sämtliche Läden waren hinter Eisengittern eingesperrt.

Am Ende der allerfinstersten Straße hielt das Taxi an. Der Fahrer schnaubte noch einmal, Macon zahlte und stieg aus. Er hatte nicht mit dem Wind gerechnet, der ihm jetzt wie ein großes

Laken entgegenklatschte. Eilends überquerte er den Gehsteig, vom Wind vorangetrieben, die Beine von der Hose umflattert. Unmittelbar bevor er das Gebäude betrat, fiel ihm ein, hinaufzuschauen. Er schaute hinauf und hinauf und hinauf, bis er schließlich eine schemenhafte Turmspitze ausmachte, die sich in der gespenstischen Ferne des tiefschwarzen, sternenlosen Himmels verlor. Er entsann sich einer weit zurückliegenden Zeit, als Ethan, damals ein Dreikäsehoch, bei einem Zoobesuch vor einem Elefanten stehengeblieben, das Gesicht verblüfft emporgewandt hatte und hintenübergekippt war.

Drinnen allenthalben geäderter rosa Marmor und Spannteppich, soweit das Auge reichte. Ein Fahrstuhl von der Größe eines Zimmers stand offen, zur Hälfte mit bereits Wartenden besetzt; Macon trat ein und stellte sich zwischen zwei Frauen in Seide und Brillanten. Ihr Parfüm war fast sichtbar, Macon sah es förmlich in der Luft wogen.

Halten Sie Kaugummi bereit, kritzelte er in seinen Reiseführer, während die Kabine aufwärtsschoß. In seinen Ohren knackte es. In der drückenden, schwingungslosen Atmosphäre klangen die Stimmen der Frauen blechern und dünn. Er steckte den Reiseführer in die Tasche und beobachtete die Zahlen, die über der Tür aufleuchteten. Es ging in Zehnereinheiten hinauf: vierzig, fünfzig, sechzig ... Einer der Männer sagte, sie müßten gelegentlich Harold hierherlotsen – wißt ihr noch, wie Harold im Skilift vor Angst geschlottert hat? –, und alle lachten.

Der Fahrstuhl kam gleichsam federnd zum Stillstand, die Tür glitt lautlos auf. Ein Mädchen in weißem Hosenanzug wies ihnen den Weg, einen Korridor entlang und in eine geräumige, von Kerzenflammen durchflackerte Dunkelheit. Große schwarze Fenster umgaben den Raum vom Boden bis zur Decke, Macon wurde jedoch zu einem Tisch ohne Aussicht geführt. Ein Soloesser stellte hier offenbar ein Problem dar. Vielleicht war er der erste, der sich je eingefunden hatte. Das Aufgebot an Silberbesteck für ihn allein hätte ebensogut für eine vierköpfige Familie gereicht.

Der Kellner, viel besser gekleidet als Macon, präsentierte ihm die Speisekarte und erkundigte sich, was er zu trinken wünsche.

»Einen trockenen Sherry, bitte«, sagte Macon. Kaum hatte der Kellner sich entfernt, faltete Macon die Speisekarte zusammen und setzte sich darauf. Dann sah er sich seine Nachbarn an. Alle Welt schien etwas zu feiern. Ein Mann und eine schwangere Frau saßen Hand in Hand da und strahlten einander durch den Lichthof ihrer Kerze an. Eine lärmende Gruppe links von ihm ließ einen Mann ein übers andere Mal hochleben.

Der Kellner kam mit dem Sherry zurück, den er gekonnt auf einem Tablett balancierte. »Sehr gut«, sagte Macon. »Und jetzt vielleicht die Speisekarte.«

»Die Speisekarte? Habe ich Ihnen noch keine gegeben?«

»Es könnte sich um ein Versehen handeln«, sagte Macon, ohne direkt zu lügen.

Eine zweite Speisekarte wurde gebracht und schwungvoll vor ihm aufgeschlagen. Macon nippte an seinem Sherry und faßte die Preise ins Auge. Astronomisch. Er beschloß, wie üblich das zu essen, was seine Leser vermutlich auch essen würden – weder die Fischklößchen noch das Kalbsbries, sondern ein Steak, medium rare. Nachdem er bestellt hatte, stand er auf, schob seinen Stuhl unter den Tisch, nahm den Sherry, ging und stellte sich vor eines der Fenster.

Urplötzlich kam er sich vor wie gestorben.

Er sah die Stadt tief unten ausgebreitet wie ein glitzerndes goldenes Meer, die Straßen winzige Lichtbänder, der Planet, an den Rändern nach außen gekrümmt, der Himmel eine violette Höhle, die sich ins Unendliche weitete. Es war nicht die Höhe; es war die Entfernung. Die grenzenlose, ungeheure Entfernung zwischen ihm und den Menschen, die ihm etwas bedeuteten. Ethan mit dem wippenden Gang – wie sollte er jemals erfahren, daß sein Vater in diesem himmelhoch ragenden Turm gefangen war? Wie sollte Sarah, faul in der Sonne liegend, es herausfinden? Denn er war fest überzeugt, daß dort, wo auch immer Sarah sich in diesem Moment aufhielt, ganz bestimmt die Sonne schien: Sarah war so unerreichbar fern. Er dachte an seine Schwester und an seine Brüder, die ihren eigenen Angelegenheiten nachgingen, ihrem allabendlichen Kartenspiel frönten und nicht ahnten, wie weit er sie zurückgelassen hatte. Er war schon so weit weg, daß es kein Zurück mehr gab. Er war irgendwie an einem von der gesamten Menschheit isolierten Punkt im Universum angelangt, und alles war unwirklich außer seiner eigenen, knochigen Hand, die das Sherryglas umklammerte.

Er ließ das Glas fallen, was ein nichtssagendes kleines Stimmengewirr auslöste, dann drehte er sich auf dem Absatz um und lief, eine schiefe Gestalt, quer durch den Raum und zur Tür hinaus. Da war aber dieser endlose Korridor – eine Strecke, die er nicht bewältigen konnte. Er wandte sich statt dessen nach rechts, kam an einer Telefonnische vorbei und stolperte in eine Toilette – ja, eine Herrentoilette, glücklicherweise. Noch mehr Marmor, Spiegel, weißes Email. Er glaubte sich übergeben zu müssen, doch als er eine der Kabinen betrat, wich die Übelkeit aus seinem Magen und stieg ihm zu Kopf. Die Hände gegen die Schläfen gepreßt, beugte er sich über die Schüssel. Dennoch konnte er nicht umhin, sich zu fragen, wie viele Meter Rohrleitung eine Toilette in dieser Höhe wohl erfordern mochte.

Er hörte jemanden hereinkommen und husten. Eine Kabinentür schlug zu. Er öffnete seine Tür einen Spaltbreit und spähte hinaus. Die kalte Pracht der Räumlichkeit erinnerte ihn an Science-fiction-Filme.

Nun, derlei Zustände stellten sich hier oben vermutlich öfter ein, oder nicht? Oder vielleicht nicht gerade diese Zustände, aber ähnliche – Leute, die nicht schwindelfrei waren, in Panik gerieten und sich hilfesuchend an – ja, an *wen* wandten? An den Kellner? An das Mädchen, das am Fahrstuhl die Gäste empfing? Zaghaft wagte er sich zuerst aus der Kabine, dann sogar auf den Gang hinaus und wäre in der Telefonnische beinahe mit einer Frau zusammengestoßen. Sie war von Schwaden zartfarbigen Chiffons umhüllt und legte gerade den Hörer auf. Sie raffte den Rock und entschwebte grazil in Richtung Speisesaal. *Entschuldigen Sie, Gnädigste, könnten Sie so freundlich sein und, hm . . .* Doch die einzige Bitte, die ihm in den Sinn kam, tauchte aus den Tiefen seiner frühesten Kindheit auf: *Trag mich!*

Das letzte, was er von der Frau sah, war das Glitzertäschchen in ihrer weißen Hand, das sie hinter sich her schwenkte, bevor sie in der Dunkelheit des Restaurants verschwand.

Er trat in die Nische und hob den Hörer ab, der sich kühl anfühlte; sie hatte nicht lange gesprochen. Er suchte seine Taschen ab, fand Münzen und warf sie ein. Indes – an wen sollte er sich denn wenden? Er kannte in New York keine einzige Menschenseele. Folglich rief er, da er wie durch ein Wunder die Nummer seiner Kreditkarte zusammenbrachte, zu Hause an. Er befürchtete schon, seine Geschwister würden das Telefon klingeln lassen – was inzwischen zur Gewohnheit geworden war –, aber Charles meldete sich: »Leary.«

»Charles!«

»Macon!« sagte Charles ungewöhnlich lebhaft.

»Charles, ich bin hier im obersten Stock dieses Wolkenkratzers, und mir ist da etwas – ziemlich Dummes passiert. Hör zu: Du mußt mich hier herausholen.«

»*Dich* herausholen! Was redest du da? Du mußt *mich* herausholen!«

»Wie bitte?«

»Ich bin in der Kammer eingeschlossen. Dein Hund hat es auf mich abgesehen.«

»Oh. Das tut mir schrecklich leid, aber . . . Charles, es ist wie eine Krankheit. Ich glaube nicht, daß ich es mit dem Fahrstuhl schaffe, und ich bezweifle, daß ich es über die Treppe schaffe, und –«

»Macon, hörst du das Gekläffe? Das ist Edward. Edward macht mir die Hölle heiß, verstehst du, und du mußt sofort nach Hause kommen!«

»Aber ich bin doch in New York! Ich bin im obersten Stock dieses Wolkenkratzers und kann nicht hinunter!«

»Jedesmal, wenn ich die Tür aufmache, kommt er tobend angerannt, ich schlage die Tür zu, und er stürmt gegen sie an, er muß sich jetzt schon halb durchgekratzt haben.«

Macon zwang sich, tief durchzuatmen. Er sagte: »Charles, kann ich mit Rose sprechen?«

»Sie ist nicht da.«

»Oh.«

»Was glaubst du denn, wie ich da hereingeraten bin?« fragte Charles. »Julian ist gekommen, um sie zum Dinner auszuführen.«

»Julian?«

»Heißt er nicht so?«

»Julian, mein *Chef*?«

»Jawohl, und Edward ist wieder einmal übergeschnappt. Da hat Rose gesagt: ›Schnell, sperr ihn in die Kammer.‹ Ich packe also seine Leine, und er fährt auf mich los, gerade daß er mir nicht die Hand abbeißt. Ich habe mich also lieber selbst in die Kammer eingeschlossen, und Rose muß inzwischen gegangen sein, und dann –«

»Ist Porter nicht da?«

»Er hat heute Besuchsabend.«

Macon stellte sich vor, wie geborgen man sich in der Kammer fühlen mußte, umgeben von Roses in alphabetischer Reihenfolge angeordneten Marmeladen, das uralte, schwarze Wählscheibentelefon griffbereit. Was hätte er nicht darum gegeben, dort sein zu dürfen!

Jetzt hatte sich ein neues Sympton eingestellt. In seiner Brust machte sich ein Flattern bemerkbar, das mit normalem Herzschlag keine Ähnlichkeit mehr hatte.

»Wenn du mich hier nicht herausholst, rufe ich die Polizei, damit sie ihn erschießt!« drohte Charles.

»Nein! Das tust du nicht!«

»Ich kann hier nicht bloß herumsitzen und warten, bis er durchbricht!«

»Er wird nicht durchbrechen. Du könntest die Tür aufmachen und einfach an ihm vorbeigehen. Glaub mir, Charles. Bitte: Ich bin hier im obersten Stock dieses Wolkenkratzers und –«

»Du weißt vielleicht nicht, daß ich an Klaustrophobie leide«, sagte Charles.

Eine Möglichkeit wäre, erwog Macon, sich den Restaurantleuten gegenüber auf einen Herzanfall herauszureden. Ein Herzanfall war etwas durchaus Ehrenhaftes. Sie würden einen Krankenwagen rufen, und man würde ihn, jawohl, tragen – genau das, was er brauchte. Aber vielleicht mußte er gar nicht getragen werden, vielleicht genügte eine Berührung – die Hand eines anderen Menschen auf seinem Arm, auf seiner Schulter –, die ihn wieder mit dem Rest der Welt verband. So lange schon hatte ihn kein Mensch mehr berührt.

»Ich geb' einfach Bescheid, daß der Schlüssel im Briefkasten ist, dann brauchen sie nicht die Tür einzuschlagen«, sagte Charles.

»Was? Wer denn?«

»Die Polizei. Und ich werde ihnen sagen, sie sollen – Macon, es tut mir leid, aber du hast gewußt, daß dieser Hund früher oder später weg muß.«

»Tu's nicht!« brüllte Macon.

Ein Mann, der aus der Toilette kam, warf einen Blick in Macons Richtung.

Macon senkte die Stimme und sagte: »Er hat Ethan gehört.«

»Heißt das, er darf mir die Kehle zerfleischen?«

»Paß auf. Wir wollen nichts übereilen. Wir wollen das erst überdenken. Ich rufe jetzt ... Ich rufe Sarah an. Ich werde sie bitten, Edward zu holen. Hörst du mir zu, Charles?«

»Und wenn er sich auf sie stürzt?«

»Wird er nicht, glaub mir. Du tust jetzt gar nichts, bevor sie kommt, verstanden? Tu nichts Unüberlegtes.«

»Also ...«, sagte Charles zweifelnd.

Macon legte auf und zog die Brieftasche heraus. Er suchte etwas zwischen den teils schon vergilbten Geschäftskarten und Zetteln, die er im Geheimfach aufbewahrte. Als er Sarahs Nummer gefunden hatte, tippte er sie mit zitterndem Finger ein und hielt den Atem an. *Sarah,* gedachte er zu sagen, *ich bin hier im obersten Stock dieses Wolkenkratzers und –*

Sie meldete sich nicht.

Mit dieser Möglichkeit hatte er nicht gerechnet. Er lauschte dem Klingeln ihres Telefons. Was nun? Was, um alles in der Welt, nun?

Schließlich legte er auf. Verzweifelt sichtete er die anderen Rufnummern in der Brieftasche – Zahnarzt, Apotheke, Hundedressur ...

Hundedressur?

Zunächst dachte er an eine Zirkusnummer – an einen stämmigen Mann im glänzenden Trikot. Dann las er den Namen: Muriel Pritchett. Die Karte war handgeschrieben, sogar handgeschnitten, aus einem größeren Stück Papier herausgeschnippelt.

Er rief sie an. Sie meldete sich sofort: »*Hal*-lo«, mit belegter Stimme wie eine müde Bardame.

»Muriel? Hier ist Macon Leary.«

»Oh! Wie geht's?«

»Gut. Das heißt . . . Ich habe da ein Problem. Edward belagert meinen Bruder in der Kammer, er ist völlig hysterisch, Charles, meine ich, er wird immer gleich hysterisch, und ich bin hier in New York im obersten Stock dieses Wolkenkratzers und fühle mich ziemlich, hm, angeschlagen, ja. Ich habe auf die Stadt hinuntergesehen, und sie war meilenweit entfernt, meilenweit, ich kann Ihnen gar nicht schildern, wie –«

»Damit wir uns recht verstehen«, sagte Muriel. »Edward ist in Ihrer Kammer –«

Macon riß sich zusammen. »Edward ist *vor* der Kammer und bellt. Mein *Bruder* ist in der Kammer. Er will die Polizei rufen und Edward erschießen lassen.«

»So eine blöde Idee!«

»Eben!« sagte Macon. »Und da dachte ich mir, ob Sie nicht hingehen und den Schlüssel aus dem Briefkasten nehmen könnten, er liegt unten im Briefkasten –«

»Bin schon unterwegs.«

»Wunderbar!«

»Also dann, bis bald, Macon.«

»Ja, aber, außerdem –«

Sie wartete.

»Ich bin doch hier im obersten Stock dieses Wolkenkratzers«, sagte er, »und ich weiß nicht, wieso, aber irgend etwas hat mir eine Heidenangst eingejagt.«

»Guter Gott, ich hätte auch Angst, nachdem ich ›Flammendes Inferno‹ gesehen habe.«

»Nein, nein, nichts dergleichen, kein Feuer oder die Höhe –«

»Haben Sie ›Flammendes Inferno‹ gesehen? Junge, Junge, hinterher hätte man mich in keinem Haus weiter hinaufgebracht als bis in Absprunghöhe. Ich finde Leute, die sich in Wolkenkratzern hochtrauen, ausgesprochen mutig. Ich meine, wenn man sich's richtig überlegt, Macon, dann sind Sie auch ganz schön mutig, wenn Sie dort stehen, wo Sie gerade sind.«

»Nun ja, so mutig auch wieder nicht«, sagte Macon.

»Nein, im Ernst.«

»Sie übertreiben. Es ist nicht so schlimm, wirklich.«

»Das sagen Sie nur, weil Sie sich nicht eingestehen, was Sie durchgemacht haben, bevor Sie in den Aufzug gestiegen sind. Im Unterbewußtsein haben Sie sich nämlich gesagt: ›Okay. Ich vertraue dem Ding.‹ Tut doch jeder. Bestimmt auch im Flugzeug. ›Das ist zwar gefährlich bis dorthinaus, aber hol's der oder jener‹, sagt man sich, ›wir schmeißen uns in die dünne Luft und vertrauen ihr.‹ Eigentlich sollten Sie in dem Bau ganz erstaunt über sich selbst herumwandern und stolz auf sich sein.«

Macon gab ein kurzes, trockenes Lachen von sich und schloß die Hand fester um den Hörer.

»Also, ich mache jetzt folgendes«, sagte sie. »Ich hole Edward und schaffe ihn ins Miau-Wau. Kommt mir nicht so vor, als könnte Ihr Bruder viel mit ihm ausrichten. Wenn Sie wieder da sind, müssen wir uns über seine Ausbildung unterhalten. So kann es ja nicht weitergehen, Macon.«

»Stimmt. Sie haben recht. So kann es nicht weitergehen.«

»Das wäre doch gelacht.«

»Sie haben völlig recht.«

»Also dann, auf Wiedersehen.«

»Warten Sie!« sagte er.

Aber sie war weg.

Als er aufgelegt hatte und sich umdrehte, sah er neue Gäste vom Fahrstuhl her auf sich zukommen. Vorneweg drei Männer, dahinter drei Frauen in bodenlangen Roben. Den Schluß bildete ein blutjunges Paar. Die Handgelenke des Jungen ragten ein Stück aus den Ärmeln des Anzugjacketts heraus. Das Kleid des Mädchens saß rührend schlecht, und ihr kleines Kinn verschwand fast hinter einer riesigen Orchidee.

Auf halber Strecke blieben Junge und Mädchen im Korridor stehen und musterten die Umgebung. Sie sahen den Plafond an, sie sahen den Fußboden an, dann sahen sie einander an. Der Junge sagte: »Hu!« und ergriff beide Hände des Mädchens. Dann blieben sie eine Weile so stehen und lachten, bevor sie den Weg ins Restaurant fortsetzten.

Macon folgte ihnen. Er fühlte sich beruhigt und müde und entsetzlich ausgehungert. Wie gut, daß der Kellner gerade das Essen servierte, als er sich wieder auf seinen Stuhl sinken ließ.

10

»Der Wahrheit die Ehre«, sagte Muriel. »Mein Baby war nicht direkt eingeplant. Wir waren ja auch noch nicht direkt verheiratet, wenn Sie's wissen wollen. Wenn Sie's genau wissen wollen, haben wir überhaupt erst wegen dem Baby geheiratet, aber ich habe zu Norman gesagt, er muß nicht, wenn er nicht will. Ich habe ihn jedenfalls nicht dazu gedrängt oder so.«

Sie blickte an Macon vorbei auf Edward, der flach auf dem kleinen Dielenteppich lag. Man hatte ihn dazu zwingen müssen, aber er rührte sich wenigstens nicht vom Fleck.

»Beachten Sie, daß ich ihm ein wenig Bewegung erlaube, solange er pariert«, sagte sie. »Jetzt drehe ich ihm den Rücken zu, und Sie passen auf, was er macht.«

Sie schlenderte ins Wohnzimmer, nahm eine Vase vom Tisch und besah sich die Unterseite. »Jedenfalls«, sprach sie weiter, »haben wir also geheiratet, und jeder hat sich aufgeführt, als wär's die größte Tragödie von der Welt. Meine Leute zu Hause sind bis heute nicht drüber weg. Meine Mom hat gesagt: ›Ich hab' ja immer gewußt, daß so etwas passieren wird. Schon damals, wie du mit diesem Dana Scully und so weiter herumgezogen bist und immer einer von diesen nichtsnutzigen Bengeln draußen nach dir gehupt hat, hab' ich dir nicht schon damals gesagt, daß so etwas eines Tages passiert?‹ Wir haben uns ohne viel Klimbim in der Kirche, wo meine Familie immer hingeht, trauen lassen, wir haben nicht mal eine Hochzeitsreise gemacht, wir sind gleich in unsere Wohnung, und am nächsten Tag hat Norman mit der Arbeit bei seinem Onkel angefangen. Er hat sich gleich ans Eheleben gewöhnt, ist mit mir Lebensmittel einkaufen und Vorhänge aussuchen gegangen und so. Manchmal, wissen Sie, muß ich mich schon wundern, was für Kinder wir noch waren. Das war ja fast wie Theater spielen! Es war nur Getue! Die Kerzen, die ich zum Abendbrot angezündet habe, die Blumen auf dem Tisch, Norman, der mich ›Schatz‹ nennt und mir seinen Teller zum Abspülen ans Becken bringt. Und dann auf einmal war es ernst. Jetzt habe ich diesen kleinen Jungen, diesen großen siebenjährigen Jungen mit den klobigen Lederschuhen, und so war es eben doch kein Theaterspiel. Alles war echt, die ganze Zeit, und wir haben es bloß nicht gewußt.«

Sie saß auf der Couch und hob einen Fuß, den sie bewundernd hin und her drehte. Ihr Strumpf warf am Knöchel Falten.

»Was macht Edward?« fragte sie.

Macon sagte: »Er liegt immer noch da.«

»Bald wird er das drei Stunden lang durchhalten.«

»Drei *Stunden*?«

»Leicht.«

»Ist das nicht Tierquälerei?«

»Ich denke, Sie haben versprochen, nie mehr so zu reden«, sagte sie.

»Stimmt. Verzeihung.«

»Vielleicht legt er sich morgen schon von sich selbst hin.«

»Meinen Sie?«

»Wenn Sie üben. Wenn Sie nicht nachgeben. Wenn Sie nicht weichherzig werden.«

Dann stand sie auf und kam zu Macon herüber. Sie tätschelte seinen Arm. »Na wenn schon«, sagte sie. »*Ich* finde weichherzige Männer süß.«

Macon wich zurück. Es hätte nicht viel gefehlt, und er wäre auf Edward getreten.

Der Erntedanktag rückte immer näher, und die Learys debattierten wie gewöhnlich über das Festessen. Es verhielt sich so, daß keiner von ihnen Truthahn besonders schätzte. Trotzdem, sagte Rose, schicke es sich nicht, etwas anderes auf den Tisch zu bringen. Das wäre nicht richtig. Ihre Brüder gaben ihr zu bedenken, sie müsse dann um fünf Uhr früh aufstehen, um den Puter ins Rohr zu schieben. Aber das sei schließlich ihre Aufgabe, sagte Rose; sie, die Brüder, würden davon in keiner Weise belästigt werden.

Es stellte sich bald heraus, daß sie Hintergedanken hegte, denn kaum hatte man sich auf Truthahn geeinigt, gab sie kund und zu wissen, sie werde unter Umständen Julian Edge einladen. Der arme Julian, sagte sie, habe doch keine nahen Verwandten in der Stadt, er verbringe Feiertage meist im freudlosen Kreis seiner Nachbarinnen und Nachbarn, von denen jeder oder jede ein Spezialgericht beisteuere. Voriges Jahr habe das Erntedankdinner aus einem vegetarischen Nudelauflauf, Ziegenkäse mit Weinblättern und Kiwitörtchen bestanden. Da könne sie ihm doch wenigstens normale Hausmannskost vorsetzen.

»Was!« sagte Macon gespielt überrascht und mißbilligend, obwohl es leider gar nicht so überraschend kam. Oh, Julian führte bestimmt etwas im Schilde. Aber was? Jedesmal, wenn Rose in ihrem Ausgehkleid und mit zwei Rougetupfern auf den Wangen die Treppe herunterkam und von Macon verlangte, er möge Edward in die Kammer einschließen, weil Julian sie abholen werde, um mit ihr in dieses oder jenes Lokal zu gehen –, dann, ja dann fühlte Macon sich ganz stark versucht, Edward zufällig entwischen zu lassen. Er paßte Julian gezielt an der Tür ab und beäugte ihn stumm eine ganze Weile lang, bevor er Rose rief. Aber Julian hielt sich wacker, verriet sich durch kein Fünkchen Ironie. Rose gegenüber benahm er sich respektvoll, fast schüchtern, und stellte sich linkisch an, wenn er ihr die Tür aufhielt. Oder war etwa das die Ironie? Seine Rose-Leary-Nummer? Macon gefiel das überhaupt nicht.

Dann erfuhren sie, daß auch Porters Kinder zum Erntedankfest kommen würden. Normalerweise kamen sie zu Weihnachten, wollten dieses Jahr die Feiertage jedoch tauschen, um irgendwelche Komplikationen mit ihren Großeltern stiefväterlicherseits zu vermeiden. Also, sagte Rose, sei es dann nicht wirklich gut, daß es Truthahn geben werde? Kinder hingen ja so am Althergebrachten. Sie machte sich daran, Kürbistörtchen zu backen. »Wir treten zum Beten«, sang sie, »vor Gott den Gerechten . . .« Macon blickte von dem Stoß geklauter Speisekarten hoch, die er auf dem Küchentisch auszubreiten sich anschickte. In Roses Stimme schwang eine Fröhlichkeit mit, die ihn beunruhigte. Hoffentlich machte sie sich von Julian keine falschen Vorstellungen – hoffentlich versprach sie sich nicht so ewas wie ein Liebesverhältnis. Doch Rose wirkte so schlicht und vernünftig mit ihrer langen weißen Schürze. Bestimmt lag kein Grund zur Besorgnis vor.

»Mein Sohn heißt Alexander«, sagte Muriel. »Habe ich Ihnen das schon erzählt? Ich habe ihn Alexander genannt, weil das so vornehm klingt. Er war immer ein Sorgenkind. Zuerst einmal ist etwas schiefgegangen, als ich in der Hoffnung war, und man hat ihn durch Kaiserschnitt vorzeitig holen müssen, und ich habe so viele Komplikationen bekommen, daß ich keine Kinder mehr kriegen kann. Und Alexander war so ein Winzling, er hat gar nicht wie ein Mensch ausgesehen, eher wie ein neugeborenes Kätzchen, und dann mußte er eine ganze Ewigkeit im Brutkasten bleiben und wäre fast gestorben. Norman hat gefragt: ›Wann wird es so aussehen wie andere Babys?‹ Er hat Alexander immer ›es‹ genannt. Ich habe mich schneller daran gewöhnt; ich meine, ich habe mir bald eingebildet, daß ein Baby so und nicht anders aussehen *soll,* und habe mich dauernd in der Säuglingsstation aufgehalten, aber Norman ist nie in seine Nähe gekommen, angeblich hätte es ihn zu nervös gemacht.«

Edward winselte. Er lag nur noch mit letzter Kraft – das Gesäß angespannt, die Krallen in den Teppich gebohrt. Muriel gab sich jedoch den Anschein, als merke sie nichts.

»Vielleicht sollten Sie irgendwann einmal mit Alexander zusammenkommen«, sagte sie zu Macon.

»Oh, ich, äh . . .«

»Er hat nicht genug Männer um sich.«

»Ja, aber –«

»Er sollte viel mit Männern zusammensein, damit er lernt, wie man sich benimmt. Vielleicht könnten wir alle drei mal ins Kino gehen. Gehen Sie viel ins Kino?«

»Nein«, antwortete Macon wahrheitsgemäß. »Ich habe seit Monaten keinen Film mehr gesehen. Ich mache mir nichts aus Filmen. Sie bringen alles so nah heran.«

»Oder bloß zu McDonald's, vielleicht.«

»Wohl kaum«, sagte Macon.

Porters Kinder wollten am Abend vor dem Erntedanktag eintreffen, und zwar mit dem Wagen, denn Danny, der älteste, hatte eben seinen Führerschein erhalten. Das bereitete Porter erhebliche Sorgen. Seit dem Zeitpunkt, da man sie frühestens erwarten konnte, ging er nervös auf und ab. »Ich weiß nicht, wo June ihren Verstand gelassen hat«, sagte er. »Läßt einen sechzehnjährigen Bengel von Washington bis hierher fahren, in der ersten Woche nach der Fahrprüfung. Mit seinen beiden kleinen Schwestern im Wagen! Ich weiß nicht, wie ihr Gehirn funktioniert.«

Zu allem Überfluß verspäteten die Kinder sich um fast eine Stunde. Als Porter endlich die Scheinwerfer sichtete, rannte er, allen anderen weit voraus, zur Tür hinaus und die Treppe hinunter. »Wo bleibt ihr denn?« schrie er.

Danny schraubte sich mit übertriebener Nonchalance aus dem Wagen, gähnte und streckte sich, dann, das Augenmerk auf die Pneus gerichtet, schüttelte er Porter wie zerstreut die Hand. Er war jetzt genauso groß wie Porter, aber spindeldürr, und hatte das dunkle Kolorit seiner Mutter. Nach ihm stieg die vierzehnjährige Susan aus – nur ein paar Monate älter als Ethan inzwischen gewesen wäre. Ein Glück, daß sie sich mit ihrem schwarzen Wuschelkopf und den rosigen Wangen so sehr von Ethan unterschied. An diesem Abend hatte sie Jeans, Wanderschuhe und eine dieser dicken Daunenjacken an, in denen junge Leute so voluminös und vierschrötig aussehen. Als letzte kam Liberty. Was für ein Name, dachte Macon immer. Den hatte sich ihre Mutter ausgedacht – eine flatterhafte Person, die vor achteinhalb Jahren mit einem Stereo-Vertreter, überdies einem Hippie, durchgebrannt war und unmittelbar danach entdeckt hatte, daß sie von Porter im zweiten Monat schwanger war. Und ausgerechnet Liberty sah ihrem Vater am ähnlichsten. Sie hatte helles, glattes Haar und ein feinmodelliertes Gesicht. Gekleidet war sie in einen streng geschnittenen Mantel. »Danny hat sich verfahren«, sagte sie patzig. »So eine Flasche.« Sie gab Porter, ihrer Tante und ihren Onkeln der Reihe nach einen Kuß. Susan hingegen stolzierte so an ihnen vorbei, daß niemandem entgehen konnte, wie erhaben sie über derlei war.

»Ach, ist das nicht schön?« sagte Rose. »Wird das nicht ein wunderbares Erntedankfest?« Sie stand auf dem Gehsteig, die Hände in die Schürze gewickelt – vielleicht um nicht unwillkürlich die Arme nach Danny auszustrecken, als er aufs Haus zu schlurfte. Es begann zu dunkeln, und Macon, der zufällig den Blick schweifen ließ, sah die Erwachsenen nur noch als fahlgraue Schemen – vier unverheiratete Verwandte mittleren Alters, die sich nach den jungen Leuten sehnten ...

Zum Abendessen gab es den Kindern zuliebe Pizza von auswärts, aber Macon roch immerzu Truthahn. Zuerst hielt er das für Einbildung. Dann sah er Danny schnuppern. »Truthahn? Jetzt schon?« fragte Danny seine Tante.

»Ich probiere eine neue Methode aus«, antwortete sie. »Eine angeblich energiesparende. Man stellt die Hitze möglichst schwach ein und gart das Fleisch die ganze Nacht!«

»Komisch.«

Nach dem Essen sahen sie fern – die Kinder hatten sich noch nie fürs Kartenspiel erwärmt – und gingen dann zu Bett. Doch mitten in der Nacht schreckte Macon aus dem Schlaf und dachte ernstlich über diesen Truthahn nach. Sie wollte ihn bis morgen garen? Bei möglichst schwacher Hitze? Wie schwach war diese Hitze, genau?

Er schlief in seinem alten Zimmer, seit sein Bein wieder gebrauchsfähig war. Schließlich schubste er die Katze von seiner Brust und stand auf. Er tastete sich im Dunkeln hinunter und knipste das Lämpchen über dem Herd an. 60° C, las er vom

Temperaturregler ab. »Absolut tödlich«, sagte er zu Edward, der ihm nachgetrottet war. Dann erschien Charles in einem zu großen, schlotternden Schlafanzug. Er besah sich den Regler mit zusammengekniffenen Augen und seufzte. »Nicht nur das«, sagte er. »Dieser Truthahn ist auch noch *gefüllt.*«

»Wunderbar.«

»Zwei Pfund Füllung, habe ich sie sagen hören.«

»Zwei Pfund wimmelnder Bakterien!«

»Es sei denn, an dieser Methode ist mehr dran, als wir verstehen.«

»Wir fragen sie morgen früh«, entschied Macon, und beide gingen wieder ins Bett.

Am Morgen, als Macon herunterkam, setzte Rose den Kindern gerade Pfannkuchen vor. Er sagte: »Rose, was stellst du mit diesem Truthahn eigentlich an?«

»Wie gesagt: schwache Hitze. Konfitüre, Danny, oder Sirup?«

»Ist das alles?«

»Paß auf, es tropft«, sagte Rose zu Liberty. »Wie bitte, Macon? Weißt du, ich habe einen Artikel über langsam gegartes Rindfleisch gelesen, und da dachte ich, wenn es mit Rindfleisch geht, dann müßte es auch mit Truthahn gehen, und da –«

»Es mag mit Rindfleisch gehen, aber mit Truthahn wird es uns ermorden!«

»Aber zum Schluß wird die Temperatur erhöht!«

»So hoch kannst du sie gar nicht einstellen. Da müßtest du das Ding schon autoklavieren.«

»Oder einem Atomblitz aussetzen«, sagte Danny übermütig.

Rose sagte: »Da seid ihr beide auf dem Holzweg. Und überhaupt, wer kocht hier? Ich behaupte, der Truthahn wird köstlich.«

Das mochte vielleicht stimmen, obwohl er nicht danach aussah. Zur Essenszeit war die Brust eingesunken, die Haut trocken und glanzlos. Als Rose das Eßzimmer betrat, hielt sie den Truthahn gleichsam triumphierend hoch, aber die einzigen, die sich beeindruckt zeigten, waren die beiden, die von der Vorgeschichte nichts wußten – Julian und Mrs. Barrett, eine von Roses alten Damen. Julian machte »Ah!«, und Mrs. Barrett strahlte. »Das sollten meine Nachbarn sehen!« sagte Julian. Er hatte einen marineblauen Blazer mit Messingknöpfen angezogen, und sein Gesicht sah aus wie poliert.

»Wir könnten es da mit einem Problem zu tun bekommen«, sagte Macon.

Rose setzte den Truthahn ab und funkelte Macon an.

»Das restliche Essen ist natürlich hervorragend«, sagte er. »Wir können uns allein am Gemüse satt essen! Ich jedenfalls gedenke das zu tun. Aber der Truthahn –«

»Ist reinstes Gift«, ergänzte Danny.

Julian sagte: »*Wie* war das?« Mrs. Barrett hingegen lächelte nur noch angestrengter.

»Wir glauben, er ist möglicherweise bei ziemlich unzureichender Hitze gegart worden«, erläuterte Macon.

»Ist er nicht!« widersprach Rose. »Er ist tadellos.«

»Halten Sie sich lieber doch an die Beilagen«, sagte Macon zu Mrs. Barrett. Wenn Sie bloß nicht taub war!

Sie mußte es jedoch gehört haben, denn sie erwiderte: »Ja, das tue ich vielleicht«, ohne das Lächeln zu verlieren. »Ich habe sowieso keinen großen Appetit.«

»Und ich esse nur vegetarisch«, sagte Susan.

»Ich auch«, platzte Danny heraus.

»Ach Macon, wie kannst du nur!« sagte Rose. »Mein schöner Truthahn! Die viele Arbeit!«

»Ich finde, er sieht lecker aus«, sagte Julian.

»Das schon«, bestätigte Porter, »aber Sie wissen ja nicht, was bei anderen Gelegenheiten passiert ist.«

»Bei anderen Gelegenheiten?«

»Das war reines Pech«, sagte Rose.

»Aber natürlich!« sagte Porter. »Oder Sparsamkeit. Du wirfst ungern etwas weg. Schweinefleisch, das zu lange gelegen hat, oder über Nacht draußen stehengelassener Hühnersalat . . .«

Rose setzte sich. Tränen verschleierten ihre Augen. »Oh«, sagte sie, »ihr seid alle so gemein! Aber mir könnt ihr nichts vormachen; ich weiß, warum ihr das tut. Ihr wollt mich vor Julian in ein schlechtes Licht setzen.«

»Vor Julian?«

Julian wirkte bestürzt. Er zog ein Taschentuch aus der Brusttasche, behielt es dann aber in der Hand.

»Ihr wollt ihn vergraulen! Ihr drei habt eure Chance verpaßt, und nun wollt ihr, daß ich die meine verpasse, aber ich weigere mich. Ich weiß Bescheid! Hört euch nur die Songs im Radio an! Seht euch nur die Fernsehserien an! Auf *Liebe* kommt es an! Im Fernsehen dreht sich alles um Liebe. Ein neuer Darsteller tritt auf, und gleich fragt man sich, welche wird er wohl lieben? Oder welche ihn? Welche wird vor Eifersucht den Verstand verlieren? Welche wird sich das Leben ruinieren? Und ihr wollt mir das alles vorenthalten?«

»Du lieber Himmel«, sagte Macon, der versuchte, sich in dem Wust auszukennen.

»Ihr wißt genau, daß dieser Truthahn einwandfrei ist. Ihr wollt bloß verhindern, daß ich nicht mehr für euch koche und das Haus sauberhalte, ihr wollt verhindern, daß Julian sich in mich verliebt!«

»Sich in dich – was?«

Aber sie schob mit den Kniekehlen ihren Stuhl zurück und lief hinaus. Julian saß offenen Mundes da.

»Wag ja nicht zu lachen«, sagte Macon zu ihm.

Julian bekam den Mund nicht zu.

»Erwäg es erst gar nicht.«

Julian schluckte. Er fragte: »Meinst du, ich soll ihr nachgehen?«

»Nein«, sagte Macon.

»Aber sie scheint so –«

»Ihr fehlt nichts! Überhaupt nichts!«

»Oh.«

»Also, wer möchte eine gebackene Kartoffel?«

Rund um den Tisch entstand so etwas wie Gemurmel; alle sahen bedrückt aus. »Das arme, liebe Mädchen«, sagte Mrs. Barrett. »Ich komme mir ganz schlecht vor.«

»Ich mir auch«, sagte Susan.

»Julian?« fragte Macon und klopfte klirrend mit seinem Löffel. »Kartoffel?«

»Ich nehme vom Truthahn«, sagte Julian fest.
In diesem Moment fand Macon ihn fast sympathisch.

»Unsere Ehe ist daran kaputtgegangen, daß wir das Baby hatten«, sagte Muriel. »Komisch, wenn man's bedenkt. Zuerst haben wir wegen dem Baby geheiratet, dann haben wir uns wegen dem Baby scheiden lassen, und dazwischen haben wir wegen dem Baby gestritten. Norman hat nicht verstanden, warum ich jeden Tag zu Alexander in die Klinik gegangen bin. ›Es weiß ja nicht, daß du da bist, wozu gehst du also hin?‹ hat er gesagt. Ich bin immer schon früh am Morgen hingegangen, die Schwestern hatten überhaupt nichts dagegen, und bin bis abends geblieben. Norman hat gefragt: ›Muriel, werden wir nie wieder normal leben?‹ Na ja, er hat nicht so unrecht gehabt, oder? Es war, wie wenn ich im Kopf für nichts anderes Platz gehabt hätte als für Alexander. Und der war monatelang im Krankenhaus, wirklich monatelang. Er hat alle Krankheiten bekommen, die man nur bekommen kann. Sie hätten unsere Arztrechnungen sehen sollen. Wir waren nur teilversichert, und da waren diese Rechnungen über Tausende von Dollar. Schließlich habe ich im Krankenhaus einen Job angenommen. Ich hab' gefragt, ob ich in der Säuglingsstation arbeiten kann, aber sie haben nein gesagt, da habe ich mich dann so als Mädchen für alles betätigt, Patientenzimmer saubermachen und so weiter. Abfalleimer ausleeren, den Boden feucht aufwischen . . .«

Sie und Macon gingen mit Edward die Dempsey Road entlang, in der Hoffnung, einem Radfahrer zu begegnen. Muriel hielt die Leine. Wenn ein Radfahrer auftauche, sagte sie, und Edward losrase oder auch nur ›piep‹ mache, werde sie ihn so scharf zurückreißen, daß ihm Hören und Sehen vergehen werde. Darauf mache sie Macon schon im voraus aufmerksam. Sie sagte, er könne sich Einwände sparen, denn es geschehe nur zu Edwards Bestem. Macon hoffte, sich dessen erinnern zu können, wenn es soweit war.

Es war am Freitag nach dem Erntedankfest, und früher am Tage hatte es ein wenig geschneit, aber die Luft hatte noch keinen richtigen Biß, und die Gehsteige waren lediglich feucht. Der Himmel schien schon knapp über ihren Köpfen zu beginnen.

»Die eine Patientin, Mrs. Brimm, die hat mich gern gemocht«, sagte Muriel. »Angeblich war ich der einzige Mensch, der sich je bereit gefunden hat, mit ihr zu reden. Wenn ich zu ihr ins Zimmer gekommen bin, habe ich ihr von Alexander erzählt. Ich habe ihr erzählt, was die Ärzte gesagt haben, daß für ihn wenig Hoffnung bestand, und daß manche sich sogar gefragt haben, ob wir uns Hoffnungen machen *wollen,* weil nicht abzusehen war, wie er sich entwickelt. Ich habe ihr von mir und Norman erzählt und wie er sich benimmt, und sie hat gesagt, das hört sich genauso an wie eine Illustriertengeschichte. Als man sie entlassen hat, wollte sie mich zu sich nehmen, so zur Betreuung, aber das konnte ich nicht, wegen Alexander.«

Am Ende der Straße tauchte eine Radfahrerin auf, ein Mädchen in einer Schuluniform. Edward spitzte die Ohren. »Sie bleiben jetzt ganz gelassen«, sagte Muriel zu Macon. »Einfach weitergehen, immer weitergehen, und keinen einzigen Blick in Edwards Richtung.«

Das Mädchen kam herangeradelt – ein schmächtiges Persönchen mit einem winzigen, ernsten Gesicht. Als sie vorbeifuhr, entströmte ihr das unverkennbare Aroma von Schokoladeneis. Edward zog schnüffelnd die Luft ein, marschierte aber weiter.

»Edward, das war großartig!« lobte Macon.

Muriel schnalzte lediglich mit der Zunge. Sie schien sein manierliches Benehmen als selbstverständlich zu betrachten.

»Also«, sagte sie, »endlich haben sie Alexander nach Hause entlassen. Aber er war noch immer nur eine halbe Portion. Ganz runzelig wie ein alter Zwerg. Hat beim Weinen so gemaunzt wie ein Kätzchen. Und beim Atmen kaum Luft bekommen. Norman war mir keine Stütze. Ich glaube, er war eifersüchtig. Er hat immer so störrisch dreingeschaut, wenn ich etwas machen mußte wie Fläschchen wärmen oder so. Da hat es dann geheißen: ›Wo rennst du hin? Willst du das Ende der Sendung nicht sehen?‹ Oder ich stehe am Kinderbett und schaue zu, wie Alexander nach Luft japst, und Norman ruft: ›Muriel? Die Werbung ist gleich vorbei!‹

Und dann steht eines schönen Tages auch noch seine Mutter auf der Schwelle und behauptet, das Kind ist nicht von ihm.«

»Was? Das ist doch die Höhe!« sagte Macon.

»Ist das zu fassen? Steht auf der Schwelle, ganz aufgeplustert vor Schadenfreude. ›Nicht von ihm!‹ sage ich. ›Von wem sonst?‹ Sie sagt: ›Was weiß denn ich. Und ich möchte bezweifeln, daß du es weißt. Aber eines kann ich dir verraten: Wenn du dich von meinem Sohn nicht scheiden läßt und nicht auf alle Unterhaltsansprüche verzichtest, dann werde ich persönlich dafür sorgen, daß Dana Scully und seine Freunde vor Gericht beschwören, daß du ein bekanntes Flittchen bist und daß jeder von ihnen der Vater sein könnte. Ganz klar, daß es nicht von Norman ist, Norman war ein *entzückendes* Baby.‹ Also, ich warte, bis Norman von der Arbeit heimkommt, und sage zu ihm: ›Weißt du, was deine Mutter mir erzählt hat?‹ Ich habe ihm gleich angemerkt, daß er es wußte. Ich habe gemerkt, daß sie Gott weiß wie lange hinter meinem Rücken auf ihn eingeredet haben mußte, um ihm diesen Floh ins Ohr zu setzen. Ich sage: ›Norman?‹ Er stottert bloß herum. Ich sage: ›Norman, sie lügt, es ist nicht wahr, ich bin nicht mit diesen Jungen gegangen, als ich dich kennengelernt habe! Das war längst vorbei!‹ Er sagt: ›Ich weiß nicht, was ich denken soll.‹ Ich sage: ›Bitte!‹ Er sagt: ›Ich weiß nicht.‹ Er geht in die Küche und fängt an, das Fliegengitter zu reparieren, wegen dem ich ihm Vorhaltungen gemacht habe, weil es schon halb aus dem Rahmen hing, und dabei steht das Abendbrot schon auf dem Tisch. Etwas besonders Gutes. Ich gehe ihm nach. Ich sage: ›Norman, das mit Dana und den anderen war viel, viel früher. Das Baby kann nicht von ihnen sein.‹ Er rüttelt auf einer Seite am Rahmen, aber der gibt nicht nach, dann rüttelt er auf der anderen und schneidet sich in die Hand, und plötzlich fängt er an zu heulen, reißt das ganze Ding heraus und schmeißt es so weit aus dem Fenster, wie er nur kann. Und am nächsten Tag ist seine Mutter gekommen, hat ihm geholfen, seine Sachen zu packen, und dann hat er mich sitzenlassen.«

»Guter Gott«, sagte Macon. Er war so empört, als hätte er Norman persönlich gekannt.

»Da habe ich mir überlegt, was ich machen soll. Zu meinen

Leuten zurück konnte ich nicht, das war mir klar. Zu guter Letzt habe ich Mrs. Brimm angerufen und gefragt, ob sie mich noch zur Betreuung brauchen kann, und sie hat ja gesagt, die Frau, die sie hatte, taugte nichts. Ich habe mich erboten, es für Kost und Logis zu machen, wenn ich das Baby mitbringen darf, und sie war einverstanden. Sie hatte ein kleines Reihenhaus, und da war ein separates Zimmer, wo ich mit Alexander schlafen konnte. Und so habe ich uns über die Runden gebracht.«

Sie hatten sich inzwischen mehrere Blocks von zu Hause entfernt, aber Muriel dachte nicht ans Umkehren. Sie ließ die Leine durchhängen, und Edward trabte, ihrem Tempo angeglichen, neben ihr einher. »Das war ein Glück für mich, nicht?« sagte sie. »Wenn Mrs. Brimm nicht gewesen wäre, ich weiß nicht, was ich getan hätte. Und es war auch nicht übermäßig viel Arbeit. Nur das Haus sauberhalten, ihr einen Happen zu essen machen, sie beim Herumgehen stützen. Sie war ganz krumm vor Gicht, aber nicht unterzukriegen. Es war nicht so, daß ich sie wie eine Kranke pflegen mußte.«

Sie verlangsamte den Schritt und blieb dann stehen. Edward seufzte schicksalsergeben und setzte sich neben ihre linke Ferse.

»Es ist schon komisch, wenn man es sich so überlegt«, sagte sie. »Die ganze Zeit, die Alexander im Krankenhaus war, ist mir so schrecklich vorgekommen, so endlos, aber jetzt, wenn ich daran zurückdenke, sehne ich mich fast danach zurück. Ich meine, irgendwie war's direkt gemütlich, in der Erinnerung. Ich denke an die Schwestern beim Plausch im Stationszimmer und an die Reihen von schlafenden Säuglingen. Es war Winter, und manchmal habe ich mich ans Fenster gestellt und hinausgeschaut und war froh, daß ich drinnen in der Wärme bin. Ich habe gesehen, wie unten vor der Notaufnahme die Krankenwagen ankommen. Haben Sie sich nie gefragt, was ein Marsmensch sich denken würde, wenn er zufällig vor der Notaufnahme landet? Er würde sehen, wie ein Krankenwagen heranzischt und Leute aus dem Haus geflitzt kommen, die Türen aufreißen, eine Trage anpacken und damit hineintraben. ›Oh‹, würde er sagen, ›was für ein hilfsbereiter Planet, was für freundliche, hilfsbereite Wesen!‹ Er käme nie auf die Idee, daß wir nicht immer so sind; daß wir – äh – unsere wahre Natur erst unterdrücken müssen, um so zu sein. ›Was für eine hilfsbereite Rasse von Lebewesen‹, würde ein Marsmensch sagen. Meinen Sie nicht auch?«

Jetzt blickte sie zu Macon auf. Macon verspürte plötzlich ein Ziehen in der Brust. Er fühlte sich bewogen, etwas zu tun, irgendeinen Kontakt herzustellen, und als sie das Gesicht hob, beugte er sich vor und küßte sie auf die rauhen, rissigen Lippen, obwohl das nicht die Art von Kontakt war, die er beabsichtigt hatte. Muriels Faust, in der sie die Leine hielt, war zwischen ihnen eingekeilt wie ein Stein. Von Muriel ging etwas Verlangendes, Drängendes aus. Macon trat zurück. »Nun . . .«, sagte er.

Sie sah ihn weiterhin an.

»Entschuldigung«, sagte er.

Daraufhin machten sie kehrt und führten Edward nach Hause.

Danny übte die ganzen Feiertage lang das Rückwärtseinparken, indem er den Wagen seiner Mutter vor dem Haus unermüdlich vor- und zurücksetzte. Und Liberty buk Plätzchen mit Rose. Aber Susan habe nichts zu tun, sagte Rose, und da Macon einen Abstecher nach Philadelphia plane, könnte er sie doch eventuell mitnehmen. »Es stehen nur Hotels und Restaurants auf der Liste«, sagte Macon. »Und ich will alles in einem Tag erledigen, ich werde in aller Herrgottsfrühe aufbrechen und erst spät am Abend wieder da sein . . .«

»Sie kann dir Gesellschaft leisten«, meinte Rose.

Susan jedoch schlief ein, kaum hatte der Zug Baltimore verlassen, und sie schlief während der ganzen Fahrt, in ihre Jacke vergraben, nicht unähnlich einem kleinen Vogel, der auf einem Ast ein Schläfchen macht. Macon saß neben ihr mit einer Rockmusikzeitschrift, die er in einer ihrer Jackentaschen zusammengerollt entdeckt hatte. Er erfuhr, daß die ›Police‹ eine Persönlichkeitskrise durchmachten, daß David Bowie sich wegen Geisteskrankheit sorgte, daß man Billy Idol das schwarze Hemd halb vom Leibe gerissen hatte. Diese Leute führten offenbar ein sehr schwieriges Leben; Macon hatte keine Ahnung, wer sie waren. Er rollte die

Zeitschrift wieder zusammen und steckte sie zurück in Susans Jackentasche.

Wenn Ethan noch lebte, säße er dann jetzt dort, wo Susan saß? Er hatte Macon in der Regel nicht begleitet. Die Auslandsreisen waren zu teuer, die Inlandsreisen zu langweilig. Einmal war er mit Macon nach New York gefahren, hatte jedoch Bauchschmerzen bekommen, die eine Blinddarmentzündung befürchten ließen. Macon erinnerte sich noch an die hektische Suche nach einem Arzt, an die Magenkrämpfe, die er selbst aus lauter Solidarität bekommen hatte, und an die Erleichterung, als man ihnen sagte, es handle sich um nichts weiter als um eine Folge von zu vielen Frühstücken. Danach hatte er Ethan nirgendwohin mehr mitgenommen. Nur noch jeden Sommer nach Bethany Beach, und das war eigentlich keine Reise, sondern vielmehr eine Verlegung der Operationsbasis: Sarah lag in der Sonne, Ethan spielte mit anderen, ebenfalls aus Baltimore hierher verlegten Jungen, und Macon schraubte begeistert sämtliche Türklinken im gemieteten Ferienhaus fest, entklemmte die Fenster oder löste – wie eines Jahres vom Glück begünstigt geschehen – ein kniffliges Problem, vor das ihn die Wasserspülung gestellt hatte.

In Philadelphia erwachte Susan mürrisch und torkelte als erste aus dem Zug. Sie maulte über den Bahnhof. »Der ist echt zu groß«, sagte sie. »Die Lautsprecher haben so ein Echo, daß man gar nicht versteht, was gesagt wird. Der Bahnhof von Baltimore ist besser.«

»Ja, da hast du völlig recht«, sagte Macon.

Sie gingen in ein ihm wohlbekanntes Café frühstücken, dem die Zeit offenbar arg mitgespielt hatte. Dauernd rieselten von der Decke Splitter des Verputzes in seinen Kaffee. Er strich den Namen in seinem Ratgeber durch. Als nächstes besuchten sie ein Lokal, das ein Leser empfohlen hatte, und Susan genehmigte sich Walnußwaffeln, die sie ausgezeichnet fand. »Wirst du meinen Namen in deinem Buch erwähnen und sagen, daß ich die Waffeln empfohlen habe?« fragte sie.

»Das ist kein solches Buch«, beschied er sie.

»Nenn mich deine Begleiterin. Wie das die Restaurant-Kritiker tun. ›Meine Begleiterin, Susan Leary, stufte die Waffeln als bemerkenswert ein.‹«

Macon lachte und verlangte die Rechnung.

Nach dem vierten Frühstück kamen die Hotels dran. Susan fand das weniger unterhaltsam, obwohl Macon jedesmal versuchte, sie einzubeziehen. Zu einem der Geschäftsführer sagte er: »Meine Begleiterin hier ist Badezimmersachverständige.« Doch Susan öffnete bloß ein Medizinschränkchen, gähnte und sagte: »Die haben ja nur Camay!«

»Was gibt es daran auszusetzen?«

»Mama hat von der Hochzeitsreise parfümierte Luxusseife aus dem Hotel mitgebracht. Ein Stück für mich und ein Stück für Danny, in so kleinen Plastikschachteln mit Ablaufrillen.«

»*Ich* halte Camay für gut«, versicherte Macon dem Geschäftsführer, der ein beunruhigtes Gesicht machte.

Später während des Tages verspürte Susan allmählich wieder Appetit; sie verzehrten also noch zwei Frühstücke. Dann begaben sie sich in die Independence Hall. (Macon hielt das aus erzieherischen Gründen für angebracht.) »Davon kannst du deiner Bürgerkundelehrerin erzählen«, meinte er. Sie verdrehte die Augen und korrigierte: »Sozialkunde.«

»Von mir aus.«

Bei dem kalten Wetter war es im Innern des Gebäudes frostig und trüb. Als Macon sah, daß Susan den Führer, der seinen Vortrag nicht sonderlich spannend gestaltete, stumpf anglotzte, beugte er sich zu ihr vor und flüsterte: »Denk nur, auf ebendiesem Stuhl hat George Washington gesessen.«

»Auf den bin ich nicht besonders versessen, Onkel Macon.«

»Auf wen – George Washington oder den Stuhl?«

»Hm?«

»Laß nur.«

Sie folgten dem Besucherstrom die Treppe hinauf und durch andere Räume, aber Susan hatte ihren Vorrat an guter Laune sichtlich aufgebraucht. »Wenn in diesem Gebäude nicht so Grundlegendes beschlossen worden wäre«, dozierte Macon, »könnte es durchaus sein, daß wir beide unter einer Diktatur lebten.«

»Leben wir sowieso.«

»Wie bitte?«

»Wir haben Meinungsfreiheit, und damit hat sich's. Wir können sagen, was wir wollen, und dann geht die Regierung hin und macht, was sie will. Das nennst du Demokratie? Es ist so, wie wenn wir auf einem Schiff wären, das in eine fürchterliche Gegend fährt, irgendwer steuert es, und die Passagiere können nicht abspringen.«

»Komm, gehen wir etwas essen«, schlug Macon vor. Er fühlte sich ein bißchen deprimiert.

Er ging mit ihr in einen altmodischen Gasthof ein paar Straßen weiter. Es war noch nicht richtig dunkel, und sie waren die ersten Gäste. Eine Frau, die ein Kleid im Kolonialstil trug, teilte ihnen mit, sie müßten noch eine Weile warten, und führte sie in einen kleinen, behaglichen Raum mit offenem Kamin. Eine Serviererin bot ihnen zur Auswahl Rumpunsch oder Glühwein an. »Ich nehme den Rumpunsch«, sagte Susan, während sie sich aus der Jacke schälte.

Macon sagte: »Aber Susan.«

Sie funkelte ihn an.

»Na gut, dann zweimal«, sagte er zur Serviererin. Ein bißchen von dem süßen Zeug konnte doch wohl keinen großen Schaden anrichten.

Aber das süße Zeug mußte ausnehmend stark gewesen sein – oder Susan vertrug ausnehmend wenig Alkohol. Jedenfalls beugte sie sich schon nach zwei kleinen Schlucken schwankend zu ihm vor. »Das macht echt Spaß«, sagte sie. »Weißt du, Onkel Macon, ich mag dich mehr, als ich gedacht hätte.«

»Danke schön.«

»Früher habe ich dich für etepetete gehalten. Ethan hat uns oft zum Lachen gebracht, wenn er auf deinen Artischockenteller gezeigt hat.«

»Auf meinen Artischockenteller.«

Sie hielt sich den Mund mit den Fingerspitzen zu. »Entschuldigung«, sagte sie.

»Weshalb?«

»Ich wollte nicht über ihn sprechen.«

»Du kannst über ihn sprechen.«

»Ich will aber nicht«, sagte sie.

Sie starrte quer durch den Raum. Macon folgte ihrer Blickrichtung und entdeckte nur ein Spinett. Als er ihr die Augen wieder zuwandte, sah er, daß ihr Kinn zitterte.

Es wäre ihm nie in den Sinn gekommen, daß Ethan auch seinen Kusinen und seinem Vetter fehlte.

Nach einer Weile hob Susan ihren Becher und trank in großen Schlucken. Dann wischte sie sich die Nase mit dem Handrücken. »Heiß«, erklärte sie. Allem Anschein nach hatte sie sich wieder gefaßt.

Macon fragte: »Was war denn so lustig an meinem Artischockenteller?«

»Ach nichts.«

»Ich bin auch bestimmt nicht beleidigt. Was war so lustig?«

»Na ja, es war wie in der Geometriestunde. Jedes einzelne Blatt in einem tadellosen Kreis angeordnet, wenn du mit dem Essen fertig warst.«

»Aha.«

»Er hat *mit* dir gelacht, nicht über dich«, sagte Susan und sah ihn beklommen an.

»Nun, da ich selbst nicht gelacht habe, scheint mir diese Behauptung unrichtig zu sein. Aber wenn du damit meinst, daß er nicht unfreundlich gelacht hat, dann glaube ich dir.«

Sie seufzte und trank noch einen Schluck Rumpunsch.

»Niemand spricht über ihn«, sagte Macon. »Keiner von euch erwähnt je seinen Namen.«

»Tun wir, wenn du nicht dabei bist.«

»So?«

»Wir reden darüber, was er denken würde, weißt du. Zum Beispiel, als Danny den Führerschein gemacht hat oder als ich zum Halloweenball eingeladen war. Weißt du, wir haben uns immer zusammen über die Erwachsenen unheimlich lustig gemacht. Und Ethan war der lustigste; er hat uns immer zum Lachen gebracht. Und jetzt stehen wir da und werden selbst erwachsen. Wir möchten gerne wissen, was Ethan von uns denken würde, wenn er zurückkommen und uns sehen könnte. Ob er über *uns* lachen würde. Oder ob er sich – ausgeschlossen vorkäme. Als wären wir weitergegangen und hätten ihn zurückgelassen.«

Die Frau, die das Kleid im Kolonialstil anhatte, kam, um ihnen einen Tisch anzuweisen. Macon nahm seinen Rum mit, Susan hatte den ihrigen bereits ausgetrunken. Sie war ein bißchen unsicher auf den Beinen. Als die Serviererin sich erkundigte, ob sie die Weinkarte wünschten, schaute Susan ihren Onkel mit leuchtenden Augen an, aber Macon sagte klipp und klar: »Nein. Wir fangen gleich mit der Suppe an.« Er versprach sich von der Suppe einige Ernüchterung.

Doch Susan redete unbekümmert und unentwegt während der Suppe, während des Hauptgerichts, während der beiden Nachspeisen, zwischen denen sie sich nicht hatte entscheiden können, und während des starken schwarzen Kaffees, den Macon ihr anschließend verordnete. Sie redete über einen Jungen, den sie mochte, der sie entweder gleichfalls mochte oder ihr eine gewisse Sissy Pace vorzog. Sie redete über den Halloweenball, wo dieser echt kindische Achtkläßler die ganze Stereoanlage vollgereihert hatte. Sie kündigte an, sobald Danny achtzehn sein werde, gedächten sie zu dritt in eine eigene Wohnung zu ziehen, denn jetzt, da ihre Mutter in anderen Umständen sei (wovon Macon keine Ahnung gehabt hatte), würde sie gar nicht merken, daß die Kinder weg waren. »Das ist nicht wahr«, widersprach Macon. »Eure Mutter würde sich schrecklich grämen, wenn ihr euch selbständig macht.« Susan stützte eine Wange flapsig mit der Faust ab und sagte, sie sei nicht von gestern. Ihr Haar war im Laufe des Abends strubbeliger geworden, und sie sah aus wie elektrisch geladen. Macon gelang es nur mit Mühe, sie in ihre Jacke hineinzubugsieren, und er mußte sie, hinten am Kragen gepackt, mehr oder weniger im Gleichgewicht halten, während sie auf ein Taxi warteten.

In der Bahnhofshalle bekam sie einen schielenden Blick, und kaum saßen sie im Zug, schlief sie, den Kopf an die Fensterscheibe gelehnt, auch schon ein. Als er sie in Baltimore weckte, sagte sie:

»Du glaubst doch nicht, daß er sauer auf uns ist, Onkel Macon, oder?«

»Wer denn?«

»Glaubst du, er ist sauer auf uns, weil wir ihn langsam vergessen?«

»Aber nein, Kind. Ganz bestimmt nicht.«

Im Wagen schlief sie auf der ganzen Fahrt vom Bahnhof, und er fuhr ganz vorsichtig, um sie nicht zu wecken. Als sie zu Hause ankamen, sagte Rose, ihr scheine, er habe das arme Kind total überfordert.

»Sie müssen Ihren Hund so weit bringen, daß er in jeder Situation spurt«, sagte Muriel. »Auch draußen in der Öffentlichkeit. Sie müssen ihn vor einem öffentlichen Ort lassen können, und wenn Sie wiederkommen, sitzt er da und wartet. Das nehmen wir heute durch. Wir fangen damit an, daß er vor Ihrer eigenen Tür auf Sie wartet. In der nächsten Trainingsstunde versuchen wir es vor Läden und so.«

Sie nahm die Leine in die Hand, und alle drei traten vor die Tür. Es regnete, aber das Verandadach schützte sie vor der Nässe. Macon sagte: »Einen Moment noch, ich möchte Ihnen etwas zeigen.«

»Und zwar?«

Er klopfte zweimal mit dem Fuß. Edward machte ein betretenes Gesicht; er starrte auf die Straße und gab so etwas wie ein Hüsteln von sich. Dann knickte er langsam, ganz langsam die eine Vorderpfote ein. Dann die andere. Er ließ sich nach und nach nieder, bis er schließlich lag.

»Na also! Gut gemacht!« sagte Muriel und schnalzte mit der Zunge.

Edward legte die Ohren zurück, um sich tätscheln zu lassen.

»Ich habe ihn mir gestern vorgenommen«, sagte Macon. »Da Sonntag war, hatte ich nichts anderes zu tun. Als die Kinder meines Bruders dann zur Heimfahrt aufbrachen, hat Edward wie üblich geknurrt; ich habe also mit dem Fuß geklopft, und da lag er.«

»Ich bin stolz auf euch beide.«

Mit ausgestreckter Hand gebot sie Edward: »Bleib!« und trat rückwärts ins Haus zurück. »So, Macon, Sie kommen auch herein.«

Sie schlossen die Haustür. Muriel lüpfte die Spitzengardine und spähte hinaus. »Bis jetzt ist er liegengeblieben«, meldete sie.

Muriel kehrte der Tür den Rücken zu, musterte ihre Fingernägel und machte: »Tsk!« Winzige Regenperlen liefen an ihrem Regenmantel herunter, und das Haar stand ihr infolge der Feuchtigkeit in Korkenzieherform vom Kopf ab. »Eines Tages leiste ich mir eine professionelle Maniküre«, sagte sie.

Macon versuchte, an ihr vorbei hinauszusehen; er war nicht ganz überzeugt, daß Edward stillhalten würde.

»Haben Sie sich schon mal die Nägel maniküren lassen?«

»Ich? Gott bewahre, nein.«

»Manche Männer tun das aber.«

»Ich nicht.«

»Wenigstens einmal möchte ich alles professionell gemacht bekommen. Nägel, Haare ... Meine Freundin geht in einen Salon, wo sie einem die Haut mit dem Staubsauger absaugen. Alle Poren werden einfach abgesaugt, sagt sie. Dort möchte ich auch mal hin. Und ich möchte meine Farben bestimmen lassen. Welche Farbe mir zu Gesicht steht, welche nicht. Welche mich im besten Licht erscheinen läßt.«

Sie blickte zu ihm auf. Marcon hatte urplötzlich das Gefühl, daß sie gar nicht von Farben, sondern von etwas anderem gesprochen hatte. Anscheinend verwendete sie Wörter als eine Art von Hintergrundmusik. Er trat einen Schritt von ihr zurück. Sie sagte: »Sie hätten sich nicht zu entschuldigen brauchen neulich.«

»Entschuldigen?«

Dabei wußte er genau, worauf sie anspielte.

Sie schien es zu erraten und verzichtete auf Erklärungen.

»Äh – ich kann mich nicht erinnern, ob ich das jemals klargestellt habe«, sagte Macon, »aber ich bin noch nicht rechtskräftig geschieden.«

»Und?«

»Ich bin nur – wie nennt man das? Getrennt.«

»Ja? Und?«

Er wollte sagen: *Muriel, sei mir nicht böse, aber seit dem Tod meines Sohnes ist mir Sex vergällt. Hat seine Konsistenz verändert.* (Wie Milch, so dachte er es sich; wie Milch ihre Konsistenz verändert, wenn sie gerinnt und sauer wird.) *Sex kommt mir gar nicht mehr in den Sinn. Wirklich. Ich verstehe nicht mehr, warum man so viel Aufhebens davon gemacht hat. Jetzt finde ich das alles einfach zum Weinen.*

Statt dessen sagte er: »Ich fürchte, der Briefträger kommt bald.«

Sie sah ihn eine Weile an, und dann öffnete sie die Tür, um Edward hereinzulassen.

Rose strickte für Julian als Weihnachtsgeschenk einen Pullover. »Jetzt schon?« fragte Macon. »Erntedank ist doch eben erst vorbei.«

»Ja, aber das Muster ist ausgesprochen schwierig, und ich will es ordentlich machen.«

Macon beobachtete die flink arbeitenden Stricknadeln. »Ist dir noch nie aufgefallen«, sagte er, »daß Julian eigentlich Cardigans trägt?«

»Ja, das dürfte stimmen.«

Aber sie ließ sich nicht vom Stricken ihres Pullovers abhalten. Die Wolle war grau meliert. Sowohl Macon als auch seine Brüder besaßen Pullover in dieser Farbe. Julian hingegen trug meist Pastelltöne oder Marineblau. Julian kleidete sich wie ein Golfspieler. »Er bevorzugt die Sorte mit V-Ausschnitt«, gab er Rose zu bedenken.

»Was nicht heißt, daß er einen hochgeschlossenen nicht anzieht, wenn er ihn bekommt.«

»Schau«, sagte Macon. »Worauf ich hinauswill, ist . . .«

Roses Stricknadeln klapperten ruhig weiter.

»Er ist eigentlich ein rechter Playboy«, sagte er. »Ich weiß nicht, ob dir das klar ist. Und außerdem ist er jünger.«

»Zwei Jahre«, sagte sie.

»Aber er hat einen – wie soll ich es ausdrücken – jüngeren Lebensstil. Junggesellenwohnung und so weiter.«

»Das hat er angeblich alles satt.«

»O Gott.«

»Er sehnt sich angeblich nach Häuslichkeit. Er lobt mein Essen. Er kann es nicht fassen, daß ich ihm einen Pullover stricke.«

»So sieht er aus«, sagte Macon grimmig.

»Laß dir ja nicht einfallen, mir das zu verderben, Macon.«

»Liebes, ich will dich nur vor Enttäuschung bewahren. Was du am Erntedanktag gesagt hast, stimmt nämlich nicht. Es kommt *nicht* nur auf Liebe an. Man muß auch anderes in Betracht ziehen, alle möglichen anderen Sachverhalte.«

»Er hat meinen Truthahn gegessen, und ihm ist nicht schlecht geworden. Zwei große Portionen«, sagte Rose.

Macon ächzte und raufte sich das Haar.

»Zuerst versuchen wir es mit ihm auf einer richtig stillen Straße«, sagte Muriel. »Öffentlich zugänglich, aber nicht zu belebt. Irgendein versteckter, kleiner Laden.«

Sie fuhr ihren langen, grauen Straßenkreuzer. Macon saß vorn neben ihr, und Edward, die Ohren vor Wonne horizontal ausgestreckt, saß hinten. Edward freute sich immer, zu einer Autofahrt eingeladen zu werden, obgleich er bald reizbar wurde. (»Wie lange denn *noch*?« hörte man ihn fast jaulen.) Zum Glück fuhren sie nicht weit.

»Ich habe mir diesen Wagen wegen dem toll riesigen Kofferraum angeschafft«, sagte Muriel. Sie fegte schneidig um eine Biegung. »Den brauche ich für meine Botendienste. Raten Sie mal, was er gekostet hat.«

»Hm . . .«

»Bloß zweihundert Dollar. Weil er nämlich ein paar Reparaturen gebraucht hat, aber ich habe ihn zu einem Jungen gebracht, der in meiner Straße wohnt. Ich hab' zu ihm gesagt: ›Ich mache dir einen Vorschlag. Du bringst meinen Wagen in Ordnung, und dafür darfst du an drei Abenden in der Woche und den ganzen Sonntag damit fahren.‹ War das nicht eine gute Idee?«

»Sehr einfallsreich«, sagte Macon.

»Ich *mußte* mir etwas einfallen lassen. Seit Norman mich sitzengelassen hat, ging's immer nur von der Hand in den Mund, zum Leben zuwenig, zum Sterben zuviel.« Sie war in eine Parklücke vor einem kleinen Einkaufszentrum hineingefahren, traf aber keine Anstalten, auszusteigen. »Ich bin so manche Nacht wach gelegen und habe mir den Kopf zerbrochen, wie ich Geld verdienen könnte. Es war schon schlimm genug bei freier Unterkunft und Verpflegung, aber nach dem Tod von Mrs. Brimm ist es noch schlimmer geworden. Ihr Sohn hat das Haus geerbt, und ich mußte ihm Miete zahlen. Ihr Sohn ist ein alter Geizkragen. Hat immerzu mehr Geld verlangt. Also sage ich zu ihm: ›Passen Sie auf. Sie lassen die Miete so, wie sie ist, und ich verschone Sie mit der Instandhaltung. Die werde ich selbst übernehmen. Damit sparen Sie sich viel Ärger.‹ Er war einverstanden, aber jetzt sollten Sie mal sehen, was ich mir da eingebrockt habe. Wenn etwas kaputtgeht, was *ich* nicht reparieren kann, dann müssen wir damit leben. Undichtes Dach, verstopfter Ausguß, der Warmwasserhahn tropft, also übersteigt meine Gasrechnung alles Dagewesene, aber es hat wenigstens keine Mieterhöhung gegeben. Und ich habe ungefähr fünfzig Jobs, wenn man sie alle zusammenzählt. In der Beziehung kann ich von Glück reden, könnte man meinen. Ich habe einen Riecher für günstige Gelegenheiten. Wie die Ausbildung beim ›Braven Hund‹ oder ein andermal einen Massagekurs im Christlichen Verein junger Mädchen. Das mit der Massage war ein Reinfall, dafür braucht man angeblich eine Konzession und solchen Kram, aber das mit dem ›Braven Hund‹ hat sich rentiert. Und außerdem möchte ich so einen Materialsichtungs- und Nachschlag-Dienst aufziehen, weil ich ja allerhand mitgekriegt habe, wie ich der Schulbibliothekarin zur Hand gegangen bin. Hab' so rosa Kärtchen beschriftet und im Towson State College herumgereicht: ›Wir sichten – Sie dichten‹, steht drauf. Hab' die Dinger fotokopiert und per Post an jede Maryland-Adresse im Schriftstellerverzeichnis geschickt. *›Damen und Herren Literaturschaffende‹*, habe ich geschrieben. *Benötigen Sie eine lange, schleichende Krankheit, die eine Romangestalt zuverlässig und ohne* *häßliche Verunstaltung ins Jenseits befördert?* Bis jetzt hat noch niemand geantwortet, aber ich geb' die Hoffnung nicht auf. Zweimal schon habe ich einen kompletten Urlaub in Ocean City finanziert, indem wir einfach am Strand hin und her gegangen sind und den Leuten die Lunchpakete angeboten haben, die Alexander und ich jeden Morgen in unserem Hotelzimmer hergerichtet haben. Wir haben sie in Alexanders rotem Karren transportiert, und ich hab' gerufen: ›Kalte Getränke! Sandwiches! Treten Sie näher!‹ Und dabei sind die Dauerjobs nicht mitgezählt, das Miau-Wau beispielsweise oder vorher bei Fix-Kopie. Langweiliges, blödes Fix-Kopie; sie haben mir zwar erlaubt, daß ich Alexander mitbringen darf, aber da waren nur lauter Dokumente und so fades Zeug zu kopieren, eingelöste Schecks und Rechnungen und solcher Kleinkram. Ich war schon total demobilisiert.«

Macon regte sich und sagte: »Meinen Sie nicht etwa demoralisiert?«

»Genau. Wären Sie's nicht? Kopien von Briefen, Kopien von Zeugnissen, Kopien von Artikeln mit Anleitungen, wie man sich günstig eine Hypothek verschafft. Strickanleitungen, Häkelanleitungen, alles kriecht langsam und angeberisch aus der Maschine, wie wenn es weiß Gott was wäre. Dann hab' ich endlich Schluß gemacht. Als das mit der Ausbildung beim ›Braven Hund‹ geklappt hat, habe ich gesagt: ›Ich mache Schluß. Ich hab' die Nase voll!‹ Versuchen wir's doch mal vor dem Gemüseladen.«

Macon war einen Moment lang verwirrt. Dann sagte er: »Oh. Also gut.«

»Sie gehen in den Laden und befehlen Edward, er soll draußen sitzen bleiben. Ich warte hier im Wagen und werde aufpassen, ob er gehorcht.«

»Also gut.«

Er stieg aus und öffnete die hintere Tür, um Edward herauszulassen. Er führte ihn vor die Ladentür. Er klopfte zweimal mit dem Fuß. Edward schaute zwar geplagt drein, legte sich aber nieder. War das menschlich vertretbar angesichts des immer noch nassen Gehsteigs? Macon begab sich widerwillig in den Laden, wo es altmodisch nach braunen Papiertüten roch. Als er hinausschaute, gewahrte er Edwards herzzerreißende Miene; Edward hatte so etwas wie ein verdutztes, banges Lächeln aufgesetzt und ließ die Tür nicht aus den Augen.

Macon wanderte zwischen gestapeltem Obst und Gemüse herum, nahm einen Apfel in die Hand, begutachtete ihn und legte ihn zurück. Dann ging er wieder hinaus. Edward befand sich noch an Ort und Stelle! Muriel war inzwischen aus dem Wagen gestiegen, lehnte nun am Kotflügel und schnitt Grimassen in eine braune Plastikpuderdose. »Loben Sie ihn tüchtig!« rief sie und klappte die Puderdose zu. Macon schnalzte mit der Zunge und tätschelte Edward den Kopf.

Sie gingen zum Drugstore gleich nebenan. »Diesmal gehen wir beide hinein«, sagte Muriel.

»Kann man das wagen?«

»Früher oder später müssen wir es versuchen.«

Sie schlenderten an den Regalen mit Haarpflegemitteln vorbei, dann zurück zu den Kosmetika, wo Muriel haltmachte, um einen Lippenstift auszuprobieren. Macon sah im Geiste Edward gähnen, aufstehen und weglaufen. Muriel sagte: »Viel zu rosa.« Sie zog ein Papiertuch aus der Handtasche und rieb sich das Rosa ab. Ihr eigener Lippenstift blieb haften, als stammte nicht nur die Farbe aus den vierziger Jahren, sondern das ganze Patent – diese glanzlose, teigige Substanz, die an Kopfkissenbezügen, Servietten und den Rändern von Kaffeetassen immer Spuren hinterließ. Sie erkundigte sich: »Was haben Sie morgen zum Dinner vor?«

»Zum –?«

»Kommen Sie und essen Sie bei mir.«

Er blinzelte.

»Kommen Sie doch. Das wird lustig.«

»Äh –«

»Nur zum Essen. Sie, ich und Alexander. Sagen wir, um sechs. Singleton Street, Nummer sechzehn. Wissen Sie, wo das ist?«

»Ich glaube kaum, daß ich mich freimachen kann.«

»Überlegen Sie es sich.«

Sie gingen hinaus. Edward war noch da, allerdings auf den Beinen, und witterte gesträubten Fells in Richtung eines Chesapeake-Bay-Retrievers, der einen ganzen Häuserblock entfernt war. »Mist«, sagte Muriel. »Ausgerechnet jetzt, wo ich gedacht habe, daß es vorwärtsgeht.« Edward mußte sich auf ihr Geheiß noch einmal legen. Dann durfte er aufstehen, und sie setzten den Weg zu dritt fort. Macon fragte sich, wie bald er es anständigerweise wagen konnte, ihr zu sagen, er habe es sich inzwischen überlegt und sich erinnert, daß er anderweitig fest verabredet war. Sie bogen um eine Ecke. »Oh, da, ein Ramschladen!« sagte Muriel. »Meine größte Schwäche.« Sie klopfte mit dem Fuß, Edward legte sich nieder. »Diesmal gehe *ich* hinein«, sagte sie. »Ich will sehen, was die haben. Sie verkrümeln sich irgendwohin und passen auf, daß er nicht aufsteht wie vorhin.«

Sie ging in den Laden, während Macon sich zu den Parkuhren verdrückte. Edward wußte jedoch, wo Macon steckte. Er drehte immer wieder den Kopf nach ihm um und sah ihn flehend an.

Macon konnte sehen, wie Muriel vorn im Laden vergoldete Täßchen ohne Untertasse, angeschlagene grüne Glasvasen und scheußliche, aschenbechergroße Blechbroschen in die Hand nahm und zurücklegte. Dann gewahrte er sie undeutlich hinten im Laden, wo die Kleidungsstücke hingen. Sie tauchte auf und machte sich wieder unsichtbar wie ein Fisch in dunklem Wasser. Plötzlich erschien sie am Eingang und hielt einen Hut hoch. »Macon? Was meinen Sie dazu?« rief sie. Es handelte sich um einen verstaubten beigen Turban, an dessen Stirnseite ein Schmuckstein festgesteckt war, ein falscher Topas, groß wie ein Auge.

»Sehr interessant«, sagte Macon. Er begann allmählich zu frieren.

Muriel verschwand im Laden; Edward seufzte nur und bettete die Schnauze auf die Pfoten.

Ein halbwüchsiges Mädchen ging vorbei – ein Mädchen im Zigeunerlook mit mehreren Schichten von Volantröcken und einem lila Satinranzen, der über und über mit Grateful-Dead-Emblemen beklebt war. Edward spannte die Muskeln an. Er beobachtete jeden ihrer Schritte; er veränderte seine Positur, damit er ihr noch nachschauen konnte. Er gab jedoch keinen Laut von sich, und Macon – selbst gespannt – fühlte sich erleichtert, aber auch ein bißchen enttäuscht. Er war auf blitzschnelles Eingreifen gefaßt gewesen. Urplötzlich wurde es ungewöhnlich still; niemand kam des Weges. Er erlebte eine jener akustischen Täuschungen, denen er manchmal im Flugzeug oder in der Eisenbahn erlag. Er hörte Muriels Stimme, rauh und dünn, drauflosplappern. »Beim nächsten Ton ist es . . .« Und dann sang sie: »You will find your love in . . .« Und dann rief sie: »Kalte Getränke! Sandwiches! Treten Sie näher!« Es war, als hätte sie seinen Sinn mit ihren Geschichten durchwoben, ihn mit den feinen, stählernen Fäden ihres Lebenslaufs umsponnen – da war ihre Shirley-Temple-Kindheit; ihre anrüchige Mädchenzeit; Norman, der das Fliegengitter zum Fenster hinauswarf; Alexander, der wie ein Kätzchen maunzte; Muriel, wie sie sich dem Dobermannpinscher entgegenstellte und ihre lachsrosa Empfehlungskarten verteilte und einen Strand entlanghetzte, ganz schlackernde Glieder und flatterndes Haar, und ein rotes Wägelchen voller Lunchpakete hinter sich herzog.

Dann trat sie aus dem Ramschladen. »War viel zu teuer«, sagte sie zu Macon. »Braver Hund.« Sie schnipste mit den Fingern, für Edward das Signal zum Aufstehen. »Jetzt noch einen Test.« Sie ging voraus zum Wagen. »Wir probieren aus, wie es ist, wenn wir beide hineingehen. Und zwar unten beim Doktor.«

»Bei welchem Doktor?«

»Bei Doktor Snell. Ich muß Alexander abholen; ich möchte ihn in die Schule zurückbringen, nachdem ich Sie abgesetzt habe.«

»Wird es lange dauern?«

»Ach wo.«

Sie fuhren in südlicher Richtung; der Motor klopfte jetzt anders, als Macon es vorhin gehört hatte. Muriel parkte vor einem Haus in der Cold Spring Lane und stieg aus. Macon und Edward folgten ihr. »Also, ich weiß nicht, ob er fertig ist oder nicht«, sagte sie. »Wenn nicht, um so besser; dann hat Edward Gelegenheit zum Üben.«

»Haben Sie nicht gesagt, es wird nicht lange dauern?«

Das schien sie nicht gehört zu haben.

Sie ließen Edward auf dem Platz zwischen den Eingangsstufen und der Tür sitzen und begaben sich ins Wartezimmer. Die Sprechstundenhilfe war eine grauhaarige Frau mit flitterbesetzter Brille, die an einer Kette aus imitierten Skarabäen baumelte. Muriel erkundigte sich: »Ist Alexander schon dran?«

»Muß jeden Moment kommen.«

Muriel angelte sich eine Zeitschrift und nahm Platz, Macon blieb stehen. Er hob eine Lamelle der Jalousie an, um nach Edward zu sehen. Ein Mann, der unweit auf einem Stuhl saß, warf ihm einen mißtrauischen Blick zu. Macon kam sich vor wie einem Gangsterfilm entstiegen – wie eine jener zwielichtigen Gestalten, die eine Gardine lüpft, um sich zu überzeugen, ob die Luft rein ist. Er ließ die Lamelle los. Muriel las einen Artikel unter der Überschrift: ›Legen Sie die neuen, sinnlich umschatteten Augen auf!‹ Illustriert mit Bildern von verschiedenen, mißgünstig blickenden Fotomodellen.

»Wie alt ist Alexander, sagen Sie?« fragte Macon.

Sie schaute auf. Ihre Augen, bar jeder kosmetischen Verschönerung, wirkten im Vergleich zu den in der Zeitschrift abgebildeten besorgniserregend nackt.

»Sieben«, antwortete sie.

Sieben.

Mit sieben hatte Ethan radfahren gelernt.

Macon wurde von einer jener Erinnerungen heimgesucht, die einem in die Haut schneiden und die Muskeln überanstrengen. Er spürte, wie ihm der Sitz von Ethans Fahrrad gegen die Hand drückte – der eingebogene hintere Rand, den man festhält, wenn man ein Fahrrad im Gleichgewicht halten will. Er spürte, wie ihm während des Laufens der Gehsteig klatschend an die Sohlen schlug. Er spürte, wie er losließ, den Schritt verlangsamte, stehenblieb, die Arme in die Hüften stützte und rief: »Jetzt hast du's geschafft! Du hast es geschafft!« Und Ethan radelte von ihm fort, stark und stolz und mit geradem Rücken, und sein Haar glänzte im Licht, bis er unter einer Eiche dahinfuhr.

Macon setzte sich neben Muriel. Sie sah ihn schräg an und fragte: »Haben Sie es sich überlegt?«

»Hmm?«

»Haben Sie sich überlegt, ob Sie zum Abendessen kommen wollen?«

»Oh.« Dann sagte er: »Also, ich könnte kommen. Wenn es beim Abendessen bleibt.«

»Was denn sonst?« Sie lächelte ihm zu und warf das Haar zurück.

Die Sprechstundenhilfe sagte: »Hier ist er.«

Gemeint war ein kleiner, weißer, schwächlicher Junge, dessen Schädel wie rasiert aussah. Seine Haut war so straff gespannt, daß man den Eindruck gewann, sie hätte für sein Gesicht sonst nicht ausgereicht; sein Mund war unschön in die Breite gezogen, jeder Knochen und jeder Knorpel trat deutlich hervor. Seine leicht hervorquellenden, rotgeränderten Augen waren hellblau und wimpernlos und wurden von spiegelnden Brillengläsern vergrößert, deren durchsichtige Fassung leider selbst ins Rötliche spielte. Er trug eine Hemd-und-Hose-Kombination in sorgfältig aufeinander abgestimmten Farben, wie sie nur eine Mutter ausgesucht haben konnte.

»Wie war's?« fragte Muriel.

»Okay.«

»Schätzchen, das ist Macon. Sagst du ›Tag‹ zu ihm? Ich trainiere seinen Hund.«

Macon stand auf und streckte die Hand aus. Alexander reagierte mit Verzögerung. Seine Finger fühlten sich an wie welke grüne Bohnen. Er zog die Hand zurück und sagte zu seiner Mutter: »Du mußt einen neuen Termin ausmachen.«

»Versteht sich.«

Sie ließ Macon mit Alexander allein und ging zur Sprechstundenhilfe hinüber. Macon konnte sich nicht vorstellen, daß es auf der Welt etwas gab, worüber er mit diesem Kind hätte sprechen können. Er strich sich ein Blatt vom Ärmel. Er zupfte an seinen Manschetten. Er sagte: »Du bist noch so klein und traust dich ohne deine Mutter zum Doktor?«

Alexander gab keine Antwort, aber Muriel, die wartete, während die Sprechstundenhilfe im Terminkalender blätterte, drehte sich um und antwortete an seiner Stelle: »Er ist daran gewöhnt, weil es so oft sein muß. Er hat diese Allergien.«

»Ach so«, sagte Macon.

Ja, er war genau der Typ, der an Allergien litt.

»Er ist allergisch gegen Schellfisch, Milch, Obst von jeder Sorte, Weizen, Eier und das meiste Gemüse«, sagte Muriel. Sie nahm von der Sprechstundenhilfe ein Kärtchen entgegen und steckte es in die Handtasche. Beim Hinausgehen sagte sie: »Er ist allergisch gegen Staub und Blütenstaub und Farbe, und es besteht einiger Verdacht, daß er auch gegen Luft allergisch ist. Jedesmal, wenn er längere Zeit draußen ist, bekommt er an allen unbedeckten Körperstellen solche Beulen.«

Sie bedachte Edward mit einem Zungenschnalzen und schnippte mit den Fingern. Edward sprang auf. »Nicht streicheln«, warnte sie Alexander. »Du weißt nicht, was du von Hundehaar bekommst.«

Sie stiegen in den Wagen. Macon saß hinten, damit Alexander den Vordersitz einnehmen konnte, von Edward so weit entfernt wie möglich. Während der Fahrt mußten alle Fenster offenbleiben, damit Alexander nicht in Atemnot geriet. Muriel rief durch das Windgebrause: »Er ist anfällig für Asthma, Ekzeme und Nasenbluten. Er braucht ewig Spritzen. Wenn er jemals von einer Biene gestochen wird und seine Spritzen nicht bekommen hat, kann er in einer halben Stunde tot sein.«

Alexander drehte langsam den Kopf nach hinten und starrte Macon an. Er machte ein affektiertes, kritisches Gesicht.

Als sie vor dem Haus hielten, sagte Muriel: »Also, wie haben wir's? Morgen bin ich ganztags im Miau-Wau . . .« Sie fuhr sich mit der Hand durchs Haar, das wirr und zerrauft war. »Dann sehe ich Sie wahrscheinlich erst zum Abendessen.«

Macon zermarterte sich den Kopf, wie er ihr beibringen sollte, daß er sich nie zu diesem Abendessen durchringen würde. Er liebte seine Frau. Er vermißte seinen Sohn. Nur diese beiden waren wirkliche Menschen für ihn. Es war zwecklos, sich nach Ersatz umzusehen.

11

Muriel Pritchett, so stand es im Teilnehmerverzeichnis. Kühn und keck: Muriel kam ohne verschämte Initiale aus. Macon machte mit dem Stift einen Kreis um die Nummer. Jetzt war der Anruf fällig. Es war neun Uhr abends. Alexander lag wohl schon im Bett. Macon hob den Hörer ab.

Aber was wollte er bloß sagen?

Am besten freilich, man redete geradeheraus, das war nicht so kränkend; hatte Großmutter Leary ihnen das nicht immer gepredigt? *Muriel, voriges Jahr ist mein Sohn gestorben, und mir scheint, ich bin nicht ... Muriel, das hat nichts mit dir persönlich zu tun, aber ich habe wirklich keine ...*

Muriel, ich kann nicht. Ich kann einfach nicht.

Seine Stimme war anscheinend eingerostet. Er hielt den Hörer ans Ohr, aber in seiner Kehle staken große, scharfkantige Klumpen Rost.

Er hatte eigentlich nie laut ausgesprochen, daß Ethan tot war. Wozu auch; es stand ja in der Zeitung (Seite drei, Seite fünf), Freunde hatten es anderen Freunden erzählt, Sarah hatte herumtelefoniert ... Es hatte sich also erübrigt, die Sache beim Namen zu nennen. Wie sollte er es jetzt in Worte kleiden? Vielleicht gelang es ihm, Muriel so weit zu bringen. *Bitte, beenden Sie den Satz: Ich hatte einen Sohn, aber er ist* – »Was ist er?« würde sie fragen. »Ist er zu Ihrer Frau gezogen? Ist er weggelaufen? Ist er gestorben?« Macon würde nicken. »*Wie* ist er denn gestorben? War es Krebs? War es ein Autounfall? War es ein Neunzehnjähriger mit einer Pistole in einem Burger Bonanza Restaurant?«

Er legte auf.

Er ging und erbat sich von Rose Briefpapier, und sie gab ihm welches aus ihrem Schreibtisch. Er nahm es mit zum Eßzimmertisch, setzte sich und schraubte den Füller auf. *Liebe Muriel,* schrieb er. Und starrte dann das Blatt an.

Komischer Name.

Wer kam schon auf die Idee, ein winziges Neugeborenes Muriel zu nennen?

Er betrachtete den Füller. Es war ein Parker aus Lackarbeit in einem wirbeligen Schildpattmuster und mit einer komplizierten goldenen Schreibfeder, deren Form ihm gefiel. Er betrachtete Roses Briefpapier. Cremefarben. Mit Büttenrand. Bütten! Was für ein ausgefallenes Wort!

Also.

Liebe Muriel,

leider sehe ich mich außerstande, schrieb er, *bei Ihnen zum Dinner zu erscheinen. Es ist etwas dazwischengekommen.* Er unterzeichnete *Mit dem Ausdruck des Bedauerns, Macon.*

Großmutter Leary hätte das nicht gutgeheißen.

Er klebte den Umschlag zu und steckte ihn in die Hemdtasche. Dann ging er in die Küche, wo Rose einen großen Stadtplan mit Reißzwecken an der Wand befestigt hatte.

Während der Fahrt durch das Labyrinth der verschmutzten, holperigen dunklen Straßen im Süden der Stadt fragte Macon sich, wie Muriel sich in dieser Wohngegend sicher fühlen konnte. Es gab zu viele finstere Gäßchen und Treppenschächte voll Unrat und Torwege, die mit zerflederten Plakaten tapeziert waren. Die vergitterten Läden mit den linkisch beschrifteten Schildern boten Dienstleistungen an, die dubios klangen: SCHECKINKASSO AUF VERTRAUENSBASIS; TINY BUBBA'S EINKOMMENSTEUER, NEUER AUTOLACK INNERHALB EINES TAGES. Selbst noch so spät an diesem kalten Novemberabend lungerten Menschen in den Schatten herum – junge Männer, die aus Flaschen in braunen Papiertüten tranken, ältliche Frauen, die vor einem Kino unter dem Schirmdach stritten, auf dem GESCHLOSSEN zu lesen stand.

Er bog in die Singleton Street ein und entdeckte einen Komplex von Reihenhäusern, an denen man gespart zu haben schien. Die Dächer waren flach, die Fenster ohne Vertiefung in die Wand eingesetzt. Es gab nichts Überflüssiges, keine Materialvergeudung durch Vorsprünge oder Stuckverzierungen, es gab keinerlei Großzügigkeit. Die meisten waren mit Platten verkleidet, aber die Ziegel von Nummer 16 hatte man mit einer gummiartigen kastanienbraunen Farbe gestrichen. Eine orangefarbene insektensichere Birne glomm über dem Vortreppchen.

Er stieg aus dem Wagen und ging die Stufen hinauf. Er öffnete die Außentür aus schartigem Aluminium. Sie rasselte ordinär und kreischte in den Angeln. Er zuckte zusammen. Er zog den Brief aus der Tasche und bückte sich.

»Ich hab' hier drin eine doppelläufige Flinte«, sagte Muriel im Innern des Hauses, »und ich ziele direkt dorthin, wo dein Kopf ist.«

Er richtete sich jäh auf. Sein Herz begann zu hämmern. (Ihre Stimme klang so ruhig, wie sie wohl auch die Flinte hielt.) Er sagte: »Hier ist Macon.«

»Macon?«

Das Schnappschloß klickte, und die Innentür schwang einen Spalt breit auf; ein schmaler Streifen Muriel in einem dunklen Morgenrock wurde sichtbar. Sie sagte: »Macon! Was machen Sie denn hier?«

Er reichte ihr den Brief.

Sie nahm ihn und öffnete ihn, und zwar mit beiden Händen. (Von Flinte keine Spur.) Sie las und blickte Macon an.

Er merkte, daß er es ganz falsch gemacht hatte.

»Voriges Jahr«, sagte er, »ist mein – habe ich – einen Verlust erlitten ... Ja, ich habe meinen ...«

Sie schaute ihm unverwandt ins Gesicht.

»Ich habe meinen Sohn verloren«, sagte Macon. »Man hat ihn ... Er war in einem Hamburger-Lokal, und dann – dann ist jemand gekommen, ein Räuber, und hat ihn erschossen. Ich kann nicht zu anderen Leuten zum Essen gehen! Ich kann mich nicht mit ihren kleinen Jungen unterhalten. Muriel, Sie dürfen mich nicht mehr einladen. Ich möchte Sie nicht kränken, aber das übersteigt meine Kräfte, hören Sie mich?«

Sie faßte ihn behutsam am Handgelenk und zog ihn ins Haus, durch die noch halb geschlossene Tür, so daß er das Gefühl hatte, irgendwo hindurchzuschlüpfen, irgend etwas knapp zu umgehen. Sie schloß die Tür hinter ihm zu. Sie legte die Arme um ihn und drückte ihn an sich.

»Jeden Tag sage ich mir, es ist Zeit, daß ich es endlich verwinde«, sprach er über ihren Kopf hinweg. »Ich weiß, daß alle

Leute das von mir erwarten. Früher haben sie ihr Mitgefühl bekundet, aber das ist vorbei; sie erwähnen nicht einmal mehr seinen Namen. Sie meinen, mein Leben sollte endlich weitergehen. Statt dessen wird es immer schlimmer mit mir. Das erste Jahr war wie ein böser Traum – ich stand schon dicht vor seiner Schlafzimmertür, um ihn zu wecken, bevor mir einfiel, daß er nicht da war. Aber dieses zweite Jahr ist Wirklichkeit. Ich gehe nicht mehr an seine Tür. Manchmal lasse ich einen ganzen Tag verstreichen, ohne an ihn zu denken. Dieses Nicht-da-sein ist schrecklicher als das vorherige, irgendwie. Und man sollte meinen, ich suche Zuflucht bei Sarah, aber nein, wir fügen einander bloß Leid zu. Ich bin überzeugt, daß Sarah glaubt, ich hätte irgendwie verhindern können, was geschehen ist – sie ist so daran gewöhnt, daß ich ihr Leben organisiere. Wer weiß, ob all das nicht die Wahrheit über uns ans Tageslicht gebracht hat – wie fremd wir einander sind. Ich fürchte, wir haben geheiratet, *weil* wir einander so fremd sind. Und jetzt bin ich *allen* fremd. Ich habe keine Freunde mehr, und jeder Mensch kommt mir trivial und albern und beziehungslos vor.«

Sie zog ihn durchs Wohnzimmer, wo über einer einsamen, mit Perlen verzierten Leuchte Schatten herrschte und eine aufgeschlagene Illustrierte mit den Titelseiten nach oben auf der Couch lag. Sie führte ihn die Treppe hinauf und durch den Flur in ein Schlafzimmer mit einem Eisenbett und einer orangefarben lackierten Kommode.

»Nein«, sagte er. »Warten Sie. Das will ich nicht.«

»Sie sollen nur schlafen«, sagte sie. »Sich hinlegen und schlafen.«

Sie zog ihm den Dufflecoat aus und hängte den Mantel an einen Haken in dem Wandschrank hinter einem Vorhang aus geblümtem Kattun. Sie kniete nieder und löste ihm die Schnürsenkel. Er streifte die Schuhe folgsam ab. Sie erhob sich, um ihm das Hemd aufzuknöpfen, und er ließ es mit baumelnden Armen über sich ergehen. Sie hängte seine Hose über eine Stuhllehne. Er sank in der Unterwäsche aufs Bett, und sie deckte ihn mit einer dünnen, lappigen Steppdecke zu, die nach Schweineschmalz roch.

Dann hörte er sie im Haus umhergehen, Lampen ausknipsen, Wasser laufen lassen, in einem anderen Zimmer murmeln. Sie kam zurück und stellte sich vor die Kommode. Ohrringe wurden leise klingelnd in eine Schale gelegt. Ihr Morgenrock war alt und aus brüchiger Seide im Farbton tiefdunklen Sherrys. Eine Kordel hielt ihn in der Taille zusammen, die Ärmel waren an den Ellbogen ungeschickt gestopft. Sie drehte die Lampe aus. Dann kam sie herüber zum Bett, hob die Steppdecke an und glitt darunter. Er war nicht überrascht, als sie sich an ihn drängte. »Ich will nur schlafen«, sagte er. Aber da war diese faltige Seide. Er fühlte, wie kühl und fließend die Seide war. Er legte die Hand auf ihre Hüfte und fühlte ihre zwei Schichten, Kühle über Wärme. Er sagte: »Willst du das nicht ausziehen?«

Sie schüttelte den Kopf. »Ich geniere mich«, flüsterte sie, doch gleich darauf, als wollte sie es in Abrede stellen, drückte sie den Mund an seinen Mund und schlang die Arme um ihn.

In der Nacht hörte er ein Kind husten und tauchte widerstrebend durch Traumschichten empor, um nachzusehen. Er war jedoch in einem Raum mit einem einzigen hohen, blauen Fenster, und das Kind war nicht Ethan. Er drehte sich auf die andere Seite und entdeckte Muriel. Sie seufzte im Schlaf, nahm seine Hand und legte sie sich auf den Bauch. Der Morgenrock war auseinandergeklafft; er fühlte glatte Haut und dann einen welligen Wulst, der quer über ihren Unterleib verlief. Der Kaiserschnitt, dachte er. Und als er wieder in seine Träume zurücksank, war ihm, als hätte sie so gut wie laut gesprochen. *Was deinen Sohn betrifft,* schien sie zu sagen: *Leg einfach die Hand her. Auch ich habe eine Narbe. Wir alle haben Narben. Du bist nicht der einzige.*

12

»Ich versteh' dich nicht«, sagte Rose zu Macon. »Erst sagst du, ja, du bleibst den ganzen Nachmittag hier, und dann sagst du wieder nein. Wie soll ich planen, wenn du so sprunghaft bist?«

Sie faltete gerade Leinenservietten, die sie auf dem Tisch stapelte, in Vorbereitung ihres alljährlichen Tees für die alten Leute. Macon entgegnete: »Tut mir leid, Rose, daß es dir so viel ausmacht.«

»Gestern abend hast du etwas zu essen verlangt, und dann bist du nicht hiergewesen. An drei verschiedenen Tagen in den letzten zwei Wochen wollte ich dich zum Frühstück herunterholen und mußte feststellen, daß du gar nicht in deinem Bett geschlafen hast. Meinst du, ich mache mir keine Sorgen? Es hätte ja wer weiß was geschehen sein können.«

»Ich habe doch gesagt, es tut mir leid.«

Rose glättete den Serviettenstapel.

»Man merkt gar nicht, wie die Zeit vergeht«, sagte er. »Du weißt, wie das ist. Ich meine, zuerst habe ich gar nicht die Absicht, wegzugehen, aber dann denke ich mir: ›Ach, vielleicht nur ganz kurz‹, und eh ich's mich versehe, wird es so spät, viel zu spät zum Autofahren, und ich denke mir ›Ach was . . .‹«

Rose wandte sich rasch ab und ging zur Anrichte. Sie begann, Löffel zu zählen. »Ich frage nicht nach deinem Privatleben«, sagte sie.

»Mir ist aber ganz so.«

»Ich muß lediglich wissen, wieviel Essen ich kochen soll, das ist alles.«

»Ich könnte es dir nicht verdenken, wenn du neugierig wärst«, sagte Macon.

»Ich muß lediglich wissen, wie viele Frühstücksportionen ich anrichten soll.«

»Glaubst du, ihr drei könnt mir etwas vormachen? Wann immer sie wegen Edward hier ist, kommen alle zum Vorschein. Schleichen durchs Wohnzimmer – ›Suche nur die Kneifzange, laßt euch nicht stören!‹ Fegen die ganze Veranda, sobald wir Edward spazieren führen.«

»Kann ich etwas dafür, daß die Veranda schmutzig war?«

»Ich will dir eines verraten«, sagte er. »Morgen abend bin ich bestimmt zum Essen da. Das verspreche ich dir. Du kannst dich darauf verlassen.«

»Ich verlange nicht von dir, daß du bleibst, wenn du nicht willst.«

»Natürlich will ich! Nur heute abend gehe ich weg«, sagte er. »Aber nicht für lange, das weiß ich schon jetzt. Wetten, daß ich vor zehn zu Hause bin?«

Doch er hörte selbst, wie unwahr und seicht das klang, und er sah, wie Rose den Blick senkte.

Er kaufte eine große Pizza »mit allem« und nahm sie im Wagen mit in die Stadt. Der Duft machte ihn so hungrig, daß er bei jedem Rotlicht ein Stückchen vom Belag naschte – ein Zipfelchen Pepperoni, ein Sichelchen Champignon. Seine Finger wurden ganz klebrig, aber er fand sein Taschentuch nicht. So wurde auch das Lenkrad gewissermaßen im Handumdrehen klebrig. Vor sich hin summend, fuhr er vorbei an Autoreifenhandlungen, Spirituosenhandlungen, Schuh-Discount-Handlungen, an der Firma »Neueste Modeartikel«. Er kürzte sich den Weg durch ein Gäßchen ab und holperte zwischen zwei Reihen von Hinterhöfen dahin – winzige Gevierte, angefüllt mit Schaukeln und verrosteten Autoteilen und verkümmerten, gefrorenen Sträuchern. Er bog in die Singleton Street ein und hielt hinter einem Pritschenwagen voller verschimmelter Teppichrollen.

Die Zwillingstöchter des Nachbarn hockten auf dem Vortreppchen ihres Hauses – auffällige Sechzehnjährige in Jeans, die so stramm saßen wie Wursthäute. Zum Draußensitzen war es eigentlich zu kalt, aber das war kein Hinderungsgrund für sie. »Hallo, Macon«, leierten sie herunter.

»Hallo, ihr beiden.«

»Sie gehen Muriel besuchen?«

»Das hab' ich vor.«

Die Pizza waagerecht haltend, stieg er Muriels Stufen hinauf und klopfte an die Tür. Debbie und Dorrie ließen ihn nicht aus den Augen. Er zeigte ihnen breitlächelnd die Zähne. Die beiden paßten gelegentlich auf Alexander auf; er mußte nett zu ihnen sein. Alexander wurde anscheinend von der halben Nachbarschaft gehütet. Macon hatte Muriels weitverzweigte Dispositionen noch immer nicht durchschaut.

Alexander war's, der die Tür öffnete. »Der Pizza-Mann ist da!« meldete Macon.

»Mama telefoniert«, sagte Alexander lapidar. Er drehte sich um und trapste, sich die Brille zurechtrückend, zur Couch. Er hatte offenbar ferngesehen.

»Extra groß mit allem außer Anchovis.«

»Ich bin allergisch gegen Pizza.«

»Gegen welchen Teil?«

»Eh?«

»Gegen welchen Teil bist du allergisch? Gegen die Pepperoni? Die Salami? Die Champignons? Die können wir wegnehmen.«

»Gegen alles«, sagte Alexander.

»Du kannst nicht gegen alles allergisch sein.«

»Bin ich aber.«

Macon ging in die Küche. Muriel stand mit dem Rücken zu ihm am Telefon und sprach mit ihrer Mutter. Das erkannte er an ihrem hohen, traurigen, vorwurfsvollen Stimmklang. »Du fragst gar nicht, wie es Alexander geht? Willst du denn nichts über seinen Hautausschlag erfahren? Ich erkundige mich immer, wie es um *deine* Gesundheit steht, warum erkundigst du dich also nie nach der unseren?«

Er trat geräuschlos hinter sie. »Du hast nicht mal gefragt, wie es bei seinem Augenarzt ausgegangen ist«, sagte sie, »und ich hab' mir deswegen solche Sorgen gemacht. Manchmal könnte ich schwören, daß du ihn überhaupt nicht für deinen Enkel hältst! Wie ich mir damals den Knöchel verrenkt hab', als ich aus dem Schuh gekippt bin und dich angerufen habe, ob du auf ihn aufpassen kannst, was hast du da gesagt? Hast gesagt: ›Damit wir uns richtig verstehen. Du verlangst also, ich soll das ganze Stück Wegs bis zu dir ins Haus kommen.‹ Man könnte meinen, Alexander geht dich überhaupt nichts an!«

Macon stellte sich vor sie und präsentierte ihr die Pizza. »Tada!« flüsterte er. Sie blickte auf und schenkte ihm ihr typisches, kesses Lächeln – ein dekoratives viktorianisches V.

»Ma«, sagte sie, »ich muß jetzt aufhören – Macon ist da!«

Es war lange, lange her, daß jemand ihm so einen Empfang bereitet hatte.

Am Montagnachmittag fuhr er zu Julian ins Büro und lieferte den fertiggestellten Teil des USA-Ratgebers ab. »Damit ist der Nordwesten erledigt«, sagte er. »Als nächstes gedenke ich mir den Süden vorzunehmen.«

»Gut«, stimmte Julian zu. Er bückte sich hinter den Schreibtisch und kramte in einer Schublade. »Ausgezeichnet. Ich möchte dir etwas zeigen, Macon. Also wo zum Teufel – ah.«

Er richtete sich geröteten Gesichts auf und reichte Macon eine winzige blausamtene Schatulle. »Das Weihnachtsgeschenk für deine Schwester.«

Macon klappte den Deckel zurück. Drinnen lag, auf weißen Satin gebettet, ein Brillantring. Macon sah Julian an.

»Was ist das?« fragte er.

»Was ist *was*?«

»Ich meine, ist das ein ... Wie würdest du es nennen – Dinnerring? Oder soll das vielmehr ...«

»Das ist ein Verlobungsring, Macon.«

»Ein Verlobungsring?«

»Ich will sie heiraten.«

»Du willst Rose heiraten?«

»Was ist daran so verwunderlich?«

»Tja, ich–«, sagte Macon.

»Falls sie einverstanden ist, heißt das.«

»Was, du hast sie noch nicht gefragt?«

»Ich frage sie zu Weihnachten, wenn ich ihr den Ring überreiche. Ich will das machen, wie es sich gehört. Altmodisch. Glaubst du, sie nimmt mich?«

»Also, das weiß ich wirklich nicht.« Macon war leider überzeugt, daß sie ihn sehr wohl nehmen würde, aber eher sollte ihn der Teufel holen, bevor er ihm das eingestand.

»Sie muß«, sagte Julian. »Ich bin sechsunddreißig Jahre alt, Macon, aber ich sage dir, ich bin in diese Frau verknallt wie ein Schuljunge. Sie hat alles, was diese Mädchen in meinem Appartementhaus nicht haben. Sie ist so – echt. Soll ich dir was verraten? Ich habe noch nicht mal mit ihr geschlafen.«

»Davon will ich lieber nichts hören«, sagte Macon hastig.

»Ich möchte, daß wir eine richtige Hochzeitsnacht haben«, fuhr Julian fort. »Ich möchte alles richtig machen. Ich möchte in eine richtige Familie einheiraten. Gott, Macon, ist es nicht erstaunlich, wie zwei einzelne Leben sich verknüpfen können? Ich meine, zwei *Verschiedenartigkeiten*? Was hältst du von dem Ring?«

Macon antwortete: »Ist schon okay.« Er sah den Ring an. Dann sagte er: »Er ist sehr hübsch, Julian«, schloß das Schächtelchen behutsam und gab es zurück.

»Also, das ist kein reguläres Flugzeug«, belehrte Macon Muriel. »Damit du dir keine falschen Vorstellungen machst. Das hier ist ein sogenanntes Pendelflugzeug. Das ist eine Maschine, mit der ein Geschäftsmann schnell mal in die nächste größere Stadt einen Tagesausflug macht, dort ein paar Geschäfte erledigt, und wieder zurückfliegt.«

Das Flugzeug, von dem er sprach – ein kleines fünfzehnsitziges, einem Moskito nicht unähnlich –, stand gleich vor der Tür des Warteraums. Ein Mädchen in einem Parka verstaute gerade Gepäckstücke darin. Ein Junge überprüfte etwas an den Tragflächen. Diese Fluglinie wurde offenbar von Minderjährigen betrieben. Sogar der Pilot wirkte auf Macon wie ein Teenager. Er kam in den Warteraum, eine Klemmtafel im Arm. Er verlas eine Namensliste. »Marshall? Noble? Albright?« Die Passagiere traten einer nach dem anderen vor – insgesamt acht bis zehn. Der Pilot sagte zu jedem einzelnen: »Na, wie geht's, wie steht's?« Am längsten ließ er den Blick auf Muriel ruhen. Entweder fand er sie ausnehmend attraktiv, oder er war von ihrer Aufmachung geblendet. Sie trug ihre Schuhe mit den höchsten Absätzen, dazu schwarze, gemusterte Strümpfe mit durchbrochenen Rosen und einen frechen, fuchsiaroten Fummel unter einer flauschigen Jacke, die sie als ihren »Fun Fur« bezeichnete. Sie hatte das Haar ganz nach einer Seite zu einem großen Tuff von Gestruwwel frisiert, und ihre Augenlider waren silbrig bestäubt. Macon wußte sehr wohl, daß sie des Guten zuviel getan hatte, doch zugleich freute es ihn, daß ihr der Anlaß den Aufwand wert war.

Der Pilot öffnete und arretierte die Tür, und sie folgten ihm hinaus, über einen schmalen Streifen Beton und zwei wackelige Stufen hinauf ins Flugzeug. Macon mußte sich tief bücken, als er durch den Mittelgang ging. Sie schoben sich zwischen zwei Reihen von Einzelsitzen vorwärts, die in ihrer Dürftigkeit Klappstühlen glichen. Sie fanden zwei freie, allerdings durch den Gang getrennte Plätze nebeneinander und setzten sich. Andere Passagiere drängten sich schnaufend und überall aneckend an ihnen vorbei. Als letzter kam der Copilot, der runde, weiche Babywangen hatte und eine Dose Diät-Pepsi in der Hand hielt. Er schlug die Tür hinter sich zu und begab sich nach vorn zu den Instrumenten. Das Cockpit war nicht einmal durch einen Vorhang abgetrennt. Macon brauchte sich nur in den Gang hinauszubeugen und sah das Armaturenbrett mit all den Schaltern und Meßinstrumenten vor sich, den Piloten, der seine Kopfhörer zurechtrückte, und den Copiloten, der einen letzten Schluck trank und die leere Dose auf den Boden stellte.

»Also, in einem größeren Flugzeug«, rief Macon zu Muriel hinüber, während die Motoren aufbrüllten, »merkt man kaum, daß es abhebt. Aber hier halt dich lieber fest!«

Muriel, die Augen weit aufgerissen, nickte und klammerte sich an den Sitz vor ihr. »Was ist das für ein Licht, das vor dem Piloten blinkt?« fragte sie.

»Ich weiß nicht.«

»Was ist das für eine Nadel, die dort immerzu rundum läuft?«

»Ich weiß nicht.«

Er merkte, daß er sie enttäuscht hatte. »Ich bin Jets gewöhnt, nicht solches Spielzeug«, erklärte er. Sie nickte abermals, gab sich damit zufrieden. Macon mußte sich eingestehen, daß er wirklich ein welterfahrener und weitgereister Mann war.

Das Flugzeug setzte sich in Bewegung. Jeder Kieselstein auf der Rollbahn brachte es zum Rütteln; bei jeder Erschütterung lief ein Knistern durchs Rumpfwerk. Die Maschine kam in Fahrt. Die Besatzung, plötzlich ganz professionelle Würde, nahm an den Instrumenten komplizierte Manipulationen vor. Die Räder hoben vom Boden ab. »Oh!« rief Muriel und wandte sich, übers ganze Gesicht strahlend, Macon zu.

»Wir sind gestartet«, sagte er.

»Ich fliege!«

Die Maschine stieg – mit einiger Mühe, wie es Macon schien – und flog aufwärts über die Felder, die an den Flugplatz grenzten, über ein Wäldchen und ein Häusernetz. Aufstellbare Planschbecken tüpfelten die Hinterhöfe hie und da wie hellblaue Heftzwecken. Muriel drückte sich so eng an ihr Fenster, daß sich ihr Atem als runder Hauch an der Scheibe niederschlug. »Sieh nur!« sagte sie zu Macon, und dann sagte sie noch etwas, was er nicht hörte. Die Motoren dieses Flugzeugs waren laut und mißtönend, und die Pepsi-Dose rollte scheppernd herum, und zudem schrie der Pilot dem Copiloten etwas über seinen Kühlschrank zu. »Ich wache also mitten in der Nacht auf«, brüllte er, »und das verfluchte Ding poltert und ballert –«

Muriel sagte: »Das wäre ein Spaß für Alexander!«

Macon hatte zwar noch nie erlebt, daß Alexander an irgend etwas Spaß gehabt hätte, aber er sagte pflichtschuldig: »Wir müssen ihn gelegentlich mitnehmen.«

»Wir müssen überhaupt ganz oft verreisen! Frankreich und Spanien und die Schweiz ...«

»Tja«, sagte Macon, »das kostet aber eine ganze Kleinigkeit.«

»Also dann bloß Amerika. Kalifornien, Florida ...«

Kalifornien und Florida kosteten auch allerhand, hätte Macon einwenden sollen (und Florida war in seinen Reiseführern gar nicht vorgesehen), doch im Moment ließ er sich von ihren Zukunftsvisionen mitreißen. »Schau!« rief sie und deutete auf etwas. Macon beugte sich über den Gang vor, um zu sehen, was sie meinte. Diese Maschine flog so niedrig, als orientierte sie sich an Wegweisern; er sah zum Greifen nahe Ackerland, Waldungen, Hausdächer. Unvermittelt kam ihm zum Bewußtsein, daß sich unter jedem dieser kleinen Dächer gegenwärtig Leben verbarg. Natürlich hatte er das seit jeher gewußt, doch mit einemmal verschlug es ihm den Atem. Er begriff, wie wirklich dieses Leben für die Menschen war, die es lebten – wie randvoll und individuell und auslastend. Er blickte offenen Mundes an Muriel vorbei. Das, worauf sie ihn hatte hinweisen wollen, war inzwischen wohl längst zurückgeblieben, aber er starrte nach wie vor aus ihrem Fenster.

Porter und die anderen redeten über Geld. Vielmehr – Porter redete über Geld, und die anderen hörten mit halbem Ohr zu. Porter plante schon für die nächste Einkommensteuer voraus. Er interessierte sich für etwas, was mit Hühnern zu tun hatte und im Börsenjargon »Stellagegeschäft« hieß. »Das funktioniert so«, sagte er. »Man investiert jetzt gleich, vor Jahresende, in Küken. Setzt die Kosten für Futter und dergleichen ab. Dann verkauft man die ausgewachsenen Hühner und streicht den Profit ein.«

Rose runzelte die Stirn. »Küken sind aber so anfällig für Erkältungen. Oder nennt man das Staupe? Und im Dezember und Januar ist es hier nicht besonders warm.«

»Die Hühner wären nicht hier in Baltimore, Rose. Gott weiß, wo sie wären. Ich meine, diese Hühner bekommt man gar nicht zu sehen. Sie sind nur ein Mittel, Steuern zu sparen.«

»Also, ich weiß nicht recht«, sagte Charles. »Ich lasse mich nicht gern in Sachen ein, die von anderen Leuten geregelt werden. Man muß sich auf anderer Leute Wort verlassen, daß diese Hühner überhaupt existieren.«

»Ihr habt keine Phantasie, Leute«, stellte Porter fest.

Alle drei standen um den Spieltisch in der Glasveranda herum, mit der Fertigstellung von Roses Weihnachtsgeschenk für Liberty beschäftigt. Rose hatte einen Anbau für Libertys Puppenhaus gebastelt – eine Garage und ein Gästezimmer darüber. Die Garage sah überzeugend unordentlich aus. Winzige Holzspäne bedeckten den Boden vor einem Stapel zündholzgroßer Holzscheite, und ein Röllchen grünen Drahts täuschte perfekt einen Gartenschlauch vor. Jetzt arbeiteten sie am Obergeschoß. Rose stopfte ein Sofakissen von der Größe einer Aspirintablette aus. Charles schnitt ein Stück Tapete aus einem Musterbuch. Porter bohrte Löcher für die Vorhangstangen. Sie hatten kaum noch Bewegungsfreiheit; deshalb hielt Macon, der eben erst mit Edward hereingekommen war, sich abseits und beschränkte sich aufs Zuschauen.

»Außerdem«, sagte Charles, »sind Hühner, scheint mir, wirklich keine Klassetiere. Es wäre mir höchst unangenehm, mich als Hühnerbaron ausgeben zu müssen.«

»Du brauchst ja nicht zu erwähnen, daß du einer bist«, sagte Porter.

»*Rinder*baron hingegen – das ließe ich mir eingehen. Rinder klingt ungleich besser.«

»Eine Rinderstellage wird leider nicht offeriert, Charles.«

Macon nahm einige Farbfotos in die Hand, die neben dem Tapetenbuch lagen. Das oberste Foto zeigte ein Fenster in einem Raum, den er nicht kannte – ein Fenster mit weißem Rahmen und Läden, mit jalousieartig angeordneten Schlitzen in der unteren Hälfte. Das zweite war eine Gruppenaufnahme. Vier Personen – unscharf, verwischt – standen aufgereiht vor einer Couch. Die Frau hatte eine Schürze umgebunden, die Männer steckten in schwarzen Anzügen. Ihre Haltung hatte etwas Gekünsteltes. Sie standen allzu ausgerichtet da, jeder für sich, ohne einander zu berühren. »Wer *sind* diese Leute?« fragte Macon.

Rose warf einen Blick herüber. »Das ist die Familie aus Libertys Puppenhaus«, sagte sie.

»Oh.«

»Ihre Mutter hat mir die Bilder geschickt.«

»Eine Familie, die nur aus Erwachsenen besteht?«

»Der eine ist ein Junge; man erkennt es bloß nicht; und einer ist der Opa oder der Butler. June sagt, Liberty verwendet ihn mal so und mal so.«

Macon legte die Fotos aus der Hand, ohne die restlichen angesehen zu haben. Er kniete nieder und streichelte Edward. »Ein Rinderstellagegeschäft«, sagte Charles versonnen. Macon bekam plötzlich Sehnsucht nach Muriels Haus. Er schlang die Arme um Edward und bildete sich ein, tief in Edwards Fell ihren herben Duft zu riechen.

Oh, er war vor allem und in erster Linie ein ordnungsliebender Mensch. Am glücklichsten fühlte er sich, wenn alles seinen geregelten Gang nahm. Er neigte dazu, immer wieder das gleiche zu essen und dasselbe anzuziehen, an dem einen festgelegten Tag seine Sachen in die Reinigung zu bringen und an dem anderen sämtliche Rechnungen zu bezahlen. Der Schalterdame, die ihn bei seinem ersten Bankbesuch beraten hatte, hielt er allzeit die Treue, selbst wenn sie sich als unzulänglich erwies, selbst wenn die Schlange vor dem benachbarten Schalter kürzer war. In seinem Leben gab es keinen Platz für eine so unberechenbare Person wie Muriel. Oder eine so überspannte. Oder eine so – nun ja, unausstehliche, manchmal.

Daß sie so jung war, zog ihn nicht an, sondern beunruhigte ihn. Sie erinnerte sich kaum mehr an Vietnam und verband auch keine Erinnerungen mit der Zeit, als Kennedy erschossen wurde. Ihretwegen machte er sich Gedanken über sein eigenes Alter, das ihm zuvor nichts ausgemacht hatte. Er merkte, wie steif er sich nach längerem Sitzen in unveränderter Haltung bewegte; wie er seinen Rücken schonte, immer auf einen Hexenschuß gefaßt; daß »einmal« durchaus genug war, wenn er mit ihr schlief.

Und sie redete soviel – fast pausenlos; dabei gehörte Macon zu den Menschen, die Stille mehr genossen als Musik. (»Horch! Sie spielen mein Lied«, hatte seine ständige Redensart gelautet, wenn Sarah das Radio ausschaltete.) Sie redete über Rouge, Entkräuselungspräparate, Cellulite, Rocklängen und Winterteint. Sie interessierte sich für Äußerlichkeiten, einzig und allein für Äußerlichkeiten: für Lippenstiftfarben und Nagelvlies und Gesichtsmasken und gespaltene Haarspitzen. Einmal, an einem ihrer sympathischeren Tage, machte er ihr ein Kompliment über ihr Aussehen, und sie geriet so in Verwirrung, daß sie über den Randstein stolperte. Sie fragte, ob es daran liege, daß sie sich das Haar zurückgebunden hatte, und ob es am Haar selbst liege oder an dem Band oder eher an der Farbe des Bandes, die, wie sie schon befürchtet habe, vielleicht ein bißchen zu grell sei und schlecht zu ihrem Teint passe. Und ob er ihr Haar nicht auch zum Verzweifeln finde, wo es bei jedem bißchen Feuchtigkeit gleich so aufquelle? Bis er es bereute, überhaupt etwas gesagt zu haben. Er hatte das alles so satt.

Und doch brachte sie es manchmal fertig, ihn mitten ins Herz zu treffen. Gewisse Eindrücke, die er von ihr bei gewissen Gelegenheiten gewann, unbedeutende Momente, huschten an seinem geistigen Auge vorbei: Muriel am Küchentisch, die Füße in den Sprossen des Stuhls eingehängt, beim Ausfüllen eines Teilnahmescheins für ein Preisausschreiben, bei dem es eine Besichtigungstour (alles gratis) durch Hollywood zu gewinnen gab. Muriel, während sie zu ihrem Spiegel »Ich seh' einfach verboten aus« sagte – nachgerade ein Abschiedsritual. Muriel beim Geschirrspülen, die Hände in großen rosa Gummihandschuhen mit scharlachroten Fingernägeln, wie sie einen schaumbedeckten Teller herausfischte, leichtfertig zum Nachspülbecken hinüberschwenkte und dazu eines ihrer Lieblingslieder schmetterte – »War Is Hell on the Home Front Too« oder »I Wonder If God Likes Country Music«. (*Sie* liebte jedenfalls diese Art von Musik – lange Klagegesänge über den steinigen Pfad des Lebens, über kalte, graue Gefängnismauern, über das leichte, seichte Herz eines scheinheiligen Mannes.) Und Muriel am Fenster des Krankenhauses, wie er sie in Wirklichkeit nie gesehen hatte, einen Mop in der Hand und den Blick auf die unten ankommenden Verletzten gerichtet.

Dann wußte er, daß ihre Lebensgewohnheiten das Ausschlaggebende waren; daß er, obwohl er sie nicht liebte, das Überraschende an ihr liebte und auch das Überraschende an sich selbst, wenn er mit ihr zusammen war. In dem fremden Land namens Singleton Street war er ein völlig anderer Mensch. Diesen Menschen hatte man noch nie der Borniertheit verdächtigt, niemals der Gefühlskälte bezichtigt; diesen Menschen verspottete man höchstens wegen seiner Weichherzigkeit. Und dieser Mensch war alles andere als ordnungsliebend.

»Komm doch mit zum Weihnachtsdinner bei meinen Eltern, magst du nicht?« fragte sie ihn.

Macon kauerte gerade in der Küche unter dem Spülbecken und schloß das Ventil. Zunächst gab er keine Antwort; dann kam er hervor und sagte: »Bei deinen Eltern?«

»Zum Weihnachtsdinner.«

»Ach, ich weiß nicht.«

»Komm, Macon, bitte sag ja! Ich möchte, daß du sie kennenlernst. Ma glaubt, ich habe dich erfunden. ›Du hast ihn erfunden‹, behauptet sie. Du weißt, wie sie ist.«

Ja, Macon wußte es, wenigstens aus zweiter Hand, und er konnte sich lebhaft vorstellen, wie es bei diesem Dinner zugehen würde. In die Falle gegangen. Lauter versteckte Sticheleien und Kränkungen. Im Grunde wollte er bloß nichts damit zu tun haben.

Anstatt zu antworten, wandte er seine Aufmerksamkeit Alexander zu. Er versuchte, Alexander beizubringen, wie man einen Wasserhahn repariert. »Also«, sagte er, »du hast gesehen, daß ich das Ventil geschlossen habe. Warum habe ich das getan?«

Die einzige Reaktion war ein glasiger, starrer Blick. Das hatte Macon sich ausgedacht, nicht Alexander. Alexander war wie ein Sack voller Steine vom Fernseher weggeholt, auf einen Küchenstuhl verfrachtet und instruiert worden, genau aufzupassen. »Oh«, sagte Muriel, »ich weiß nicht, ob das etwas bringt. Er ist nicht besonders kräftig.«

»Man braucht kein Tarzan zu sein, um einen Wasserhahn reparieren zu können, Muriel.«

»Das nicht, aber trotzdem . . .«

Macon fragte sich bisweilen, ob Alexanders Wehwehchen nicht nur in Muriels Einbildung existierten.

»Warum habe ich das Ventil geschlossen, Alexander?« Er ließ nicht locker.

Alexander sagte: »Warum.«

»Das erklärst du mir jetzt.«

»Das erklärst *du* mir jetzt.«

»Nein, du«, sagte Macon fest.

Eine peinliche Weile lang sah es so aus, als wollte Alexander den glasigen Blick bis in alle Ewigkeit durchhalten. Er saß c-förmig auf dem Stuhl, Kinn auf die Hand gestützt, Augen ausdruckslos. Die Schienbeine, die aus seiner Hose hervorschauten, waren dünn wie Spargel, und seine braunen Schuhe, die er vor allem zur Schule trug, wirkten sehr groß und schwer. Schließlich sagte er: »Damit das Wasser nicht überall hinplatscht.«

»Richtig.«

Macon hütete sich, von seinem Sieg allzu viel herzumachen.

»Also, hier tropft es nicht aus dem Schnabel, sondern da, wo der Griff sitzt«, sagte er. »Folglich muß man den Griff herunternehmen und die Dichtung erneuern. Zuerst schraubt man die oberste Schraube heraus. Komm, mach das.«

»Ich?«

Macon nickte und hielt ihm den Schraubenzieher hin.

»Ich will nicht«, sagte Alexander.

»Laß ihn bloß zuschauen«, schlug Muriel vor.

»Wenn er bloß zuschaut, dann weiß er nachher auch nicht, wie er den Hahn im Bad richten soll, und ich wollte ihn gleich beauftragen, das ohne meine Hilfe zu bewerkstelligen.«

Alexander nahm den Schraubenzieher mit einer seiner kleinen, sparsamen Bewegungen, die ein Minimum an Raum beanspruchten. Er rutschte schubweise vom Stuhl und kam zum Ausguß herüber. Macon zog einen anderen Stuhl dicht heran, und Alexander kletterte hinauf. Dann ergab sich das Problem, den Schraubenzieher in die Rille der Schraube einzupassen. Es dauerte endlos. Er hatte winzige Finger, die in rötlichen Pölsterchen über bis zum Fleisch abgekauten Nägeln ausliefen. Er konzentrierte sich, die Brille rutschte ihm auf die Nase. Er, der immer durch den Mund atmete, biß sich jetzt auf die Zunge und keuchte ein wenig.

»Wunderbar«, sagte Macon, als der Schraubenzieher endlich Halt fand.

Er glitt bei der geringsten Drehung aber immer wieder ab und mußte erneut angesetzt werden. Macons Magenmuskeln zogen sich zusammen. Muriel schwieg ausnahmsweise, aber es war ein erzwungenes und ängstliches Schweigen.

Dann machte Macon »Ah!«. Die Schraube hatte sich so weit gelockert, daß Alexander sie mit der Hand herausdrehen konnte. Er schaffte das verhältnismäßig leicht. Er entfernte sogar unaufgefordert den Griff. »Sehr gut«, lobte Macon. »Ich glaube fast, du bist ein Naturtalent.«

Muriel entspannte sich. An die Arbeitsplatte gelehnt, sagte sie: »Bei meinen Eltern gibt's das Weihnachtsdinner am Tag. Ich meine, nicht zu Mittag, aber auch nicht am Abend, eher so mitten am Nachmittag oder wie dieses Jahr eigentlich am späten Nachmittag, weil ich im Miau-Wau Frühschicht habe und –«

»Sieh dir das an«, sagte Macon zu Alexander. »Siehst du dieses Zeug? Das ist die alte, verrottete Dichtung. Hol sie heraus. Richtig. Und hier haben wir die neue Dichtschnur. Die wickelst du da herum, und zwar noch ein bißchen mehr, als nötig ist. Zeig, was du kannst!«

Alexander wickelte, wie ihm geheißen. Seine Finger wurden weiß vor Anstrengung. Muriel fuhr fort: »Meistens haben wir eine Gans. Die besorgt mein Daddy. Oder magst du keine Gans? Möchtest du lieber einfach Truthahn? Oder Ente? Was ißt du denn immer, Macon?«

Macon sagte: »Also . . .«, und wurde von Alexander gerettet. Alexander, der den Wasserhahn ganz allein zusammengesetzt hatte, drehte sich nämlich um und fragte: »Was jetzt?«

»Jetzt vergewisserst du dich, ob die Schraube auch fest sitzt.«

Alexander nahm den Kampf mit dem Schraubenzieher wieder auf. Muriel sagte: »Vielleicht möchtest du lieber ein schönes Stück vom Rind. Ich weiß, manche Männer sind so. Sie finden Geflügel ziemlich tuntig. Findest du das auch? Du kannst es ruhig sagen! Meine Leute nehmen es bestimmt nicht krumm!«

»Also, Muriel, hm . . .«

»Was jetzt!« drängte Alexander.

»Jetzt drehen wir das Wasser wieder auf, damit wir sehen, was du geleistet hast.«

Macon duckte sich unter das Spülbecken und zeigte ihm, wo das Ventil saß. Alexander langte an Macon vorbei und drehte ächzend daran. Sonderbar, dachte Macon, daß kleine Jungen den gleichen schwach grünen Duft ausströmen wie ein Zedernholzschrank. Er erhob sich und drehte den Wasserhahn auf. Keine undichte Stelle. »Sieh dir das an!« sagte er zu Alexander. »Du hast den Schaden behoben.« Alexander unterdrückte mühsam ein Grinsen.

»Weißt du jetzt, wie man das macht?«

Alexander nickte.

»Jetzt kannst du, wenn du erwachsen bist, deiner Frau sämtliche Hähne reparieren.«

Alexander verzog bei diesem Gedanken belustigt das Gesicht.

»›Laß mich mal ran, Schatz‹, kannst du sagen. ›Laß *mich* das machen!‹«

Alexander äußerte: »Tschsch!« – mit einem Gesicht so faltig wie ein Tabaksbeutel.

»›Laß das einen richtigen *Mann* erledigen‹, kannst du ihr erklären.«

»Tschsch! Tschsch!«

»Macon? Kommst du nun mit zu meinen Leuten, ja oder nein?« fragte Muriel.

Er hielt es für widersinnig, nein zu sagen. Irgendwie steckte er ja schon viel zu tief in der Sache drin.

13

Muriels Eltern lebten draußen in Timonium, in einer Siedlung namens Foxhunt Acres. Muriel mußte Macon den Weg weisen. Es war der kälteste Weihnachtstag, den beide je erlebt hatten, aber sie fuhren mit spaltbreit geöffneten Fenstern, damit Alexander, der hinten saß, vom Hundehaar unbehelligt blieb. Das Radio war auf Muriels Lieblingssender eingestellt. Connie Francis sang gerade »Baby's First Christmas«.

»Hast du's warm genug?« fragte Muriel ihren Sohn. »Alles okay?«

Alexander mußte genickt haben.

»Bleibt dir nicht die Puste weg?«

»Nö.«

»Nein, Ma'am«, korrigierte sie ihn.

Genau wie Sarah seinerzeit, entsann Macon sich, die ihrem Sohn jedesmal, wenn es ihre Mutter zu besuchen galt, einen Schnellkursus in guten Manieren erteilt hatte.

Muriel erzählte: »Einmal habe ich Alexander auf einer Botenfahrt für George mitgenommen. Meine Firma. Und direkt am Tag davor hatte ich zwei Katzen im Wagen. Und ich hab' mir nichts dabei gedacht, hab' glatt vergessen, mit dem Staubsauger drüberzugehen wie sonst, und auf einmal drehe ich mich um, und da liegt Alexander ausgestreckt auf dem Sitz, glatt weggetreten.«

»Ich war nicht *weggetreten*«, sagte Alexander.

»Aber so gut wie.«

»Ich hab' mich nur hingelegt, damit ich nicht soviel Luft brauche.«

»Siehst du?« sagte Muriel zu Macon.

Sie fuhren jetzt die York Road hinauf, vorbei an Karosseriewerkstätten und Schnellimbiß-Lokalen, allesamt geschlossen und trist. Macon überholte einen Lastwagen und dann ein Taxi, sonst nichts. Büschel von Weihnachtsgrün hingen steif über einer Gebrauchtwagenhandlung.

»Er kann natürlich Spritzen bekommen«, sagte Muriel.

»Spritzen?«

»Er kann Spritzen bekommen, damit ihm nicht die Puste wegbleibt.«

»Warum bekommt er dann keine?«

»Also, wenn Edward einziehen sollte, müßte er schon welche bekommen.«

»Edward?«

»Ich meine ja nur, *wenn*, weißt du. Wenn du auf Dauer bei uns einziehst und Edward mitkommt.«

»Oh.«

Brenda Lee sang eben »I'm Gonna Lasso Santa Claus«. Muriel summte mit und wiegte im Rhythmus den Kopf dazu.

»Wärst du jemals dafür zu haben?« fragte sie schließlich.

»Wofür?« Als ob er es nicht gewußt hätte.

»Wärst du jemals dafür zu haben, daß du bei uns einziehst?«

»Oh, äh ...«

»Oder wir ziehen bei dir ein«, sagte sie. »Was dir lieber ist.«

»Bei mir? Aber meine Schwester und meine –«

»Ich rede von *deinem* Haus.«

»Oh. Von meinem Haus.«

Sein Haus tauchte vor seinem inneren Auge auf – klein und

umdüstert und verlassen, unter den Eichen hingeduckt wie ein Holzfällerhäuschen im Märchen. Muriel warf einen Blick auf sein Gesicht und sagte dann rasch: »Ich könnte es verstehen, wenn du nicht mehr dorthin zurückwillst.«

»Daran liegt es nicht.« Er räusperte sich. Er sagte: »Ich habe einfach nicht darüber nachgedacht.«

»Ich verstehe schon!«

»Jedenfalls *noch* nicht.«

»Du brauchst nichts zu erklären!«

Sie zeigte ihm, wo er abbiegen mußte, und nun ging es über eine kurvenreiche Straße. Die Eßlokale wurden immer spärlicher und schäbiger. Dann kamen krakelige kleine Bäume, frostüberzogene Felder, eine ganze Gemeinde von unterschiedlich großen Briefkästen, am Ende eines Zufahrtswegs angesiedelt.

Bei jedem Holpern des Wagens klapperte etwas auf der hinteren Sitzbank. Das war Macons Weihnachtsgeschenk für Alexander – ein Kasten voller Werkzeug in Spielzeuggröße, aber voll gebrauchsfähig, mit stabilen Holzgriffen. Macon hatte diese Werkzeuge Stück für Stück zusammengetragen. Er hatte sie in den Fächern immer wieder umgeordnet, mindestens ein dutzendmal, wie ein Geizhals, der sein Geld zählt.

Sie fuhren an einem Rest Scherengitterzaun vorbei, der in die Erde hineinfaulte. Muriel fragte: »Was macht denn *deine* Familie heute?«

»Ach, nichts Besonderes.«

»Veranstalten sie ein großes Weihnachtsessen?«

»Nein, Rose ist bei Julian. Charles und Porter sind, ich weiß nicht – ich glaube, sie haben etwas von einer Badewanne im ersten Stock gesagt, die sie abdichten wollen.«

»Ach, die Ärmsten! Sie hätten zu meinen Leuten mitkommen sollen.«

Macon lächelte, als er sich das vorstellte.

Er bog in die von ihr angegebene Richtung ein, eine Wiese mit hingetupften Häusern, alle nach dem selben Schema gebaut – unten Backstein, darüber ein Mansardendach mit Aluminiumverkleidung. Die Straßen hießen nach Bäumen, die hier nicht wuchsen –

Birke und Ulme und Apfelbaum. Muriel hieß ihn nach rechts in einen »Apfelblütenweg« einbiegen. Er hielt hinter einem Kombiwagen. Ein Mädchen kam aus dem Haus gerannt – ein pummeliger hübscher Teenager in Jeans und mit langem gelbem Pferdeschwanz. »Claire!« schrie Alexander und hüpfte auf seinem Sitz herum.

»Das ist meine Schwester«, sagte Muriel zu Macon.

»Ah.«

»Sieht sie nicht gut aus?«

»Ja, sie sieht sehr gut aus.«

Claire hatte schon die Wagentür aufgerissen und zog Alexander in die Arme. »Wie geht's meinem Kerlchen?« erkundigte sie sich. »Was hat dir der Weihnachtsmann gebracht?« Sie sah Muriel so unähnlich, daß niemand die beiden für Schwestern gehalten hätte. Ihr Gesicht war fast rechteckig und ihr Teint golden, und nach heutigen Maßstäben hatte sie wahrscheinlich zehn Pfund Übergewicht. Nachdem sie Alexander auf den Boden gestellt hatte, steckte sie die Hände verlegen in die Gesäßtaschen ihrer Jeans. »Also dann«, sagte sie zu Macon und Muriel, »fröhliche Weihnachten und so weiter . . .«

»Schau«, sagte Muriel und ließ eine Armbanduhr aufblitzen. »Schau mal, was Macon mir geschenkt hat.«

»Was hast du ihm geschenkt?«

»Einen Schlüsselanhänger vom Flohmarkt. Echt antik.«

»Oh.«

Mit ihrem Hausschlüssel dran, hatte Muriel zu erwähnen versäumt.

Macon lud allerlei aus dem Kofferraum – Muriels Geschenke für ihre Familie und sein Mitbringsel für die Hausfrau –, und Alexander holte seinen Werkzeugkasten von der hinteren Sitzbank. Sie folgten Claire über den Vorplatz. Muriel betastete sich unterwegs besorgt das Haar. »Du solltest sehen, was Daddy unserer Ma geschenkt hat«, sagte Claire zu ihr. »Einen Mikrowellenherd. Ma sagt, sie hat eine Todesangst davor. ›Bestimmt bekomme ich davon die Strahlenkrankheit‹, sagt sie. Wir befürchten schon, sie wird ihn nicht benützen.«

Die Tür wurde ihnen von einer kleinen, mageren, grauen Frau in einem türkisblauen Hosenanzug aufgehalten. »Ma, das ist Macon«, stellte Muriel vor. »Macon, das ist meine Mutter.«

Mrs. Dugan spitzte die Lippen und musterte ihn. Von ihren Mundwinkeln strahlten feine Runzeln aus wie die Schnurrhaare einer Katze. »Freut mich, Sie kennenzulernen«, sagte sie schließlich.

»Fröhliche Weihnachten, Mrs. Dugan«, wünschte Macon. Er überreichte ihr sein Geschenk – eine Flasche Preiselbeerlikör mit einem Band drumherum. Mrs. Dugan musterte auch sie.

»Alles andere legst du einfach unter den Baum«, sagte Muriel zu Macon »Ma, willst du deinen Enkel nicht begrüßen?«

Mrs. Dugan streifte Alexander mit einem flüchtigen Blick. Er hatte wohl auch nicht mehr erwartet; er marschierte bereits zum Weihnachtsbaum, unter dem diverse Gegenstände harrten – ein Rauchdetektor, ein Elektrobohrer, ein von Glühbirnen eingefaßter Frisierspiegel. Macon legte Muriels Pakete dazu, entledigte sich dann des Mantels und drapierte ihn über die Armstütze einer weißen Satincouch. Ein ganzes Drittel der Couch wurde von dem Mikrowellenherd beansprucht, den immer noch keck eine große rote Schleife zierte. »Seht euch meinen neuen Mikroherd an«, sagte Mrs. Dugan. »Wenn das nicht das Ausgefallenste ist, was mir je unter die Augen gekommen ist.« Sie entfernte zusammengeknülltes Geschenkpapier von einem Lehnsessel und bot ihn Macon an.

»Hier riecht es aber gut«, sagte er.

»Gansbraten«, erklärte sie. »Boyd ist losgezogen und hat mir eine Gans geschossen.«

Sie setzte sich neben den Herd. Claire saß mit Alexander auf dem Boden und half ihm beim Öffnen eines Päckchens. Muriel, immer noch im Mantel, überflog mit einem prüfenden Blick die Bücherrücken auf einem Regal. »Ma . . .«, sagte sie. »Nein, schon gut, ich hab's gefunden.« Sie brachte Macon ein Fotoalbum, eines von der modernen Sorte mit Klarsichtseiten. »Sieh mal«, sagte sie und setzte sich auf die Armlehne seines Sessels. »Bilder von mir, als ich klein war.«

»Zieh doch den Mantel aus, du gehst doch nicht gleich wieder«, forderte Mrs. Dugan sie auf.

»Ich mit sechs Monaten. Ich in meinem Kinderwagen. Ich und meine erste Geburtstagstorte.«

Es waren hochglänzende Farbfotos, deren Rottöne ein bißchen zu blaustichig waren. (Macons Babybilder waren schwarzweiß, etwas anderes hatte es seinerzeit nicht gegeben.) Jedes Foto zeigte sie als ein molliges, kicherndes Kind mit blondem Haar, durchgehend auf kokette Weise frisiert – oben auf dem Kopf zu einem Schopf gebunden oder links und rechts zu Pferdeschwänzen zusammengefaßt, die so hoch saßen, daß sie wie Welpenohren wirkten. Zunächst zogen die Stationen ihres Lebens langsam vorbei – sie brauchte drei ganze Seiten, bis sie laufen gelernt hatte –, doch dann ging es rascher. »Ich mit zwei. Ich mit fünf. Ich mit siebeneinhalb.« Das mollige Blondinchen wurde dünn und dunkel und ernst, dann verschwand es ganz, und Claire erschien auf der Bildfläche. Muriel sagte: »Na ja«, und klappte das Album nach der Hälfte zu. »Warte«, verlangte Macon. Er wollte sie von ihrer schlechtesten Seite sehen, von ihrer barbarischsten, so, wie sie mit der Motorradclique herumgezogen war. Doch nachdem er ihr das Album weggenommen hatte und die letzten Seiten aufschlug, stellte er fest, daß sie leer waren.

Mr. Dugan spazierte herein – ein hellhaariger, sommersprossiger Mann in kariertem Hemd –, reichte Macon die schwielige Hand und spazierte wieder hinaus, wobei er etwas über den Keller vor sich hin murmelte. »Die Leitungsrohre lassen ihm keine Ruhe«, erklärte Mrs. Dugan. »Letzte Nacht haben wir fast zwanzig Grad unter Null gehabt, wissen Sie das? Er hat Angst, daß die Rohre einfrieren.«

»Oh, kann ich helfen?« fragte Macon lebhaft.

»Sie bleiben ruhig sitzen, wo Sie sind, Mr. Leary.«

»Macon«, verbesserte er.

»Macon. Und Sie können mich Mutter Dugan nennen.«

»Äh –«

»Muriel hat mir erzählt, Sie leben getrennt.«

»Ja, so ist es.«

»Glauben Sie, das führt zu etwas?«

»Wie bitte?«

»Ich meine, Sie führen das Kind doch nicht an der Nase herum, oder?«

»Ma, hör auf damit«, sagte Muriel.

»Ich hätte nicht zu fragen brauchen, Muriel, wenn du nur einmal selbst ein bißchen Verstand gehabt hättest. Ich meine, gib's zu, du bist oft genug auf der Strecke geblieben.«

»Sie macht sich bloß Sorgen um mich«, sagte Muriel zu Macon.

»Aber natürlich«, sagte Macon.

»Dieses Mädchen ist noch keine dreizehn Jahre alt gewesen«, fuhr Mrs. Dugan fort, »und schon sind alle möglichen nichtsnutzigen Lümmel aus ihren Löchern angekrochen gekommen. Seither kann ich nicht mehr ruhig schlafen.«

»Mir schleierhaft, warum nicht?«, sagte Muriel. »Das ist doch eine Ewigkeit her.«

»Kaum haben wir ihr den Rücken zugedreht, war sie schon auf und davon in irgendeinem Discoschuppen.«

»Ma, möchtest du bitte dein und Daddys Weihnachtsgeschenk auspacken?«

»Ach, du hast uns ein Geschenk mitgebracht?«

Muriel stand auf und holte es unter dem Weihnachtsbaum hervor, wo Claire bei Alexander saß. Sie half ihm beim Aufstellen einiger Pappfigürchen. »Das hier gehört auf das Grüne. Und dieses auf das Blaue«, erläuterte sie. Alexander zappelte neben ihr, begierig, sich selbst zu betätigen.

»Dieses Spiel hat Claire für ihn ausgesucht«, sagte Mrs. Dugan, während sie das Päckchen nahm, das Muriel ihr reichte. »Ich selbst finde es zu fortgeschritten.«

»Ist es gar nicht«, warf Muriel ein, die es noch keines Blickes gewürdigt hatte. Sie kam zu Macon zurück. »Alexander hat Grips für zwei. Das hat er gleich heraus.«

»Niemand behauptet, daß er keinen Grips hat. Du brauchst doch nicht gleich einzuschnappen, sobald man nur den Mund aufmacht.«

»Packst du jetzt endlich dein Geschenk aus?«

Doch Mrs. Dugan bestimmte selbst ihr Tempo. Sie nahm das Band ab und legte es in eine Schachtel auf dem Couchtisch. »Dein Daddy hat für dich ein bißchen Geld zu Weihnachten«, eröffnete sie Muriel. »Erinner ihn daran, bevor du gehst.« Sie betrachtete das Einwickelpapier. »Hat man so was schon gesehen! Lauter richtige kleine Rentiere! Die Nasen aus echter Alufolie! Ich weiß nicht, warum du nicht gewöhnliches Seidenpapier verwendest wie ich.«

»Es sollte etwas Besonderes sein«, sagte Muriel.

Mrs. Dugan nahm das Papier ab, faltete es und legte es beiseite. Ihr Geschenk war etwas in einem vergoldeten Rahmen.

»Ist das aber nett«, äußerte sie schließlich. Es handelte sich um eine Aufnahme von Muriel und Alexander – ein Studioporträt in verwischten Pastelltönen, so gleichmäßig ausgeleuchtet, daß der Lichteinfall gar nicht wahrzunehmen war. Muriel saß, Alexander stand neben ihr, eine Hand leicht auf ihre Schulter gelegt. Sie lächelten beide nicht. Sie sahen sehr wachsam und unsicher aus – und sehr einsam.

Macon sagte: »Es ist schön.«

Mrs. Dugan brummte nur, beugte sich vor und legte das Foto neben die Schachtel mit den Bändern.

Beim Dinner ging es hoch her, alle langten tüchtig zu – es gab Gansbraten, Preiselbeerkompott, zwei Sorten Kartoffeln, drei Sorten Gemüse. Mr. Dugan verhielt sich geisterhaft still, obwohl Macon ihn bezüglich der Leitungsrohre mehrmals ins Gespräch ziehen wollte. Muriel widmete sich ausschließlich Alexander. »Da ist Brot in der Füllung, Alexander. Leg das sofort zurück. Willst du gleich wieder eine Allergie kriegen? Und diesen Preiselbeeren würde ich auch nicht trauen.«

»Um Gottes willen, laß ihn doch in Ruhe«, sagte Mrs. Dugan.

»Du würdest nicht so reden, wenn du es wärst, die er wegen seinem juckenden Ausschlag nicht schlafen läßt.«

»Ich hab' mir schon öfter gedacht, ob du diesen Ausschlag nicht selber herbeiredest«, sagte Mrs. Dugan.

»Daran merkt man, wieviel du davon verstehst!«

Macon fühlte sich plötzlich in eine andere Welt versetzt. Was würde Sarah sagen, wenn sie ihn hier sehen könnte? Er sah im Geiste ihre amüsierte, ironische Miene. Rose und seine Brüder wären einfach nur perplex. Und Julian würde sagen: »Ha! *Tourist wider Willen in Timonium*!«

Mrs. Dugan brachte drei verschiedene Torten auf den Tisch, und Claire tanzte mit der Kaffeekanne herum. Sie hatte über die Jeans jetzt einen bestickten Dirndlrock angezogen – ihr Geschenk von Muriel, vergangene Woche in einem Billigmarkt erworben. »Was ist mit dem Likör?« fragte sie ihre Mutter. »Soll ich Macons Likör auch anbieten?«

»Vielleicht wäre es ihm lieber, du nennst ihn Mr. Leary, Schatz.«

»Nein, bitte, Macon ist schon recht«, sagte er.

Er vermutete, daß es über sein Alter viel Gerede gegeben hatte. Und es stimmte ja auch; er war zu alt, er war zu groß, er war zu gut gekleidet in seinem Anzug mit Krawatte.

Mrs. Dugan verkündete, der Likör sei ungefähr der beste Tropfen, den sie je getrunken habe. Macon hingegen fand, daß er ähnlich wie die Fluoridtinktur schmeckte, mit der sein Zahnarzt ihm das Gebiß behandelte; er hatte sich etwas anderes vorgestellt. Mr. Dugan sagte: »Diese süßen, schöngefärbten Sachen mögen ja etwas für die Damen sein, aber mir persönlich ist ein Schluck Whisky lieber, Ihnen nicht, Macon?« Und er stand auf und holte eine Flasche Jack Daniels und zwei Gläser. Allein schon das Gewicht der Flasche in seiner Hand schien ihm die Zunge zu lösen. »So!« sagte er, als er sich setzte. »Was fahren Sie zur Zeit, Macon?«

»Fahren? Oh – äh, einen Toyota.«

Mr. Dugan runzelte die Stirn. Claire kicherte. »Daddy haßt und verachtet ausländische Autos«, verriet sie Macon.

»Ja, was denn, Sie halten nichts von amerikanischen Produkten?« fragte Mr. Dugan.

»Also, die Sache ist die –«

Die Sache ist die, daß meine Frau einen Ford fährt, hatte er sagen wollen, sich dann aber anders besonnen. Er nahm das Glas, das Mr. Dugan ihm hinhielt. »Aber einmal habe ich einen Rambler gefahren«, sagte er.

»Sie sollten es mal mit einem Chevy versuchen, Macon. Kommen Sie doch mal zu mir in den Ausstellungsraum, und lassen Sie sich einen Chevy zeigen. Wie haben Sie's denn gern? Familienkutsche? Kompaktwagen?«

»Eher Kompaktwagen, aber –«

»Das eine sage ich Ihnen: Mich bringen keine zehn Pferde dazu, Ihnen einen Kleinwagen zu verkaufen. Und wenn Sie noch so sehr betteln und wenn Sie vor mir in die Knie gehen, ich verkaufe Ihnen keine von diesen Todesfallen, auf die heutzutage alle Leute so scharf sind. Ich sage zu meinen Kunden, ja, ich sage: ›Glaubt ihr, ich hab' keine Grundsätze? Was ihr hier vor euch seht, ist ein Mann mit Grundsätzen‹, sage ich, und ich sage: ›Wenn ihr einen Kleinwagen wollt, dann wendet euch lieber dort an Ed Mackenzie. Der dreht euch einen an, ohne sich was dabei zu denken. Dem ist es egal. Aber ich bin ein Mann mit Grundsätzen.‹ Muriel wäre ja fast selbst in einem von diesen Dingern umgekommen.«

»Das stimmt doch gar nicht, Daddy«, widersprach Muriel.

»Bist aber näher drangewesen, als ich's je sein möchte!«

»Ich hab' nicht mal einen Kratzer abbekommen.«

»Wagen hat ausgesehen wie eine verbeulte Sardinenbüchse.«

»Das Schlimmste, was ich abgekriegt habe, war eine Laufmasche im Strumpf.«

»Muriel hat sich von Doktor Kane vom Miau-Wau mitnehmen lassen«, berichtete Mr. Dugan. »Einmal, wie ihr Wagen defekt war, und irgend so eine dämliche Frau am Steuer hat ihm direkt den Weg abgeschnitten. Weil, sie hat nach links geblinkt, und da –«

»Laß mich das erzählen«, sagte Mrs. Dugan. Sie beugte sich, das Glas Likör fest in der Hand, zu Macon vor. »Also, ich komme gerade vom Einkaufen heim mit ein paar Kleinigkeiten, die ich für Claires Pausenbrot brauche. Dieses Kind verputzt mehr als so manche erwachsene Männer, die ich kenne. Das Telefon klingelt. Ich lasse alles fallen und gehe 'ran. Ein Mann sagt: ›Mrs. Dugan?‹ Ich sage: ›Ja.‹ Der Mann sagt: ›Mrs. Dugan, hier ist die Stadtpolizei, und ich rufe wegen Ihrer Tochter Muriel an.‹ Ich denke: ›O mein Gott.‹ Ich kriege es sofort mit dem Herzen und schaue mich nach einer Sitzgelegenheit um. Hatte immer noch den Mantel an, den Regenschutz um den Kopf gebunden, ich konnte also nicht besonders gut hören, aber es ist mir nicht eingefallen, ihn herunterzunehmen, so aufgeregt bin ich gewesen. Es war so ein Tag, wo es so gießt, wie wenn jemand absichtlich kübelweise Wasser auf einen runterschüttet. Ich denke: ›O mein Gott, was hat Muriel bloß –‹«

»Lillian, jetzt kommst du aber von der Sache ab«, sagte Mr. Dugan.

»Wie kannst du das behaupten? Ich erzähle ihm von Muriels Unfall.«

»Er will nicht jedes einzelne ›O mein Gott‹ hören, er will wissen, warum er keinen Kleinwagen von mir kriegt. Die Dame blinkt also nach links, direkt vor dem kleinen Wagen von Doktor Kane«, sagte Mr. Dugan zu Macon, »und dem bleibt nichts anderes übrig, als sie zu rammen. Er hat Vorfahrt. Wollen Sie wissen, was passiert ist? Am Kleinwagen Totalschaden. Am großen, guten alten Chrysler von der Dame ist kaum der Kotflügel verbeult. Und jetzt sagen Sie mir bloß, Sie wollen einen Kleinwagen.«

»Aber ich will ja gar –«

»Und dazu kommt noch, daß Doktor Kane ihr nie wieder angeboten hat, sie nach Hause zu fahren, nicht einmal wie er schon einen neuen Wagen hatte«, ergänzte Mrs. Dugan.

»Ich wohne ja nicht gerade in seiner Nähe, Ma.«

»Er ist Junggeselle«, vertraute Mrs. Dugan Macon an. »Kennen Sie ihn? Sieht phantastisch aus, sagt Muriel. Am ersten Arbeitstag hat sie mir erzählt: ›Stell dir vor, Ma.‹ Am Telefon. ›Stell dir vor, Ma, mein Chef ist ledig und sieht phantastisch aus, Akademiker, und die anderen Mädchen sagen, er ist nicht einmal verlobt.‹ Dann bietet er ihr die Heimfahrt an, und sie gehen hin und bauen einen Unfall, und seither kein Angebot mehr. Selbst wenn sie ihn wissen läßt, daß sie an manchen Tagen den Wagen nicht hat – kein Angebot mehr.«

»Er wohnt ganz weit draußen in Towson«, sagte Muriel.
»Ich glaube, er denkt, du bringst ihm Unglück.«
»Er wohnt draußen in Towson, ich wohne unten in der Singleton Street! Was kannst du da schon erwarten?«
»Als nächstes hat er sich einen Mercedes-Sportwagen gekauft«, warf Claire ein.
»Also, Sportwagen«, sagte Mr. Dugan. »Von denen reden wir erst gar nicht.«
Alexander fragte: »Darf ich jetzt hinaus?«
»Ich habe mir wirklich große Hoffnungen auf Doktor Kane gemacht«, sagte Mrs. Dugan traurig.
»Ach, hör auf, Ma.«
»Du dir auch! Hast du selbst gesagt!«
»Sei doch endlich still, und trink deinen Likör.«
Mrs. Dugan schüttelte den Kopf, nahm aber doch noch einen Schluck.

Sie brachen am frühen Abend auf, als das letzte Licht verloschen und die Luft vor Kälte wie kristallisiert war. Claire stand auf der Schwelle und rief im Singsang: »Kommt bald wieder! Danke für den Rock! Fröhliche Weihnachten!« Neben ihr fröstelte Mrs. Dugan, eine Strickjacke um die Schultern gehängt. Mr. Dugan hob lediglich den Arm und verschwand – vermutlich, um im Keller wieder einmal nach dem Rechten zu sehen.
Der Verkehr war jetzt dichter. Scheinwerfer wischten wie leuchtende Flecken vorüber. Im Radio – bis zum nächsten Jahr von Weihnachten verabschiedet – spielte ein Lied, in dem jemand verkündete: »Ich habe mir die Finger an den Scherben deines gebrochenen Herzens zerschnitten«, und der Werkzeugkasten auf der hinteren Sitzbank klapperte begleitend dazu.
»Macon? Bist du böse?« fragte Muriel.
»Böse?«
»Bist du böse auf mich?«
»Aber nein.«
Sie warf einen Blick nach hinten auf Alexander und sagte nichts mehr.

Es war Nacht, als sie die Singleton Street erreichten. Die Butler-Zwillinge, in gleiche lavendelblaue Jacken verpackt, standen am Randstein und unterhielten sich mit zwei Jungen. Macon parkte ein und öffnete die Hintertür für Alexander, der, Kinn auf der Brust, eingeschlafen war. Macon nahm ihn auf die Arme und trug ihn ins Haus. Im Wohnzimmer setzte Muriel ihre eigenen Lasten ab – den Werkzeugkasten, Alexanders neues Spiel sowie eine Torte, die Mrs. Dugan ihnen aufgedrängt hatte – und folgte Macon die Treppe hinauf. Macon bewegte sich seitwärts, damit Alexanders Füße nicht an die Wand stießen. Im kleineren der beiden Schlafzimmer legte er Alexander aufs Bett. »Ich weiß, was du denken mußt«, sagte Muriel. Sie zog Alexander die Schuhe aus. »Du denkst: ›Ach so, diese Muriel hat nach allem Ausschau gehalten, was Hosen anhat.‹ Gib's zu.«

Macon schwieg. (Aus Sorge, andernfalls Alexander zu wecken.)

»Ich weiß, was du denkst!«

Sie deckte Alexander zu. Knipste die Lampe aus. Dann gingen sie wieder hinunter. »Aber so ist es nicht gewesen, das schwöre ich«, sagte sie. »Natürlich hab' ich mit dem Gedanken gespielt, wo er doch ledig war. Wem könnte ich denn schon das Gegenteil weismachen? Ich bin ganz allein und muß ein Kind ernähren. Mich wegen Geld abrackern. Natürlich hab' ich mit dem Gedanken gespielt.«

»Natürlich«, sagte Macon sanft.

»Aber es ist nicht so gewesen, wie sie es hingestellt hat«, versicherte Muriel.

Sie stöckelte ihm durchs Wohnzimmer nach. Als er auf der Couch saß, setzte sie sich, noch immer im Mantel, neben ihn. »Bleibst du da?« fragte sie.

»Wenn du nicht zu schläfrig bist.«

Anstatt zu antworten, ließ sie den Kopf gegen die Couchlehne sinken. »Ich meine, ob du genug von mir hast. Ich meine, ob du jetzt nichts mehr mit mir zu tun haben willst.«

»Aus welchem Grund denn?«

»Wo sie mich so schlechtgemacht hat.«

»So schlecht auch wieder nicht.«

»Oh – nicht?«

Wenn sie müde war, schien ihre Haut über den Knochen zu spannen. Sie preßte sich die Fingerspitzen gegen die Augenlider.

»Voriges Jahr«, sagte Macon, »haben wir Weihnachten zum erstenmal ohne Ethan erlebt. Es war sehr schwer durchzustehen.«

Er sprach recht oft mit ihr über Ethan. Es tat ihm gut, seinen Namen laut auszusprechen.

»Wir wußten nicht mehr, wie man ohne Kind Weihnachten feiert«, erzählte er. »Ich dachte mir: ›Wir haben es doch auch geschafft, bevor wir ihn hatten, oder etwa nicht?‹ Aber ich konnte mich gar nicht mehr erinnern, wie. Mir war, als hätten wir ihn *immer* gehabt; es ist einfach unfaßbar, wenn man einmal Kinder hat, daß sie früher nicht dagewesen sind. Mir ist aufgefallen: Wenn ich an die Zeit zurückdenke, als ich ein kleiner Junge war, dann scheint mir, daß Ethan irgendwie schon damals da war; aber eben noch nicht sichtbar. Nun ja. Ich bin zu dem Schluß gekommen, daß es am besten wäre, Sarah mit Geschenken zu überschütten, und habe am Tag vor Weihnachten bei Hutzler's eine Menge Zeugs gekauft – Vorrichtungen, die im Schrank mehr Ordnung ermöglichen, und solche Sachen. Und Sarah – die ist ins andere Extrem verfallen. Sie hat gar nichts gekauft. Da hatten wir dann die Bescherung. Wir hatten beide das Gefühl, daß wir alles falsch gemacht, uns danebenbenommen haben, aber auch, daß der andere es falsch gemacht hat; was weiß ich. Es war ein schreckliches Weihnachten.«

Er strich Muriel das Haar aus der Stirn. »Diesmal war es besser.«

Sie schlug die Augen auf und sah ihn eine Weile forschend an. Dann steckte sie die Hand in die Manteltasche, zog etwas heraus und reichte es ihm – in der Hand verborgen wie ein Geheimnis. »Für dich«, sagte sie.

»Für mich?«

»Du sollst es haben.«

Es war ein Schnappschuß, aus dem Familienalbum entwendet: Muriel als kleiner Matz beim Herausklettern aus einem Planschbecken.

Sie beabsichtigte wohl, nahm er an, ihm das Beste an ihr zu

schenken. Und das war ihr gelungen. Das Beste an ihr war aber nicht die Shirley-Temple-Frisur des abgebildeten Kindes. Es war das Ungestüm – ihr kratzbürstiges, unbändiges Ungestüm, mit dem sie sich, das Kinn schief vorgeschoben, die Augen zwei funkelnde Schlitze voll wilder Entschlossenheit, der Kamera entgegenkämpfte. Er bedankte sich. Er versprach, es für immer zu behalten.

14

Man konnte es nicht anders nennen: Er lebte jetzt mit ihr zusammen. Er gewöhnte sich an, seine gesamte Zeit in ihrem Haus zu verbringen, sich an der Miete und den Lebenshaltungskosten zu beteiligen. Er bewahrte sein Rasierzeug in ihrem Bad auf und quetschte seine Anzüge zwischen die Kleider in ihrem Schrank. Aber er hatte den Ortswechsel an keinem bestimmten Tag vollzogen. Nein, das ging allmählich vor sich, nach und nach. Zuerst gab es die langen Weihnachtsferien, als Alexander allein zu Hause war. Warum sollte Macon ihm also nicht Gesellschaft leisten, nachdem er nun schon mal dort übernachtet hatte? Und warum sollte er nicht seine Schreibmaschine holen und am Küchentisch arbeiten? Und warum sollte er dann nicht zum Abendbrot und anschließend zum Schlafen bleiben?

Wollte man den Umzug unbedingt datieren, dann könnte man sagen, er habe erst eigentlich an dem Nachmittag stattgefunden, an dem Macon Edward mitbrachte. Macon war gerade von einer Reise zurückgekehrt – einer anstrengenden Blitztour durch fünf Städte im Süden, wo es überall kein bißchen wärmer war als in Baltimore – und hielt sich kurz bei Rose auf, um nach den Tieren zu sehen. Der Katze gehe es gut, sagte Rose. (Sie mußte Edwards jaulendes Gekläffe übertönen; er war außer sich vor Freude und Erleichterung.) Die Katze habe seine Abwesenheit vermutlich gar nicht wahrgenommen. Edward hingegen, tja …

»Er sitzt die meiste Zeit über in der Diele«, sagte sie, »und starrt die Tür an. Er hält den Kopf schräg und wartet auf dich.«

Damit war es entschieden. Als er in die Singleton Street zurückfuhr, nahm er Edward mit.

»Was meinst du?« fragte er Muriel. »Können wir ihn ein paar Tage hierbehalten? Feststellen, ob Alexander es aushält, ohne Spritzen?«

»Ich halte es bestimmt aus!« sagte Alexander. »Katzen vertrage ich keine; aber Hunde schon.«

Muriel machte ein zweifelndes Gesicht, äußerte aber, man könne es ja versuchen.

Inzwischen rannte Edward wie verrückt durchs ganze Haus und stöberte schnüffelnd in jeder Ecke und unter den Möbeln herum. Dann setzte er sich vor Muriel und grinste zu ihr hinauf. Er erinnerte Macon an einen Schuljungen, der für seine Lehrerin entbrannt ist: Alle seine Wunschträume hatten sich erfüllt; er war endlich am Ziel.

Während der ersten paar Stunden versuchten sie, ihn in einen anderen Teil des Hauses zu verbannen, was freilich mißlang. Er folgte Macon auf Schritt und Tritt und bekundete außerdem ein spontanes Interesse an Alexander. In Ermangelung eines Balls ließ er immer wieder kleine Gegenstände vor Alexanders Füße fallen, trat dann zurück und schaute ihn erwartungsvoll an. »Er will apportieren spielen«, sagte Macon und erklärte, was damit gemeint war. Alexander nahm ein Zündholzheftchen und warf es, den Arm tolpatschig nach hinten gebogen, von sich. Während Edward dem Heftchen nachjagte, nahm Macon sich vor, gleich am nächsten Morgen einen Ball zu kaufen und Alexander im Werfen zu unterweisen.

Alexander sah fern, und Edward schnurchelte zusammengerollt neben ihm auf der Couch, vergleichbar einer kleinen blonden Cashewnuß mit beseligt verknautschtem Gesicht. Alexander drückte ihn an sich und vergrub das Gesicht in Edwards Halskrause. »Vorsicht«, sagte Macon. Er hatte keine Ahnung, was er tun sollte, falls Alexander in Atemnot geriet. Aber Alexander geriet nicht in Atemnot. Zur Schlafenszeit hatte er lediglich eine Schniefnase, doch die hatte er meist sowieso.

Macon redete sich gern ein, Alexander habe keine Ahnung, daß er und Muriel miteinander schliefen. »Das ist doch einfach lächerlich«, sagte Muriel. »Was soll er sich denn denken, wo du übernachtest – auf der Wohnzimmercouch?«

»Vielleicht«, sagte er. »Irgendeine Erklärung wird er schon haben. Oder auch nicht. Ich meine ja nur, wir sollten ihn nicht mit der Nase darauf stoßen. Soll er denken, was er will.«

Macon war also schon jeden Morgen fertig angezogen, bevor Alexander erwachte. Er richtete das Frühstück her und ging ihn dann wecken. »Sieben Uhr! Zeit zum Aufstehen! Geh und ruf deine Mutter, ja?« Früher war Muriel, wie Macon erfahren hatte, oft im Bett geblieben, während Alexander, von selbst aufgewacht, sich für die Schule fertigmachte. Manchmal war er auch schon aus dem Haus gegangen, während sie noch schlief. Macon fand das empörend. Jetzt bereitete er ein komplettes Frühstück zu und bestand darauf, daß Muriel mit am Tisch saß. Muriel behauptete, vom Frühstücken werde ihr nur schlecht. Alexander behauptete, auch ihm werde schlecht, aber Macon sagte, das sei doch zu dumm. »Achtundneunzig Prozent aller Klassenbesten essen Eier zum Frühstück«, schwindelte er drauflos. »Neunundneunzig Prozent trinken Milch.« Er nahm die Schürze ab und setzte sich. »Hörst du zu, Alexander?«

»Ich muß mich übergeben, wenn ich Milch trinke.«

»Das bildest du dir nur ein.«

»Sag's ihm, Mama!«

»Er übergibt sich«, sagte Muriel dumpf. Sie saß zusammengekauert, das Kinn auf die Hand gestützt, in ihrem langen seidenen Morgenrock am Tisch. »Das hat etwas mit Enzymen zu tun.« Sie gähnte. Ihr Haar, das endlich die Dauerkrause zu verlieren begann, hing ihr, so gleichmäßig eingedellt wie die Zahnung von Haarnadeln, über den Rücken.

Alexander machte sich dann mit Buddy und Sissy Ebfetts, zwei robusten Kindern von der anderen Straßenseite, auf den Weg zur Schule. Muriel legte sich entweder wieder ins Bett oder zog sich an und ging einem ihrer Jobs nach, der an dem entsprechenden Tag gerade an der Reihe war. Dann spülte Macon das Frühstücksgeschirr und führte Edward Gassi. Sie gingen nicht weit; es war viel zu kalt. Die wenigen Leute, denen sie begegneten, eilten mit strampelnden Schritten dahin wie Stummfilmgestalten. Sie kannten Macon inzwischen vom Sehen und gestatteten sich im Vorübergehen einen flüchtigen Blick auf sein Gesicht – eine Art Gruß wie ein Nicken –, blieben aber stumm. Edward ignorierte sie. Gelegentlich kamen andere Hunde heran und beschnüffelten ihn, doch er fiel nicht einmal aus der Gangart. Mr. Marcusi, der vor seinem Lebensmittelgeschäft Kisten ablud, hielt so manchesmal inne, um zu sagen: »Na, du da, du Walze. Na, du Speckschwarte.« Edward strafte ihn mit Verachtung und stolzierte hochnäsig weiter. »So einen komischen Köter hab' ich mein Lebtag noch nicht gesehen«, rief Mr. Marcusi Macon nach. »Sieht aus wie eine Karikatur.« Macon lachte jedesmal.

Er begann, sich hier unbefangener zu fühlen. Er fand die Singleton Street in ihrer Armut und Häßlichkeit zwar nach wie vor bedrückend, aber sie wirkte nicht mehr so gefährlich. Er sah, daß die Rowdys vor dem Schnellrestaurant bejammenswert jung und zerlumpt waren – gesprungene Lippen, den spärlichen Bart schlecht abrasiert, einen verunsicherten, unfertigen Zug um die Augen. Er sah, daß die Frauen, sobald die Männer zur Arbeit gegangen waren, voll guter Vorsätze herauskamen und den Gehsteig vor ihrem Haus fegten, die Bierdosen und Kartoffelchipstüten einsammelten, sogar die Mantelärmel aufkrempelten und am kältesten Tag des Jahres ihre Vortreppen schrubbten. Kinder stoben vorbei wie Papierschnitzel im Wind – mit zwei unterschiedlichen Fäustlingen und laufender Nase –, und es konnte geschehen, daß eine der Frauen sich auf den Besen stürtzte und schrie: »Du dort! Ich seh' dich! Glaub ja nicht, daß ich nicht weiß, daß du die Schule schwänzt!« Denn diese Straße geriet ständig auf die schiefe Bahn, sah Macon, war ständig am Absacken, wurde aber immer gerade rechtzeitig von einer Frau mit weithin schallender Stimme und energischem Kinn zur Ordnung gerufen.

In Muriels Haus zurückgekehrt, wärmte er sich mit einer Tasse Kaffee auf. Dann stellte er die Schreibmaschine auf den Küchentisch und ließ sich mit seinen Notizen und Broschüren davor nieder. Das Fenster neben dem Tisch hatte große, trübe Scheiben, die jedesmal klapperten, wenn der Wind blies. Etwas an diesem Klappern erinnerte ihn an Eisenbahnfahrten. *Die Gänge des Flughafens in Atlanta müssen eine Gesamtlänge von zehn Meilen haben,* tippte er, und dann rüttelte eine Bö an den Scheiben, und er hatte das unheimliche Gefühl, daß Bewegung entstand; es war, als glitte der rissige Linoleumboden unter ihm weg.

Er telefonierte mit Hotels, Motels, Handelskammern und mit seinem Reisebüro in Vorbereitung künftiger Touren. Die Dispositionen notierte er sich in einem Terminkalender, den er – wie alljährlich – von Julian zu Weihnachten bekommen hatte – ein Erzeugnis des Druck- und Verlagshauses »Der Handelsmann« mit Spiralrücken. Die letzten Seiten enthielten diverse praktische Hinweise, in denen er gern schmökerte. Als Glücksstein für den Monat Januar galt der Granat; für den Februar der Amethyst. Eine Quadratmeile = 2,59 qkm. Das geeignete Geschenk anläßlich eines einjährigen Jubiläums war Papier. Macon sann über diese Angaben verträumt nach. Er gewann den Eindruck, daß es auf der Welt vor Gleichungen wimmelte; daß es auf alles eine Antwort geben mußte, wenn man nur die richtigen Fragen zu stellen verstand.

Dann wurde es Mittag, er schob die Arbeit beiseite und machte sich ein Sandwich oder wärmte eine Dosensuppe auf, ließ Edward auf einen Sprung in den winzigen Hinterhof hinaus. Danach werkelte er gern im Haus herum. So vieles war reparaturbedürftig. Und da er für alles eigentlich nicht zuständig war, konnte er unbeschwert an die Arbeit gehen. Er pfiff vor sich hin, während er die Tiefe einer Ritze sondierte, er summte, als er den Keller besichtigte und über die Unordnung den Kopf schüttelte. Im Obergeschoß entdeckte er eine dreibeinige Kommode, mit einer Dose Tomaten abgestützt, und er sagte zu Edward im Tone tiefster Befriedigung: »Skandalös.«

Unwillkürlich – beim Ölen eines Scharniers, beim Nachziehen einer Klinkenschraube – geriet er ins Sinnen, wie erstaunlich wenig das Haus über Muriel aussagte. Obwohl sie seit sechs oder sieben Jahren hier wohnen mußte, sah alles noch nach Provisorium aus. Ihre Habseligkeiten wirkten wie hastig hingestellt, behelfsmäßig untergebracht, als hätte sie im Grunde keine Beziehung zu ihnen. Das war eine Enttäuschung, denn Macon war sich, während er arbeitete, seiner brennenden Neugier auf ihre inneren Vorgänge bewußt. Als er eine Schublade schmirgelte, riskierte er einen Blick auf den Inhalt, erspähte aber nur fransenbesetzte Schals und vergilbte Netzhandschuhe aus den vierziger Jahren – Schlüssel zum Leben anderer Leute, nicht zu ihrem eigenen.

Was wollte er denn überhaupt wissen? Sie war ein aufgeschlagenes Buch, erzählte ihm alles – mehr, als ihm angenehm war. Sie versuchte auch nicht, ihre wahre Natur zu verbergen, die eindeutig alles andere als vollkommen war. Es hatte sich herausgestellt, daß sie ein aufbrausendes Temperament, eine boshafte Zunge und einen Hang zu Depressionen hatte, aus denen man sie oft stundenlang nicht herausreißen konnte. Alexander gegenüber verhielt sie sich widersprüchlich bis dorthinaus – erst übertrieben besorgt, dann wieder gleichgültig und lässig. Sie war zweifellos intelligent, glich das aber mit dem exorbitantesten Aberglauben aus, der Macon je untergekommen war. Kaum ein Tag verging, an dem sie ihm nicht bis ins kleinste Detail einen Traum erzählte, den sie dann auf irgendwelche Omen abklopfte. (Ein Traum von weißen Schiffen auf purpurner See habe sich am nächsten Tag bewahrheitet, behauptete sie, als ein Hausierer in einem purpurnen, mit kleinen weißen Booten gemusterten Sweater an der Tür erschien. »Genau das gleiche Purpurrot! Das gleiche Schiff!« Macon hatte sich bloß gefragt, was für ein Hausierer Kleidung dieser Art tragen mochte.) Sie glaubte an Horoskope und Tarockkarten und Alphabettafeln. Ihre Glückszahl war die Siebzehn. In einem früheren Leben war sie angeblich Modeschöpferin gewesen, und sie schwor, sie könne sich an mindestens einen ihrer Tode erinnern. (»Uns scheint, sie ist entschlafen«, sprachen sie zum Arzt, als er eintrat, und der Arzt nahm seinen Gesichtsschutz ab.) Sie war auf verschwommene, konfessionslose Weise religiös und hegte nicht den geringsten Zweifel, daß Gott höchstpersönlich ein Auge auf sie hatte –

unfaßlich, fand Macon, angesichts der Tatsache, wie sehr sie sich um jeder benötigten Kleinigkeit willen hatte abrackern müssen.

Das alles wußte er, und trotzdem: Als er auf der Arbeitsplatte in der Küche einen gefalteten Zettel fand, öffnete er ihn und verschlang ihr fahriges Gekritzel, als wäre sie eine Fremde. *Brezeln. Strumpfhosen. Zahnarzt,* las er. *Mrs. Arnolds Wäsche holen.*

Nein, so nicht. So nicht.

Dann war es drei Uhr, Alexander kam aus der Schule und schloß die Tür mit einem Schlüssel auf, den er an einem Schnürsenkel um den Hals trug. »Macon?« rief er zaghaft. »Bist du das dort drin?« Er fürchtete sich vor Einbrechern. Macon sagte: »Ja, ich bin's.« Edward sprang auf und rannte los, um den Ball zu holen. »Wie ist es dir ergangen?«

»Ach, okay.«

Macon hatte jedoch das Gefühl, daß Alexander mit der Schule seinen Kummer hatte. Er kam mit noch verhärmterem Gesicht als sonst nach Hause, die Brille voller Fingerabdrücke. Er gemahnte Macon an eine Hausaufgabe, an der zuviel herumradiert und umgeschrieben worden war. Seine Kleidung war hingegen noch genauso adrett wie am Morgen beim Verlassen des Hauses. Himmel, diese Kleidung! Strahlend sauberes Polohemd mit dezenten braunen Nadelstreifen, farblich dazu passende Hose, um die Taille von einem schweren Ledergürtel bauschig zusammengehalten. Blankgeputzte braune Schuhe. Blendendweiße Socken. Spielte er denn nie? Gab es keine Pausen mehr für die Kinder?

Macon setzte ihm einen Imbiß vor: Milch und Plätzchen. (Nachmittags trank Alexander seine Milch anstandslos.) Dann half er ihm bei den Hausaufgaben, die von einfachster Art waren – Rechnen und Lesen. »Wozu brauchte Joe das Zehncentstück? Wo war Joes Vater?«

»Hmm . . .«, sagte Alexander. Blaue Adern pulsierten an seinen Schläfen.

Er war kein dummes Kind, aber er war gehemmt, wie Macon meinte. Gehemmt. Sogar sein Gang war verkrampft. Sogar sein Lächeln wagte sich nie über zwei unsichtbare Begrenzungen in der Mitte seines Gesichts hinaus. Nicht, daß er jetzt gelächelt hätte. Er runzelte die Stirn und schlug die Augen angstvoll zu Macon auf.

»Laß dir Zeit«, redete Macon ihm zu. »Es eilt nicht.«

»Ich kann es aber nicht! Ich weiß es nicht! Ich weiß es nicht!«

»Du erinnerst dich doch an Joe«, sagte Macon geduldig.

»Ich weiß nicht!«

Manchmal blieb Macon bei der Sache, manchmal ließ er sie fallen. Schließlich war Alexander bis jetzt auch ohne ihn zurechtgekommen, oder nicht? Macon trieb hier einen sonderbaren Aufwand: Alexander war nicht sein eigenes Kind. Macon fühlte sich mit ihm auf alle möglichen komplizierten Weisen verbunden, aber nicht so untrennbar, unumgänglich wie seinerzeit mit Ethan. Er konnte sich immer noch von Alexander zurückziehen; er konnte ihn immer noch sich selbst überlassen. »Na schön«, konnte er sagen, »besprich das morgen mit deiner Lehrerin.« Und dann konnte er wieder an etwas anderes denken.

Der Unterschied lag darin, gestand er sich ein, daß er hier keine Verantwortung zu tragen hatte. Und dieses Wissen erleichterte ihn beträchtlich.

Als Muriel heimkam, kehrten frische Luft und Geschäftigkeit und Aufregung mit ihr ein. »Ist das *kalt*! Ist das *windig*! Das Radio sagt für heute nacht schreckliche Minustemperaturen voraus. Edward, nieder, sofort! Wer möchte Zitronentorte zum Nachtisch? Stellt euch vor, was passiert ist: Ich mußte für Mrs. Quick einkaufen gehen. Zuerst sollte ich Haushaltswäsche für ihre Tochter besorgen, die heiratet nämlich, dann mußte ich alles zurückbringen, weil die Farbe falsch war, ihre Tochter will nichts Pastellenes, sondern alles in Weiß, das hat sie ihrer Mutter angeblich ausdrücklich gesagt . . . Und dann mußte ich Kuchen für die Bewirtung von den Brautjungfern holen, und wie Mrs. Quick die Zitronentorte sieht, sagt sie: ›Oh, bloß keine Zitrone! Nicht diese pappige Zitrone, die immer so nach Limonade schmeckt!‹ Darauf ich: ›Mrs. Quick, wie kommen Sie dazu, das als pappig zu bezeichnen? Das ist eine frisch gebackene Zitronenbaisertorte ohne eine Spur von künstlichem . . .‹ Also, langer Rede kurzer

Sinn, sie hat gesagt, ich soll sie für meinen kleinen Jungen mit nach Hause nehmen. ›Damit Sie's nur wissen, ich bin überzeugt, er verträgt die Torte nicht‹, sage ich. ›Wahrscheinlich ist er allergisch!‹ Aber genommen habe ich sie doch!«

Sie begann, in der Küche herumzufuhrwerken, um schnell etwas auf den Tisch zu bringen – ein Fertigmenü wie meist, dazu Gemüse aus der Dose. Manchmal fand sie das Gesuchte nicht dort, wo sie es erwartete (durch Macons Schuld – er konnte das Reorganisieren nicht lassen), aber sie gewöhnte sich gutmütig daran. Während der Speck in der Pfanne brutzelte, rief sie für gewöhnlich ihre Mutter an und wiederholte alles, was sie eben Macon und Alexander erzählt hatte. »Aber die Tochter wollte Weiß und . . . Oh, bloß nicht diese pappige Zitronentorte‹, sagt sie . . .«

Wenn Mrs. Dugan nicht ans Telefon kommen konnte (was öfter der Fall war), unterhielt Muriel sich statt dessen mit Claire, die zu Hause offenbar Schwierigkeiten hatte. »Sag's ihnen!« riet Muriel ihrer Schwester. »Sag's ihnen einfach! Sag, das läßt du dir nicht gefallen!« Den Hörer an die Schulter gedrückt, zog sie eine Schublade auf und nahm Messer und Gabeln heraus. »Wozu brauchen sie jeden Schmarren zu wissen, den du tust? Es ist *egal,* ob du etwas vorhast oder nicht. Sag ihnen: ›Ich bin siebzehn, und es geht euch überhaupt nichts an, ob ich etwas vorhabe oder nicht. Schließlich bin ich fast erwachsen‹, sagst du ihnen.«

Doch später, wenn Mrs. Dugan endlich an den Apparat kam, klang Muriel selbst wie ein Kind. »Ma? Wo steckst du? Du kannst mit deiner Tochter nicht mal ein paar Worte reden, bloß weil im Radio deine Lieblingsmelodie gespielt wird? ›Laras Lied‹ ist dir wichtiger als dein eigen Fleisch und Blut?«

Selbst nachdem Muriel aufgelegt hatte, konnte sie sich nur selten auf das Abendessen konzentrieren. Gelegentlich stellte sich ihre Freundin ein und sah ihnen beim Essen zu – eine dicke junge Frau namens Bernice, die im Gas- und Elektrizitätswerk arbeitete. Oder jemand aus der Nachbarschaft klopfte an die Tür und trat unaufgefordert ein. »Muriel, hast du nicht zufällig einen Rabattcoupon für Stützstrümpfe? Jung und schlank, wie *du* bist, brauchst du ihn bestimmt nicht.« – »Muriel, Samstag früh muß ich in die Zahnklinik, wär's möglich, daß du mich im Wagen mitnimmst?« Muriel war in dieser Straße ein Unikum – eine Frau mit eigenem Auto –, und alle wußten Bescheid über die Abmachung mit dem Jungen, der die Reparaturen besorgte. Sonntags, wenn Dominick den ganzen Tag über den Wagen verfügte, wurde sie von niemandem belästigt; doch sobald der Montag anbrach, standen sie Schlange mit ihren Anliegen. »Der Doktor will, ich soll kommen und ihm zeigen . . .« – »Ich hab' meinen Kindern versprochen, ich geh' mit ihnen in den . . .«

Falls Muriel verhindert war, fiel es ihnen nie ein, sich statt dessen an Macon zu wenden. Macon war noch immer nicht einer von ihnen; sie warfen ihm Seitenblicke zu, taten aber, als merkten sie nicht, daß er zuhörte. Sogar Bernice genierte sich vor ihm und vermied es, ihn beim Namen zu nennen.

Wenn die Gewinnzahl der Lotterie im Fernsehen durchgegeben wurde, waren alle schon gegangen. Hier richtete man sich in erster Linie nach dem Fernsehprogramm, wie Macon festgestellt hatte. Die Nachrichten konnte man versäumen, nicht jedoch die Ziehung der Lotterie; ebensowenig das »Abendmagazin« oder einen der nachfolgenden Spielfilme. Diese Sendungen sah Alexander sich an, Muriel aber nicht, obwohl sie das Gegenteil behauptete. Sie saß auf der Couch vor dem Gerät und redete, oder sie lackierte sich die Nägel, oder sie las den einen oder anderen Artikel. »Da! ›So können Sie Ihre Oberweite vergrößern.‹«

»Du brauchst deine Oberweite nicht zu vergrößern«, sagte Macon.

»›Dichtere, längere Wimpern in nur sechzig Tagen.‹«

»Du brauchst keine dichteren Wimpern.«

Er war mit allem zufrieden, wie es war. Er kam sich vor wie losgelöst, wie in einem Schwebezustand.

Und später dann, auf dem letzten Spaziergang mit Edward, behagte ihm die Atmosphäre des Viertels bei Nacht. In diesem Teil der Stadt zeigten sich keine Sterne, der Himmel war zu blaß in seinem perlmuttfarbenen Dunst. Die Gebäude waren vermummte, dunkle Schemen, aus denen gedämpfte Geräusche drangen –

Musik, Gewehrschüsse, Pferdegewieher. Macon blickte hinauf zu Alexanders Fenster und sah, wie Muriel eine Decke auseinanderfaltete – so zart und scharf umrissen wie ein Scherenschnitt.

Eines Mittwochs tobte ein schwerer Schneesturm, der am Morgen einsetzte und den ganzen Tag anhielt. Der Schnee fiel in Klumpen gleich weißen wollenen Fäustlingen, verdeckte die schmutzigen Reste früherer Schneefälle, verbrämte die scharfen Konturen der Straße und versteckte die Mülltonnen unter daunigen Hauben. Selbst die Frauen, die ihre Vortreppen stündlich säuberten, kamen mit dem Fegen nicht nach, gaben gegen Abend auf und blieben im Haus. Die ganze Nacht hindurch leuchtete die Stadt fliederfarben. Es herrschte vollkommene Stille.

Am nächsten Morgen wachte Macon spät auf. Muriels Seite des Bettes war leer, aber ihr Radio spielte noch. Ein Ansager mit müde klingender Stimme gab Ausfälle durch. Schulen waren geschlossen, Fabriken waren geschlossen, »Essen auf Rädern« hatte die Lieferung eingestellt. Macon staunte über die zahlreichen Aktivitäten, die allein für diesen Tag geplant worden waren – Arbeitsessen und Vorträge und Protestversammlungen. Diese Energie, dieser Elan! Er war geradezu von Stolz erfüllt, obwohl er nicht beabsichtigt hatte, an einer dieser Veranstaltungen teilzunehmen.

Dann hörte er unten Stimmen. Alexander mußte schon wach sein, und da saß er nun in Muriels Schlafzimmer in der Falle.

Er kleidete sich geräuschlos an und vergewisserte sich, daß die Luft rein war, ehe er über den Flur ins Bad ging. Er bemühte sich, die Treppe hinunterzugelangen, ohne daß die Bretter knarrten. Im Wohnzimmer war es vom Widerschein des Schnees ungewohnt hell. Die Couch war aufgeschlagen – eine Anhäufung von Laken und Decken. Claire hatte hier die letzten paar Nächte geschlafen. Macon ging den Stimmen in die Küche nach. Dort aß Alexander gerade Pfannkuchen, Claire buk auf dem Herd noch weitere heraus, Muriel hockte in ihrem üblichen Morgentief vor ihrer Kaffeetasse. An der Hintertür stand schneetriefend Bernice, in mehrere riesige Plaids eingehüllt. »Also jedenfalls«, sagte Claire zu Bernice, »Ma sagt: ›Claire, wer ist der Junge, der dich hergefahren hat?‹ Ich sage: ›Das ist kein Junge, das ist Josie Tapp mit ihrer neuen Punkfrisur.‹ Und Ma sagt: ›Ich lass' mir von dir doch keinen Bären aufbinden!‹ Darauf sage ich: ›Mir reicht's jetzt! Verhöre! Sperrstunden! Verdächtigungen!‹ Und ich bin gegangen und in den nächsten Bus gestiegen, der hierherfährt.«

»Sie haben bloß Angst, daß du so wirst wie Muriel«, meinte Bernice.

»Aber Josie Tapp! Ich meine – allmächtiger Gott!«

Die allgemeine Aufmerksamkeit wandte sich Macon zu. Claire sagte: »Hallo, Macon. Möchtest du Pfannkuchen?«

»Nur ein Glas Milch, danke.«

»Sie sind noch schön heiß.«

»Macon glaubt, Zucker auf leeren Magen verursacht Geschwüre«, sagte Muriel. Sie umfaßte die Kaffeetasse mit beiden Händen.

Bernice erklärte: »Ich jedenfalls sage nicht nein.« Und sie kam zum Tisch und zog sich einen Stuhl heran. Ihre Stiefel hinterließen bei jedem Schritt Schneehäufchen auf dem Boden. Edward zokkelte hinterdrein und leckte sie auf. »Wir beide sollten einen Schneemann bauen«, sagte Bernice zu Alexander. »Der Schnee muß einem ja bis zur Brust reichen.«

»Sind die Straßen geräumt?« fragte Macon.

»Soll das ein Witz sein?«

»Die sind nicht mal mit der Zeitung durchgekommen«, gab Alexander Bescheid. »Edward ist schon ganz plemplem, weil er sich wundert, daß er sie nicht finden kann.«

»Und überall in der Stadt stehen gestrandete Autos rum. Das Radio meldet, daß sich kein Mensch aus dem Haus traut.«

Doch Bernice hatte es kaum ausgesprochen, als Edward zur Hintertür jagte und zu bellen anfing. Draußen zeichnete sich eine Gestalt ab. »Wer ist das?« fragte Bernice.

Muriel klopfte mit dem Fuß; Edward legte sich nieder, bellte aber weiter. Macon öffnete die Tür. Er sah sich Aug in Auge seinem Bruder Charles gegenüber, der, eine Schildmütze mit Ohrenklappen auf dem Kopf, ungewohnt urig aussah. »Charles?« fragte Macon. »Was tust denn *du* hier?«

Charles trat ein und brachte den frischen, verheißungsvollen Geruch von Neuschnee mit herein. Edwards Gekläff schlug in Begrüßungswinseln um. »Ich komme dich abholen«, erklärte Charles. »Konnte dich telefonisch nicht erreichen.«

»Wieso abholen?«

»Dein Nachbar Garner Bolt hat angerufen, in deinem Haus ist angeblich ein Rohr geplatzt oder so, und alles schwimmt. Ich versuche, dich seit aller Frühe zu erreichen, aber bei dir war immer besetzt.«

»Das bin ich gewesen«, sagte Claire, während sie einen Servierteller voller Pfannkuchen auf den Tisch stellte. »Ich habe den Hörer abgenommen, damit meine Alten mich nicht anrufen und dauernd auf mir herumhacken können.«

»Das ist Muriels Schwester Claire«, stellte Macon vor. »Und das ist Alexander, und das ist Bernice Tilghman. Mein Bruder Charles.«

Charles machte ein verwirrtes Gesicht.

Sich in dieser Gruppe auszukennen fiel aber auch wirklich nicht leicht. Claire präsentierte sich zusammengewürfelt wie stets – Heideröslein-Schlafrock über ausgebleichten Jeans, fransenbesetzte, bis zum Knie geschnürte Mokassinstiefel. Bernice hätte man für einen Holzfäller halten können. Alexander war adrett und geschniegelt, wohingegen Muriel in ihrem gewagten seidenen Morgenrock fast unanständig wirkte. Außerdem war die Küche so klein, daß sich mehr Menschen darin aufzuhalten schienen, als tatsächlich da waren. Und Claire schwenkte den Wender, daß die Fetttröpfchen nur so flogen. »Pfannkuchen?« fragte sie Charles. »Orangensaft? Kaffee?«

»Nein, vielen Dank«, sagte Charles. »Ich muß wirklich gleich –«

»Garantiert möchten Sie Milch«, sagte Muriel. Sie stand auf, wobei sie glücklicherweise nicht vergaß, den Morgenrock zusammenzuhalten. »Garantiert möchten Sie keinen Zucker auf leeren Magen.«

»Nein, ich muß wirklich –«

»Macht gar keine Mühe!« Sie nahm den Karton aus dem Kühlschrank. »Wie sind Sie überhaupt hergekommen?«

»Mit dem Wagen.«

»Ich denke, die Straßen sind blockiert?«

»Es war nicht so schlimm«, sagte Charles und akzteptierte ein Glas Milch. »Viel schwieriger war es, herzufinden.« Und zu Macon: »Ich habe auf dem Stadtplan nachgesehen und mich dann trotzdem verfahren.«

»Was hat Garner genau gesagt, Charles?«

»Er hat gesagt, daß er gesehen hat, wie an der Innenseite deines Wohnzimmerfensters Wasser herunterrinnt. Er hat hineingeschaut und gesehen, daß es von der Decke tropft. Hätte schon vor Wochen passiert sein können, sagt er. Du weißt doch, die Kältewelle über Weihnachten.«

»Klingt nicht gut«, meinte Macon.

Er ging seinen Mantel aus dem Schrank holen. Als er zurückkam, sagte Muriel gerade: »Möchten Sie nicht jetzt, wo Sie keinen leeren Magen mehr haben, ein paar von Claires Pfannkuchen probieren?«

»Ich hab' ein halbes Dutzend verdrückt«, eröffnete ihm Bernice. »Man nennt mich nicht umsonst Fettarsch.«

Charles sagte: »Äh, tja –«, und sah Macon hilflos an.

»Wir müssen gehen«, sagte Macon zu den anderen. »Charles, steht das Auto hinter dem Haus?«

»Nein, vorne. Ich bin zur Hintertür gegangen, weil die Klingel nicht funktionieren wollte.«

Charles hatte einen reservierten, mißbilligenden Ton in der Stimme, aber Macon sagte nur unbekümmert: »Ach ja! Die reinste Bruchbude, das hier.« Er ging voraus zur Haustür. Er kam sich vor wie jemand, der vorführt, wie gut er mit den Eingeborenen auskommt.

Mit vereinten Kräften und einiger Mühe stießen sie die Tür auf und tappten die Stufen hinunter; sie waren so tief unter dem Schnee vergraben, daß die beiden Männer mehr oder weniger der Länge nach hinunterrutschten in der Hoffnung, weich zu landen. Alles funkelte und blitzte im Sonnenschein. Sie wateten in Richtung Straße; Macons Schuhe füllten sich rasch mit Schnee – ein erfrischendes Prickeln, das sich fast augenblicklich in Schmerz verwandelte.

»Ich glaube, es ist besser, wir nehmen beide Wagen«, meinte er zu Charles.

»Wieso?«

»Nun ja, wozu sollst du den ganzen Weg hierher noch einmal fahren?«

»Wenn wir aber nur einen nehmen, dann kann einer fahren und der andere anschieben, falls wir steckenbleiben.«

»Dann nehmen wir meinen.«

»Aber meiner ist schneefrei und ausgeschaufelt.«

»Aber mit meinem könnte ich dich zu Hause absetzen und dir die Rückfahrt hierher ersparen.«

»Aber dann bleibt ja mein Wagen in der Singleton Street liegen.«

»Wir können ihn dir bringen, sobald der Schneepflug durch ist.«

»Und bei *meinem* Wagen ist der Motor schon warm!« sagte Charles.

Hatten sie immer so geredet, all die Jahre? Macon lachte kurz auf, doch Charles wartete gespannt auf seine Antwort. »Schön, wir nehmen deinen«, willigte Macon ein. Sie stiegen in Charles' VW.

Es gab tatsächlich allenthalben stehengelassene Autos, willkürlich verteilte, ungestalte weiße Hügel, dahin und dorthin ausgerichtet, so daß die Straße einem Fluß voll driftender Boote ähnelte. Charles manövrierte sich geschickt zwischen ihnen hindurch. Er fuhr ein langames, gleichmäßiges Tempo und sprach über Roses Hochzeit. »Wir haben zu ihr gesagt, der April ist zu unbeständig. Lieber später, haben wir ihr geraten, wenn sie unbedingt im Freien getraut werden möchte. Aber Rose sagt nein, sie will es riskieren. Sie ist überzeugt, das Wetter wird herrlich.«

Ein verschneiter Jeep vor ihnen, das einzige Fahrzeug in Bewegung, das sie bis jetzt gesehen hatten, schlidderte plötzlich zur Seite. Charles fuhr einen langen, flachen Bogen und überholte ihn gewandt. Macon sagte: »Wo werden sie überhaupt wohnen?«

»Aber – bei Julian, nehme ich an.«

»In einem Haus für Singles?«

»Nein, er hat jetzt etwas anderes, eine Wohnung nicht weit vom Belvedere.«

»Ach so«, sagte Macon. Es fiel ihm jedoch schwer, sich Rose in einer Mietwohnung vorzustellen – oder sonstwo übrigens außer im großelterlichen Haus mit den Eierstabornamenten und den Fenstern mit den schweren Vorhängen.

Überall in der Stadt schippten die Leute Schnee, hoben Gräben zu ihren geparkten Wagen aus, kratzten die Windschutzscheiben ab, schaufelten Gehwege frei. So etwas wie Ferienstimmung schien sie erfaßt zu haben; sie winkten einander zu und verständigten sich durch Zurufe. Ein Mann, der nicht nur seinen Gehsteig, sondern auch noch ein Stück Straße gesäubert hatte, führte auf dem nassen Beton ein Steptänzchen auf, und als Charles mit Macon vorbeifuhr, hielt er inne und schrie: »Was ist, seid ihr verrückt? Bei solchen Zuständen herumkutschieren!«

»Ich muß schon sagen, du bist bemerkenswert ruhig in Anbetracht der Situation«, fand Charles.

»Welcher Situation?« fragte Macon.

»Ich meine dein Haus. Wo das Wasser seit wer weiß wann durch die Decke rinnt.«

»Ach das.« Ja, früher hätte er sich darüber sehr aufgeregt.

Unterdessen hatten sie die North Charles Street erreicht, wo die Schneepflüge bereits geräumt hatten. Macon wunderte sich über die lockere Bebauung – die Häuser weit auseinander, dazwischen schräg abfallende Freiflächen. Das war ihm vorher nie aufgefallen. Er beugte sich vor und spähte in die Seitenstraßen, die noch immer völlig weiß waren. Und nach nur wenigen Blocks, als Charles in Macons Gegend abbog, erblickten sie ein junges Mädchen auf Skiern.

Sein Haus sah aus wie immer, wenn auch ein wenig schmuddelig im Vergleich zu dem Schnee. Sie blieben eine Weile im Wagen sitzen und betrachteten es prüfend, bis Macon sagte: »Also, dann wollen wir mal.« Sie stiegen aus. Sie sahen, wo Garner Bolt durch den Vorgarten gewatet war; sie erblickten die Bogenkante seiner Fußstapfen vor dem Fenster, durch das er hineingespäht hatte.

Aber der Gehsteig war kein bißchen ausgetreten und bereitete Macon in seinen glattsohligen Schuhen einige Schwierigkeiten.

Kaum hatte er die Tür aufgeschlossen, hörten sie das Wasser. Das Wohnzimmer war von einem ruhigen, stetigen Tropfgeräusch erfüllt wie ein Gewächshaus nach dem Besprühen der Pflanzen. Charles, der als erster eintrat, sagte: »O mein Gott!« Macon blieb hinter ihm in der Diele wie angewurzelt stehen.

Allem Anschein nach war ein Rohr im Obergeschoß (in dem kleinen kalten Bad neben Ethans ehemaligem Zimmer, hätte Macon gewettet) eingefroren und geplatzt, der Himmel mochte wissen, vor wie langer Zeit, und das Wasser war gelaufen und gelaufen, bis es den Plafond durchtränkt hatte und nun durch den Verputz sickerte. Im ganzen Zimmer regnete es. Herabgefallene Verputzbrocken hatten die Möbel weiß bekleckst. Die Bodenbretter waren fleckig. Der Teppich gab, als Macon ihn betrat, ein quatschendes Geräusch von sich. Er staunte über die Gründlichkeit der Verwüstung. Nicht die geringste Kleinigkeit war verschont geblieben. Sämtliche Aschenbecher waren voll von nassen Splittern, sämtliche Zeitschriften durchweicht. Von den Polstermöbeln stieg Schimmelgeruch auf.

»Was wirst du denn jetzt tun?« hauchte Charles.

Macon riß sich zusammen. »Den Haupthahn schließen, natürlich.«

»Aber dein Wohnzimmer!«

Macon gab keine Antwort. Sein Wohnzimmer sei – angemessen, wollte er sagen. Noch angemessener wäre es, wenn es total hinweggespült worden wäre. (Er stellte sich das Haus bis übers Dach unter Wasser vor, gespenstisch durchsichtig wie ein Schloß auf dem Grund eines Goldfischglases.)

Er ging hinunter in den Keller und drehte den Haupthahn zu; dann überprüfte er den Ausguß im Waschhaus. Trocken. Normalerweise ließ er das Wasser den ganzen Winter hindurch laufen, einen dünnen Strahl, um das Einfrieren der Rohre zu verhindern, doch dieses Jahr hatte er nicht daran gedacht und seine Brüder ganz offensichtlich auch nicht, als sie hier waren, um den Heizofen in Betrieb zu setzen.

»Das ist ja schrecklich, einfach schrecklich«, sprach Charles vor sich hin, als Macon wieder heraufkam. Doch inzwischen war er in der Küche angelangt, wo kein Schaden entstanden war. Er öffnete und schloß Schranktüren. »Schrecklich. Schrecklich.«

Macon hatte keine Ahnung, worüber Charles sich so ereiferte. Er sagte: »Laß mich schnell meine Stiefel holen, und wir können gehen.«

»Gehen?«

Macon vermutete seine Stiefel oben im Wandschrank. Er ging hinauf ins Schlafzimmer. Hier war alles so trostlos – die nackte Matratze mit dem Leibsack, der verstaubte Spiegel, die mürbe, vergilbte Zeitung auf dem Nachttisch. Er bückte sich und suchte unter den Gegenständen auf dem Boden des Schranks. Da waren seine Stiefel jawohl, neben einigen Drahtbügeln und irgendeinem Büchlein. *Tagebuch für den Gartenfreund 1976.* Er blätterte es flüchtig durch. *Erstes Rasenmähen im Frühling* hatte Sarah mit ihrer gedrängten Schrift eingetragen. *Forsythia blüht noch.* Macon schlug das Tagebuch zu, strich über den Einband und legte es weg.

Er ging, die Stiefel in der Hand, wieder hinunter. Charles war ins Wohnzimmer zurückgekehrt und wrang Kissen aus. »Laß das sein«, sagte Macon. »Die werden ja gleich wieder naß.«

»Kommt deine Versicherung dafür auf?«

»Das nehme ich doch an.«

»Wie werden die das nennen? Wasserschaden? Wetterschaden?«

»Weiß ich nicht. Gehen wir.«

»Du solltest unseren Baumenschen anrufen, Macon. Du erinnerst dich doch an den Mann, der unsere Veranda gerichtet hat?«

»Hier wohnt ja niemand mehr.«

Charles, noch mit einem Kissen in der Hand, richtete sich auf. »Was soll das heißen?«

»Heißen?«

»Willst du dagen, du läßt alles so liegen und stehen?«

»Wahrscheinlich«, sagte Macon.

»Alles durchnäßt und ruiniert? Keine Reparaturen?«

»Nun ja«, sagte Macon und winkte ab. »Los, komm, Charles.«

Doch Charles zögerte, konnte sich vom Anblick des Wohnzimmers nicht losreißen. »Schrecklich. Sogar die Vorhänge triefen. Das wird Sarah schrecklich treffen.«

»Ich möchte bezweifeln, daß sie auch nur einen einzigen Gedanken daran verschwendet.«

Er blieb auf der Veranda stehen, um sich die Stiefel anzuziehen. Sie waren alt und steif, solche mit Metallspangen. Er stopfte die nassen Hosenaufschläge in die Schäfte und ging dann voraus zur Straße.

Als sie im Wagen saßen, ließ Charles den Motor nicht an, sondern verharrte bewegungslos, den Zündschlüssel in der Hand, und sah Macon ernst an. »Ich finde es an der Zeit, daß wir uns aussprechen«, sagte er.

»Worüber?«

»Ich möchte wissen, was du mit dieser komischen Muriel im Sinn hast.«

»Nennt ihr sie so? ›Diese komische Muriel?‹«

»Sonst macht bestimmt niemand den Mund auf«, sagte Charles. »Es geht mich angeblich nichts an. Aber ich bringe es einfach nicht fertig, untätig zuzuschauen, Macon. Ich muß dir sagen, was ich denke. Wie alt bist du – zweiundvierzig? Oder schon dreiundvierzig? Und sie ist . . . Aber hinzu kommt noch – sie ist nicht der richtige Typ für dich.«

»Du kennst sie ja gar nicht!«

»Ich kenne den Typ.«

»Ich muß jetzt langsam nach Hause, Charles.«

Charles blickte hinunter auf den Zündschlüssel. Dann startete er den Wagen und schwenkte auf die Straße ein, ließ das Thema jedoch nicht fallen. »Sie ist so etwas wie ein Symptom, Macon! Du bist in letzter Zeit kein normaler Mensch mehr, und diese komische Muriel ist ein Symptom. Das sagen alle.«

»Ich war noch nie im Leben so normal«, konterte Macon.

»Was ist das für ein Gerede? Das ist doch Unsinn!«

»Und wer sind überhaupt ›alle‹?«

»Aber – Porter, Rose, ich . . .«

»Allesamt solche Experten.«

»Wir machen uns eben Sorgen um dich, Macon.«

»Könnten wir nicht das Thema wechseln?«

»Ich mußte dir sagen, was ich denke.«

»Na schön. Du hast es mir gesagt.«

Charles sah aber keineswegs zufrieden aus.

Der Wagen wühlte sich durch den Matsch; Streifen hellen Wassers rieselten vom Dach über die Windschutzscheibe. Auf der Hauptstraße ging es schneller vorwärts. »Ich möchte nicht wissen, was das viele Streusalz deinem Unterboden antut«, sagte Macon.

Charles sagte: »Ich habe dir noch nie etwas davon verraten, aber meiner Meinung nach wird Sex überbewertet.«

Macon sah ihn an.

»Ach, als Halbwüchsiger war ich daran genauso interessiert wie jeder andere auch«, sagte Charles. »Ich meine, es hat mich Tag und Nacht beschäftigt und so weiter. Aber das war nur Sex als *Idee,* verstehst du? Irgendwie war die Sache an sich weniger . . . Das heißt nicht, daß ich dagegen bin, aber es war nicht ganz so, wie ich es mir vorgestellt hatte. Zunächst einmal ist es ziemlich unsauber. Und dann ist das Wetter so ein Problem.«

»Das Wetter?«

»Wenn es kalt ist, zieht man seine Sachen so ungern aus. Wenn es heiß ist, werden beide so klebrig. Und in Baltimore ist es anscheinend immer entweder zu kalt oder zu heiß.«

»Vielleicht solltest du einen Klimawechsel in Betracht ziehen«, meinte Macon. Er begann, sich zu amüsieren. »Glaubst du, man hat die Sache wissenschaftlich nachgeprüft? Stadt für Stadt? Vielleicht könnte ›Handelsmann‹ eine Broschüre darüber herausgeben.«

»Und außerdem ergeben sich daraus oft Kinder«, sagte Charles. »Ich habe mir eigentlich nie viel aus Kindern gemacht. Sie kommen mir so störend vor.«

»Also, wenn du das aus diesem Grund zur Sprache gebracht hast, dann kannst du's vergessen«, sagte Macon. »Muriel kann keine mehr bekommen.«

Charles hüstelte. »Das höre ich gern«, sagte er, »aber deshalb habe ich es nicht zur Sprache gebracht. Ich glaube, was ich zum

Ausdruck bringen wollte, ist, daß ich Sex nicht für so wichtig halte, daß man sich deswegen das Leben ruiniert.«

»So? Wer ruiniert sich das Leben?«

»Macon, sieh es doch ein. Sie ist es nicht wert.«

»Woher willst du das wissen?«

»Kannst du mir etwas absolut Einmaliges an ihr nennen?« fragte Charles. »Ich meine, eine einzige, wirklich besondere Eigenschaft, Macon, nicht etwas so Verwaschenes wie ›Sie schätzt mich‹ oder ›Sie kann zuhören . . .‹«

Sie schaut zu Krankenhausfenstern hinaus und stellt sich vor, wie die Marsmenschen uns sehen, hätte Macon gern gesagt. Das hätte Charles jedoch nicht verstanden, also sagte er statt dessen: »Ich selbst bin ja auch kein ausgesprochenes Sonderangebot, falls du das noch nicht bemerkt haben solltest. Ich bin, wenn man so will, so etwas wie zweite Wahl. Man sollte *sie* vor *mir* warnen, wenn man es recht bedenkt.«

»Das ist nicht wahr. Das ist überhaupt nicht wahr. Ich kann mir durchaus vorstellen, daß ihre Familie ihr zu dem Fang gratuliert.«

»Zu dem Fang!«

»Einer, der ihren Lebensunterhalt finanziert. Irgendwer«, sagte Charles. »Sie kann sich glücklich schätzen, daß sich überhaupt irgendwer findet. Allein schon, wie sie redet! Sie lebt in diesem heruntergekommenen Haus, sie kleidet sich wie eine Lumpensammlerin, sie hat diesen kleinen Jungen, der anscheinend an der Hakenwurmkrankheit leidet oder –«

»Charles, jetzt mach aber mal einen Punkt!«

Charles klappte den Mund zu.

Sie waren mittlerweile in Muriels Gegend angelangt. Sie passierten die Papierfabrik mit dem verknäuelten Drahtzaun, der alten Sprungfedern ähnelte. Charles bog falsch ein. »Augenblick mal«, sagte er, »wo muß ich . . .«

Macon bot ihm keine Hilfe an.

»Halte ich die richtige Richtung ein? Oder nicht? Irgendwie scheint mir . . .«

Sie waren nur zwei kurze Blocks von der Singleton Street entfernt, aber Macon hoffte, Charles würde bis in alle Ewigkeit im

Kreis fahren. »Viel Glück«, sagte er, öffnete die Tür und schwang sich hinaus.

»Macon?«

Macon winkte ihm zu und tauchte in einer Gasse unter.

Freiheit! Sonnenglast auf blendendweißen Schneewehen und Kinder, die auf Rodelschlitten und Plastiktabletts herumfuhren. Leergefegte Parklücken, von Gartenstühlen bewacht. Horden von hoffnungsvollen Jungen mit Schaufeln. Und dann Muriels Haus, wo der Gehweg noch immer unter tiefem Schnee lag, wo es drinnen in den kleinen Räumen nach Pfannkuchen roch und in der Küche die so unterschiedlichen Frauen gemütlich beisammensaßen. Sie tranken jetzt Kakao. Bernice flocht Claires Haar zu Zöpfen. Alexander malte ein Bild. Muriel begrüßte Macon mit einem Kuß und quiekte über seine kalten Wangen. »Komm herein und wärm dich! Trink Kakao! Sieh dir Alexanders Bild an«, sagte sie. »Findest du's nicht herrlich? Ist er nicht toll? Ein richtiger da Vinci!«

»Leonardo«, sagte Macon.

»Was?«

»Nicht ›da Vinci‹. Um Gottes willen. Es heißt ›Leonardo‹«, klärte er sie auf. Dann stapfte er hinauf, um sich der feuchten Hose zu entledigen und etwas anderes anzuziehen.

15

»Tut mir leid, daß ich so dick bin«, sagte Macons Sitznachbar.

Macon erwiderte: »Oh, ah, äh –«

»Ich weiß, daß ich mehr Platz beanspruche, als mir zusteht«, sagte der Mann. »Meinen Sie, ich bin mir dessen nicht bewußt? Auf jedem Flug muß ich die Stewardeß um eine Sicherheitsgurtverlängerung bitten. Ich muß mein Lunchtablett auf den Knien balancieren, weil sich das Klapptischchen nicht herausziehen läßt. Eigentlich sollte ich zwei Plätze buchen, aber ich bin kein reicher Mann. Ich sollte zwei Tickets kaufen, damit ich meine Mitpassagiere nicht erdrücke.«

»Ach, sie erdrücken mich nicht«, sagte Macon.

Das traf nur deshalb zu, weil er fast im Gang saß, mit schräg herausragenden Knien, so daß jede Stewardeß, die vorüberging, die Seiten von *Miss McIntosh* aufblätterte. Und dennoch rührte ihn das große, glänzende, bekümmerte Gesicht des Mannes, das so rund war wie ein Babygesicht. »Mein Name ist Lucas Loomis«, sagte der Mann und streckte die Hand aus. Als Macon sie drückte, fühlte er sich an aufgegangenen Brotteig erinnert.

»Macon Leary«, stellte er sich vor.

»Das Dumme ist«, sagte der Mann, »daß ich von Berufs wegen reise.«

»So, so.«

»Ich demonstriere Software in Computerläden. Manchmal sitze ich sechs von sieben Tagen in einem Flugzeugsitz.«

»Nun ja, niemand findet die Sitze besonders geräumig.«

»Was machen Sie, Mr. Leary?«

»Ich verfasse Reiseführer.«

»Tatsächlich? Welcher Art?«

»Ach, Ratgeber für Geschäftsleute. Für Leute wie Sie, nehme ich an.«

»*Tourist wider Willen*«, sagte Mr. Loomis augenblicklich.

»Ja, stimmt.«

»Wirklich? Es stimmt? Na so was!« sagte Mr. Loomis. »Sehen Sie sich das an.« Er faßte seine Jackettaufschläge an, die so weit vorn saßen, daß seine Arme kaum ausreichten, die Leibesfülle zu umfangen. »Grauer Anzug. Genau wie von Ihnen empfohlen. Für alle Gelegenheiten passend.« Er deutete auf die Reisetasche zu seinen Füßen. »Sehen Sie mein Gepäck? Unterwäsche zum Wechseln, sauberes Hemd, Packung Waschmittel.«

»Sehr gut«, sagte Macon. So etwas war ihm noch nie vorgekommen.

»Sie sind mein Abgott!« versicherte Mr. Loomis. »Durch Sie haben meine Reisen um hundert Prozent gewonnen. Durch Sie habe ich von diesen elastischen Schnüren erfahren, die sich in Wäscheleinen verwandeln lassen.«

»Ach, die hätten Sie in jedem Drugstore finden können«, sagte Macon.

»Ich muß mich nicht mehr auf Hotelwäschereien verlassen; ich brauche mich nur noch selten auf die Straße hinauszuwagen. Ich sage zu meiner Frau, Sie können sie fragen, ich sage oft zu ihr, sage ich: ›Mit dem *Tourist wider Willen* reisen, das ist, wie wenn man in einer Kapsel reist, in einem Kokon. Vergiß nicht, meinen *Tourist wider Willen* einzupacken!‹, sage ich immer zu ihr.«

»Das hört man gern.«

»Manchmal bin ich bis nach Oregon geflogen und habe kaum gemerkt, daß ich Baltimore verlassen habe.«

»Ausgezeichnet.«

Eine Pause entstand.

»Obwohl«, sagte Macon, »neuerdings bin ich mir da nicht mehr so sicher.«

Mr. Loomis mußte sich mit dem ganzen Körper herumdrehen, damit er Macon ansehen konnte, wie jemand, der in einem Parka mit Kapuze steckt.

»Ich war nämlich«, sagte Macon, »an der Westküste. Um die USA-Ausgabe auf den neuesten Stand zu bringen. Natürlich habe ich schon früher an der Westküste recherchiert, in Los Angeles und so weiter. Gott, ja, die Gegend habe ich schon als Kind gekannt; aber San Fancisco habe ich zum erstenmal gesehen. Ich soll es auf Wunsch meines Verlegers ins Programm nehmen. Sind Sie jemals in San Francisco gewesen?«

»Da kommen wir doch gerade her«, brachte Mr. Loomis ihm in Erinnerung.

»San Francisco ist zweifellos, hm, schön«, sagte Macon.

Mr. Loomis ließ sich das durch den Kopf gehen.

»Baltimore natürlich auch«, ergänzte Macon eilig. »Oh, nichts auf Erden läßt sich mit Baltimore vergleichen. Aber San Francisco, also, ich meine, das ist mir vorgekommen wie –«

»Ich selbst bin in Baltimore geboren und aufgewachsen«, sagte Mr. Loomis. »Möchte um nichts auf der Welt woanders leben.«

»Nein, versteht sich«,. sagte Macon. »Ich meine ja nur –«

»Nicht für alles Geld ginge ich von dort weg.«

»Ich auch nicht.«

»Sie sind aus Baltimore?«

»Allerdings.«

»Einmalige Stadt.«

»Und ob«, bestätigte Macon.

Aber vor sein geistiges Auge schob sich ein Bild von San Francisco, auf Dunstschleiern schwebend wie eine Märchenstadt – von einer dieser Straßen aus gesehen, so hoch und steil, daß man, wie es in dem Folksong heißt, wirklich den Kopf darüber hängen lassen und lauschen konnte, wie der Wind weht.

Er hatte Baltimore an einem Tag verlassen, an dem es gegraupelt hatte und die Rollbahnen vereist waren, und er war nicht übermäßig lange fortgeblieben; doch bei seiner Rückkehr war es Frühling. Die Sonne schien, und die Bäume hatten grüne Spitzen. Es war noch immer ziemlich kühl, aber er fuhr mit offenem Wagenfenster. Die Brise roch genau wie Vouvray – blumig, mit einem Hauch von Mottenkugeln durchsetzt.

An der Singleton Street lugten Krokusse aus der harten Erde vor den Kellerfenstern. Vorleger und Bettdecken flappten in den Hinterhöfen. Ein ganzer Schwarm von Babys hatte das Nest verlassen. Sie kreuzten anmaßend in ihren Kinderwagen auf, geschoben von Müttern oder Großmütterpaaren. Alte Leute saßen draußen auf dem Gehsteig im Klappsessel oder im Rollstuhl, und an den Straßenecken standen gruppenweise Männer, Hände in den Taschen und in gewollt lässiger Haltung – die Arbeitslosen, dachte Macon, aus den verdunkelten Wohnzimmern aufgetaucht, wo sie vor dem Fernseher überwintert hatten. Er schnappte Fetzen ihrer Gespräche auf:

»Was tut sich, Mann?«

»Nicht viel.«

»Was hast du gemacht?«

»So gut wie nichts.«

Er parkte vor Muriels Haus, wo Dominick Saddler an Muriels Wagen arbeitete. Die Motorhaube stand offen, und Dominick steckte tief darunter; Macon sah nur noch die Jeans, die riesigen, zerrissenen Turnschuhe und einen Streifen nackter Haut oberhalb des Rindsledergürtels. Links und rechts von ihm standen die

Butler-Zwillinge, deren Mundwerk lief wie geölt. »Und da sagt sie zu uns, jetzt ist Sense –«

»Dürfen bis Freitag mit niemandem ausgehen –«

»Erlaubt uns nicht, ans Telefon zu gehen –«

»Wir marschieren hinauf und knallen unsere Schlafzimmertür zu, nur ganz vorsichtig, damit sie aber weiß, was wir von ihr halten –«

»Und gleich ist sie mit einem Schraubenzieher oben und hängt unsere Tür aus!«

»Hmm«, sagte Dominick.

Macon stellte die Reisetasche ab und spähte in die Tiefen des Motors. »Will er wieder mal nicht?« fragte er.

Die Butler-Zwillinge sagten: »Hallo, Macon!«, und Dominick richtete sich auf und wischte sich die Stirn mit dem Handrücken ab. Er war ein brünetter, gutaussehender Junge, dessen schwellende Muskeln in Macon ein Gefühl des Zukurzgekommenseins weckten. »Das blöde Ding bleibt immer wieder stehen«, sagte er.

»Wie ist Muriel zur Arbeit gekommen?«

»Mit dem Bus.«

Macon hatte sich die Auskunft erhofft, sie sei zu Hause geblieben.

Er ging die Stufen hoch und schloß die Haustür auf. Gleich dahinter begrüßte ihn Edward; er jaulte, machte Kapriolen und versuchte, zwischendurch stillzuhalten, um gestreichelt zu werden. Macon ging durchs ganze Haus. Alle hatten es offenbar in großer Eile verlassen. Die Couch war ausgezogen. (Claire mußte sich wieder einmal mit ihren Leuten überworfen haben.) Auf dem Küchentisch stand noch das Frühstücksgeschirr, und man hatte vergessen, die Sahne in den Kühlschrank zu stellen. Macon holte das jetzt nach. Dann trug er die Reisetasche hinauf. Muriels Bett war nicht gemacht, ihr Morgenrock lag über einen Stuhl hingeworfen. In der Nadelschale auf der Kommode lag ein Knäuel ihrer Haare. Er nahm es zwischen Daumen und Zeigefinger und ließ es in den Papierkorb fallen. Dabei kam ihm der Gedanke (nicht zum erstenmal), daß mitten durch die Welt eine scharfe Trennlinie verlief: Die einen lebten achtsam, die anderen achtlos, und alles, was geschah, konnte durch den Unterschied zwischen ihnen erklärt werden. Er hätte aber nie und nimmer zu sagen vermocht, warum ihn Rührung anwandelte, als er Muriels dünne Steppdecke erblickte, die so auf den Boden herunterhing, wie Muriel sie beim Aufstehen mitgezogen haben mußte.

Da es für Alexanders Heimkehr aus der Schule noch etwas zu früh war, beschloß er, mit dem Hund hinauszugehen. Er nahm Edward an die Leine und ging zur Haustür hinaus. Als er an den Butler-Zwillingen vorbeikam, leierten sie ihr übliches »Hallo, Macon« herunter, während Dominick fluchte und nach einem Schraubenschlüssel griff.

Die Männer an der Ecke sprachen über angebliche Jobs in Texas. Der Schwager des einen hatte dort Arbeit gefunden. Macon ging gesenkten Kopfes vorbei, weil er sich unangenehm privilegiert fühlte. Er schlug einen Bogen um eine Fußmatte, die man frisch geschrubbt auf dem Gehsteig zum Trocknen ausgelegt hatte. Die hiesigen Frauen nahmen den Frühjahrsputz ernst, wie er sah. Sie schüttelten den Staub aus ihren Mops zu Obergeschoßfenstern hinaus; sie saßen auf dem Fensterbrett und putzten die Scheiben mit zerknülltem Zeitungspapier. Sie wankten zwischen den Häusern hin und her, mit geliehenen Staubsaugern, Teppichreinigungsmaschinen und Kanistern voll Teppichshampoo beladen. Macon umrundete den Block und machte sich auf den Rückweg, nachdem er Edward Zeit gelassen hatte, an einem Ahornschößling sein kleines Geschäft zu verrichten.

Er näherte sich eben der Singleton Street, da sah auch schon weit vorn Alexander heimwärts tippeln. Man konnte die steife, kleine Gestalt mit dem unförmigen Tornister nicht verwechseln. »Wartet!« schrie Alexander. »Wartet auf mich!« Die Ebbetts-Kinder, ein Stück voraus, drehten sich um und riefen etwas zurück. Macon verstand nicht, was sie sagten, aber den Tonfall kannte er nur zu gut – dieses hohe, hämische Grölen. »Nja – nja – nja – nja – nja!« Alexander begann zu laufen, stolperte über seine eigenen Füße. Hinter ihm kam eine andere Gruppe daher, zwei ältere Jungen mit einem rothaarigen Mädchen, und auch die fingen an, sich über ihn lustig zu machen. Alexander wirbelte herum und sah sie an. Sein Gesicht war irgendwie kleiner als sonst. »Lauf«, sagte Macon zu Edward und gab die Leine frei. Das ließ Edward sich nicht zweimal gesagt sein. Er hatte beim Klang von Alexanders Stimme gleich die Ohren gespitzt, und jetzt stürzte er auf ihn zu. Die drei älteren Kinder stoben auseinander, als er bellend zwischen ihnen hindurchrannte. Dicht vor Alexander machte er halt, und Alexander kniete nieder und schlang ihm die Arme um den Hals.

Als Macon herangekommen war, fragte er: »Alles in Ordnung?«

Alexander nickte und stand auf.

»Was war denn los?«

»Nichts«, sagte Alexander.

Doch als sie weitergingen, faßte er nach Macons Hand.

Die kühlen Kinderfinger waren so individuell, so eigentümlich, so ausdrucksvoll. Macon griff fester zu und fühlte sich von einem wohltuenden Gram durchflutet. Oh, sein Leben hatte all seine alten Gefahren und Risiken zurückerlangt. Er war also wieder gezwungen, sich wegen Atomkriegen und der Zukunft des Planeten Sorgen zu machen. Er dachte oft insgeheim und schuldbewußt das gleiche, was er nach Ethans Geburt gedacht hatte: *Von nun an kann ich nie mehr restlos glücklich sein.*

Das war er vorher auch nicht gewesen, natürlich.

Macons USA-Ausgabe sollte nunmehr aus fünf einzelnen Broschüren bestehen, nach geographischen Gesichtspunkten aufgeteilt, jedoch in einer Kassette vereint, so daß man alle fünf kaufen mußte, selbst wenn man nur eine brauchte. Macon fand das unmoralisch. Er sprach das unumwunden aus, als Julian sich das Material über die Westküste holen kam.

»Was ist daran unmoralisch?« fragte Julian. Er war nicht ganz bei der Sache; Macon merkte es ihm an. Julian inventarisierte im Geist Muriels Haushalt, zweifellos der wahre Grund seines unangemeldeten, unnötigen Besuchs. Obgleich er sein Material bereits eingesammelt hatte, wanderte er zerstreut im Wohnzimmer umher, betrachtete zunächst ein gerahmtes Schülerfoto von Alexander und dann einen mit Perlen bestickten Mokassin, den Claire auf der Couch liegengelassen hatte. Es war Samstag, und die anderen hielten sich in der Küche auf, aber Macon hegte nicht die leiseste Absicht, Julian mit ihnen bekannt zu machen.

»Es ist immer unmoralisch, jemanden zu zwingen, etwas zu kaufen, was er nicht will«, sagte Macon. »Wenn man nur den Mittelwesten haben möchte, sollte man nicht auch Neuengland kaufen müssen, um Himmels willen.«

Julian fragte: »Ist das deine Freundin, die ich da draußen höre? Ist das Muriel?«

»Ja, wird wohl so sein«, sagte Macon.

»Willst du uns nicht miteinander bekannt machen?«

»Sie hat zu tun.«

»Ich möchte sie wirklich gern kennenlernen.«

»Warum? Hat Rose dir nicht erschöpfend Bericht erstattet?«

»Macon«, sagte Julian, »ich bin bald ein Verwandter von dir.«

»Ach Gott.«

»Ist doch nur natürlich, daß ich sie kennenlernen möchte.«

Macon schwieg.

»Außerdem«, eröffnete ihm Julian, »möchte ich sie zur Hochzeit einladen.«

»Tatsächlich?«

»Kann ich sie also sprechen?«

»Oh. Nun ja. Von mir aus.«

Macon ging voraus in die Küche. Er hatte den Eindruck, daß er einen Fehler gemacht hatte, daß er durch sein stacheliges Benehmen diese Begegnung bedeutsamer erscheinen ließ, als sie war. Doch siehe da, Julian gab sich forsch und lässig.

»Hallo, die Damen!« sagte er.

Sie blickten auf – Muriel, Claire und Bernice, alle drei um einen Stapel Notizpapier geschart. Macon rasselte ihre Namen herunter, aber bei Julians Namen blieb er stecken. »Julian, ah, Edge, mein –«

»Zukünftiger Schwager«, ergänzte Julian.

»Mein Arbeitgeber.«

»Ich bin gekommen, um Sie zur Hochzeit einzuladen, Muriel. Ihren kleinen Jungen ebenfalls, wenn – wo ist Ihr kleiner Junge?«

»Er führt den Hund Gassi«, sagte Muriel. »Aber in der Kirche fühlt er sich nicht besonders.«

»Die Trauung findet im Garten statt.«

»Ja, dann vielleicht, ich weiß nicht . . .«

Muriel hatte etwas an, was sie ihren »Fallschirmjäger-Look« nannte – einen Overall aus »Sunny's Restbeständen« –, und ihr Haar war unter einem grell gemusterten Turban verborgen. Über einen Backenknochen zog sich die Spur eines Kugelschreibers hin wie ein Schmiß. »Wir machen eine Einsendung zu diesem Preisausschreiben«, teilte sie Julian mit. »Schreiben Sie einen Folksong, und gewinnen Sie eine Reise nach Nashville für zwei Personen. Wir arbeiten alle zusammen daran. Es soll ›Glückliche Zeiten‹ heißen.«

»Gibt es das nicht schon?«

»Hoffentlich nicht. Sie kennen doch die Fotos von solchen Paaren in den Illustrierten. ›Mick Jagger und Bianca in glücklichen Zeiten.‹ ›Richard Burton und Liz Taylor in –‹«

»Ja, ich verstehe.«

»Dieser Mann trauert also seiner Exfrau nach. ›Ich kannte sie einst in anderen Orten und Breiten . . .‹«

Sie sang es lauthals heraus mit ihrer dünnen, krächzenden Stimme, die ein Gefühl von zeitlichem Abstand weckte wie eine alte Grammophonplatte.

Als wir bei Regen im Kuß uns vereint,
als vor Schmerz wir gemeinsam geweint,
ja, das waren noch glückliche Zeiten.

»Äußerst eingängig«, sagte Julian. »Nur bei diesem ›vor Schmerz geweint‹ bin ich mir nicht so sicher.«

»Was stört Sie daran?«

»Ich meine, in glücklichen Zeiten haben sie vor Schmerz geweint?«

»Er hat recht«, sagte Bernice zu Muriel.

»Bescheint, vermeint, angeleint«, überlegte Julian. »›Als wir einander noch nicht spinnefeind‹, ›als wegen Jane sie noch nicht gegreint . . .‹«

»Hör doch auf, sei so gut, ja?« sagte Macon.

»›Als wir nicht wußten, wer Freund und wer Feind‹, ›als sie meine Fragen noch nicht verneint . . .‹«

»Augenblick!« sagte Bernice, die wie wild kritzelte.

»Wer weiß, ob ich da nicht ein verborgenes Talent angezapft habe«, äußerte Julian zu Macon.

»Ich begleite dich zur Tür«, sagte Macon.

»›Als unsre Liebe noch ernst war gemeint‹, ›als alles war, wie's im Traum erscheint . . .‹«, sagte Julian, während er Macon widerstrebend durchs Wohnzimmer nachging. »Vergessen Sie die Hochzeit nicht!« rief er zurück. Und zu Macon sagte er: »Falls sie gewinnt, kannst du Nashville für deine nächste USA-Ausgabe gratis erforschen.«

»Ich glaube, sie gedenkt, Bernice mitzunehmen«, gab Macon zurück.

»›Als wir zusammen Kirschen entsteint . . .‹«, sinnierte Julian.

»Ich melde mich«, sagte Macon, »sobald ich mit dem Kanada-Führer beginne.«

»Kanada! Kommst du nicht zur Hochzeit?«

»Aber ja, das auch, selbstverständlich«, sagte Macon und öffnete die Tür.

»Sekunde, Macon. Warum hast du es so eilig? Warte, ich möchte dir etwas zeigen.«

Julian legte das Material über die Westküste aus der Hand und durchsuchte seine Taschen. Dann zog er einen glänzenden, bunten Prospekt heraus. »Hawaii«, sagte er.

»Also, ich sehe absolut keine Notwendigkeit, dort Recherchen –«

»Nicht für dich; für mich! Für unsere Hochzeitsreise. Ich fahre mit Rose hin.«

»Ach so.«

»Schau her«, sagte Julian. Er faltete den Prospekt auseinander, der sich als Landkarte entpuppte – als eine von diesen nutzlosen Karten, die Macon verabscheute; sämtliche apfelgrünen Inseln des Archipels waren mit unproportional großen, launigen Zeichnungen von Ananasfrüchten, Palmen und Hulatänzerinnen dicht übersät. »Das habe ich von der ›Reiselust GmbH‹ bekommen.

Hast du von den Leuten schon mal was gehört? Sind sie zuverlässig? Sie empfehlen ein Hotel hier in ...« Er fuhr mit dem Zeigefinger auf der Suche nach dem Hotel über die Seite.

»Ich weiß überhaupt nichts von Hawaii«, sagte Macon.

»Hier irgendwo ...«, grübelte Julian. Dann gab er es auf, da er vielleicht erst in diesem Moment erfaßte, was Macon geäußert hatte, und faltete die Karte zusammen. »Sie könnte genau das sein, was du brauchst.«

»Wie bitte?«

»Diese komische Muriel.«

»Warum nennt alle Welt sie –«

»Sie ist nicht so übel! Ich glaube, deine Leute begreifen nicht, was du empfindest.«

»Nein, das begreifen sie nicht. Das begreifen sie wirklich nicht.« Macon war überrascht, daß ausgerechnet Julian das erkannt hatte.

Trotzdem lauteten Julians Abschiedsworte: »›Als wir gemeinsam ein Hühnchen entbeint ...‹«

Macon schlug fest die Tür hinter ihm zu.

Er beschloß, Alexander etwas anderes zum Anziehen zu kaufen. »Wie würden dir Bluejeans gefallen?« fragte er. »Wie würden dir ein paar karierte Hemden gefallen? Oder wie wäre es mit einem Cowboygürtel mit ›Budweiser Beer‹ auf der Schnalle drauf?«

»Echt?«

»Würdest du so etwas tragen?«

»Ja! Bestimmt! Ehrenwort!«

»Dann gehen wir einkaufen.«

»Kommt Mama mit?«

»Es soll eine Überraschung für sie werden.«

Alexander zog seine Frühjahrsjacke an – einen marineblauen Polyesterblazer, der Muriel eben erst ein kleines Vermögen gekostet hatte. Macon wußte nicht, ob Jeans ihre Billigung finden würden, und hatte deshalb gewartet, bis sie unterwegs war, um für eine Frau in Guilford Vorhänge zu besorgen.

Das Geschäft, zu dem er fuhr, war ein Western-Shop, wo er früher Ethan eingekleidet hatte. Es hatte sich kein bißchen verändert. Die Dielenbretter knarrten, in den Gängen roch es nach Leder und neuem Drillich. Er dirigierte Alexander in die Knabenabteilung, wo er einen Drehständer mit Hemden kreisen ließ. Wie oft hatte er das schon gemacht? Es tat nicht einmal mehr weh. Es war nur einigermaßen verwirrend, wenn man sah, daß alles einfach weiterging, egal, was geschehen mochte. Die billigen Jeans waren noch immer nach Taillenweite und innerer Beinlänge gestapelt, die Krawattennadeln mit Pferdemotiven lagen noch immer hinter Glas aus. Ethan war tot und begraben, aber Macon hielt immer noch Hemden hoch und fragte: »Dieses da? Oder dieses? Oder dieses hier?«

»Also eigentlich möchte ich am liebsten T-Shirts.«

»T-Shirts. Ah.«

»Solche, wo der Ausschnitt so ausgeleiert ist. Und Jeans, die unten so ausgefranst sind.«

»Also, das mußt du schon selbst besorgen«, sagte Macon. »Du mußt die Sachen erst eintragen.«

»Ich will nicht neu aussehen.«

»Paß auf. Alles, was wir kaufen, waschen wir mindestens zwanzigmal, bevor du es anziehst.«

»Aber es soll nicht *prewashed* sein«, sagte Alexander.

»Nein, nein.«

»Nur Langweiler tragen *prewashed.*«

»Stimmt.«

Alexander suchte sich absichtlich mehrere zu große T-Shirts aus, dazu einige Jeans, weil er seine Größe nicht genau wußte. Dann ging er alles anprobieren. »Soll ich mitkommen?« fragte Macon.

»Das kann ich allein.«

»Oh. Na dann.«

Auch das kannte er.

Alexander verschwand in einer der Kabinen, und Macon sah sich inzwischen in der Herrenabteilung um. Er setzte probeweise einen ledernen Cowboyhut auf, nahm ihn aber sofort wieder ab. Dann ging er zu der Kabine zurück. »Alexander?«

»Ja?«

»Wie geht's?«

»Okay.«

In der Öffnung unter der Tür sah Macon Alexanders Schuhe und Hosenaufschläge. Er war anscheinend noch nicht dazugekommen, die Jeans anzuziehen.

Jemand sagte: »Macon?«

Er drehte sich um und erblickte eine Frau mit schickem blondem Pagenkopf, deren Wickelrock mit kleinen blauen Walen bedruckt war. »Ja«, sagte er.

»Laurel Canfield. Scotts Mutter. Erinnern Sie sich?«

»Natürlich.« Macon reichte ihr die Hand. Jetzt gewahrte er auch Scott, ehemals Klassenkamerad von Ethan – einen unerwartet aufgeschossenen, schlaksigen Jungen, der mit einem Armvoll Sportsocken neben seiner Mutter lauerte. »Sieh da, Scott. Nett, dich zu sehen«, sagte Macon.

Scott wurde rot und schwieg. Laurel Canfield sagte: »Nett, daß man *Sie* mal wieder sieht. Erledigen Sie Ihre Frühjahrseinkäufe?«

»Also, nun ja, ah –«

Er warf einen Blick auf die Kabine. Jetzt ringelte sich Alexanders Hose um seine Knöchel. »Ich bin dem Sohn einer Bekannten behilflich«, erklärte er.

»Wir haben gerade die Sockenabteilung leergekauft.«

»Ja, das sehe ich.«

»Scott hat ungefähr jede zweite Woche sämtliche Socken durchgescheuert; Sie wissen ja, wie Jungen in diesem Alter –«

Sie brach ab. Sie machte ein erschrockenes Gesicht. Sie sagte: »Das heißt ...«

»Ja, allerdings«, sagte Macon. »Erstaunlich, nicht wahr?« Es war ihm ihretwegen so peinlich, daß er froh war, als er hinter ihr ein weiteres bekanntes Gesicht erblickte. Doch dann begriff er erst: Da stand seine Schwiegermutter. »Na so was!« sagte er. War sie immer noch Mutter Sidey? Oder *Mrs.* Sidey? Wer, um Gottes willen?

Zum Glück stellte sich heraus, daß Laurel Canfield sie ebenfalls kannte. »Paula Sidey«, sagte sie. »Ich habe Sie seit dem letzten Herbst nicht mehr gesehen!«

»Ja, ich war verreist«, erklärte Mrs. Sidey, und dann senkte sie ein wenig die Augenlider, als ließe sie einen Vorhang herab, bevor sie sagte: »Macon.«

»Wie geht's?« fragte Macon.

Sie war tadellos zurechtgemacht, aufwendig gepflegt – eine blauhaarige Dame in maßgeschneiderter Hose und Rollkragenpullover. Er hatte ehedem befürchtet, Sarah würde auf die gleiche Art altern, sich auch einen so spröden Panzer zulegen, doch jetzt konnte er nicht umhin, Mrs. Sideys Tatkraft zu bewundern. »Du siehst gut aus«, sagte er zu ihr.

»Danke«, entgegnete sie und betastete ihre Frisur. »Ich nehme an, du bist wegen deiner Frühjahrsgarderobe hier.«

»Oh, Macon ist einer Bekannten behilflich!« jauchzte Laurel Canfield. Sie war plötzlich so ausgelassen, daß Macon den Verdacht schöpfte, sie habe sich eben erst erinnert, in welchem verwandtschaftlichen Verhältnis Mrs. Sidey zu ihm stand. Sie blickte zu Alexanders Kabine hinüber. Alexanders Füße steckten jetzt nur noch in den Socken. Eine Socke hob sich und verschwand in einer Woge von blauem Drillich. »Ist es nicht ungemein schwierig, mit Jungen einkaufen zu gehen?« meinte sie.

»Das dürfen Sie *mich* nicht fragen«, sagte Mrs. Sidey. »Ich hatte nie einen. Ich bin wegen der Jeansröcke hier.«

»Oh, die Röcke, da habe ich ein Angebot gesehen –«

»Welcher Bekannten bist du beim Einkaufen behilflich?« wollte Mrs. Sidey von Macon wissen.

Macon war um eine Antwort verlegen. Er warf einen Blick auf die Kabine. Wenn Alexander dort bloß auf ewig versteckt bliebe, dachte er. Wie sollte man dieses mickrige Würmchen hinwegerklären, dieses armselige Etwas, das sich als Kind ausgab und niemals den Vergleich mit einem richtigen Kind aushalten konnte?

Eigensinnig wie stets wählte Alexander just diesen Moment für seinen Auftritt.

Er hatte ein viel zu großes T-Shirt an, das ihm ein bißchen von einer Schulter gerutscht war, als käme er gerade von einer Balgerei. Bequem weite Jeans hingen an ihm herab. Macon sah, daß sein Gesicht in den letzten paar Wochen irgendwie, unbemerkt von allen, voller geworden war; und sein Haar – das Macon neuerdings selbst schnitt – hatte die rasierte Stoppligkeit verloren und wuchs dicht und glatt nach.

»Ich seh' *phantastisch* aus«, sagte Alexander.

Macon wandte sich den Frauen zu und sagte: »Ehrlich gestanden, ich finde, mit Jungen einkaufen zu gehen ist ein reines Vergnügen.«

16

Es gibt kein friedvolleres Geräusch als Regen auf dem Dach, wenn man in anderer Leute Haus sorglos schläft. Macon hörte das sanfte Rauschen; er hörte, wie Muriel aufstand, um ein Fenster zu schließen. Sie huschte durch sein Gesichtsfeld, wie Scheinwerferlicht über die Zimmerdecke huscht, weiß und schlank und geisterhaft in einem losen, einfachen Unterkleid aus einem Billigladen. Sie schloß das Fenster, Stille senkte sich auf ihn herab, und er schlief wieder ein.

Doch am Morgen war sein erster Gedanke: *Das darf nicht wahr sein! Regen! An Roses Hochzeitstag!*

Er stand auf, vorsichtig, damit er Muriel nicht weckte, und schaute hinaus. Der Himmel war hell, aber flach und austernschalenfarben – kein gutes Zeichen. Der schüttere kleine Hartriegelstrauch hinter dem Haus troff von allen Zweigen und Knospen. Nebenan war Mrs. Butlers betagter Haufen Abfallholz um mehrere Schattierungen dunkler geworden.

Macon ging hinunter, schlich auf Zehenspitzen durchs Wohnzimmer, wo Claire, in Decken verheddert, schnarchte. Er setzte einen Topf Kaffee auf und rief dann Rose vom Küchentelefon aus an. Sie meldete sich sofort und hellwach.

»Verlegst du die Hochzeit ins Haus?« fragte er.

»Das geht nicht, wir haben zu viele Gäste.«

»Wieso? Wie viele kommen denn?«

»Alle, die wir überhaupt kennen.«

»Du meine Güte!«

»Keine Sorge, es klart bestimmt auf.«

»Aber das Gras ist klatschnaß!«

»Zieh Galoschen an«, riet sie ihm. Und legte auf.

Seit sie Julian kannte, war sie so leichtfertig geworden. So schnippisch. Geradezu oberflächlich.

Was das Wetter betraf, behielt sie allerdings recht. Am Nachmittag zeigte sich schwach eine blasse Sonne. Muriel beschloß, das kurzärmelige Kleid anzuziehen, wie geplant, sich aber vielleicht ein Tuch um die Schultern zu werfen. Alexander sollte unbedingt einen Anzug tragen – er besaß sogar einen inklusive Weste. Er protestierte jedoch, und Macon schloß sich dem Protest an. »Jeans und ein anständiges weißes Hemd. Das genügt«, sagte Macon zu ihr.

»Wenn du meinst . . .«

In letzter Zeit hatte sie in Sachen Alexander ihm die Entscheidungen überlassen. Sie hatte endlich in der strittigen Frage der Turnschuhe nachgegeben und überwachte Alexanders Kost nicht mehr so streng. Entgegen ihren Prophezeiungen bekam Alexander keine Senkfüße und keine juckenden Ekzeme. Das Schlimmste, was er über sich ergehen lassen mußte, war ab und zu ein harmloser Ausschlag.

Die Trauung war für drei Uhr festgesetzt. Gegen halb drei brachen sie auf und fühlten sich recht unbehaglich, als sie zu Macons Wagen gingen. Es war Samstag, und in der ganzen Gegend war niemand so herausgeputzt wie sie. Mr. Butler stand mit einem Hammer und einer Tüte Nägel auf der Leiter. Rafe Daggett nahm seinen Lieferwagen auseinander. Die Inderin spritzte mit dem Schlauch einen ebenso farbenprächtigen wie fadenscheinigen Teppich ab, den sie auf dem Gehsteig ausgebreitet hatte, dann drehte sie den Wasserhahn zu, hob den Saum ihres Saris und stampfte so herum, daß der Teppich Tröpfchenschauer verspritzte. Fast jeder vorbeifahrende Wagen ächzte unter einer schwankenden Last von Matratzen und Patio-Möbeln; sie erinnerten Macon an die bewußten Ameisen, die mit einer Bürde von der vierfachen Größe ihres eigenen Körpers in den Bau zurückkrabbeln.

»Soviel ich weiß, soll ich der Brautführer sein«, sagte Macon zu Muriel, nachdem er losgefahren war.

»Davon hast du nichts erwähnt!«

»Und Charles übergibt sie dem Bräutigam.«

»Also eine richtige Trauung«, sagte Muriel. »Nicht nur zwei Personen, die allein dastehen.«

»Rose hat es sich so gewünscht.«

»Ich würde es ganz anders machen.« Muriel warf einen Blick nach hinten. »Alexander, hör endlich auf, gegen meinen Sitz zu kicken. Das ist ja zum Verrücktwerden. Nein«, sagte sie, die Augen wieder nach vorn gerichtet, »wenn ich noch mal heiraten sollte, weißt du, was ich dann machen würde? Keiner Menschenseele etwas verraten. Tun, als wäre ich schon jahrelang verheiratet. Heimlich zu irgendeinem Friedensrichter gehen und zurückkommen, wie wenn nichts geschehen wäre, und so tun, als wäre ich schon immer verheiratet gewesen.«

»Für Rose ist es immerhin die erste Hochzeit«, gab Macon ihr zu bedenken.

»Schon, aber trotzdem können die Leute sagen: ›Hast aber ziemlich lange dazu gebraucht.‹ Ich höre direkt meine Mutter reden; die sagt garantiert: ›Hast aber ziemlich lange dazu gebraucht. Ich hab' schon gedacht, du schaffst es nie!‹ Sagt sie bestimmt. Wenn ich jemals wieder heiraten sollte.«

Macon bremste vor einer Verkehrsampel.

»Wenn ich mich jemals dazu entschließen sollte.«

Er sah sie kurz an und staunte, wie hübsch sie aussah mit den geröteten Wangen und dem flott um die Schultern geworfenen, auffallenden Tuch. Ihre Schuhe mit den nadelspitzen Absätzen hatten schmale, glänzende Knöchelriemchen. Er war nie dahintergekommen, warum Knöchelriemchen so verführerisch wirkten.

Die erste Person, die sie bei der Ankunft erblickten, war Macons Mutter. Er hatte aus irgendeinem Grunde überhaupt nicht daran gedacht, daß auch Alicia eine Einladung zur Hochzeit ihrer Tochter bekommen würde, und als sie die Haustür öffnete, dauerte es eine Sekunde, bevor er sie erkannte. Sie sah nämlich so ganz anders aus. Sie hatte sich das Haar dunkel tomatenrot gefärbt. Sie trug einen langen weißen, mit schillernden Satinbändern eingefaßten Kaftan, und als sie hinauflangte, um Macon an sich zu drükken, rasselte eine veritable Röhre metallener Reifen an ihrem linken Arm entlang. »Macon, mein Schatz!« Sie roch nach angewelkten Gardenien. »Und wer ist das?« fragte sie, an ihm vorbeispähend.

»Oh, hm ... Darf ich dir Muriel Pritchett vorstellen. Und Alexander, ihren Sohn.«

»Ach ja?«

Der höflich neugierige Ausdruck wich nicht von ihrem Gesicht. Offenbar hatte ihr niemand Bescheid gesagt. (Oder sie hatte wieder einmal nicht zugehört.) »Also, da ich anscheinend der Majordomus bin«, sagte sie, »führe ich euch nach hinten zu Braut und Bräutigam.«

»Rose hält sich nicht versteckt?«

»Nein, sie sagt, sie sieht nicht ein, warum sie ihre eigene Hochzeit versäumen soll«, erklärte Alicia, während sie die drei durchs Haus führte. »Muriel, kennen Sie Macon schon lange?«

»Ach, ziemlich.«

»Er ist äußerst spießig«, vertraute Alicia ihr an. »Alle meine Kinder sind spießig. Das haben sie von den Learys.«

»Ich finde ihn nett«, sagte Muriel.

»Oh, *nett,* das schon. Alles schön und gut«, sagte Alicia mit einem Blick auf Macon, den dieser nicht zu deuten wußte. Sie hatte sich bei Muriel eingehakt, auf hautnahen Kontakt aus wie eh und je. Der Ausputz ihres Kaftans entsprach farblich fast Muriels Schultertuch. Macon durchzuckte jäh ein erschreckender Gedanke: Womöglich begann er in reiferen Jahren, sich zu Frauen vom Typ seiner Mutter hingezogen zu fühlen, gleichsam in der Einsicht, daß Alicia – diese törichte, eitle, ärgerliche Person – letzten Endes doch die richtige Einstellung hatte. Bloß das nicht. Er wies den Gedanken von sich. Und Muriel befreite sich von Alicias Arm. »Alexander? Kommst du?« fragte sie.

Sie traten durch die Flügeltür der Glasveranda. Der Garten war mit lauter Pastellfarben ausgefüllt – Roses alte Damen in hellen Kleidern, überall Narzissen in Kübeln, voll erblühte Forsythien längs des Mittelganges. Dr. Grauer, Roses Geistlicher, trat vor und schüttelte Macon die Hand. »Aha! Der Brautführer«, sagte er, und hinter ihm erschien Julian in Schwarz – nicht seine Farbe. Seine Nase schälte sich. Die Segelsaison mußte wieder angebrochen sein. Er legte einen Goldring auf Macons Handfläche und sagte: »Da, behalt das.« Einen Moment lang glaubte Macon, er solle ihn wirklich *behalten*. Dann sagte er: »Ach ja, der Ring«, und steckte ihn in die Tasche.

»Unfaßbar, daß ich endlich einen Schwiegersohn bekomme«, sagte Alicia zu Julian. »Bis jetzt hatte ich nur Schwiegertöchter. Und auch die sind mir nicht lange erhalten geblieben.«

Als Macon klein war, fürchtete er oft, daß seine Mutter ihm die falschen Namen verschiedener Dinge beibrachte. »Das nennt man Kordsamt«, hatte sie einmal beim Zuknöpfen seines neuen Mantels gesagt, und er hatte gedacht: *Stimmt das auch?* Komisches Wort, eigentlich, Kordsamt. Höchst verdächtig. Wer garantierte ihm, daß andere Menschen nicht eine ganz andere Sprache sprachen? Er hatte seine Mutter mißtrauisch gemustert – ihre albernen flaumigen Löckchen und ihre flackernden, unsteten Augen.

Jetzt kamen Porters Kinder daher, alle drei dicht beisammen; und dahinter June, ihre Mutter. War es nicht unüblich, die geschiedene Frau des Bruders zur eigenen Hochzeit einzuladen? Zumal, wenn sie in ihrem hochschwangeren Leib das Kind eines anderen Mannes trug? Aber sie schien sich gut zu unterhalten. Sie gab Macon einen Schmatz auf die Wange und betrachtete Muriel abschätzend. »Kinder, das ist Alexander«, sagte Macon. Er hegte die schwache Hoffnung, daß alle sich irgendwie zusammentun und anfreunden würden, was natürlich nicht geschah. Alexander ballte die Fäuste in den Taschen. June sagte zu Julian: »Ihre Braut strahlt ja nur so«, und Julian antwortete: »Ja, nicht wahr«, doch als Macon Rose ausfindig machte, sah sie angespannt und abgekämpft aus wie die meisten Bräute, wenn die Leute es nur zugeben würden. Sie trug ein weißes Kleid, wadenlang, aber ganz schlicht, und auf dem Kopf einen kleinen Tuff aus Spitze oder Tüll oder dergleichen. Sie sprach gerade mit dem Eisenwarenhändler. Und jawohl, da war das Mädchen, das in der Mercantile Bank ihre Schecks einlöste, und dort neben Charles stand der Familienzahnarzt. Macon dachte an *Mary Poppins* – an die nächtlichen Abenteuer, die er Ethan vorgelesen hatte, bei denen all die Geschäftsleute sich so gänzlich anders benahmen als bei Tage.

»Ich bin mir nicht sicher, ob man das wissenschaftlich erforscht hat«, redete Charles auf den Zahnarzt ein. »Aber haben Sie je versucht, sich daß Gebiß nach der Reinigung mit Zahnseide mit einem T-Shirt zu polieren?«

»Äh –«

»Einem gewöhnlichen T-Shirt aus Baumwolle. Aus hunderprozentiger Baumwolle. Ich glaube, Sie werden beeindruckt sein, wenn ich zur nächsten Routineuntersuchung komme. Wissen Sie, meine Theorie lautet –«

Muriel und June diskutierten über Kaiserschnittoperationen. Julian fragte Alicia, ob sie schon mal auf dem Intercoastal Waterway gesegelt sei. Mrs. Barrett erzählte dem Briefträger, daß die Firma Leary Metals früher die schönsten gestanzten Weißblechplafonds von ganz Baltimore hergestellt habe.

Und Sarah sprach zu Macon über das Wetter.

»Ja, ich war besorgt, als es in der Nacht geregnet hat«, sagte Macon. Oder etwas Ähnliches; er sagte irgend etwas.

Er schaute Sarah an. Eigentlich verschlang er sie mit den Augen: ihre glänzenden Ringellocken, ihr rundes, süßes Gesicht und den Hauch Puder auf dem Flaum entlang der Wangen.

»Wie ist es dir ergangen, Macon?« erkundigte sie sich.

»Recht gut.«

»Freust du dich über die Hochzeit?«

»Also«, sagte er, »wenn Rose sich freut, freue ich mich wohl auch. Obwohl ich das Gefühl nicht loswerde . . . Na ja, Julian. Du weißt schon.«

»Ja, ich weiß. Aber er hat mehr zu bieten, als du glaubst. Er dürfte sich als sehr gute Partie erweisen.«

Wenn sie wie jetzt in der Sonne stand, waren ihre Augen so klar, daß man ihnen bis auf den Grund sehen konnte. Er kannte das schon seit langer Zeit. Es hätten seine eigenen Augen sein können, so vertraut waren sie ihm. Er fragte: »Und wie ist es *dir* ergangen?«

»Nicht schlecht.«

»Gut. Fein.«

»Ich weiß, daß du mit jemand zusammenlebst«, sagte sie mit ruhiger Stimme.

»Ah! Ja, eigentlich . . . Ja, so ist es.«

Sie wußte auch, um wen es sich handelte, denn jetzt blickte sie an ihm vorbei auf Muriel und Alexander. Sie sagte aber nur: »Rose hat es mir erzählt, als sie mich eingeladen hat.«

Er fragte: »Wie steht's mit dir?«

»Mit mir?«

»Lebst du mit jemandem zusammen?«

»Eigentlich nicht.«

Rose kam herüber und berührte beide am Arm, ganz gegen ihre Gewohnheit. »Wir sind jetzt soweit«, sagte sie. Und zu Macon erläuternd: »Sarah ist meine Brautführerin, habe ich es dir schon gesagt?«

»Nein, noch nicht.«

Dann folgte er ihr mit Sarah zu der Stelle unter einem Tulpenbaum, wo Julian und Dr. Grauer warteten. Hier war ein improvisierter Altar aufgebaut – ein kleiner Tisch oder dergleichen, mit einem Tuch verhängt; Macon war nicht ganz bei der Sache. Er stand neben dem Geistlichen und befingerte den Ring in der Tasche. Sarah stand auf der anderen Seite und sah ihm ernst ins Gesicht.

Alles wirkte ganz selbstverständlich.

17

Muriel sagte: »Ich habe dir nie etwas davon erzählt, aber eine Weile, bevor ich dich kennengelernt habe, bin ich mit einem anderen gegangen.«

»So? Wer war das?« fragte Macon.

»Ein Kunde von Fix-Kopie. Er hat mir seine Scheidungspapiere zum Kopieren gebracht, und wir sind miteinander ins Gespräch gekommen, und zum Schluß sind wir zusammen ausgegangen. Seine Scheidung war gräßlich: ein einziger Sumpf. Seine Frau hat ihn betrogen. Er hat gesagt, er kann wahrscheinlich nie wieder einer Frau trauen. Es hat Monate gedauert, bevor er auch nur über Nacht geblieben ist; er hat es nicht gemocht, mit einer Frau im selben Zimmer zu schlafen. Aber ich habe das nach und nach geändert. Er ist locker geworden. Überhaupt wie ausgewechselt. Ist bei mir eingezogen und hat die Rechnungen übernommen und alles bezahlt, was ich dem Doktor von Alexander noch schuldig gewesen bin. Wir haben schon vom Heiraten geredet. Dann hat er eine Stewardeß kennengelernt und ist binnen einer Woche mit ihr auf und davon.«

»Aha«, sagte Macon.

»Ich hab' ihn also sozusagen kuriert, nur damit er mit einer anderen auf und davon gehen kann.«

»Tja«, meinte er.

»Du würdest so etwas doch nicht tun, oder, Macon?«

»Wer, ich?«

»Würdest du mit einer anderen auf und davon gehen? Würdest du dich hinter meinem Rücken mit einer anderen treffen?«

»Aber Muriel, natürlich nicht.«

»Würdest du mich sitzenlassen und zu deiner Frau heimgehen?«

»Was redest du da?«

»Ja oder nein?«

»Sei nicht albern«, sagte er.

Sie legte den Kopf schräg und sah ihn forschend an. Ihre Augen waren wachsam und glänzend und wissend wie die Augen eines kleinen Tieres.

Es war ein regnerischer Dienstagvormittag, und Edward, der Regenverächter, tat hartnäckig, als müßte er nicht hinaus, aber Macon hatte kein Einsehen. Während er im Hinterhof unter dem Regenschirm wartete, sah er ein junges Paar die Gasse entlangkommen. Die beiden fielen ihm auf, weil sie so langsam gingen, als merkten sie gar nicht, daß sie naß wurden. Der Junge, in abgerissenen Jeans und weichem weißem Hemd, war lang aufgeschossen und schmächtig. Das Mädchen trug einen flachen Strohhut mit hinten herabhängenden Bändern und ein ziemlich langes, schlabberndes Baumwollkleid. Sie schwenkten die ineinandergelegten Hände und sahen nur einer den anderen. Ein Dreirad stand ihnen im Weg, und sie trennten sich; doch statt einfach vorbeizugehen, vollführte das Mädchen mit wirbelndem Rock so etwas wie einen Tanzschritt, und auch der Junge drehte sich um sich selbst, lachte und griff wieder nach ihrer Hand.

Endlich, endlich verrichtete Edward sein kleines Geschäft, und Macon folgte ihm zurück ins Haus. Er stellte den Regenschirm ins Küchenspülbecken und hockte sich nieder, um Edward mit einem alten Strandhandtuch abzutrocknen. Zuerst rieb er rasch, dann immer langsamer. Dann hörte er ganz damit auf, blieb jedoch auf dem Boden, das Handtuch zusammengeknüllt in den Händen, während ihm der Blechbüchsengeruch des nassen Hundes in die Nase stieg.

Als er Sarah gefragt hatte, ob sie mit jemandem zusammenlebte und Sarah »Eigentlich nicht« geantwortet hatte – was hatte sie damit gemeint?

Es hörte auf zu regnen; sie nahmen Edward an die Leine und gingen einkaufen. Muriel brauchte Hauspantoffeln mit Marabufedern. »Rot. Hochhackig. Spitzig.«

»Himmel. Wozu denn?« fragte Macon.

»Ich will damit am Sonntagmorgen im Haus herumklappern. Siehst du mich nicht schon? Schade, daß ich Nichtraucherin bin. Schade, daß Alexander gegen Rauch allergisch ist.«

Jawohl, er sah sie schon vor sich. »In einem schwarzgoldenen Kimono«, sagte er.

»Genau.«

»Aber ich glaube, solche mit Federn gibt es nicht mehr.«

»In Ramschläden schon.«

»Oh. Na dann.«

Macon hatte seit neuestem selbst eine Vorliebe für Ramschläden entwickelt. Aus dem üblichen Meer von Kunststoff hatte er bis jetzt einen Zollstock, ein ausgeklügeltes Teigrädchen, das sparsamstes Ausschneiden von Plätzchen ermöglichte, und eine Miniaturwasserwaage aus Messing für Alexanders Werkzeugkasten herausgefischt.

Die Luft draußen war warm und feucht. Mrs. Butler band die zermanschten Geranien auf, die im Vorgärtchen in einem weiß gestrichenen Autoreifen vor sich hin kümmerten. Mrs. Patel – ausnahmsweise einmal ohne Sari, plump und unromantisch in engen, ausgebeulten Calvin-Klein-Jeans – fegte die Pfützen von ihrem Vortreppchen. Und Mrs. Saddler stand vor der Eisenwarenhandlung und wartete die Öffnungszeit ab.

»Ich nehme an, du hast Dominick auch nicht gesehen«, sagte sie zu Muriel.

»In letzter Zeit nicht.«

»Gestern abend ist er gar nicht nach Hause gekommen«, sagte Mrs. Saddler. »Er bringt mich noch zur Verzweiflung. Er ist eigentlich kein schlechter Junge«, sagte sie zu Macon, »aber er ist so anstrengend, verstehen Sie mich? Wenn er daheim ist, dann ist er so restlos daheim, trampelt im ganzen Haus mit den riesigen lauten Stiefeln herum, aber wenn er weg ist, dann ist er restlos weg. Sie glauben ja nicht, wie einem das Haus vorkommt: einfach leer. Lauter Echos.«

»Er kommt wieder«, sagte Muriel. »Heute abend ist er mit dem Wagen an der Reihe.«

»Hach, und wenn er mit dem Wagen herumfährt, dann ist es am allerschlimmsten. Dann frage ich mich jedesmal, wenn ich eine Polizeisirene höre, ob das Dominick ist. Ich weiß, wie er um die Kurven fetzt! Ich kenne die leichten Mädchen, mit denen er sich herumtreibt!«

Als sie gegangen waren, stand Mrs. Saddler immer noch da und befingerte geistesabwesend ihre Geldbörse, obwohl der Eisenwarenhändler die Tür inzwischen aufgeschlossen hatte und die Markisen herunterkurbelte.

Vor einem Laden, der sich »Aus alt mach neu« nannte, befahlen sie Edward, sich zu setzen. Er gehorchte mit Duldermiene, und sie gingen hinein. Muriel stöberte in den Regalen voll krummer, brüchiger Schuhe, die sich der Form von anderer Leute Füßen angepaßt hatten. Sie streifte die eigenen Schuhe ab und schlüpfte in ein Paar silberne Abendsandalen. »Was meinst du?« fragte sie Macon.

»Ich dachte, du suchst Pantoffeln.«

»Aber was sagst du zu denen hier?«

»Ich kann auch ohne sie leben«, sagte er.

Er langweilte sich, denn hier wurde ausschließlich Kleidung angeboten.

Muriel riß sich von den Schuhen los, und sie gingen nach nebenan in den nächsten Trödelladen. Macon versuchte, einen Verwendungszweck für den rostigen metallenen Aktenordner zu finden, den er in einem Haufen Schneeketten entdeckte. Ob er ihn irgendwie für seine Reiseführer brauchen konnte? Und von der Steuer absetzen? Muriel hob einen Vinylkoffer mit abgerundeten Ecken hoch, der Macon an ein abgelutschtes Karamelbonbon erinnerte. »Soll ich den nehmen?« fragte sie.

»Ich denke, du willst Pantoffeln.«

»Aber für die Reise!«

»Seit wann machst du Reisen?«

»Ich weiß, wo du nächstens hinfährst.« Sie umklammerte den Koffergriff mit beiden Händen und kam näher heran. Sie sah aus wie ein ganz junges Mädchen an einer Bushaltestelle etwa oder draußen an der Schnellstraße auf Ausschau nach einer Mitfahrgelegenheit. »Ich wollte fragen, ob ich mitkommen kann.«

»Nach Kanada?«

»Ich meine, hinterher. Nach Frankreich.«

Er legte den Aktenordner weg. (Sobald die Rede auf Frankreich kam, war ihm die Laune verdorben.)

»Julian hat es gesagt!« erinnerte sie ihn. »Er hat gesagt, es wird wieder einmal langsam Zeit für Frankreich.«

»Du weißt, ich kann es mir nicht leisten, dich mitzunehmen.«

Muriel stellte den Koffer zurück, und sie verließen den Laden. »Bloß dieses eine Mal!« bettelte sie, während sie neben ihm herlief. »Es kostet bestimmt nicht viel!«

Macon nahm Edwards Leine und bedeutete ihm, aufzustehen. »Es kostet bestimmt ein Vermögen«, sagte er. »Ganz zu schweigen von der Arbeit, die du versäumen würdest.«

»Würde ich nicht. Ich habe aufgehört.«

Er sah sie an. »Aufgehört?«

»Na ja, im Miau-Wau. Die Sache mit George und dem Hundetraining kann ich mir einrichten. Wenn ich verreisen sollte, könnte ich einfach –«

»Du hast im Miau-Wau aufgehört?«

»Na und?«

Er wußte keine Erklärung dafür, warum er sich plötzlich so bedrückt fühlte.

»So gut bezahlt war's ja auch wieder nicht«, sagte Muriel. »Und du kaufst jetzt fast alle Lebensmittel ein und steuerst etwas zur Miete bei und überhaupt. So dringend brauche ich das Geld also nicht. Außerdem hat es mich so viel Zeit gekostet! Zeit, die ich mit dir und Alexander verbringen könnte. Mein Gott, ich bin doch abends immer buchstäblich tot vor Erschöpfung nach Hause gekommen, Macon.«

Sie gingen vorbei an Methylenes Schönheitssalon, an einer Versicherungsagentur, an einem Unternehmen für Farbabbeizung. Edward äugte interessiert zu einem großen, pausbäckigen Kater hinüber, der sich auf der Motorhaube eines Lieferwagens sonnte.

»Bildlich«, sagte Macon.

»Häh?«

»Du warst bildlich gesprochen tot. Mein Gott, Muriel, du drückst dich immer so ungenau aus! So schlampig. Und wie kannst du nur deine Arbeit so ohne weiteres aufgeben? Wie kannst du dir das so ohne weiteres herausnehmen? Du hast mich ja nicht einmal vorgewarnt!«

»Ach, mach deswegen kein solches Theater«, sagte Muriel.

Sie langten vor ihrem Lieblingsgeschäft an – einem namenlosen, winzigen Kabuff mit einem Posten angestaubter Hüte im Schaufenster. Muriel war schon halb drin, aber Macon blieb, wo er war. »Kommst du nicht mit hinein?« fragte sie.

»Ich warte hier.«

»Aber das ist der Laden mit all dem raffinierten Zeug!«

Er gab keine Antwort. Sie seufzte und verschwand.

Sie aus dem Blick zu verlieren glich der Befreiung von einer großen, drückenden Last.

Er hockte sich nieder und kraulte Edward hinter den Ohren. Dann stand er wieder auf und studierte ein ausgebleichtes Wahlplakat, als enthielte es eine faszinierende verschlüsselte Botschaft. Zwei schwarze Frauen, die fahrbare Drahtkörbe voller Wäsche hinter sich herzogen, gingen an ihm vorbei. »Es war genauso heiß wie an dem Tag damals, von dem ich dir erzählt hab', aber sie hat einen ganz dicken Pelzmantel angehabt . . .«

»Ma-con.«

Er wandte sich der Ladentür zu.

»He, Ma-con!«

Er sah einen Fäustling, einen dieser Kinderfäustlinge, die so gemacht sind, daß sie einer Handpuppe ähneln. Die Innenfläche bildete ein roter Filzmund, der auseinanderklaffte und quäkte: »Macon, *bitte* sei nicht böse auf Muriel.«

Macon stöhnte.

»Komm in den netten Laden mit ihr«, bettelte die Puppe.

»Muriel, ich glaube, Edward wird schon unruhig.«

»Hier gibt es eine Menge zu kaufen! Kneifzangen und Schraubenschlüssel und Reißschienen . . . Und einen stummen Hammer.«

»Was?«

»Einen Hammer, der überhaupt keinen Lärm macht. Man kann damit mitten in der Nacht Nägel einschlagen.«

»Hör mal –«, sagte Macon.

»Die haben da ein Vergrößerungsglas voller Risse und Sprünge, und wenn man sich durch das Ding zerbrochene Sachen anschaut, könnte man schwören, daß sie wieder ganz geworden sind.«

»Nein, wirklich, Muriel.«

»Ich bin nicht Muriel! Ich bin Fanny Fäustling! Macon, weißt du denn nicht, daß Muriel immer für sich selbst sorgen kann?« fragte die Puppe. »Weißt du denn nicht, daß sie morgen einen neuen Job finden kann, wenn sie will? Komm also herein! Komm schon! Die haben hier ein Taschenmesser mit einer eigenen Wetzsteinklinge.«

»Ach Gott«, sagte Macon. Aber er konnte sich eines Auflachens nicht erwehren.

Und ging in den Laden.

Während der nächsten Tage kam sie immer wieder auf Frankreich zu sprechen. Sie schickte ihm einen anonymen, aus Drucklettern zusammengesetzten Brief: *Nicht VerGEssen für MUrIEL FlugTICKET zu kauFEN.* (Und die verräterische Illustrierte mit den entsprechend ausgeschnittenen Lücken in den Seiten lag noch auf dem Küchentisch.) Sie bat ihn, ihr die Schlüssel aus der Handtasche zu geben, und als er die Handtasche öffnete, fand er darin Fotos, zwei glänzende, farbige Rechtecke auf dünnem Papier; sie zeigten Muriel, Augenlider auf halbmast. Eindeutig Paßbilder. Sie mußte es darauf angelegt haben, daß er die Fotos sah; sie beobachtete ihn so gespannt. Doch er begnügte sich damit, ihr die Schlüssel kommentarlos in die aufgehaltene Hand fallen zu lassen.

Er konnte nicht umhin, sie zu bewundern. Hatte er jemals irgendwen mit solchem Kampfgeist gekannt? Eines Abends ging er mit ihr zu ungewöhnlich später Stunde Lebensmittel einkaufen, und gerade, als sie einen dunklen Bereich durchquerten, trat ein Junge aus einem Hauseingang. »Rück alles heraus, was du in der Handtasche hast«, forderte er von Muriel. Macon wußte nicht, wie ihm geschah; der Junge war noch ein halbes Kind. Er selbst stand, die Einkaufstüte in den Armen, wie vom Donner gerührt da. Aber Muriel sagte: »Blöd müßte ich sein«, holte mit der Handtasche am Riemen aus und traf den Jungen am Kiefer. Er hob die Hand ans Gesicht. »Schau, daß du heimkommst, sonst wird's dir noch leid tun, daß du auf der Welt bist!« sagte sie zu ihm. Er machte sich davon, drehte sich aber noch einmal mit verdutzter Miene nach ihr um.

Als Macon wieder Atem geschöpft hatte, erklärte er Muriel für verrückt. »Er hätte eine Pistole haben können!« sagte er. »Es hätte wer weiß was passieren können! Halbwüchsige kennen weniger Pardon als Erwachsene; das kann man täglich in der Zeitung lesen.«

»Es aber gutgegangen, oder?« fragte Muriel. »Warum bist du so wütend?«

Er wußte es selbst nicht genau. Durchaus möglich, daß er auf sich selbst wütend war. Er hatte nichts zu ihrer Verteidigung unternommen, keine Stärke oder Ritterlichkeit bewiesen. Er hatte nicht so schnell gedacht wie sie; er hatte eigentlich überhaupt nicht gedacht. Muriel hingegen – jawohl, Muriel hatte nicht einmal überrumpelt gewirkt. Es war, als wäre sie einfach so die Straße entlanggeschlendert, darauf gefaßt, hier einem Nachbarn zu begegnen, dort einem streunenden Hund, gleich dahinter einem Straßenräuber – alles einfach Bestandteile ihres Lebens. Er fühlte sich von ihr eingeschüchtert und herabgewürdigt. Muriel ging ungerührt weiter und summte vor sich hin, als ob nichts Besonderes geschehen wäre.

»Ich glaube nicht, daß Alexander die richtige Ausbildung bekommt«, sagte er eines Abends zu ihr.

»Ach, das reicht ihm.«

»Ich habe ihn aufgefordert, auszurechnen, wieviel Wechselgeld wir wohl herausbekommen, als wir heute Milch gekauft haben, und er hatte nicht die leiseste Ahnung. Er hat nicht einmal gewußt, daß er subtrahieren muß.«

»Er ist ja erst in der zweiten Klasse«, sagte Muriel.

»Ich finde, er sollte in eine Privatschule gehen.«

»Privatschulen kosten Geld.«

»Und? Dann zahle ich eben dafür.«

Sie hörte auf, den Speck zu wenden, und sah ihn an. »Was soll das heißen?«

»Bitte?«

»Was soll das heißen, Macon? Soll das heißen, du willst dich festlegen?«

Macon räusperte sich. Er wiederholte: »Festlegen.«

»Alexander hat noch zehn Jahre Schule vor sich. Soll das heißen, du bleibst die ganzen zehn Jahre lang da?«

»Hm . . .«

»Ich kann ihn nicht in eine Schule stecken und dann wieder herausnehmen, wie es dir gerade so einfällt.«

Er schwieg.

»Ich möchte wenigstens eines wissen«, sagte sie. »Siehst du uns irgendwann mal heiraten? Ich meine, wenn deine Scheidung durch ist.«

Er sagte: »Oh, nun, heiraten, Muriel . . .«

»Also nicht, stimmt's? Du weißt nicht, *was* du willst. Erst magst du mich, und im nächsten Moment magst du mich nicht. Erst schämst du dich, mit mir gesehen zu werden, und im nächsten Moment hältst du mich für das Beste, was dir je untergekommen ist.«

Er starrte sie an. Er hätte nie vermutet, daß sie ihn so klar durchschaute.

»Du denkst, du kannst dich einfach so treiben lassen, von einem Tag zum anderen, ohne Pläne«, sagte sie. »Vielleicht bist du morgen noch da, vielleicht auch nicht. Vielleicht gehst du einfach zu Sarah zurück. O ja! Ich habe dich auf der Hochzeit von Rose gesehen. Glaub nur nicht, ich hätte nicht gesehen, wie ihr beide euch angeschaut habt, du und Sarah.«

Macon entgegnete: »Ich sage ja bloß –«

»Und *ich* sage bloß«, unterbrach Muriel ihn, »nimm dich in acht, was du meinem Sohn versprichst. Mach ihm keine Versprechungen, die du dann nicht einhältst!«

»Aber ich will doch nur, daß er lernt, richtig zu subtrahieren!«

Da sie keine Antwort gab, hallte das letzte Wort geraume Zeit nach. Subtrahieren. Es klang so schneidend und nichtssagend, daß Macon den Mut verlor.

Beim Abendbrot war sie zu still; sogar Alexander war still und entfernte sich, gleich nachdem er sein Fertigmenü aufgegessen hatte. Macon hingegen drückte sich in der Küche herum. Muriel ließ Wasser ins Spülbecken einlaufen. Er fragte: »Soll ich abtrocknen?« Ohne jede Vorwarnung wirbelte sie herum und schleuderte ihm einen nassen Schwamm ins Gesicht. Macon sagte: »Muriel?«

»Hau bloß ab!« schrie sie, die Wimpern von Tränen verklebt, wandte sich wieder ab und tauchte die Hände in das dampfend heiße Wasser. Macon trat den Rückzug an. Er ging ins Wohnzimmer, wo Alexander fernsah, und Alexander rückte auf der Couch beiseite, um ihm Platz zu machen. Er sagte nichts, aber an der Art, wie er sich bei jedem Klirren aus der Küche verkrampfte, erkannte Macon, daß er alles gehört hatte. Nach einiger Zeit hörte das Klirren auf. Macon und Alexander blickten einander an. Stille; dann das Murmeln einer Stimme. Macon stand auf und ging zurück in die Küche, leiser als sonst und wachsamen Auges, ähnlich wie eine Katze zurückschleicht, wenn man sie vom Schoß geschubst hat.

Muriel telefonierte mit ihrer Mutter. Ihre Stimme klang fröhlich und zwitschernd, doch eine Spur belegter als gewohnt, wie nach überstandenem Schnupfen. »Jedenfalls«, sagte sie, »ich frage, was für Kummer ihr Hund ihr macht, und darauf die Dame: ›Oh, keinen Kummer‹, also frage ich: ›Was für ein Problem hat er dann?‹, und darauf die Dame: ›Kein wirkliches Problem.‹ Ich sage: ›Ma'am. Aus *irgendeinem* Grund müssen Sie mich ja herbestellt haben.‹ Sie sagt: ›Oh. Ach so. Das.‹ Sie sagt: ›Eigentlich‹, sagt sie, ›weil ich mich gewundert habe, wie er macht.‹ Ich sage: ›Macht?‹ Sie sagt: ›Ja, wie er klein macht. Er macht wie junge Hundemädchen, er hebt das Bein nicht.‹ Ich sage zu ihr: ›Also, wenn ich Sie richtig verstehe, haben Sie mich hergerufen, damit ich ihm beibringe, das Bein zu heben, wenn er pinkelt.‹«

Sie gestikulierte beim Reden mit der freien Hand, als ob ihre Mutter sie sehen könnte. Macon trat hinter sie und schloß sie in die Arme, und sie lehnte sich an ihn. »Oh, langweilig wird es nie, das kannst du mir glauben«, sagte sie ins Telefon.

In dieser Nacht träumte ihm, daß er ein fremdes Land bereiste, das jedoch aus allen ihm bekannten und auch einigen ihm unbekannten Ländern zusammengestückelt zu sein schien. In den sterilen, riesigen Weiten des Flughafens Charles de Gaulle schwirrten die winzigen Vögel herum, die er im Abfertigungsgebäude in Brüssel gesehen hatte; und als er ins Freie trat, war er plötzlich auf Julians grüner Karte von Hawaii, wo sich überlebensgroße eingeborene Tänzerinnen neben den Punkten wiegten, die verschiedene Touristenattraktionen markierten. Dazu raunte seine eigene Stimme, neutral und monoton, ununterbrochen: *In Deutschland muß der Geschäftsreisende zu allen Terminen pünkt-*

lich erscheinen, in der Schweiz sollte er sich fünf Minuten früher einstellen, in Italien ist eine Verspätung von mehreren Stunden nicht unüblich . . .

Er wachte auf. Es war stockfinster, durch das offene Fenster hörte er jedoch fernes Gelächter, leise Musik, schwache Beifallsrufe wie bei einer Sportveranstaltung. Er blinzelte zum Radiowekker hinüber: halb vier. Wer mochte denn um diese Zeit Spiele veranstalten? Und in dieser Straße – in dieser heruntergekommenen, traurigen Straße, wo für jeden alles verkehrt lief, wo die Männer aussichtslose Jobs hatten oder gar keine, die Frauen in die Breite gingen und die Kinder sich als Taugenichtse herausstellten. Doch da brach wieder Jubel aus, und jemand sang eine Zeile aus einem Lied. Macon ertappte sich bei einem Lächeln. Er drehte sich zu Muriel um und schloß die Augen und schlief traumlos bis zum Morgen.

Der Briefträger klingelte an der Tür und überreichte ein langes, röhrenförmiges, an Macon adressiertes Päckchen. »Was kann das sein?« fragte Macon. Mit gerunzelter Stirn den Aufkleber betrachtend, kehrte er ins Wohnzimmer zurück. Muriel las in einem Taschenbuch mit dem Titel *Schönheitstips von Filmstars.* Sie blickte auf und sagte: »Mach's doch auf, dann weißt du's.«

»So? Steckst *du* dahinter?«

Sie blätterte lediglich um.

Wieder ein Bittgesuch betreffs der Frankreichreise. Er zog den Klebstreifen von einem Ende ab und schüttelte die Röhre, bis ein Glanzpapierzylinder herausfiel. Als er ihn entrollt hatte, sah er ein Farbfoto von zwei jungen Hunden in einem Korb, darüber DR. MACK'S WELPENWUNDER und darunter ein Kalendarium für den Monat Januar.

»Ich verstehe nicht«, sagte er zu Muriel.

Sie blätterte erneut um.

»Wozu schickst du mir einen Kalender für ein Jahr, das schon halb vorbei ist?«

»Vielleicht steht noch etwas drauf . . .«

Er sah die Monate Februar, März, April durch. Nichts. Mai.

Dann Juni: ein Gekritzel in roter Tinte quer über einem Samstag. »*Hochzeit*«, las er vor. »Hochzeit? Wessen Hochzeit?«

»Unsere?« fragte sie.

»Ach Muriel . . .«

»Dann lebst du seit einem Jahr getrennt. Dann kannst du dich scheiden lassen.«

»Aber Muriel . . .«

»Ich hab' mir schon immer eine Juni-Hochzeit gewünscht.«

»Muriel, bitte, ich bin noch nicht soweit! Ich werde es vermutlich nie sein. Ich finde, die Ehe sollte nicht, wie üblich, die Norm sein; ich bin ganz entschieden der Ansicht, sie sollte vielmehr die Ausnahme von der Regel bilden; ja, ideale Paare können heiraten, eventuell, aber wer ist schon ein ideales Paar?«

»Du und Sarah, nehme ich an.«

Der Name ließ ein ruhiges Gesicht, voll und taufrisch, vor ihm erstehen.

»Nein, nein . . .«, sagte er schwach.

»Du bist so selbstsüchtig!« schrie Muriel. »Du denkst nur an dich! Du hast immer eine tolle Ausrede, damit du nie etwas tun mußt, was ich möchte!«

Dann schmiß sie das Buch hin und rannte die Treppe hinauf.

Macon hörte ein vorsichtiges Getrappel wie von einer Maus, als Alexander offenbar auf Zehenspitzen in der Küche herumging und sich mit etwas Eßbarem versorgte.

Muriels Schwester Claire stand auf der Schwelle, die Augen vom Weinen gerötet, in der Hand einen Koffer, aus dem Kleidungsstücke herausquollen. »Ich rede nie wieder ein Wort mit Ma«, teilte sie mit. Sie drängte sich an ihnen vorbei ins Haus. »Wollt ihr wissen, was passiert ist? Also, ich bin mit diesem Jungen ausgegangen, ja? Mit diesem Claude McEwen. Ich hab's aber für mich behalten, ihr wißt doch, Ma hat immer solche Angst, ich könnte so werden wie Muriel, und gestern abend, wie er mich abholen kommt, bin ich gleich in seinen Wagen gesprungen, und sie hat mich zufällig durchs Fenster gesehen und hat sich gemerkt, daß er hinten einen Aufkleber hat, auf dem EDGEWOOD steht. Er ist nämlich in Delaware in eine Schule gegangen, die Edgewood Prep heißt, aber Ma hat gedacht, es ist das Edgewood-Arsenal gemeint, und er muß also bei der Armee sein. Also, ich stehe heute morgen auf, und schon spielte sie verrückt. Fährt mich an: ›Ich weiß, was du getrieben hast! Bist die halbe Nacht mit dem General aus gewesen!‹ Ich hab' bloß gesagt: ›Wer? Mit *wem*?‹, aber wenn die mal anfängt, hört sie nicht mehr auf. Redet auf mich ein, daß ich fürs ganze Leben erledigt bin und den General nie mehr sehen darf, oder sie bringt ihn vors Kriegsgericht und läßt ihm alle Sterne von der Uniform reißen, also hab' ich fix meine Klamotten gepackt . . .«

Macon, der zerstreut zuhörte, während Edward ihm zu Füßen seufzte, sah plötzlich sein Leben in dessen ganzer Vielfalt, Prallheit und Erstaunlichkeit vor sich. Er hätte gern vor jemandem damit geprahlt. Er hätte gern einen Arm ausgestreckt und gesagt: »Na?«

Aber die Person, der er es am liebsten vorgeführt hätte, war Sarah.

Rose und Julian waren von der Hochzeitsreise zurückgekehrt; sie veranstalteten ein Familienessen, zu dem auch Macon und Muriel eingeladen waren. Macon kaufte als Mitbringsel eine Flasche besonders guten Weins. Er stellte die Flasche aufs Küchenbüfett, und schon kam Muriel daher und fragte: »Was ist das?«

»Wein für Rose und Julian.«

»Sechsunddreißig Dollar neunundneunzig Cent!« sagte sie, nachdem sie das Preisschild geprüft hatte.

»Nun ja, es ist französischer.«

»Ich hab' nicht gewußt, daß Wein überhaupt so viel kosten *kann*!«

»Weißt du, ich dachte, da dies unser erster Besuch bei ihnen ist . . .«

»Für deine Familie ist dir wohl nichts zu teuer«, sagte Muriel.

»Allerdings.«

»*Mir* hast du noch nie Wein gekauft.«

»Ich habe nicht gewußt, daß du welchen willst; du hast doch gesagt, du bekommst vom Wein stumpfe Zähne.«

Dem widersprach sie nicht.

Später am Tag fiel ihm auf, daß die Flasche nicht mehr an derselben Stelle stand. Und geöffnet war. Und halb leer. Der Korken lag daneben, noch auf dem Korkenzieher aufgespießt. Ein beschlagenes Fruchtsaftgläschen roch nach Trauben. Macon rief: »Muriel?«

»Was«, antwortete sie aus dem Wohnzimmer.

Er ging zur Wohnzimmertür. Sie sah sich mit Alexander ein Baseballspiel an. Er sagte: »Muriel, hast du von dem Wein getrunken, den ich gekauft habe?«

»Ja.«

Er fragte: »Warum, Muriel?«

»Ach, ich hatte einfach den unwiderstehlichen Drang, ihn zu kosten.«

Dann sah sie ihn schlitzäugig an und reckte das Kinn vor. Er spürte, das sie ihn provozieren wollte, aber er sagte nichts. Er nahm seine Autoschlüssel und fuhr eine neue Flasche kaufen.

Macon sah diesem Dinner mit einiger Befangenheit entgegen, als hätte Rose sich in eine Fremde verwandelt. Er brauchte länger zum Ankleiden als sonst, da er sich zwischen zwei Hemden nicht entscheiden konnte, und auch Muriel schien einige Schwierigkeiten zu haben. Sie zog unaufhörlich etwas an und wieder aus; leuchtendbunte Stoffe häuften sich auf dem Bett und auf dem Boden drum herum. »Ach Gott, ich möchte am liebsten ein ganz anderer Mensch sein«, seufzte sie. Macon, darauf konzentriert, sich die Krawatte zu binden, sagte nichts. Ihr Kinderbild feixte ihn vom Rahmen des Spiegels an. Zufällig fiel sein Blick auf das Datum am Bildrand. AUG. 60. Neunzehnhundertsechzig.

Als Muriel zwei Jahre alt war, da waren Macon und Sarah bereits verlobt.

Unten saß Dominick Saddler mit Alexander auf der Couch. »Also das hier ist die Wachspaste«, erklärte er gerade. Er hielt eine Dose hoch. »Du darfst nie einen Wagen mit was anderem polieren als mit Wachspaste. Und hier haben wir eine Windel. Windeln sind die allerbesten Lappen, weil sie fast kaum fusseln. Ich kaufe meistens gleich ein Dutzend bei Sears and Roebuck. Und Fensterleder. Du weißt doch, was Fensterleder ist. Und dann machst du es so, du schnappst dir diese Artikel hier und einen Kasten anständiges Bier und ein Mädchen und fährst hinaus zum Loch Raven. Dann parkst du in der Sonne und ziehst dir das Hemd aus und machst dich mit dem Mädchen ans Polieren. Gibt nichts Schöneres, einen Frühlingsnachmittag herumzubringen.«

Dominicks Version einer Gute-Nacht-Geschichte, nahm Macon an. Dominick mußte heute Alexander hüten. (Die Butler-Zwillinge waren verabredet, und Claire vergnügte sich auswärts mit dem General. Wie alle ihn jetzt nannten.) Zur Belohnung dafür durfte Dominick Muriels Wagen eine ganze Woche lang fahren; für Geld allein hätte er sich nie dazu hergegeben. Er lümmelte neben Alexander, die Windel übers Knie gebreitet, muskelstrotzend unter einem T-Shirt mit dem Aufdruck WEEKEND WARRIOR – Wochenendkrieger. Auf dem Hinterkopf trug er eine griechische Matrosenmütze. Alexander sah ganz verzückt aus.

Muriel kam mit klappernden Absätzen die Treppe herab; unten angekommen, verrenkte sie den Hals, um zu sehen, ob ihr Unterrock vorschaute. »Bin ich richtig angezogen?« fragte sie.

»Sehr nett«, sagte Macon – was sogar stimmte, obwohl ihre Aufmachung ihren sonstigen Gepflogenheiten völlig widersprach. Offenbar hatte sie beschlossen, sich Rose zum Vorbild zu nehmen. Ihr Haar war im Nacken zu einem Knoten zusammengefaßt, und sie trug ein schmales graues Kleid mit Schulterpolstern. Nur die Sandalen mit den Stilettabsätzen waren typisch ihr eigen; wahrscheinlich besaß sie keine so vernünftigen Schuhe wie Roses flache Schulmädchenslipper. »Du mußt mir sagen, ob etwas nicht stimmt«, sagte sie zu Macon. »Ob etwas unpassend ist.«

»Überhaupt nichts«, antwortete Macon beruhigend.

Sie gab Alexander einen Kuß und hinterließ einen dunkelroten Fleck auf seiner Wange. Sie musterte sich noch ein letztesmal prüfend in dem Spiegel neben der Haustür, während sie rief: »Laß ihn nicht zu lange aufbleiben, Dominick; laß ihn im Fernsehen nichts Schauriges anschauen –«

Macon sagte: *»Muriel!«*

»Ich seh' einfach verboten aus.«

Die Leary-Kinder waren in dem Glauben erzogen worden, daß Gäste, die auch zum Essen eingeladen sind, pünktlichst zu erscheinen haben. Egal, ob sie ihre Gastgeberin öfter auch in Lockenwicklern antrafen; sie befolgten brav, was man ihnen beigebracht hatte. Macon drückte den Klingelknopf unten in der Eingangshalle also genau um achtzehn Uhr siebenundzwanzig, und vor dem Fahrstuhl gesellten sich ihnen Charles und Porter zu. Beide versicherten Muriel, sie freuten sich, sie zu sehen. Dann fuhren sie finster schweigend hinauf, den Blick auf die Ziffern über der Tür geheftet. Charles hatte ein eingetopftes Dickblattbäumchen mitgebracht, Porter ebenfalls eine Flasche Wein.

»Ist das nicht aufregend?« äußerte Muriel. »Wir sind ihre ersten geladenen Gäste.«

»Zu Hause würden wir uns jetzt die CBS-Abendnachrichten ansehen«, sagte Charles zu ihr.

Darauf schien Muriel keine Antwort einzufallen.

Punkt achtzehn Uhr dreißig standen sie in einem stillen Gang mit wollweißem Teppichbelag vor der Wohnungstür und klingelten. Rose öffnete und rief: »Sie sind da!«, dann drückte sie jedem einzelnen die Wange ans Gesicht. Sie hatte Großmutter Learys spitzenbesetzte Paradeschürze vorgebunden und duftete nach Lavendelseife, genau wie immer.

Aber quer über ihrem Nasenrücken schälte sich ein Streifen sonnenverbrannter Haut.

Julian, schmuck und salopp in marineblauem Rollkragenpulli und weißer Hose, mixte die Drinks, während Rose sich in die Küche zurückzog. Dies war eine von diesen ultramodernen Wohnungen, wo sämtliche Räume ineinander übergehen, und daher konnte man sie hin und her flattern sehen. Julian reichte Schnappschüsse aus Hawaii herum. Entweder hatte er minderwertigen Film verwendet, oder Hawaii mußte sich ganz gewaltig von Baltimore unterscheiden, denn manche Farben waren ganz anders. Die Bäume schienen blau zu sein. Auf den meisten Bildern stand Rose vor Blumenbeeten oder blühenden Sträuchern in einem weißen ärmellosen Kleid da, das Macon nie gesehen hatte;

sie hatte die Arme verschränkt und lächelte so ausgiebig, daß sie älter aussah, als sie war. »Ich halte Rose vor, man könnte meinen, sie hätte unsere Hochzeitsreise ganz allein gemacht«, sagte Julian. »Immer mußte ich alles fotografieren, weil Rose sich nicht mit meiner Kamera auskennt.«

»Ach nein?« fragte Macon.

»Es handelt sich um eines dieser deutschen Fabrikate mit der komplizierten Bedienung.«

»Und damit ist sie nicht zurechtgekommen?«

»Ich halte ihr vor: ›Die Leute werden glauben, daß ich gar nicht dabei war.‹«

»Aber Rose könnte diese Kamera auseinandernehmen und mit verbundenen Augen wieder zusammenbauen!«

»Nein, das ist eines dieser deutschen Fabrikate mit –«

»Sie ist nicht besonders logisch konstruiert«, rief Rose aus der Küche.

»Ah«, sagte Macon und lehnte sich zurück.

Sie brachte ein Tablett herein und stellte es auf den gläsernen Couchtisch. Dann kniete sie nieder und begann, Pâté auf Cracker zu streichen. Macon bemerkte, daß sie sich irgendwie anders bewegte als früher. Sie war graziöser, aber auch befangener. Sie bot die Pâté zuerst Muriel an, dann der Reihe nach ihren Brüdern, Julian als letztem.

»In Hawaii habe ich segeln gelernt.« Sie sprach die beiden i in Hawaii getrennt aus. Macon fand das affektiert. »Jetzt werde ich draußen in der Bucht üben.«

»Sie versucht, seefest zu werden«, sagte Julian. »Sie wird leicht seekrank.«

Macon biß in einen Cracker. Die Pâté schmeckte wohlvertraut. Sie war von griesliger Beschaffenheit, aber zart im Geschmack; sie zerging auf der Zunge, was von reichlicher Butterbeimischung herrühren mußte, wie Macon zu wissen glaubte. Das Rezept stammte von Sarah. Er saß ganz still, ohne zu kauen, und eine subtile Mischung aus Estragon, Sahne und Heimat schlug wie eine Woge über ihm zusammen.

»Oh, ich weiß genau, was Sie durchmachen«, sagte Muriel zu

Rose. »Ich brauche ein Boot nur anzusehen und bin auch schon ganz entnerviert.«

Macon schluckte und starrte auf den Teppich zwischen seinen Füßen. Er erwartete, daß jemand sie korrigieren würde, aber keiner tat es. Das war noch schlimmer.

Im Bett sagte sie: »Du tätst mich doch nie verlassen, oder? Dir würde doch nie einfallen, mich zu verlassen? Du bist doch nicht wie die anderen, oder? Versprichst du mir, daß du mich nicht verläßt?«

»Ja, ja«, sagte er traumtrunken.

»Du nimmst mich doch ernst, oder? Sag schon?«

»Ach, Muriel, ich bitte dich . . .«

Später aber, als sie sich im Schlaf umdrehte und von ihm abrückte, folgten seine Füße ganz von allein den ihren auf die andere Seite des Bettes.

18

Macon saß in einem Hotelzimmer in Winnipeg, Manitoba, als das Telefon klingelte. Daß es das Telefon war, wurde ihm allerdings erst nach ein paar Sekunden bewußt. Er hatte sich nämlich gerade aufs angenehmste die Zeit mit einem geheimnisvollen Objekt vertrieben, das er eben erst entdeckt hatte – ein elfenbeinfarben lackierter Metallzylinder an der Wand über dem Bett. Er hatte so etwas noch nie gesehen, obwohl er in diesem Hotel schon zweimal abgestiegen war. Als er den Zylinder berührte, weil er wissen wollte, was es damit auf sich hatte, begann der Zylinder zu rotieren und verschwand in der Wand, worauf statt dessen eine bereits brennende Glühbirne zum Vorschein kam. Im selben Moment klingelte das Telefon. Macon war einen Augenblick lang so verwirrt, daß er sich einbildete, was da klingle, sei der Zylinder. Dann sah er das Telefon auf dem Nachttisch. Trotzdem war er ganz durcheinander. Niemand hatte seine Nummer, soviel er wußte.

Er hob den Hörer ab und sagte: »Ja?«

»Macon.«

Sein Herzschlag setzte aus. Er fragte: »Sarah?«

»Habe ich dich zu einer ungünstigen Zeit erwischt?«

»Nein, nein ... Woher weißt du, daß ich hier bin?«

»Julian hat gemeint, du müßtest jetzt entweder in Toronto oder in Winnipeg sein«, sagte sie. »Da habe ich in deinem letzten Ratgeber nachgeschlagen, und ich weiß, daß du in einem der Hotels abgestiegen bist, über deren Nachtgeräusche du dich ausläßt, und so ...«

»Ist etwas passiert?« fragte er.

»Nein, ich wollte dich nur um einen Gefallen bitten. Hättest du etwas dagegen, wenn ich wieder in unser Haus einziehe?«

»Hm ...«

»Nur vorübergehend«, sagte sie schnell. »Nur für eine Weile. Mein Mietvertrag läuft Ende des Monats aus, und ich kann keine neue Wohnung finden.«

»Aber im Haus sieht es wüst aus«, wandte er ein.

»Ach, das bringe ich schon in Ordnung!«

»Nein, ich meine, es hat im Winter gelitten, Rohrbruch oder so was. Von der Decke ist der Verputz –«

»Ja, ich weiß.«

»Du weißt?«

»Deine Brüder haben es mir erzählt.«

»Meine Brüder?«

»Ich war bei ihnen, um mich nach deinem Verbleib zu erkundigen, nachdem sich am Telefon keiner gemeldet hat. Und Rose hat gesagt, sie sei selbst dort gewesen und –«

»Du bist auch zu Rose gegangen?«

»Nein, Rose war bei deinen Brüdern.«

»Oh.«

»Sie wohnt einstweilen bei ihnen.«

»Ach so«, sagte er. »Sie tut *was*?«

»Nun ja, June hat das Baby bekommen«, sagte Sarah, »und da hat sie Porter gebeten, die Kinder eine Weile zu behalten.«

»Was hat das denn mit Rose zu tun?« fragte er. »Bildet Rose

sich ein, daß Porter nicht imstande ist, eine Dose Suppe für die Kinder zu öffnen? Und wieso hat June sie weggeschickt?«

»Du kennst doch June mit ihrem Spatzenhirn.«

Als sie das sagte, hörte sie sich ganz wie die alte an. Bis dahin war in ihrer Stimme eine gewisse Vorsicht angeklungen, eine gewisse Wachsamkeit und Rückzugsbereitschaft, doch jetzt nahm sie einen stillvergnügten, vertraulichen Ton an.

»Sie hat zu den Kindern gesagt, sie braucht Zeit, um eine Beziehung aufzubauen.«

»Zeit, um – was?«

»Sie und ihr Mann müssen erst eine Beziehung zu dem Baby aufbauen.«

»Du meine Güte«, sagte Macon.

»Sowie Rose das gehört hat, hat sie zu Porter gesagt, sie kommt nach Hause. Sie war ohnehin der Ansicht, daß die Jungen sich nicht ordentlich verköstigen – Porter und Charles; und außerdem hat das Haus an der Seite einen Riß, und den will sie flicken, bevor er größer wird.«

»Was für einen Riß?« fragte Macon.

»Irgendeinen kleinen Riß im Verputz; was weiß ich. Wenn der Regen aus einer bestimmten Richtung kommt, sickert Wasser durch den Küchenplafond ein, sagt Rose, Charles und Porter hätten zwar längst vor, den Schaden zu beheben, könnten sich aber nicht einigen, wie man am besten dabei vorgehen sollte.«

Macon streifte die Schuhe ab und schwang die Füße aufs Bett. Er sagte: »Julian lebt jetzt also allein, oder wie sehe ich das?«

»Ja, aber sie bringt ihm Vorgekochtes«, sagte Sarah. Dann fügte sie hinzu: »Hast du darüber nachgedacht, Macon?«

Sein Herzschlag setzte abermals aus. »Worüber?«

»Ob ich ins Haus kann.«

»Ach ja. Ich habe nichts dagegen, aber du machst dir bestimmt keine Vorstellung vom Ausmaß der Verwüstung.«

»Wir müßten doch sowieso alles in Ordnung bringen, falls wir es verkaufen wollten. Ich habe mir folgendes gedacht: Ich bezahle die Reparaturen selbst – alles, wofür die Versicherung nicht aufkommt –, mit dem Geld, das mich normalerweise die Miete kosten würde. Hältst du das für annehmbar?«

»Ja, natürlich«, sagte Macon.

»Und vielleicht lasse ich jemand kommen, der die Polstermöbel reinigt.«

»Ja.«

»Und die Teppiche.«

»Ja.«

Nach all den Jahren merkte er genau, wann sie auf etwas hinauswollte. Die Zerstreutheit in ihrem Tonfall ließ darauf schließen, daß sie sich innerlich rüstete, das vorzubringen, was ihr wirklich am Herzen lag.

»Übrigens – der Anwalt hat mir die Papiere zugeschickt.«

»Ah.«

»Die endgültige Fassung. Du weißt schon. Sachen, die ich unterschreiben muß.«

»Ja.«

»Es war ein ziemlicher Schock.«

Er schwieg.

»Natürlich habe ich gewußt, daß sie irgendwann kommen; es ist ja fast ein Jahr her; er hat mich sogar angerufen und hat sie mir angekündigt, aber als ich alles schwarz auf weiß gesehen habe, da ist es mir so forsch vorgekommen. Ohne Berücksichtigung der Gefühle in so einer Angelegenheit. Damit habe ich eben nicht gerechnet.«

Macon witterte eine gewisse Gefahr, etwas, womit er nicht fertig werden konnte. Er sagte: »Ah! Ja. Freilich! Scheint mir eine natürliche Reaktion zu sein. Also, jedenfalls viel Glück mit dem Haus, Sarah!«

Er legte schnell auf.

Seine Sitznachbarin auf dem Flug nach Edmonton war eine Frau, die sich vor dem Fliegen fürchtete. Er wußte das schon, bevor er ihr einen Blick zugeworfen, bevor die Maschine abgehoben hatte. Er schaute zum Fenster hinaus, reserviert wie stets, und hörte sie wiederholt schlucken. Unablässig verstärkte und lockerte sie den

Griff, mit dem sie sich an den Armstützen festhielt, und er spürte auch das. Schließlich drehte er sich um und sah nach, wer das war. Zwei verquollene Augen erwiderten seinen Blick. Eine hochbetagte, unförmige Frau in einem geblümten Kleid starrte ihn unverwandt an, hatte ihm vielleicht suggeriert, sich umzudrehen. »Halten Sie dieses Flugzeug für sicher«, sagte sie tonlos, ohne eigentlich zu fragen.

»Es ist völlig sicher«, sagte er.

»Wozu dann alle diese Schilder? Sauerstoff. Schwimmwesten. Notausstieg. Die rechnen eindeutig mit dem Schlimmsten.«

»Das sind lediglich Bundesverordnungen.«

Dann begann er, über die Bezeichnung »Bundes-« nachzudenken. Erstreckte sich die Gültigkeit auch auf Kanada? Er betrachtete stirnrunzelnd den Sitz vor ihm und überlegte. Schließlich sagte er: »*Regierungs*verordnungen.« Als er die Miene der alten Frau prüfte, um zu sehen, ob sie damit etwas anfangen konnte, merkte er, daß sie ihn die ganze Zeit angestarrt haben mußte. Ihr Gesicht, grau und verzweifelt, schnellte vor. Er begann, sich Sorgen um sie zu machen. »Möchten Sie ein Glas Sherry?« fragte er.

»Sherry gibt es erst, wenn wir in der Luft sind. Bis dahin ist es viel zu spät.«

»Einen Augenblick«, sagte er.

Er bückte sich, zog den Reißverschluß seiner Reisetasche auf und entnahm dem Kulturbeutel eine Reiseflasche aus Plastik. Die packte er immer mit ein, für schlaflose Nächte. Er hatte allerdings noch nie Gebrauch davon gemacht – nicht etwa, weil er noch keine Nacht schlaflos verbracht, sondern weil er den Notvorrat immer wieder für eine möglicherweise noch schlimmere Gelegenheit aufgespart hatte, für ein Ereignis, das freilich noch nie eingetreten war. Wie seine anderen Notreserven (das zündholzschachtelgroße Nähzeug, die winzige weiße Lomotil-Tablette) wurde diese Flasche für den *echten* Notfall aufgespart. Die Metallkappe war innen sogar angerostet, wie er entdeckte, als er sie aufschraubte. »Ich fürchte, das dürfte ein bißchen sauer geworden sein, oder was mit Sherry so passiert«, sagte er zu der alten Frau.

Sie gab keine Antwort, sie starrte ihm nur weiterhin in die Augen. Er füllte die Verschlußkappe, die gleichzeitig als Trinkgefäß diente. Währenddessen gab das Flugzeug ein Knirschen von sich und setzte sich in Bewegung. Die alte Frau kippte den Sherry und reichte Macon die Verschlußkappe zurück. Er begriff, daß es damit nicht getan war. Er schenkte noch einmal ein. Diesmal trank sie langsamer, und dann ließ sie den Kopf an die Lehne sinken.

»Besser?« erkundigte er sich.

»Ich heiße Mrs. Daniel Bunn«, sagte sie.

Er dachte, sie wolle damit zum Ausdruck bringen, daß sie wieder zu ihrem eigenen Ich zurückgefunden hatte – zu ihrem konventionellen, würdigen Ich. »Angenehm«, sagte er. »Ich bin Macon Leary.«

»Ich weiß, daß es dumm ist, Mr. Leary«, sagte sie, »aber ein Schluck Alkohol vermittelt einem eben die Illusion, daß man dagegen ankämpft, nicht wahr?«

»Unbedingt.«

Er hatte jedoch nicht den Eindruck, daß ihr das Ankämpfen besonders gut gelang. Als das Flugzeug schneller wurde, krampfte sich ihre freie Hand um die Armstütze. Die andere Hand, mit der sie die Verschlußkappe umklammerte, nahm um die Nägel herum eine weiße Färbung an. Plötzlich sprang die Verschlußkappe, vom Druck der Finger herausgequetscht, hoch in die Luft. Macon fing sie flugs auf, sagte: »He, holla!«, und schraubte sie auf die Flasche, die er anschließend in der Reisetasche verstaute. »Sobald wir abheben –«, fing er an.

Aber nach einem Blick auf ihr Gesicht verstummte er. Sie schluckte schon wieder. Das Flugzeug begann jetzt zu steigen, und sie wurde in den Sitz zurückgepreßt. Sie wirkte wie plattgedrückt. »Mrs. Bunn?« fragte Macon. Er befürchtete schon, sie hätte einen Herzanfall erlitten.

Statt zu antworten, drehte sie sich zu ihm um und sackte gegen seine Schulter. Er legte den Arm um sie. »Keine Sorge«, sagte er. »Aber, aber. Gleich wird es besser. Keine Sorge.«

Das Flugzeug befand sich noch immer in Schräglage. Als das Fahrgestell eingefahren wurde (knarrend), spürte Macon, wie die

Erschütterung sich über Mrs. Bunns Körper auf ihn übertrug. Ihr Haar roch wie frisch gebügelte Tischdeckchen. Ihr Rücken war breit und knochenlos, hügelförmig wie der Rücken eines Wals.

Es beeindruckte ihn, daß ein so alter Mensch noch immer so leidenschaftlich am Leben hing.

Dann flog die Maschine horizontal, und Mrs. Bunn riß sich zusammen; sie richtete sich auf, rückte von ihm ab und wischte die Tränen weg, die sich in den Falten ihrer Tränensäcke verfangen hatten. Sie war überhaupt voller Falten, alles sah schlaff und zerknittert aus, und doch trug sie tapfer Perlenknöpfe in den langen, schwammigen Ohrläppchen, und hatte herausfordernd roten Lippenstift auf einem Mund aufgetragen, der so runzelig war, daß er nicht einmal einen klaren Umriß hatte.

Er fragte: »Alles wieder gut?«

»Ja, und ich bitte tausendmal um Verzeihung!« Sie tätschelte die Brosche an ihrem Hals.

Als der Getränkewagen kam, bestellte er ihr noch einen Sherry und ließ es sich nicht nehmen, ihn zu bezahlen, er bestellte auch einen für sich, den er jedoch nicht zu trinken gedachte, sondern vorsichtshalber für Mrs. Bunn vorrätig halten wollte. Die Maßnahme stellte sich als berechtigt heraus, denn der Flug war ungewöhnlich turbulent. Die Aufforderung zum Anschnallen leuchtete ununterbrochen, und das Flugzeug holperte und knarrte, als rollte es über Schotter. Hin und wieder sackte es jäh ab, und Mrs. Bunn zuckte jedesmal zusammen, was sie jedoch nicht hinderte, an ihrem Sherry zu nippen. »Das ist noch gar nichts«, sagte Macon. »Ich habe schon viel Schlimmeres erlebt.« Er erklärte ihr, wie sie den Stößen nachgeben sollte. »Nicht anders als auf einem Schiff«, sagte er. »Oder auf Rädern, auf Rollschuhen. Man hält die Knie locker. Man beugt sich vor. Verstehen Sie mich? Man gibt nach. Man fängt den Stoß auf.«

Mrs. Bunn versprach, es jedenfalls zu versuchen.

Da waren nicht nur die Luftschwankungen, auch im Inneren der Maschine gab es mehrere kleine Pannen. Der Getränkewagen entwischte der Stewardeß jedesmal, wenn sie ihn losließ. Zweimal fiel das Klapptischchen völlig unerwartet in Mrs. Bunns Schoß.

Bei jedem Malheur lachte Macon, sagte »Ach je« und schüttelte den Kopf. »Doch nicht schon wieder«, meinte er. Mrs. Bunn hielt die Augen auf sein Gesicht gerichtet, als wäre er ihre einzige Hoffnung. Einmal krachte es, und sie fuhr zusammen; die Tür zum Cockpit war ohne ersichtlichen Grund aufgesprungen. »Was? Was?« sagte sie, aber Macon wies sie lediglich darauf hin, daß sie jetzt selbst sehen könne, wie unbesorgt der Pilot sei. Sie saßen so weit vorne, daß sie sogar hörten, was der Pilot sagte; er schrie dem Kopiloten die Frage zu, warum ein halbwegs vernünftiges zehnjähriges Mädchen sich darauf versteife, in der Sauna eine für die Nacht gedachte Zahnspange zu tragen. »Nennen Sie das einen besorgten Menschen?« fragte Macon. »Meinen Sie, der Mann würde sich unmittelbar vor dem Abspringen über Zahnorthopädie unterhalten?«

»Abspringen!« sagte Mrs. Bunn. »O Gott, daran habe ich noch gar nicht gedacht!«

Macon lachte wieder einmal.

Er fühlte sich an eine Reise zu verschiedenen Colleges erinnert, die er als Junge allein unternommen hatte. Berauscht von der neuerworbenen Unabhängigkeit, hatte er einem Sitznachbarn vorgelogen, er komme aus Kenia, wo sein Vater Safaris veranstalte. Genauso log er auch jetzt – spielte Mrs. Bunn gegenüber den fröhlichen, nachsichtigen Menschen.

Doch gleich nach der Landung (die Mrs. Bunn, von den vielen Sherrys gestärkt, fast ohne mit der Wimper zu zucken überstanden hatte), als sie mit ihrer erwachsenen Tochter davongegangen war, rannte ein winziges Kind gegen Macons Kniescheibe. Diesem folgte noch eines und noch eines, alle ungefähr gleich groß – ein Kindergarten, vermutete Macon, auf einem Ausflug im Flughafengelände –, und jedes Kind, gleichsam unfähig, von dem Kurs abzuweichen, den das erste eingeschlagen hatte, prallte von Macons Knien ab und machte: »Hups!« Der Ausruf pflanzte sich die ganze Reihe entlang wie Vogelrufe – »Hups!« – »Hups!« – »Hups!« –, während hinter all den Kindern eine gehetzt aussehende Frau sich mit der Hand an die Wange griff. »Entschuldigen Sie«, sagte sie zu Macon, worauf er nur entgegnete: »Nichts passiert!«

Erst später, als er an einem Spiegel vorbeikam und das breite

Lächeln auf seinem Gesicht gewahrte, gestand er sich ein, daß er Mrs. Bunn letztlich vielleicht doch nichts vorgelogen hatte.

»Der Installateur meint, das läßt sich leicht reparieren«, berichtete ihm Sarah. »Er sagt, es *sieht* böse aus, aber in Wirklichkeit ist nur ein Rohr gebrochen.«

»Um so besser«, sagte Macon.

Diesmal hatte ihr Anruf ihn natürlich nicht so überrascht, aber ein wenig durcheinander war er denn doch, wie er da an einem Werktagnachmittag in einem Edmontoner Hotelzimmer stand und Sarahs Stimme am anderen Ende der Leitung lauschte.

»Ich bin heute vormittag dort gewesen und habe ein bißchen aufgeräumt«, sagte sie. »Alles ist so desorganisiert.«

»Desorganisiert?«

»Warum sind manche Bettlaken halb zusammengenäht? Und der Popcornröster ist im Schlafzimmer. Hast du im Schlafzimmer Popcorn gegessen?«

»Wird wohl so gewesen sein«, sagte er.

Er stand neben einem offenen Fenster und schaute hinaus auf eine fremdartig schöne Landschaft: eine völlig ebene Fläche, auf der sich in der Ferne geradlinige Gebäude erhoben wie Bauklötzchen auf einem Teppich. Es fiel ihm schwer, sich hier in dieser Umgebung ins Gedächtnis zu rufen, warum er den Popcornröster ins Schlafzimmer mitgenommen hatte.

»Wie ist denn das Wetter dort?« fragte Sarah.

»Ziemlich grau.«

»Hier ist es sonnig. Sonnig und feucht.«

»Feucht ist es hier jedenfalls nicht«, entgegnete er. »Die Luft ist so trocken, daß der Regen verschwindet, bevor er den Boden erreicht.«

»Wirklich? Woran erkennst du dann, daß es regnet?«

»Man sieht es über der Ebene«, sagte er. »Sieht aus wie Streifen, die sich auf halbem Weg vom Himmel einfach in Nichts auflösen.«

»Schade, daß ich nicht mit dir zuschauen kann«, sagte Sarah.

Macon schluckte.

Wie er so aus dem Fenster starrte, erinnerte er sich unvermittelt an Ethan als kleines Kind. Ethan hatte immer geweint, wenn er nicht fest in eine Decke eingewickelt war; der Kinderarzt hatte ihnen erklärt, Neugeborene litten unter der Furcht, zu zerspringen. Macon war damals außerstande gewesen, sich so etwas vorzustellen, doch jetzt gelang es ihm mühelos. Er sah sich schon auseinanderfallen, in lauter Stücke zerspringen, sah seinen Kopf schon mit beängstigender Geschwindigkeit in der gespenstisch grünen Luft der Provinz Alberta entschweben.

In Vancouver fragte sie ihn, ob der Regen auch dort verschwand.

»Nein«, antwortete er.

»Nein?«

»Nein, in Vancouver regnet es.«

Es regnete auch wirklich gerade – ein sanfter Nachtregen. Er konnte ihn hören, aber nicht sehen bis auf den Kegel beleuchteten Tropfengeriesels unter der Straßenlaterne vor seinem Hotelfenster. Fast hätte man meinen können, der Regen sprühe eigentlich aus der Laterne.

»Also, ich bin wieder ins Haus eingezogen«, sagte sie. »Meistens bleibe ich einfach oben. Die Katze und ich, wir kampieren im Schlafzimmer. Huschen nur zum Essen hinunter.«

»Was für eine Katze denn?« fragte er.

»Helen.«

»Ach ja.«

»Ich habe sie mir von Rose geholt. Ich hatte Gesellschaft nötig. Du glaubst gar nicht, wie einsam es ist.«

Doch, das glaube ich gern, hätte er antworten können. Unterließ es aber.

Da befände sie sich also in derselben Lage wie früher, hätte er sagen können: Er habe ihre Aufmerksamkeit nur durch Zurückhaltung auf sich gelenkt. Er war nicht überrascht, als sie sagte: »Macon? Hast du eigentlich ... Wie heißt sie doch gleich? Die Person, mit der du lebst?«

»Muriel.«

Was sie wohl ohnehin wußte, argwöhnte er.

»Hast du eigentlich vor, ewig bei dieser Muriel zu bleiben?«

»Das kann ich wirklich nicht sagen.«

Ihm fiel auf, wie seltsam der Name in diesem steifleinenen, altmodischen Hotelzimmer nachhallte. Muriel. Wie eigenartig das klang. So fremd mit einemmal.

Auf dem Rückflug war seine Sitznachbarin eine attraktive junge Frau in einem Schneiderkostüm. Sie breitete den Inhalt ihres Aktenkoffers auf dem Klapptischchen aus und blätterte mit den tadellos manikürten Händen in Computerausdrucken. Dann fragte sie Macon, ob er etwas zum Schreiben bei sich habe, was sie sich leihen könne. Er fand das amüsant – schimmerte doch unter der Tünche der Sachlichkeit ihr wahres Gesicht durch. Er hatte aber nur seinen Füller, den er nicht gerne auslieh, und sagte daher nein. Sie wirkte erleichtert; frohgemut packte sie alles wieder in den Aktenkoffer. »Ich hätte schwören können, daß ich in meinem letzten Hotel einen Kugelschreiber habe mitgehen lassen«, sagte sie, »aber vielleicht war es schon im vorletzten. In der Erinnerung bringt man sie alle durcheinander, nicht wahr.«

»Sie reisen wohl sehr viel«, bemerkte Macon höflich.

»Und ob! Manchmal muß ich nach dem Aufwachen erst auf dem Hotelbriefpapier nachsehen, in welcher Stadt ich gerade bin.«

»Wie schrecklich.«

»Oh, mir gefällt es so«, sagte sie, während sie sich bückte und den Aktenkoffer unter den Sitz schob. »Es ist die einzige Gelegenheit, mich zu entspannen. Wenn ich nach Hause komme, werde ich ganz nervös, kann nicht still sitzen . . . Da bin ich schon lieber ein . . . so ein Trabant – immer auf Trab, wissen Sie.«

Macon fiel ein, daß er einmal über Heroin gelesen hatte, es bereite im Grunde gar keinen Genuß, verändere jedoch die chemischen Vorgänge im Körper des Konsumenten so drastisch, daß er gezwungen sei, es weiterhin zu nehmen, wenn er erst einmal damit angefangen hatte.

Er verzichtete auf Drinks und Dinner, seine Sitznachbarin ebenfalls; sie rollte die Kostümjacke geübt zu einem Kissen zusammen und schlief ein. Macon holte *Miss MacIntosh* heraus und starrte längere Zeit eine einzige Seite an. Die erste Zeile begann mit *buschige Brauen, das Haar von Silberfäden durchzogen.* Er betrachtete die Wörter so lange, daß er fast zu zweifeln begann, ob es überhaupt Wörter *waren.* Die ganze Sprache an sich kam ihm brüchig vor – lauter Bruchstücke. »Meine Damen und Herren«, verkündete der Lautsprecher, »wir befinden uns im Landeanflug auf . . .«, und das Wort ›Landeanflug‹ kam ihm vor wie eine Neuschöpfung, wie ein neuer Euphemismus, den die Fluggesellschaften ausgeheckt hatten.

Nach der Landung in Baltimore fuhr er mit dem Zubringerbus zum Parkplatz und holte seinen Wagen. Es war spät am Abend, und der Himmel spannte sich hell und strahlend über der Stadt. Während der Fahrt sah er immer noch die Wörter aus *Miss MacIntosh* vor sich. Er hörte immer noch die säuselnde Stimme der Stewardeß: *Gratisgetränke* und *der Flugkapitän erlaubt sich* und *Klapptische bitte hochstellen.* Macon erwog, das Radio einzuschalten, er wußte aber nicht, auf welchen Sender es eingestellt war. Vielleicht auf Muriels Country-music-Station. Diese Möglichkeit raubte ihm die Kraft; er fühlte sich außerstande, die Knöpfe zu drücken, und fuhr demzufolge ohne Musikbegleitung.

Er erreichte die Singleton Street und betätigte den Blinker, bog jedoch nicht ein. Nach einer Weile schaltete der Blinker sich automatisch ab. Er fuhr weiter durch die Stadt, die Charles Street hinauf und in sein altes Viertel. Er hielt an, schaltete den Motor aus, blieb sitzen und betrachtete das Haus. Die Erdgeschoßfenster waren dunkel. Die Obergeschoßfenster schimmerten sanft. Er war allem Anschein nach wieder daheim.

19

Macon und Sarah sahen sich genötigt, eine neue Couch zu kaufen. Sie reservierten dafür einen Samstag – eigentlich nur einen halben Samstag, weil Sarah am Nachmittag zum Unterricht mußte. Beim Frühstück blätterte sie in einem Buch über Innenausstattung, um sich auf die Entscheidung einzustimmen. »Ich trage mich mit dem Gedanken an etwas Geblümtes«, tat sie

Macon kund. »Eine geblümte Couch hatten wir noch nie. Oder wäre das zu verspielt?«

»Also, ich weiß nicht. Was wird im Winter?«

»Im Winter?«

»Ich meine, jetzt, mitten im Juni, macht eine geblümte Couch sich prächtig, aber im Dezember nimmt sie sich eventuell unpassend aus.«

»Dir wäre also etwas Einfarbiges lieber«, sagte Sarah.

»Also, ich weiß nicht.«

»Oder vielleicht etwas Gestreiftes.«

»Nicht unbedingt.«

»Ich weiß, du magst kein Karo.«

»Stimmt.«

»Was hältst du von Tweed?«

»Tweed«, wiederholte Macon nachdenklich.

Sarah überließ ihm das Buch und begann, die Geschirrspülmaschine zu beladen.

Macon vertiefte sich in Abbildungen von modernen Vierkant-Couches, von schnuckeligen, chintzbezogenen Couches und Stilmöbeln nachempfundene Couches mit kunstvoll gemustertem Bezugsstoff. Er nahm das Buch mit ins Wohnzimmer und schaute mit schmalen Augen auf die Stelle, wo die neue Couch hinkommen sollte. Die alte, die sich für eine Rettungsaktion als zu durchnäßt erwiesen hatte, war zusammen mit den beiden Fauteuils weggeschafft worden. Jetzt war da nur die lange nackte Wand unter der frisch verputzten, gleißenden Zimmerdecke. Macon bemerkte, daß ein unmöblierter Raum etwas Funktionelles an sich hatte, als wäre er ein bloßer Container. Oder ein Fahrzeug. Jawohl, ein Fahrzeug: Ihm war zumute, wie er so dastand, als raste er selbst durchs Universum.

Während Sarah sich anzog, führte Macon den Hund aus. Es war ein warmer, goldener Morgen. Die Nachbarn mähten ihr Gras und jäteten die Blumenbeete. Sie nickten Macon zu, als er vorüberging. Sie hatten ihre Unbefangenheit noch nicht zurückerlangt, denn dazu war er erst seit viel zu kurzer Zeit wieder da; ihre Grüße fielen ein bißchen zu formell aus. Vielleicht bildete er sich das aber auch nur ein. Er ließ es sich angelegen sein, sie zu erinnern, wie viele Jahre er hier gelebt hatte: »Ihre Tulpen haben mir immer so gefallen!«, und: »Noch immer derselbe hübsche Handmäher, wie ich sehe!« Edward schwänzelte wichtigtuerisch wackelnden Hinterteils neben ihm einher.

In Filmen und dergleichen führten Leute irgendwelche wichtigen Änderungen in ihrem Leben einfach durch, und Schluß. Sie gingen weg und kamen nie wieder; oder sie heirateten und lebten glücklich bis ans Ende ihrer Tage. Im wirklichen Leben ging es nicht so geradlinig zu. Macon zum Beispiel hatte erst zu Muriel fahren und seinen Hund abholen müssen, sobald er entschlossen war, nach Hause zurückzukehren. Er war gezwungen, seine Sachen zusammenzusuchen und die Schreibmaschine transportfertig zu machen, während ihm Muriel schweigend mit anklagenden, vorwurfsvollen Augen zuschaute. Dann war da noch jede Menge anderer Sachen, deren Fehlen er zu spät entdeckte – Kleidungsstücke, die gerade in der Wäsche waren, sein Lieblingswörterbuch und die extragroße Keramiktasse, aus der er so gern seinen Kaffee trank. Aber natürlich konnte er wegen der Sachen nicht noch einmal hingehen. Er mußte sie dort lassen – ärgerliche, lose Fäden, die ihm eine saubere Trennung erschwerten.

Als er mit Edward vom Spaziergang zurückkam, wartete Sarah bereits im Vorgarten. Sie hatte ein gelbes Kleid an, das ihre Bräune zum Glühen brachte; sie sah sehr hübsch aus. »Ich habe mir gerade Gedanken über den Rhododendron gemacht«, sagte sie. »Hätten wir ihn nicht im Frühling düngen sollen?«

»Möglich«, sagte Macon. »Aber er sieht doch ganz ordentlich aus.«

»Im April, glaube ich«, fuhr sie fort. »Oder aber im Mai. Keiner war da, um sich darum zu kümmern.«

Darauf ging Macon nicht ein. Er wollte die Illusion aufrechterhalten, daß sie normal weitergelebt hatten. »Macht nichts, Rose hat ganze Säcke voll Düngemittel«, sagte er. »Wir nehmen welche mit, wenn wir schon unterwegs sind.«

»Es war auch niemand da, um Rasen auszusäen.«

»Dem Rasen fehlt nichts«, sagte er heftiger als beabsichtigt.

Sie sperrten Edward ins Haus ein und stiegen in Macons Wagen. Sarah hatte eine Zeitung mitgenommen, die mehrere Möbelreklamen enthielt. »Moderne Heimausstattung«, las sie vor. »Aber das ist ja ganz unten in der Pratt Street.«

»Wir können es trotzdem versuchen«, meinte Macon. Die Pratt Street gehörte zu den wenigen Straßen, wo er hinfand.

Nachdem sie ihr Viertel mit der Baumüberdachung verlassen hatten, wurde es heiß im Wagen, und Macon kurbelte das Fenster auf seiner Seite herunter. Sarah hob das Gesicht der Sonne entgegen.

»Wäre nicht schlecht, heute ins Schwimmbad zu gehen.«

»Ja, wenn uns Zeit bleibt. Ich hatte vor, dich zum Lunch einzuladen.«

»Oh, wo?«

»Wo du willst. Du hast die Wahl.«

»Du bist aber lieb.«

Macon fuhr an zwei unrasierten Männern vorbei, die sich an einer Ecke miteinander unterhielten. Sarah verriegelte ihre Tür. Macon konnte sich denken, was die Männer redeten: »Was tut sich?« – »Nicht besonders viel.«

Die Gehsteige waren hier belebter. Frauen schleppten sich mit Einkaufsnetzen ab, ein alter Mann zog einen SB-Marktkarren, und ein Mädchen in einem verwaschenen Kleid lehnte den Kopf an ein Bushaltestellenschild.

Bei »Moderne Heimausstattung« waren die Schaufensterscheiben mit riesigen Spruchbändern überklebt. SONDERANGEBOTE FÜR DEN VATERTAG! Sarah hatte nichts von einem Vatertagsverkauf erwähnt. Macon ließ es sich nicht nehmen, es selbst zu erwähnen, zum Beweis, daß es ihm nichts ausmachte. Als sie hineingingen, hängte er sich bei ihr ein und sagte: »Ist das nicht typisch? Vatertag. Die schlagen aus allem Profit.«

Sarah wandte den Bick ab und erwiderte: »Mir scheint, hier gibt es nichts als Betten.«

»Wahrscheinlich hat es mit Liegestühlen angefangen«, meinte Macon. »Ein Räkelsessel für Papa, und eh man sich's versieht, wird eine ganze Eßplatzgarnitur daraus.«

»Könnten wir Ihre Couchen sehen«, sagte Sarah fest zu einem Verkäufer.

Es handelte sich durch die Bank um Couches vom geradlehnigen, dänischen Typ, wogegen Macon nichts einzuwenden hatte. Er war mit allem zufrieden. Sarah fragte: »Was meinst du? Mit Beinen? Oder mit dem Boden abschließend?«

»Mir ist das egal.« Er ließ sich auf etwas Lederbezogenes plumpsen.

Sarah entschied sich für eine lange, niedrige Couch, die man zu einem bequemen Bett ausziehen konnte. »Macon? Was sagst du dazu?« fragte sie. »Gefällt dir das, worauf du sitzt, etwa besser?«

»Nein, nein.«

»Was hältst du also von dieser hier?«

»Nicht schlecht.«

»Hast du denn keine Meinung?«

»Ich habe dir meine Meinung gerade mitgeteilt, Sarah.«

Sarah seufzte und fragte den Verkäufer, ob die Lieferung noch am selben Tag möglich sei.

Das Aussuchen der Couch hatte so reibungslos geklappt, daß ihnen noch Zeit für andere Besorgungen blieb. Sie fuhren zunächst zu Hutzler's und kauften großformatige Bettlaken. Dann sahen sie sich in der Möbelabteilung nach Polstersesseln um; auch hier gab es Vatertagsangebote. »Vielleicht machen wir noch einen Treffer«, sagte Sarah zu Macon. Aber mit den Polstersesseln hatten sie weniger Glück; nichts fand Gefallen. Zumindest bei Macon. Er verlor die Lust und sah sich statt dessen eine Kindersendung an, die gleichzeitig über eine ganze Reihe von Fernsehschirmen flimmerte.

Anschließend fuhren sie zu Rose wegen des Blumendüngers, doch unterwegs trat Macon auf die Bremse und sagte: »Halt! Da ist meine Bank.« Er hatte sie zufällig erblickt – die Zweigstelle, wo er ein Schließfach gemietet hatte. »Ich brauche meinen Paß für die Tour nach Frankreich«, erklärte er. »Ich hole ihn mir gleich, wenn ich schon mal hier bin.«

Sarah erbot sich, im Wagen zu warten.

Er mußte sich anstellen; zwei ältere Frauen waren vor ihm dran.

Vermutlich wollten sie sich für den Samstagabend ihren Schmuck holen. Oder ihre Coupons abschneiden – was immer das sein mochte. Während er dastand, spürte er, wie sich von hinten jemand an ihn drückte. Irgend etwas hielt ihn davon ab, sich umzudrehen und herauszufinden, wer es war. Er starrte weiter vor sich hin und warf nur hin und wieder systematisch einen Blick auf die Armbanduhr. Diese Person atmete ganz sacht und duftete nach Blumen – es war der herbe Duft echter Blumen, kein Duft aus Parfümflakons. Doch als er sich endlich einen Ruck gab und sich umdrehte, gewahrte er nur eine Unbekannte, die auch auf ihren Schmuck wartete.

Es stimmte nicht, daß Muriel ihm beim Packen schweigend zugesehen hatte. Sie hatte sehr wohl gesprochen. Und zwar: »Macon? Tust du das wirklich? Traust du dich, mir zu sagen, du kannst einen Menschen einfach aufbrauchen und dann weiterziehen? Glaubst du, ich bin wie – eine leere Flasche, für die du keine Verwendung mehr hast? Siehst du in mir nichts anderes, Macon?«

Nun war er an der Reihe, und er folgte einem Mädchen im Minirock durch einen teppichbelegten Bereich in die fensterlose, von Schließfächern umgebene Tresorkammer. »Ich brauche meine Kassette nicht nach nebenan zu tragen«, sagte er zu dem Mädchen. »Ich will nur etwas Bestimmtes herausnehmen.«

Sie gab ihm seine Karte zur Unterschrift und ließ sich den Schlüssel aushändigen. Nachdem sie sein Fach aufgeschlossen hatte, trat sie zurück und kontrollierte ihre Fingernägel, während er zwischen diversen Papieren seinen Paß herauskramte. Dann wollte er ihr mitteilen, er sei fertig, und wandte sich um, doch urplötzlich war er so gerührt von ihrem taktvollen Wegsehen, von dem Feingefühl, das ein Mensch so aus eigenem Antrieb aufzubringen vermochte (denn das gehörte gewiß nicht zur Ausbildung) . . . Also, er hatte wohl nicht alle Tassen im Schrank. Es lag wohl am Wetter; es lag wohl an der Jahreszeit; er hatte in letzter Zeit nicht gut geschlafen. Er sagte: »Vielen Dank«, nahm den Schlüssel an sich und ging.

Vor seines Großvaters Haus war Rose damit beschäftigt, die Hecke zu schneiden. Ihr Arbeitskittel war ein riesiges graues

Hemd, das sie von Charles geerbt hatte. Als sie Macons Wagen erblickte, richtete sie sich auf und winkte. Dann machte sie weiter, während Macon und Sarah sie wegen des Blumendüngers um Rat fragten. »Für Rhododendron und – was habt ihr noch – Rosmarinheide, säureliebende Pflanzen . . .«, überlegte sie.

Sarah erkundigte sich: »Wo sind die Kinder heute?«

»Die Kinder?«

»Dein Neffe und deine Nichten.«

»Ach, die sind zu ihrer Mutter heimgefahren.«

Sarah fügte hinzu: »Ich meine ja nur, weil du noch nicht zu Julian zurückgekehrt bist . . .«

»Ja, nicht gleich, natürlich«, sagte Rose.

Macon, ängstlich darauf bedacht, ihre Privatsphäre zu wahren, murmelte praktisch im selben Moment: »Ja, natürlich nicht«, aber Sarah fragte: »Warum? Was hindert dich daran?«

»Ach Sarah, du kannst dir nicht vorstellen, in was für einem Zustand ich die Jungen angetroffen habe, als ich hierherkam«, sagte Rose. »Sie sind den ganzen Tag im Schlafanzug herumgelaufen, um nicht so viel waschen zu müssen. Zum Abendbrot haben sie Gorp gegessen.«

»Ich frage erst gar nicht, was das ist«, sagte Sarah.

»Ach, so ein Müsli, eine Mischung aus Weizenkeimen, Nüssen und getrockneten –«

»Aber was wird aus deiner Wohnung, Rose? Was wird aus Julian?«

»Ach, weißt du, ich habe zu dieser Wohnung nie zurückgefunden, wenn ich mich mal umgedreht habe«, sagte Rose unbestimmt. »Das Lebensmittelgeschäft war einen Block in östlicher Richtung entfernt, und auf dem Heimweg ging ich nach Westen, aber ich habe mich jedesmal verirrt, jedesmal. Das Haus ist immer irgendwie nach Osten gerückt, ich weiß nicht, wieso.«

Allgemeines Schweigen. Schließlich äußerte Macon: »Wenn du uns also etwas von dem Blumendünger überlassen könntest, Rose . . .«

»Aber gewiß doch«, sagte sie und ging zum Schuppen.

Sie aßen im Old Bay zu Mittag – Sarahs Idee. Macon hatte gefragt: »Bist du dir ganz sicher?«, und Sarah hatte nur gemeint: »Warum nicht?«

»Aber du findest es doch immer so langweilig.«

»Es gibt Schlimmeres als Langweiligsein, habe ich festgestellt.«

Er hielt das für keine besondere Empfehlung, aber er ließ es dabei bewenden.

Das Restaurant war voll, obwohl die Uhr kaum zwölf anzeigte, und sie mußten ein paar Minuten warten, bevor sie Platz nehmen konnten. Macon stand neben dem Podest der Empfangsdame und versuchte, sich an die Düsternis zu gewöhnen. Er musterte die Gäste und entdeckte etwas Sonderbares. Das war nicht die übliche Old-Bay-Klientel – ältlich, ein Gesicht so ziemlich wie das andere –, sondern eine Ansammlung eigentümlicher, ungewöhnlicher Menschen. Er sah einen Geistlichen, der einer Frau im Tennisdreß zuprostete, und eine Frau im schicken Kostüm mit einem jungen Mann in einem Gewand aus orangefarbener Gaze, er sah zwei fröhliche Schulmädchen, die einem kleinen Jungen alle ihre Kartoffelchips auf den Teller häuften. Von da, wo er stand, konnte er nicht hören, was diese Leute sagten; er mußte raten. »Vielleicht will die Frau ins Kloster gehen«, meinte er zu Sarah, »und der Geistliche will es ihr ausreden.«

»Wie bitte?«

»Er setzt ihr auseinander, daß auch das Sortieren der Socken ihres Ehemanns etwas gleichwertig – wie würde er es nennen – gleichwertig Geheiligtes sein kann. Und der junge Mann in dem Gazegewand, tja . . .«

»Der junge Mann im Gazegewand ist Ashley Demming«, sagte Sarah. »Du kennst doch Ashley. Den Sohn von Peter und Lindy Demming. Mein Gott, Lindy ist in den letzten sechs Monaten seinetwegen um zwanzig Jahre gealtert. Die Demmings werden das nie verwinden.«

»Nun ja«, sagte Macon.

Dann wurde ihnen ein Tisch zugewiesen.

Sarah bestellte etwas, was sich White Lady nannte, Macon bestellte einen Sherry. Zum Essen genehmigten sie sich eine

Flasche Wein. Macon war nicht gewöhnt, tagsüber zu trinken, und fühlte sich ein bißchen benebelt. Sarah erging es offenbar genauso, denn sie schweifte mitten in einem Satz über Möbelbezugstoffe ab. Sie berührte seine Hand, die auf dem Tischtuch lag. »Das sollten wir öfter machen«, meinte sie.

»Ja, das sollten wir.«

»Weißt du, was mir am meisten gefehlt hat während der Trennung? Die kleinen Gewohnheiten. Die Samstagsbesorgungen. Bei Eddie Kaffebohnen einkaufen. Sogar Sachen, die so ärgerlich schienen wie dein ewiges Herumsuchen in der Eisenwarenhandlung.«

Als er ihre Hand zur Faust schloß, wurde sie rund – wie ein Vogel, ganz ohne scharfe Kanten.

»Ich weiß nicht, ob dir das bekannt ist«, sagte sie, »aber eine Zeitlang habe ich mit einem anderen Mann verkehrt.«

»Na schön; gut; was soll's. Iß deinen Salat.«

»Nein, ich *will* es dir erzählen, Macon. Er war gerade dabei, den Tod seiner Frau zu verarbeiten, und ich hatte natürlich auch einiges zu verarbeiten, und da ... Es hat ganz langsam angefangen, zuerst waren wir nur befreundet, aber dann hat er nach und nach vom Heiraten gesprochen. Nachdem wir uns ein bißchen Zeit gelassen haben, hat er gemeint. Ich glaube sogar, er hat mich wirklich geliebt. Es hat ihn schwer getroffen, als ich ihm gesagt habe, daß du zurückgekommen bist.«

Dabei sah sie ihn direkt an, mit Augen, die plötzlich blau aufblitzten. Er nickte.

»Aber da war einiges, was mir zu denken gegeben hat«, sagte sie. »Ich meine Positives; Eigenschaften, die ich mir immer gewünscht habe. Er war ein sehr rasanter Fahrer, zum Beispiel. Nicht leichtsinnig, nur rasant. Zuerst hat mir das gefallen. Aber allmählich sind mir Zweifel gekommen. ›Schau noch einmal in den Rückspiegel!‹ hätte ich am liebsten zu ihm gesagt. ›Schnall dich an! Fahr an Stoppschilder so vorsichtig heran wie mein Mann!‹ Er hat im Restaurant vor dem Zahlen nie die Rechnung kontrolliert – Himmel, er hat beim Weggehen nicht einmal seine Kreditkartenquittung mitgenommen –, und ich mußte daran denken, wie oft ich kochend danebensaß, während du jeden einzelnen Posten nachgezählt hast. Ich habe gedacht: ›Warum fehlt mir das jetzt? Das ist doch pervers!‹«

Wie »eck cetera«, dachte Macon.

Wie wenn Muriel »eck cetera« gesagt hatte. Und Macon zusammengezuckt war.

Und jetzt die Leere, die Farblosigkeit, wenn es richtig ausgesprochen wurde.

Er streichelte die Grübchen an den Erhebungen, die Sarahs Knöchel waren.

»Macon, ich glaube, von einem gewissen Alter ab bleibt einem keine Wahl mehr«, sagte sie. »Du bist es, zu dem ich gehöre. Für mich ist es zu spät, etwas zu ändern. Ich habe schon zu viel von meinem Leben aufgebraucht.«

Traust du dich, mir zu sagen, du kannst einen Menschen einfach aufbrauchen und dann weiterziehen? hatte Muriel gefragt.

Offenbar, war wohl die Antwort. Denn selbst wenn er bei Muriel geblieben wäre, hätte er dann nicht Sarah einfach zurücklassen müssen?

»Von einem gewissen Alter ab«, sagte er zu Sarah, »scheint mir, hat man nur noch die Wahl des Verzichts.«

»Bitte?«

»Will sagen, irgend etwas wird man immer aufgeben müssen, egal, wie man es angeht.«

»Ja, natürlich«, sagte sie.

Das hatte sie wohl seit jeher gewußt.

Sie waren mit dem Essen fertig, bestellten aber keinen Kaffee, da die Zeit knapp wurde. Sarah mußte zu dem Bildhauer, bei dem sie jeden Samstag Unterricht nahm. Macon verlangte die Rechnung und zahlte, nachdem er sie zuerst verlegen nachgerechnet hatte. Dann traten sie hinaus in den Sonnenschein. »Was für ein schöner Tag«, rief Sarah aus. »Ich möchte am liebsten die Schule schwänzen.«

»Und warum tust du's nicht?« fragte Macon. Wenn sie nicht zu ihrem Bildhauer ging, mußte er nicht an seinem Ratgeber arbeiten.

Aber sie antwortete: »Ich kann Mr. Armistead nicht enttäuschen.«

Sie fuhren heim, Sarah zog sich einen Trainingsanzug an und brach wieder auf. Macon trug den Blumendünger herein, den Rose in einen Eimer geschüttet hatte. Es handelte sich um etwas Kleingeschnitzeltes, das nach nichts roch – doch, es roch unangenehm nach Chemikalien, nicht zu vergleichen mit den Wagenladungen Dung, der für die Kamelien seiner Großmutter angeliefert worden war. Er stellte den Eimer in der Diele ab und führte dann den Hund Gassi. Hinterher machte er sich eine Tasse Kaffee, um den Kopf frei zu bekommen. Er trank den Kaffee am Spülbecken und starrte auf den Hof hinaus. Die Katze rieb sich an seinen Fußknöcheln und schnurrte.

Die Uhr über dem Herd tickte gleichmäßig vor sich hin. Sonst war nichts zu hören.

Er war froh, als das Telefon klingelte. Er ließ es zweimal läuten, bevor er sich meldete, um nicht übereifrig zu erscheinen. Dann hob er den Hörer ab und sagte: »Hallo?«

»Mr. Leary?«

»Ja!«

»Hier spricht Mrs. Morton von der Firma Merkle-Installationen. Ist Ihnen bewußt, daß der Wartungsvertrag für Ihren Warmwasserbereiter Ende dieses Monats ausläuft?«

»Nein, das war mir entfallen«, sagte Macon.

»Sie hatten einen Zweijahresvertrag in Höhe von neununddreißig-achtundachtzig. Bei einer Verlängerung um weitere zwei Jahre würde sich der Beitrag allerdings geringfügig erhöhen, da Ihr Warmwasserbereiter älter ist.«

»Das leuchtet mir ein«, sagte Macon. »Teufel! Wie alt ist das Ding jetzt überhaupt?«

»Einen Augenblick. Sie haben ihn im Juli vor drei Jahren erworben.«

»Ich möchte den Wartungsvertrag natürlich beibehalten.«

»Wunderbar. Dann schicke ich Ihnen den Vertrag zu, Mr. Leary, und vielen Dank für Ihr –«

»Auswechslung des Kessels nach wie vor inklusive?«

»Gewiß. Jedes Teil ist eingeschlossen.«

»Und die jährliche Kontrolle findet auch statt.«

»Aber gewiß.«

»Das hat mir immer gefallen. Bei vielen anderen Firmen ist das nicht so; das weiß ich noch aus der Zeit, als ich das Angebot geprüft habe.«

»Ich schicke Ihnen also den Vertrag zu, Mr. –«

»Aber wegen der Kontrolle muß ich den Kundendienst selbst anfordern, soviel ich mich entsinne.«

»Ja, den Termin setzt der Kunde fest.«

»Ich könnte ihn ja gleich festsetzen. Wäre das möglich?«

»Dafür ist eine ganz andere Abteilung zuständig, Mr. Leary. Ich sende Ihnen den Vertrag, und dort können Sie alles selbst nachlesen. Auf Wiederhören.«

Sie legte auf.

Macon legte ebenfalls auf.

Er dachte eine Weile nach.

Er hatte das Bedürfnis, weiterzusprechen; egal, mit wem. Er wußte aber nicht, welche Nummer er wählen sollte. Schließlich rief er die Zeitansage an. Das Fräulein meldete sich, noch bevor das erste Klingeln beendet war. (*Sie* hatte keine Bedenken, übereifrig zu erscheinen.) »Beim nächsten Ton«, sagte sie, »ist es dreizehn Uhr – neunundvierzig Minuten. Und zehn Sekunden.« Was für eine Stimme. So melodiös, so wohlmoduliert. »Beim nächsten Ton ist es dreizehn Uhr – neunundvierzig Minuten. Und zwanzig Sekunden.«

Er hörte über eine Minute lang zu, dann wurde der Anruf unterbrochen. In der Leitung knackte es, und das Freizeichen ertönte. Er empfand das als eine Abfuhr, wenngleich er sich einen Dummkopf schalt.

Er bückte sich und streichelte die Katze. Eine Weile ließ sie es sich gefallen, dann lief sie weg.

Es blieb ihm nichts anderes übrig, als sich an die Schreibmaschine zu setzen.

Er war mit seinem letzten Ratgeber in Verzug geraten. Nächste Woche mußte er Frankreich in Angriff nehmen, und dabei hatte er das Buch über Kanada noch nicht abgeschlossen. Die Schuld daran schob er der Jahreszeit zu. Wer hielt es drinnen aus, wenn draußen alles blühte? *Reisende sollten sich darauf vorbereiten,* tippte er, doch dann versank er in Bewunderung einer weißen Rhododendrondolde, die am Sims des offenen Fensters bebte. Eine Biene krabbelte summend zwischen den Blüten umher. Er hatte nicht gewußt, daß die Bienen schon schwärmten. Ob Muriel es wußte? Ob sie daran dachte, was eine einzige Biene Alexander antun konnte?

... *sollten sich darauf vorbereiten,* las er noch einmal, aber seine Konzentration war endgültig dahin.

Sie war so nachlässig, so gedankenlos; wie hatte er mit ihr nur auskommen können? Diese unhygienische Angewohnheit von ihr, sich den Finger abzulecken, bevor sie in der Illustrierten umblätterte; ihr Hang, das Wort »Ungeheuerlichkeit« so zu gebrauchen, als bezöge es sich auf Größe. Ganz bestimmt hatte sie vergessen, an Bienenstiche zu denken.

Er griff nach dem Telefon auf dem Schreibtisch und wählte ihre Nummer. »Muriel?«

»Was ist«, sagte sie tonlos.

»Hier ist Macon.«

»Ja, ich weiß.«

Er zögerte. Sagte dann: »Äh – die Bienen fliegen, Muriel.«

»Und?«

»Ich war mir nicht sicher, ob du dir dessen bewußt bist. Ich meine, der Sommer kommt unversehens näher, *ich* weiß, wie überraschend er kommt, und da habe ich mich gefragt, ob du an Alexanders Spritzen gedacht hast.«

»Glaubst du nicht, daß ich mich selber darum kümmern kann?« kreischte sie.

»Oh. Schon gut.«

»Wofür hältst du mich eigentlich? Für irgendeine dumme Gans? Traust du mir denn nicht mal die einfachste, blödeste Sache zu?«

»Weißt du, ich war mir eben nicht sicher, ob –«

»Du bist mir überhaupt einer! Läßt das Kind im Stich, ohne

auch nur ade zu sagen, und ruft mich dann an, um zu kontrollieren, ob ich ihn richtig aufziehe!«

»Ich wollte ja nur –«

»Kritisieren, kritisieren! Erzählt mir, ›Spaghetti paletti‹ ist keine ausgewogene Mahlzeit, und haut dann ab und läßt ihn auf dem trockenen sitzen und untersteht sich auch noch, mich anzurufen und mir zu sagen, ich bin keine gute Mutter!«

»Nein, warte, Muriel –«

»Dominick ist tot«, sagte sie.

»Was?«

»Als ob dir das etwas ausmacht. Er ist gestorben.«

Macon wurde gewahr, daß alle Geräusche im Raum verstummt waren. »Dominick Saddler?« fragte er.

»Es war der Abend, wo er immer meinen Wagen hat, und er ist zu einer Party in Cockeysville gefahren und auf der Heimfahrt in eine Leitplanke gerast.«

»Nein!«

»Das Mädchen, das mitgefahren ist, hat nicht mal einen Kratzer abgekriegt.«

»Aber Dominick ...«, sagte Macon, weil er es noch nicht fassen konnte.

»Aber Dominick war sofort tot.«

»Mein Gott.«

Er sah Dominick neben Alexander auf der Couch sitzen, eine Dose Wachspaste in der erhobenen Hand.

»Willst du was Schreckliches hören? Mein Wagen kommt wieder ganz in Ordnung«, sagte Muriel. »Man braucht ihn nur vorne ausbeulen, und er läuft wie eh und je.«

Macon stützte den Kopf auf die Hand.

»Ich muß jetzt gehen und mit Mrs. Saddler im Beerdigungsinstitut Totenwache halten«, sagte sie.

»Kann ich irgend etwas tun?«

»Nein«, antwortete sie und setzte gehässig hinzu: »Wie sollst denn *du* einem schon helfen?«

»Ich könnte bei Alexander bleiben, eventuell.«

»Wir haben genug eigene Leute, die bei Alexander bleiben.«

Es klingelte an der Tür, und Edward begann zu bellen. Macon hörte ihn in der Diele.

»Also, dann sage ich jetzt Lebwohl«, sagte Muriel. »Klingt ganz so, als ob du Besuch hast.«

»Wenn schon.«

»Geh nur zurück zu deinem *Leben*«, sagte sie. »Tschau.«

Er hielt den Hörer noch einen Moment lang ans Ohr, aber sie hatte aufgelegt.

Er ging in die Diele, klopfte zweimal mit dem Fuß und befahl Edward: »Leg dich!« Edward legte sich, das Fell zwischen den Schultern noch immer gesträubt. Macon öffnete die Tür und sah sich einem Jungen mit einer Klemmtafel gegenüber.

»Moderne Heimausstattung.«

»Oh. Die Couch.«

Während die Couch abgeladen wurde, schloß Macon den Hund in der Küche ein. Dann ging er zurück in die Diele und schaute zu, wie die Couch heranschwankte, getragen von dem Jungen und noch einem zweiten, der nicht viel älter war und auf dem Unterarm eine Tätowierung in Gestalt eines Adlers hatte. Macon dachte an Dominick Saddlers muskulöse, sehnige Arme unter der Motorhaube von Muriels Wagen. Der erste Junge spuckte beim Näherkommen aus, doch Macon sah, wie jung und gutmütig sein Gesicht war. »Eh, Mensch«, sagte der zweite, als er über die Schwelle stolperte.

Macon sagte: »Gut so«, und gab jedem einen Fünfdollarschein, nachdem sie die Couch auf dem zugewiesenen Platz abgesetzt hatten.

Als sie gegangen waren, setzte er sich auf die noch immer in Zellophan verpackte Couch. Er rieb sich die Hände an den Knien. Edward bellte in der Küche. Helen schlich auf leisen Pfoten herein, hielt inne, beäugte die Couch und setzte ihren Weg durchs Zimmer mit allen Anzeichen der Entrüstung fort. Macon blieb sitzen.

Nach Ethans Tod hatte die Polizei Macon aufgefordert, die Leiche zu identifizieren. Sarah hingegen hatte man es freigestellt, draußen zu warten. Ja, sagte Sarah damals, das sei ihr lieber. Sie nahm im Flur auf einem beigen Schalensessel Platz. Dann blickte sie zu Macon auf und fragte: »Schaffst du das?«

»Ja«, war seine beherrschte Antwort. Er wagte ja kaum zu atmen; hielt sich angestrengt gerade, mit fast luftleeren Lungen.

Dann folgte er einem Mann in einen Raum. Es war nicht so schlimm, wie es hätte sein können, denn man hatte Ethan ein zusammengerolltes Handtuch unter den Kopf geschoben, um die Wunde zu verbergen. Außerdem war es nicht Ethan. Nicht der wirkliche Ethan. Sonderbar, wie klar sich plötzlich zeigte, wenn ein Mensch gestorben ist, daß der Körper seinen geringsten Teil darstellte. Das hier war lediglich eine leere Hülle, obwohl ihr eine entfernte Ähnlichkeit mit Ethan zu eigen war – dieselbe senkrechte Kerbe zwischen Nase und Oberlippe, derselbe Schopfwirbel über der Stirn. Macon hatte das Gefühl, gegen eine kahle Wand zu drücken, mit seinem ganzen Sein auf den Wunsch ausgerichtet, Unmögliches zu erzwingen: *Bitte, bitte, kehr wieder in dich zurück.* Doch zum Schluß sagte er: »Ja. Das ist mein Sohn.«

Er war zu Sarah hinausgegangen und hatte ihr zugenickt. Sarah war aufgestanden und hatte ihn umarmt. Später, als sie in ihrem Motelzimmer allein waren, fragte sie ihn dann, was er gesehen hatte. »Eigentlich nichts Besonderes«, meinte er. Doch sie ließ nicht locker. Ob man Ethan – also – Schmerzen angemerkt habe. Oder Angst. Er sagte: »Nein. Gar nichts.« Er sagte: »Ich besorge dir Tee.«

»Ich will keinen Tee, ich will es hören!« widersprach sie. »Was verschweigst du?« Er hatte den Eindruck, daß sie ihm etwas zum Vorwurf machte. Während der folgenden Wochen schien sie ihm mehr und mehr die Schuld zuzuschieben, wie dem Überbringer einer schlechten Nachricht – dem einzigen Menschen, der bestätigen konnte, daß Ethan wirklich gestorben war. Sie machte mehrmals Bemerkungen über Macons Kaltblütigkeit, über seine entsetzliche Gelassenheit damals bei Nacht in der Leichenhalle des Krankenhauses. Zweimal äußerte sie einige Zweifel an seiner Fähigkeit, Ethan von einem anderen, ähnlich aussehenden Jungen zu unterscheiden. Vielleicht war es in Wirklichkeit gar nicht Ethan gewesen. Vielleicht sei da ein ganz anderer gestorben. Sie hätte sich selbst vergewissern sollen. Schließlich sei sie die Mutter; sie kenne ihr Kind viel besser; was wisse Macon denn schon?

Macon sagte: »Sarah. Hör zu. Ich erzähl' dir alles, so gut ich kann. Er war sehr blaß und still. Du kannst dir nicht vorstellen, wie still. Er hatte keinerlei Ausdruck. Die Augen waren geschlossen. Da war nichts Blutiges oder Grausiges, nur so ein Gefühl von . . . Sinnlosigkeit. Ich meine, ich habe mich nach dem Warum gefragt. Seine Arme waren neben dem Körper ausgestreckt, und ich habe mich erinnert, wie er im letzten Frühjahr mit dem Gewichtheben angefangen hat, und ich dachte: ›Wozu das alles? Gewichtheben und Vitamine einnehmen und sich fit halten und dann – nichts?‹«

Er war auf Sarahs Reaktion nicht vorbereitet gewesen. »Was soll das heißen?« fragte sie. »Wir sterben ja sowieso, wozu sich dann erst mit dem Leben abmühen? Soll es das heißen?«

»Nein –«

»Es kommt nur darauf an, ob es sich auch lohnt?«

»Nein, Sarah. Warte«, hatte er gesagt.

Als er jetzt an dieses Gespräch zurückdachte, beschlich ihn die Einsicht, daß Menschen tatsächlich aufgebraucht werden konnten – daß sie einander aufbrauchen, einander nichts mehr nützen und einander sogar schaden konnten. Und auch der Gedanke stellte sich ein, daß es vielleicht eher darauf ankam, was für ein Mensch man in der Nähe einer Frau war, und weniger, ob man sie liebte.

Gott weiß, wie lange er dasaß.

Edward hatte die lange Zeit in der Küche gebellt, aber jetzt geriet er völlig außer sich. Jemand mußte geklopft haben. Macon stand auf und ging zur Tür, wo er Julian mit einem Aktenkoffer vorfand. »Oh. Du bist es«, sagte Macon.

»Was soll das Gekläffe, das ich da höre?«

»Keine Angst, er ist in der Küche eingesperrt. Komm herein.«

Macon hielt die Fliegengittertür auf, und Julian trat ein. »Ich habe mir gedacht, ich bringe dir das Material für Paris.«

»Aha«, sagte Macon. Doch er argwöhnte, daß Julian aus einem anderen Grund gekommen war. Vermutlich, um ihn wegen des Kanada-Buchs zu drängen. »Ich habe gerade den Schluß überarbeitet«, sagte er, während er ins Wohnzimmer vorausging. Und fügte schnell hinzu: »Ein paar Einzelheiten hie und da, mit denen ich nicht ganz zufrieden bin; kann noch eine Weile dauern . . .«

Julian schien nicht zuzuhören. Er setzte sich auf die Zellophanverpackung der Couch. Er schmiß den Hefter achtlos beiseite und fragte: »Hast du Rose in letzter Zeit gesehen?«

»Ja, wir waren gerade heute vormittag bei ihr.«

»Glaubst du, sie kommt nicht mehr zurück?«

Macon hatte nicht mit dieser Direktheit gerechnet. Roses Verhalten erweckte in der Tat allmählich den Eindruck, als handle es sich um eine dieser Dauerkrisen, über die Eheleute nie sprechen. »Nun ja«, sagte er, »du weißt ja, wie das ist. Sie sorgt sich wegen der Jungen. Die ernähren sich von Müsli oder dergleichen.«

»Das sind keine Jungen, Macon. Das sind Männer über vierzig.«

Macon strich sich das Kinn.

»Ich fürchte, sie hat mich verlassen«, sagte Julian.

»Aber, aber; das kannst du nicht behaupten.«

»Und nicht einmal aus einem annehmbaren Anlaß«, sagte Julian. »Aus überhaupt keinem Anlaß. Ich meine, unsere Ehe hat prima geklappt. Das nehme ich auf meinen Eid. Aber sie muß sich in diesem Haus in eine Routine verrannt haben, und so ist sie nolens volens ins alte Fahrwasser zurückgekehrt. Jedenfalls fällt mir keine andere Erklärung ein.«

»Sie dürfte in etwa stimmen«, meinte Macon.

»Ich wollte sie vor zwei Tagen besuchen«, sagte Julian, »aber sie war nicht da. Ich stehe vor dem Haus und überlege, wo sie sein kann, und wen sehe ich vorbeifahren? Rose in eigener Person, das Auto bis zum Rand mit alten Damen gefüllt. An allen Fenstern ein Gewimmel von diesen alten kleinen Gesichtern und Federhüten. Ich schreie ihr nach: ›Rose! Warte!‹, aber sie hört mich nicht und fährt weiter. Dann, im letzten Moment, hat sie mich wahrscheinlich entdeckt, sie dreht sich um, starrt mich an, und ich bekomme so ein ganz komisches Gefühl, daß nicht sie den Wagen fährt, sondern der Wagen *sie* – als ob sie nur hilflos vorbeigleitet und nichts machen kann, außer mich lange anzusehen, bevor sie verschwindet.«

Macon sagte: »Gib ihr doch etwas zu tun, Julian.«

»Zu tun?«

»Zeig ihr doch einmal dein Büro. Deine Aktenablage, in die du nie ein System gebracht hast, diese Sekretärin, die nur Kaugummi kaut und sich nie merken kann, wer wann einen Termin hat. Meinst du nicht, Rose könnte das alles in die Hand nehmen?«

»Ja, schon, aber –«

»Ruf sie an und sag, in deinem Laden geht's drunter und drüber. Frag sie, ob sie nicht einfach kommen und die Sache durchorganisieren, unter Kontrolle bringen möchte. Drück dich so aus. Mit genau diesen Worten. *Die Sache unter Kontrolle bringen,* sagst du ihr. Dann wartest du in aller Ruhe ab.«

Julian ließ sich das durch den Kopf gehen.

»Aber bitte, was weiß denn ich«, sagte Macon.

»Nein, du hast recht.«

»Und jetzt laß deinen Hefter sehen.«

»Du hast hundertprozentig recht«, sagte Julian.

»Sieh dir das an!« Macon hielt den obersten Brief hoch. »Warum belästigst du mich damit? *Hiermit anempfehle ich euch ein wunderhübsches kleines Hotel in . . .* Ein Mann, der uns etwas ›anempfehlen‹ will – glaubst du wirklich, der kann ein gutes Hotel von einem schlechten unterscheiden?«

»Macon«, sagte Julian.

»Unsere ganze beknackte Sprache ist verhunzt.«

»Macon, ich weiß, du hältst mich für rüde und ruppig.«

Macon zögerte kurz mit der Antwort, und zwar nicht nur deswegen, weil er zunächst »prüde und struppig« verstanden hatte. »Oh«, sagte er. »Aber nein, Julian, überhaupt –«

»Aber ich will dir nur eines sagen, Macon. Ich habe deine Schwester ins Herz geschlossen wie sonst nichts auf der Welt. Das liegt nicht an Rose allein, sondern an ihrer ganzen Lebensweise, an dem Haus und diesen Truthahnessen und dem Kartenspiel am Abend. Und auch dich habe ich ins Herz geschlossen, Macon. Du bist doch mein bester Freund! Hoffe ich zumindest.«

»Oh, nun, ah –«, sagte Macon.

Julian erhob sich und schüttelte ihm die Hand, wobei er ihm schier die Knochen zerquetschte, schlug ihm auf die Schulter und ging.

Sarah kam um halb sechs nach Hause. Sie traf Macon am Spülbekken an, wo er mit einer weiteren Tasse Kaffee stand. »Ist die Couch angekommen?« fragte sie.

»Gesund und munter.«

»Gut! Sehen wir sie uns an.«

Als sie ins Wohnzimmer ging, hinterließ sie eine Fährte von grauem Staub, der von Ton oder Granit herrührte, nahm Macon an. Sogar im Haar hatte sie Staub. Sie sah die Couch mit zusammengekniffenen Augen an und sagte: »Wie findest du sie?«

»Nicht übel.«

»Ehrlich, Macon. Ich weiß nicht, was mit dir los ist; früher warst du ausgesprochen pingelig.«

»Sie ist nicht übel, Sarah. Sie sieht sehr hübsch aus.«

Sarah zog die Zellophanhülle ab und trat zurück, die Arme voll knisternden Lichts. »Wir sollten nachsehen, wie sie sich aufklappen läßt.«

Während sie das Zellophan in den Papierkorb stopfte, zog Macon an der Schlaufe aus Gurtband, mit deren Hilfe die Couch sich in ein Bett verwandeln ließ. Er mußte an Muriels Haus denken. Die wohlvertraute Griffigkeit der Schlaufe erinnerte ihn an all die Gelegenheiten, bei denen Muriels Schwester dort übernachtet hatte, und als die Matratze sich hervorschob, sah er Claires zerrauftes, goldenes Haar glänzen.

»Wir sollten gleich die Laken darüberbreiten, wenn sie schon mal ausgezogen ist«, sagte Sarah. Sie holte die Einkaufstüte mit der Bettwäsche aus der Diele. Von Macon, der auf der anderen Seite der Couch stand, unterstützt, ließ sie das Laken gebläht über der Matratze schweben und machte sich dann geschäftig daran, es ringsum unterzuschlagen. Macon half mit, war aber nicht so flink wie Sarah. Der Granitstaub oder was immer hatte sich in den Furchen ihrer Fingerknöchel festgesetzt. Ihre kleinen, braunen Hände hoben sich von dem weißen Perkal irgendwie besonders reizvoll ab. Er sagte: »Komm, wir wollen es mal ausprobieren.«

Sarah begriff zunächst nicht. Sie blickte auf, während sie das zweite Laken auseinanderfaltete, und fragte: »Was ausprobieren?«

Sie wandte aber nichts ein, als er das Laken weglegte und ihr die Trainingsbluse über den Kopf streifte.

Sarah zu lieben war angenehm und wohltuend. Nach all den gemeinsam verbrachten Jahren war ihm ihr Körper so vertraut, daß er nicht immer zu unterscheiden vermochte, was sie empfand und was er empfand. Indes – war es nicht schade, daß beide nicht die leiseste Befürchtung hegen mußten, von jemandem ertappt zu werden? Sie waren so allein. Er schmiegte das Gesicht an ihren warmen, staubigen Hals und hätte gern gewußt, ob auch sie dieses Gefühl hatte – ob auch sie die Leere des Hauses spürte. Gefragt hätte er allerdings nie.

Während Sarah duschte, rasierte er sich. Sie waren bei Bob und Sue Carney zum Abendessen eingeladen. Als er aus dem Bad kam, stand Sarah vor der Kommode und schraubte sich kleine goldene Ohrringe an. (Sie war die einzige Frau in Macons Bekanntenkreis, die keine durchstochenen Ohrläppchen hatte.) Renoir hätte sie malen können, dachte er: Sarah im Unterrock, den Kopf leicht schräg gehalten, die rundlichen, gebräunten Arme erhoben. »Ich bin gar nicht in der Stimmung, auszugehen.«

»Ich auch nicht«, sagte Macon, während er seinen Schrank öffnete.

»Ich würde ebenso gern mit einem Buch zu Hause bleiben.«

Er nahm ein Hemd vom Bügel.

»Macon«, sagte sie.

»Hmm.«

»Du hast mich nie gefragt, ob ich mit einem anderen geschlafen habe, als wir getrennt waren.«

Macon stutzte, einen Arm halb im Ärmel.

»Willst du es nicht wissen?« fragte sie.

»Nein.«

Er zog das Hemd an und knöpfte die Manschetten zu.

»Ich hätte gedacht, es interessiert dich.«

»Tut es aber nicht.«

»Das Ärgerliche an dir ist, Macon –«

Erstaunlich, wie jäh Zorn in ihm hochschoß. »Sarah«, sagte er, »fang erst gar nicht an. Bei Gott, das ist doch wohl die Quintessenz all dessen, was gegen die Ehe spricht. ›Das Ärgerliche an dir ist, Macon –‹ und ›Ich kenne dich besser, als du dich selbst kennst, Macon –‹«

»Das Ärgerliche an dir ist«, sprach sie gelassen weiter, »daß du glaubst, die Menschen sollten in ihrer eigenen luftdichten Verpakkung bleiben. Du weigerst dich, aus dir herauszugehen. Du hältst nichts von gegenseitigem Austausch.«

»So ist es«, sagte Macon und knöpfte die Hemdleiste zu.

»Weißt du, woran du mich erinnerst? An das Telegramm, das Harpo Marx seinen Brüdern geschickt hat: *Keine Mitteilung. Harpo.*«

Er mußte unwillkürlich grinsen. Sarah sagte: »*Du* findest das natürlich komisch.«

»Und? Ist es doch.«

»Ist es überhaupt nicht! Es ist traurig! Es macht einen rasend! Es muß einen ja rasend machen, wenn man an die Haustür geht und die Empfangsbescheinigung für das Telegramm unterschreibt, es aufreißt und dann keine Mitteilung findet!«

Er nahm einen Schlips vom Krawattenhalter seines Schranks.

»Damit du's nur weißt«, sagte sie. »Ich habe die ganze lange Zeit mit keinem anderen geschlafen.«

Ihm war, als hätte sie einen Wettbewerb gewonnen. Er gab sich den Anschein, nichts gehört zu haben.

Bob und Sue hatten nur Nachbarn geladen – die Bidwells und ein frischgebackenes junges Ehepaar, das Macon noch nicht kannte. Macon hielt sich hauptsächlich an diese neuen Leute, denn für sie war er ein unbeschriebenes Blatt. Als sie ihn fragten, ob er Kinder habe, antwortete er: »Nein.« Er fragte, ob sie Kinder hätten.

»Nein«, sagte Brad Frederick.

»Ah.«

Brads Frau steckte im Übergangsstadium zwischen Mädchenhaftigkeit und Fraulichkeit. Sie trug ihr steifes dunkelblaues Kleid und die großen weißen Schuhe, als ob sie ihrer Mutter gehörten. Brad selbst war noch ein halbes Kind. Als alle hinausgingen, um beim Grillen zuzuschauen, entdeckte Brad im Gebüsch ein Frisbee und warf es der kleinen Delilah Carney zu. Sein weißes Polohemd rutschte ihm dabei aus der Hose. Die Erinnerung an Dominick Saddler traf Macon wie ein harter Schlag. Er mußte daran denken, wie sich nach seines Großvaters Tod seine Augen beim Anblick jedes alten Menschen mit Tränen gefüllt hatten. Himmel, wenn er sich nicht in acht nahm, würde ihm zum Schluß noch die gesamte Menschheit leid tun. »Wirf mal das Ding herüber«, sagte er energisch zu der kleinen Delilah, stellte seinen Sherry weg und streckte die Hand nach dem Frisbee aus. Binnen kurzem war ein richtiges Spiel im Gange, an dem sich alle Gäste beteiligten außer Brads Frau, die noch so tief in den Kinderschuhen steckte, daß sie das Risiko nicht eingehen wollte, im Falle eines Gegenbesuches ähnliches veranstalten zu müssen.

Beim Essen wies Sue Carney Macon den Platz an ihrer rechten Seite zu. Sie legte eine Hand auf die seine und sagte, wie wunderbar es sei, daß er und Sarah ihre Probleme gelöst hatten. »Danke schön«, erwiderte Macon. »Herrgott, Sie machen aber wirklich einen richtig guten Salat, Sue.«

»Wir alle haben unsere Höhen und Tiefen«, sagte sie. Einen Moment lang glaubte er, sie wollte damit zum Ausdruck bringen, ihre Salate gelängen nicht immer gleich gut. »Ich geb' ehrlich zu«, vertraute sie ihm an, »es hat Zeiten gegeben, da habe ich mich gefragt, ob Bob und ich es miteinander aushalten werden. Es gibt Zeiten, da habe ich das Gefühl, wir lassen es einfach laufen, wenn Sie wissen, was ich meine. Zeiten, wo ich sage: ›Grüß dich, Schatz, wie war's heute?‹, aber innerlich fühle ich mich wie eine Kriegermutter.«

Macon drehte den Stiel seines Glases zwischen den Fingern

und versuchte herauszufinden, wo ihm ein Glied des logischen Zusammenhangs ihrer Ausführungen entgangen war.

»Wie eine Frau, die jemanden im Krieg verloren hat«, fuhr sie fort, »und hinterher bis in alle Ewigkeit für den Krieg sein muß, und zwar lauter als alle anderen, weil sie sonst zugeben würde, daß der Verlust sinnlos war.«

»Hm . . .«

»Aber das ist nur eine vorübergehende Stimmung«, sagte sie.

»Ja, natürlich«, sagte Macon.

Als er mit Sarah zu Fuß nach Hause ging, war die Luft schwer wie Wasser. Es war elf Uhr, und die Teenager, die um elf Uhr wieder daheim sein mußten, kehrten gerade zurück. Das waren die jüngsten, größtenteils noch zu jung zum Autofahren, und daher von Erwachsenen chauffiert. Sie sprangen aus den Wagen und schrien einander zu: »Wiedersehen! Danke! Ruf mich morgen an, ja?« Schlüssel klingelten. Haustüren klafften auf und klappten wieder zu. Die Wagen fuhren weiter.

Sarahs Rock machte das gleiche wispernde Geräusch wie der Rasensprenger der Tuckers, der sich noch immer langsam in einem Efeubeet drehte.

Nachdem sie zu Hause angekommen waren, führte Macon den Hund noch ein letztes Mal spazieren. Er versuchte, die Katze hereinzulocken, aber sie blieb gebuckelt auf dem Sims des Küchenfensters sitzen und funkelte ihn widerspenstig mit Eulenaugen an; da ließ er sie in Ruhe. Er ging durch die Räume und machte überall das Licht aus. Als er nach oben kam, saß Sarah schon im Bett, gegen das Kopfende gelehnt, ein Glas Sprudel in der Hand. »Du auch?« fragte sie und hielt ihm das Glas hin. Er sagte aber nein, er sei müde; er zog sich aus und schlüpfte unter die Decke.

Das Klirren der Eiswürfel in Sarahs Glas nahm in seinem Bewußtsein eine besondere Bedeutung an. Er schien mit jedem Klirren tiefer zu sinken. Schließlich öffnete er eine Tür, ging einen Flur hinunter und trat in den Zeugenstand. Man stellte ihm ganz einfache Fragen. »Was für eine Farbe hatten die Räder?« – »Wer hat das Brot gekauft?« – »Waren die Fensterläden offen oder geschlossen?« Er konnte sich beim besten Willen nicht erinnern. Man brachte ihn an den Tatort zurück, zu einem verschlungenen Pfad wie im Märchen. »Erzählen Sie uns alles, was Sie wissen«, sagte man zu ihm. Er wußte nichts. Doch nun war ihren Gesichtern abzulesen, daß er nicht bloß als Zeuge galt; man verdächtigte ihn. Er zermarterte sich also das Gehirn, aber auch dabei kam nichts heraus. »Sie müssen das von meiner Seite aus betrachten!« rief er. »Ich habe alles verdrängt; ich habe es mühsam verdrängt! Jetzt kann ich es nicht mehr zurückholen.«

»Nicht einmal zu Ihrer Verteidigung?«

Er schlug die Augen auf. Im Zimmer war es dunkel, Sarah atmete leise neben ihm. Der Radiowecker zeigte Mitternacht an. Die Jugendlichen, deren Ausgang zu dieser Stunde endete, trudelten gerade ein. Gejohle und Gelächter erscholl, Autoreifen rieben sich an einem Randstein, ein Keilriemen wimmerte, als jemand einzuparken versuchte. Dann wurde es in der Gegend allmählich still. Und so würde es bleiben, wußte Macon, bis die Ein-Uhr-Heimkehrer eintrafen. Zunächst würde er Klangfetzen ihrer Musik hören, dann abermals Gelächter, das Zuschlagen von Wagentüren, das Zuschlagen von Haustüren. Entlang der ganzen Straße würden die Verandalichter verlöschen, und die Zimmerdecke würde sich zusehends verdunkeln. Zum Schluß würde er der einzige sein, der noch wach lag.

20

Das Flugzeug nach New York war nicht viel größer als ein Vogel, das Flugzeug nach Paris hingegen war ein Ungeheuer, einem Bauwerk vergleichbar. In seinem Bauch verstauten Menschenmassen Mäntel und Taschen in den hochliegenden Gepäckfächern, schoben Koffer unter die Sitze, argumentierten, riefen nach den Stewardessen. Babys weinten, und Mütter herrschten ihre Kinder an. Im Zwischendeck eines Dampfers konnte es nicht schlimmer zugegangen sein, fand Macon.

Er nahm seinen Fensterplatz ein, und fast unmittelbar darauf ließ sich ein französisch sprechendes Ehepaar an seiner Seite nieder. Der Mann setzte sich neben Macon und nickte ihm ernsten Gesichts formell zu. Dann sagte er etwas zu seiner Frau, die ihm eine Segeltuchtasche reichte. Er zog den Reißverschluß auf und ging den Inhalt durch. Spielkarten, eine ganze Schachtel Wundpflaster, eine Heftmaschine, ein Hammer, eine Glühbirne . . . Macon war fasziniert. Er schielte immer wieder nach rechts, um sich nach Möglichkeit nichts entgehen zu lassen. Als eine hölzerne Mausefalle zum Vorschein kam, begann er zu überlegen, ob der Mann etwa nicht ganz bei Trost war; doch selbst eine Mausefalle ließ sich bei einigem Nachdenken erklären. Jawohl, was er hier zu sehen bekam, war lediglich eine Antwort auf die ewige Gewissensfrage des Reisenden: Was ist besser? Lauter eigene Sachen mitnehmen und sich damit abschleppen, oder mit leichtem Gepäck reisen und die Hälfte der Zeit Läden nach den Dingen abklappern, die man zu Hause gelassen hat? Beides hatte seine Nachteile.

Er warf einen Blick in den Gang, wo noch mehr Passagiere nachdrängten. Ein mit Kameras behängter Japaner, eine Nonne, ein bezopftes Mädchen. Eine Frau mit einem roten Schminkköfferchen, das Haar ein dunkles Zelt, das Gesicht ein schmales Dreieck.

Muriel.

Zuerst spürte er es heiß in sich aufsteigen – die Aufwallung, die einen überkommt, wenn eine bekannte Gestalt aus einer Gruppe fremder Menschen hervortritt. Und dann: *Du großer Gott,* dachte er und sah sich tatsächlich nach einem Fluchtweg um.

Sie kam anmutig vorsichtigen Schritts auf ihn zu, den Blick auf ihre Füße gerichtet, doch als sie neben ihm angelangt war, schaute sie auf, und er erkannte: Sie hatte die ganze Zeit gewußt, daß er da war. Sie trug ein weißes Kostüm, das sie in eine jener schwarzweißroten Frauen verwandelte, die er als Kind auf der Kinoleinwand so bewundert hatte.

»Ich fliege nach Frankreich«, eröffnete sie ihm.

»Was fällt dir ein!« sagte er.

Das französische Ehepaar musterte ihn neugierig, die Frau rückte sogar ein bißchen vor, um ihn besser zu sehen.

Hinter Muriel stauten sich neue Passagiere. Sie murrten und reckten den Hals, bemüht, sich an ihr vorbeizuzwängen. Sie stand mitten im Gang und sagte: »Ich werde an der Seine spazierengehen.«

Die Französin bildete mit dem Mund ein O.

Dann bemerkte Muriel die Leute hinter sich und ging weiter.

Macon bezweifelte, daß es überhaupt möglich war, an der Seine spazierenzugehen.

Sobald der Gang frei war, erhob Macon sich halb vom Sitz und spähte über die Lehne nach hinten, aber Muriel war verschwunden. Das französische Ehepaar wandte sich ihm zu, Erwartung in den Augen. Macon setzte sich wieder.

Sarah würde davon erfahren. Sie würde es einfach irgendwie merken. Sie hatte immer behauptet, er sei gefühllos, und nun würde sie sich bestätigt finden: Da hatte er sich so liebevoll von ihr verabschiedet, und dann flog er mit Muriel nach Paris.

Er war jedenfalls nicht im geringsten daran schuld, und der Teufel sollte ihn holen, wenn er sich dafür zur Verantwortung ziehen ließ!

Als die Dunkelheit hereinbrach, waren sie schon in der Luft, und in der Maschine verlief inzwischen alles nach Plan. Es war einer jener Flüge, die so durchprogrammiert sind wie ein Tag im Kinderhort: Instruktionsfilm, Getränke, Kopfhörer, Abendessen, Spielfilm. Macon lehnte alles ab, was ihm angeboten wurde, und vertiefte sich statt dessen in Julians Aktenhefter. Der Großteil des Materials war lachhaft. »Sam 'n' Joe's Hotel«, ausgerechnet! Er fragte sich, ob Julian das erfunden hatte, um ihn zu verblödeln.

Eine Frau in Weiß ging vorbei, und er blickte ihr verstohlen nach; es war aber eine Fremde.

Kurz vor dem Ende des Spielfilms holte er seinen Kulturbeutel heraus und ging zu einem der Waschräume im hinteren Teil der Maschine. Diese Idee hatten leider schon andere Leute gehabt. Beide Türen waren verriegelt, und er mußte im Gang warten. Er spürte noch jemanden an seine Seite treten. Er schaute hin, und da stand Muriel.

Er sagte: »Muriel, was um alles –«

»Dieses Flugzeug ist nicht dein Eigentum!« sagte sie.

Köpfe drehten sich um.

»Und Paris auch nicht!« ergänzte sie.

Sie stand dicht vor ihm, Aug in Auge. Ein Geruch ging von ihr aus, dem er sich kaum entziehen konnte; es war nicht allein ihr Parfüm, nein, auch ihr Haus; jawohl, das war es – der Geruch ihres Kleiderschranks, der aufreizende, beunruhigende Geruch von Dingen, die anderen Leuten gehören. Macon drückte sich die linke Schläfe. »Ich verstehe das alles nicht. Ich begreife nicht, woher du gewußt hast, welche Maschine du nehmen sollst.«

»Ich habe dein Reisebüro angerufen.«

»Becky? Du hast Becky angerufen? Was mag die sich wohl gedacht haben?«

»Sie hat gedacht, ich bin deine Verlagsassistentin.«

»Und wieso kannst du dir den Flug leisten?«

»Ach, etwas habe ich mir von Bernice geliehen und etwas von meiner Schwester, die hat sich ein bißchen Geld verdient bei . . . Und ich habe an allen Ecken und Enden gespart, ich bin mit dem Zug nach New York gekommen statt mit dem Flugzeug –«

»Also, das war nicht besonders schlau«, sagte Macon. »Es dürfte dich letzten Endes genauso viel gekostet haben, wenn nicht gar mehr.«

»Nein, ich habe nämlich –«

»Aber die entscheidende Frage ist *warum,* Muriel. Warum tust du das?«

»Du brauchst mich in deiner Nähe.«

»Ich brauche dich!«

»Du bist total am Boden zerstört gewesen, bevor du mich gekannt hast.«

Ein Riegel klickte, und aus einem der Waschräume trat ein Mann heraus. Macon trat hinein und verriegelte rasch die Tür hinter sich.

Er hätte sich am liebsten in Luft aufgelöst. Hätte es hier ein

Fenster gegeben, wäre er, wie er glaubte, durchaus imstande gewesen, es aufzustemmen und hinauszuspringen – nicht etwa, um etwas so Unwiderrufliches wie Selbstmord zu begehen, sondern um alles auszulöschen; o Gott, einfach umkehren und all die Schludrigkeiten und Gedankenlosigkeiten ungeschehen machen können, die er sich im Laufe seines Lebens geleistet hatte.

Wenn sie nur einen einzigen seiner Ratgeber gelesen hätte, dann hätte sie wissen müssen, daß man auf Reisen nichts Weißes anzieht.

Als er herauskam, war sie weg. Er kehrte auf seinen Platz zurück. Das französische Ehepaar zog die Knie an, um ihn vorbeizulassen; die beiden starrten gebannt auf die Filmleinwand, wo eine Blondine, mit nichts anderem als einem Badetuch bekleidet, an eine Haustür trommelte. Macon holte *Miss MacIntosh* heraus, weil er sich davon Ablenkung versprach. Vergebens. Die Wörter zerflossen vor seinen Augen nichtssagend zu einem dünnen, transparenten Rinnsal. Er war sich nur Muriels Anwesenheit irgendwo hinter sich bewußt. Er fühlte sich wie durch Leitungsdrähte mit ihr verbunden. Er ertappte sich bei der Überlegung, wie sie das empfinden mochte – das verdunkelte Flugzeug, den unsichtbaren Ozean in der Tiefe, das Gemurmel halb irrealer Stimmen ringsherum. Als er seine Leselampe ausknipste und die Augen schloß, glaubte er zu spüren, daß sie noch wach war. Es lag etwas in der Luft – ein Lauern, eine Gespanntheit, fast ein Vibrieren.

Bei Tagesanbruch stand sein Entschluß fest. Er benützte einen anderen Waschraum im vorderen Teil. Er war ausnahmsweise einmal froh, unter so vielen Menschen zu sein. Nach der Landung stieg er als einer der ersten aus, brachte die Einreiseformalitäten im Nu hinter sich und hetzte durch das Flughafengebäude. Dies hier war der Flughafen Charles de Gaulle mit den Raumfahrt-Schalensitzen. Muriel würde sich überhaupt nicht auskennen. Er wechselte hastig sein Geld. Muriel mußte noch bei der Gepäckausgabe sein. Bestimmt hatte sie massenhaft Gepäck mitgenommen.

Auf einen Bus zu warten kam nicht in Frage. Er nahm ein Taxi, sauste davon und fühlte sich schlagartig wunderbar schwerelos. Das Gewirr silbriger Schnellstraßen weckte in ihm ausgesprochen angenehme Gefühle. Bei der Einfahrt in die Stadt erschien ihm Paris offen und hell und leuchtend wie ein kühler Blick aus grauen Augen, und der Dunst, der über der Stadt hing, gefiel ihm ausnehmend. Sein Taxi raste durch diesige Boulevards, bog in eine kopfsteingepflasterte Straße ein und kam gleichsam mit Rückstoß zum Stehen. Macon zückte seine Geldkuverts.

Erst als er das Hotel betrat, fiel ihm ein, daß sein Reisebüro genau wußte, wo er übernachtete.

Es war kein besonders luxuriöses Hotel – ein kleiner brauner Kasten, dessen technische Einrichtungen mitunter den Dienst versagten, wie Macon bei früheren Besuchen konstatiert hatte. Diesmal war einer der beiden Fahrstühle außer Betrieb. Der Page führte ihn zu dem anderen, mit dem sie in den zweiten Stock fuhren, dann durch einen teppichbelegten Korridor, öffnete schwungvoll eine Tür und äußerte sich bewundernd in lautem Französisch, übermannt von solcher Pracht und Herrlichkeit. (Ein Bett, eine Kommode, ein Sessel, ein uraltes Fernsehgerät.) Macon griff in eines seiner Kuverts und bedankte sich beim Überreichen des Trinkgeldes.

Allein geblieben, packte er die Reisetasche aus und hängte sein Anzugjackett auf. Dann stellte er sich ans Fenster und schaute über die Dächer hinweg; durch den Staub auf der Scheibe sahen sie aus wie in die Vergangenheit entrückt, einer anderen Zeit angehörig.

Wie würde sie sich in einer derart ungewohnten Umgebung zurechtfinden?

Er dachte an die Art, wie sie eine Reihe von Trödelläden ansteuerte, wie sie eine Straße entlangfuhr, geschickt und zielbewußt, wie sie manche Passanten mit Namen grüßte. Und an die Nachbarschaftshilfe, die sie leistete: Sie chauffierte Mr. Manion zum Reflexologen, der seine Nierensteine auflöste, indem er ihm die Zehen massierte; Mr. Runkle zum Astrologen, der ihm sagte, wann er die Million Dollar in der Lotterie gewinnen würde; Mrs. Carpaccio zu einem bestimmten winzigen Lebensmittelgeschäft, wo die Würste von der Decke hingen wie Fliegenfänger. Was für Lokalitäten Muriel kannte!

Aber Paris kannte sie nicht. Und sie war völlig auf sich selbst gestellt. Sie besaß ja nicht einmal eine Kreditkarte, hatte wahrscheinlich sehr wenig Geld bei sich, hatte vielleicht gar nicht bedacht, daß sie es in Francs umwechseln mußte. Irrte vielleicht hilflos, mittellos umher, keines einzigen Wortes der fremden Sprache mächtig.

Als er sie klopfen hörte, war er so erleichtert, daß er zur Tür stürzte, um sie einzulassen.

»Dein Zimmer ist größer als meins«, sagte sie und ging an ihm vorbei zum Fenster. »Meine Aussicht ist aber schöner. Denk nur, wir sind wirklich in Paris! Der Busfahrer hat gemeint, es sieht nach Regen aus, aber ich habe ihm gesagt, *mir* ist das egal. Ob Regen oder Sonnenschein – Paris bleibt Paris.«

»Woher hast du gewußt, welchen Bus du nehmen mußt?« erkundigte er sich.

»Ich habe deinen Reiseführer mitgenommen.«

Sie klopfte sich auf die Jackentasche.

»Möchtest du bei ›Chez Billy‹ frühstücken?« fragte sie. »Das wird in deinem Buch empfohlen.«

»Nein, ich möchte nicht. Ich kann nicht«, sagte er. »Du solltest jetzt gehen, Muriel.«

»Oh. Okay«, sagte sie. Und ging.

So war das manchmal mit ihr. Zuerst bedrängte sie ihn so lange, bis er sich in die Enge getrieben fühlte, und dann machte sie plötzlich einen Rückzieher. Es war wie beim Tauziehen, wenn der Gegner mit einemmal das Tau losläßt, fand Macon. Man geht zu Boden; man ist so unvorbereitet; man fühlt sich so leer.

Er beschloß, Sarah anzurufen. Drüben in der Heimat graute kaum der Morgen, aber er hielt es für wichtig, mit ihr Verbindung aufzunehmen. Er ging hinüber zur Kommode, auf der das Telefon stand, und hob den Hörer ab. Die Leitung war tot. Er drückte mehrmals auf den Knopf. Typisch. Er steckte den Zimmerschlüssel in die Tasche und begab sich hinunter ins Vestibül.

Das dortige Telefon war in einer uralten hölzernen Kabine mit rotledernem Sitzbänkchen sehr vornehm untergebracht. Macon beugte sich über den Hörer und lauschte dem Klingeln am anderen Ende, weit, weit entfernt. »Hallo?« sagte Sarah.

»Sarah?«

»Wer spricht dort?«

»Macon.«

»Macon?«

Sie brauchte einen Moment, um das zu schlucken. »Macon, wo bist du?« fragte sie. »Was ist los?«

»Nichts ist los. Ich habe nur das Bedürfnis, mit dir zu reden.«

»Was? Wie spät ist es?«

»Ich weiß, es ist noch früh, und es tut mir leid, daß ich dich geweckt habe, aber ich wollte deine Stimme hören.«

»In der Leitung rauscht es so«, sagte sie.

»Hier nicht.«

»Du klingst so dünn.«

»Das kommt daher, daß es ein Überseegespräch ist«, erklärte er. »Wie steht's drüben mit dem Wetter?«

»Mit wem?«

»Dem Wetter! Scheint die Sonne?«

»Ich weiß nicht. Die Jalousien sind alle unten. Ich glaube, es ist noch nicht einmal hell.«

»Arbeitest du heute im Garten?«

»Was?«

»Ob du im Garten arbeitest!«

»Das habe ich mir noch nicht überlegt. Kommt darauf an, ob die Sonne scheint.«

»Schade, daß ich nicht dort bin«, sagte er. »Ich könnte dir helfen.«

»Du kannst Gartenarbeit nicht ausstehen!«

»Schon, aber . . .«

»Macon, fehlt dir etwas?«

»Nein, mir geht es gut«, sagte er.

»Wie war der Flug?«

»Ach, der Flug, du meine Güte! Also, ich weiß nicht; ich war so mit Lesen beschäftigt, daß ich gar nichts mitgekriegt habe.«

»Mit Lesen?« sagte sie. Und dann: »Vielleicht leidest du unter der Zeitdifferenz.«

»Ja, vielleicht.«

Spiegeleier, Rühreier, verlorene Eier, Omeletts. Er ging blindlings den Gehsteig entlang, während er die Ränder seines Ratgebers vollkritzelte. ›Chez Billy‹ ließ er links liegen. *Rätselhaft*, schrieb er, *wieso die Franzosen ihre Speisen so behutsam zubereiten, aber so unachtsam servieren.* Im Fenster eines Restaurants blinzelte ihm eine Katze zu. Sie schien sich diebisch zu freuen. Sie war so völlig in ihrem Element, sie wußte genau, wo sie hingehörte.

Schaufenster, ausgelegt mit zerknittertem Samt, darübergestreut massive Goldketten und Uhren, nicht dicker als Pokerchips. Frauen, wie für die Bühne hergerichtet: kunstvolle Frisuren, brillantes Make-up, eigenartige Hosenformen, die der menschlichen Anatomie spotteten. Alte Damen in Kleinmädchengerüschtem, weißen Strumpfhosen und flachen Lackschuhen. Macon stieg die Treppe zur Metro hinunter; ostentativ warf er seinen entwerteten Fahrschein in einen winzigen Behälter mit der Aufschrift PAPIERS. Dann drehte er sich um und funkelte böse alle anderen an, die ihren Fahrschein auf den Boden fallen ließen, und während er sich umdrehte, glaubte er Muriels weißes Gesicht in der Menge auftauchen zu sehen, aber er hatte sich wohl getäuscht.

Am Abend kehrte er ins Hotel zurück – mit wunden Füßen und schmerzenden Beinmuskeln – und sank aufs Bett. Keine zwei Minuten später hörte er es an die Tür klopfen. Er ächzte, erhob sich und ging öffnen. Da stand Muriel, die Arme voller Kleider. »Schau«, sagte sie und zwängte sich an ihm vorbei. »Sieh mal, was ich alles gekauft habe.« Sie lud den Plunder auf dem Bett ab. Dann hielt sie eins nach dem anderen hoch: ein glänzendes schwarzes Cape, eine braune Reithose, ein duftiges Abendkleid aus rotem Tüll, besprenkelt mit verschieden großen, runden

Glasplättchen, die an Rückstrahler von Fahrrädern erinnerten. »Hast du den Verstand verloren?« fragte Macon. »Was muß das alles gekostet haben?«

»Nichts! Oder so gut wie nichts«, sagte sie. »Ich habe einen Platz entdeckt, vor dem können sich alle anderen Flohmärkte verstecken! Eine ganze Stadt von Flohmärkten! Ein französisches Mädchen hat mir davon erzählt, in dem Lokal, wo ich gefrühstückt habe. Ich hab' ihren Hut bewundert, und sie hat mir gesagt, wo sie ihn her hat. Ich bin mit der U-Bahn hingefahren; dein Buch hilft einem mit den U-Bahnen wirklich prima weiter. Und dort gibt es doch tatsächlich alles. Auch Werkzeug und so Gerätschaften, Macon. Alte Autobatterien, Sicherungskästen ... Und wenn einem etwas zu teuer ist, senken sie den Preis, bis es billig genug ist. Ich hab' dort einen Ledermantel gesehen, für den ich gemordet hätte, aber der ist nie billig genug geworden. Der Mann hat fünfunddreißig Franc verlangt.«

»Fünfunddreißig Franc!« sagte Macon. »Billiger hättest du's gar nicht bekommen können. Fünfunddreißig Franc sind rund vier Dollar.«

»Wirklich? Ich hab' gedacht, Francs und Dollars sind ungefähr gleich viel wert.«

»Gott, nein.«

»Also, dann sind diese Sachen da Supergrapscher!« sagte Muriel. »Vielleicht versuche ich's morgen noch einmal.«

»Und wie willst du das ganze Zeug ins Flugzeug bekommen?«

»Ach, ich werde mir schon etwas ausdenken. Und jetzt laß mich alles in mein Zimmer zurücktragen, damit wir essen gehen können.«

Er straffte sich. Er sagte: »Nein, ich kann nicht.«

»Was soll dir schon passieren, wenn du mit mir essen gehst, Macon? Ich bin eine Bekannte aus der Heimat! Du hast mich in Paris zufällig getroffen! Können wir nicht einen Bissen zusammen essen?«

Wenn sie es *so* ausdrückte, schien wirklich nichts dabei zu sein.

Sie gingen ins ›Burger King‹ auf den Champs Elysées. Er bestellte zwei Whoppers. »Vorsicht«, warnte er Muriel, »die sind nicht so, wie du es gewöhnt bist. Du wirst die vielen Pickles und Zwiebeln abkratzen müssen.« Aber Muriel sagte, nachdem sie gekostet hatte, ihr schmecke es so und nicht anders. Sie saß neben ihm auf einem harten kleinen Sitz und leckte sich die Finger. Ihre Schulter berührte die seine. Er konnte es plötzlich nicht fassen, daß sie tatsächlich da war.

»Wer kümmert sich um Alexander?« erkundigte er sich.

»Ach, verschiedene Leute.«

»Was für verschiedene Leute? Du hast ihn doch hoffentlich nicht einfach sich selbst überlassen. Du weißt, wie unsicher Kinder seines Alters sich –«

»Reg dich ab. Ihm geht's gut. Claire hat ihn tagsüber, und abends kommt Bernice und kocht ihm etwas, und wenn Claire mal mit dem General ausgeht, dann übernehmen ihn die Zwillinge, oder wenn die Zwillinge nicht können, dann sagt der General, daß Alexander ...«

Die Singleton Street in ihrer ganzen Buntheit und Lautstärke tauchte vor seinen Augen auf.

Nach dem Abendessen schlug Muriel einen Spaziergang vor, aber Macon sagte, er sei zu müde. Er war richtiggehend ausgepumpt. Sie kehrten ins Hotel zurück. Im Aufzug fragte Muriel: »Darf ich eine Weile mit in dein Zimmer kommen? Mein Fernseher kriegt nur Schnee herein.«

»Wir sagen lieber gute Nacht«, meinte er.

»Kann ich dir nicht wenigstens ein bißchen Gesellschaft leisten?«

»Nein, Muriel.«

»Wir brauchen ja überhaupt nichts zu *machen*«, sagte sie.

Der Aufzug hielt auf seiner Etage. Macon sagte: »Muriel. Versteh doch meine Lage. Ich bin seit einer Ewigkeit mit ihr verheiratet. Länger, als du auf der Welt bist, fast. Ich kann jetzt nicht anders. Begreifst du das nicht?«

Sie stand bloß in ihrer Ecke des Aufzugs, den Blick auf sein Gesicht gerichtet. Ihr Make-up hatte sich verflüchtigt, und sie sah jung und traurig und schutzlos aus.

»Gute Nacht«, sagte er.

Er stieg aus, und die Aufzugtür schloß sich.

Er legte sich sofort ins Bett, fand aber keinen Schlaf und schaltete schließlich das Fernsehgerät ein. Man zeigte einen amerikanischen Western. Katastrophe folgte auf Katastrophe – Tornado, Indianer, Dürre, durchgehende Herden. Der Held ließ sich davon jedoch nicht erschüttern. Macon hatte schon vor langer Zeit festgestellt, daß Abenteuerfilmen immer die gleiche Moral zugrunde lag: Ausdauer lohnt sich. Er hätte gern wenigstens ein einziges Mal einen Helden seines Schlages gesehen – keinen Drückeberger, sondern einen Mann, der den Tatsachen ins Auge sah und mit Haltung kapitulierte, falls das Weitermachen sich als unklug erwies.

Er stand auf und schaltete das Gerät aus. Er warf sich im Bett noch lange hin und her, bevor er einschlief.

Große Hotels, kleine Hotels, schäbige Hotels mit abblätternden Tapeten, elegante Hotels mit breiten amerikanischen Betten und kunststoffbeschichteten amerikanischen Kommoden. Trübe Cafêfenster, dahinter die Cafetiers wie Schaufensterpuppen, Hände hinter dem Rücken verschränkt, auf den Zehen wippend. *Lassen Sie sich nicht auf Vollpension ein. Sonst ergeht es Ihnen wie bei Mutter, die immerfort zum Essen ermuntert – ein Gang nach dem anderen, ob man will oder nicht . . .*

Am Spätnachmittag steuerte Macon erschöpft sein eigenes Hotel an. Er überquerte gerade die letzte Kreuzung, als er ein Stück vor sich Muriel erblickte. Sie war mit Bündeln beladen, ihr Haar flatterte, ihre Stilettabsätze klapperten munter. »Muriel!« rief er. Sie drehte sich um, und er lief los, um sie einzuholen.

»Oh, Macon, ich habe einen wunderschönen Tag verlebt«, sagte sie. »Ich habe Leute aus Dijon kennengelernt, und zum Schluß sind wir zusammen essen gegangen, und sie haben mir erzählt, daß . . . Hier, kannst du mir ein paar davon abnehmen? Mir scheint, ich habe ein bißchen zuviel gekauft.«

Er ließ sich mehrere Pakete geben – zerknitterte, gebraucht aussehende Tüten, mit Textilien vollgestopft. Er trug sie ihr ins Hotel und hinauf in ihr Zimmer, das noch kleiner wirkte, als es war, weil überall Haufen von Kleidern herumlagen. Sie kippte ihre Last aufs Bett und sagte: »Ich muß dir was zeigen ... Wo habe ich es nur ...«

»Was ist das?« frage Macon. Er meinte eine ungewöhnlich geformte Limonadeflasche auf der Kommode.

»Ach, das habe ich im Kühlschrank entdeckt«, sagte sie. »Die haben da so einen kleinen Kühlschrank im Bad, Macon, und da ist lauter Limonade drin, auch Wein und Schnäpse.«

»Muriel, weißt du denn nicht, daß diese Sachen ein Heidengeld kosten? Man wird sie dir auf die Rechnung setzen, weißt du das nicht? Diesen Kühlschrank nennt man eine Mini-Bar, und man benutzt ihn folgendermaßen: Morgens, wenn sie das kontinentale Frühstück hereinfahren, bringen sie aus unerfindlichem Grund einen Krug heiße Milch mit, und diesen Krug nimmst du und stellst ihn einfach in die Mini-Bar, damit du später ein Glas Milch trinken kannst. Sonst weiß Gott allein, wie du in diesem Land dein Kalzium bekommst. Und du darfst die Croissants, die Brötchen, nicht essen. Das weißt du doch, oder? Man soll den Tag nicht mit Kohlehydraten beginnen, zumal unter Reisestreß. Du solltest die Mühe nicht scheuen und in ein Café gehen, wo es Eier gibt.«

»Eier, puh!« sagte Muriel. Sie zog den Rock aus und probierte einen anderen an – einen soeben gekauften, mit langen Fransen am Saum. »Ich *mag* die Semmeln«, sagte sie. »Und ich mag auch die Limonade.«

»Das ist mir unbegreiflich.« Er nahm die Flasche in die Hand. »Sieh dir bloß den Markennamen an: Pschitt. Wenn das nicht schon höchst verdächtig klingt ... Und hier ist noch etwas, das heißt Yukkie, Yukkery oder so ähnlich –«

»Das schmeckt am besten. Ich habe schon alles weggetrunken«, sagte Muriel. Sie steckte sich gerade das Haar auf. »Wo essen wir heute abend?«

»Ich weiß nicht recht. Wird allmählich Zeit für eines von den Luxuslokalen.«

»Oh, super!«

Er schob etwas weg, was wie ein antiquarisches Satinbettjäckchen aussah, setzte sich und schaute zu, wie sie sich die Lippen schminkte.

Sie gingen in ein Restaurant, wo schon die Kerzen brannten, obwohl es noch nicht ganz dunkel war, und bekamen Plätze an einem hohen, mit einer Gardine verhängten Fenster zugewiesen. Die anderen Gäste, die sich bereits eingefunden hatten, waren Amerikaner – vier amerikanische Geschäftstypen, die sich an vier großen Portionen Schnecken unverhohlen gütlich taten. (Manchmal fragte Macon sich, wozu er überhaupt seine Bücher schrieb.)

»Also, was möchte ich?« sagte Muriel, in die Speisekarte vertieft. »Wenn ich frage, ob sie mir übersetzen können, was da steht, glaubst du, die tun das?«

»Das kannst du dir sparen«, sagte Macon. »Bestell einfach Salade Niçoise.«

»*Was* soll ich bestellen?«

»Hast du nicht gesagt, du hast meinen Ratgeber gelesen? Salade Niçoise. Das ist das einzige, was man gefahrlos essen kann. Ich habe mich in ganz Frankreich davon ernährt, tagaus und tagein.«

»Das klingt aber ziemlich eintönig.«

»Nein, nein. In manchen Lokalen tut man grüne Bohnen hinein, in manchen nicht. Und außerdem ist es arm an Cholesterol, was man nicht von allen –«

»Ich glaube, ich werde einfach den Kellner fragen.« Sie legte die Speisekarte aus der Hand. »Was meinst du, nennt man diese Fenster in Frankreich auch ›französische Fenster‹?«

»Was? Ich habe nicht die leiseste Ahnung.« Macon richtete den Blick auf das Fenster, das mit dicken, grünlichen Scheiben verglast war. Draußen, in einem verwilderten Gärtchen, kobolzte ein pockennarbiger steinerner Cherub in einem Springbrunnen.

Die Verständigung mit dem Kellner klappte besser, als Macon erwartet hatte. Er empfahl Muriel die Sauerampfercremesuppe und eine besondere Art von Fisch. Macon entschloß sich dann ebenfalls zu der Suppe, um nicht untätig dazusitzen, während Muriel die ihre löffelte. »Na bitte«, sagte Muriel. »War er nicht nett?«

»Das war eine rühmliche Ausnahme«, meinte Macon.

Sie schlug nach ihrem Rocksaum. »Blöde Fransen! Ich hab' in einem fort das Gefühl, mir kriecht etwas am Bein hoch«, sagte sie. »Wo mußt du morgen hin, Macon?«

»Weg von Paris. Morgen fange ich mit den anderen Städten an.«

»Du läßt mich hier allein?«

»Das sind Expreßtouren. Keine Vergnügungsfahrten. Ich muß mit den Hühnern aufstehen.«

»Nimm mich trotzdem mit.«

»Unmöglich.«

»Ich schlafe hier nicht besonders gut«, sagte sie. »Ich habe Alpträume.«

»Dann solltest du dich nicht auch noch an anderen fremden Orten herumtreiben.«

»Letzte Nacht hab' ich von Dominick geträumt.« Sie beugte sich über den Tisch zu ihm vor, zwei rote Flecken hoch auf den Backenknochen. »Ich hab' geträumt er, ist wütend auf mich.«

»Wütend?«

»Er wollte nicht mit mir sprechen. Mich nicht ansehen. Hat dauernd in etwas auf dem Gehsteig gekickt. Dann stellt sich heraus, er ist wütend, weil er meinen Wagen nicht mehr fahren darf. Ich sage: ›Dominick, du bist tot. Du *kannst* meinen Wagen nicht fahren. Ich würde ihn dir ja überlassen, wenn ich könnte, glaub mir.‹«

»Quäl dich nicht unnötig«, sagte Macon. »Das war bloß ein Reisetraum.«

»Ich hab' so Angst, es bedeutet vielleicht, daß er echt wütend auf mich ist. Dort, wo er jetzt ist.«

»Aber nein«, sagte Macon. »Er ist bestimmt nicht wütend.«

»Ich hab' so Angst, daß er es doch ist.«

»Er ist wunschlos glücklich.«

»Glaubst du wirklich?«

»Unbedingt! Er ist dort droben in einer Art Autohimmel und poliert einen Wagen, der ihm allein gehört. Und es ist ewig Frühling, und immer scheint die Sonne, und immer ist eine Blondine im Sonnentop da, die ihm beim Wienern hilft.«

»Glaubst du wirklich, daß es so sein kann?«

»Ja, das glaube ich«, sagte er. Und komischerweise glaubte er es tatsächlich in diesem Moment. Vor seinem geistigen Auge erstand ein lebhaftes Bild: Dominick auf einer sonnenbeschienenen Wiese, ein Polierleder in der Hand, und übers ganze Gesicht zufrieden lachend.

Als der Abend zu Ende ging, sagte sie zu ihm, sie wollte, er käme mit in ihr Zimmer – ginge das nicht? Zum Schutz gegen Alpträume? –, er lehnte jedoch ab und wünschte ihr eine gute Nacht. Und dann spürte er, wie sie ihn lockte, wie sie tief in seinem Inneren eine Saite anschlug, als der quietschende Aufzug mit ihr emporschwebte.

Im Schlaf faßte er den Entschluß, sie morgen doch mitzunehmen. Was sprach denn dagegen? Es war ja nur ein Tagesausflug. Ein übers andremal hob er in seinem unruhigen, zerfahrenen Schlaf den Telefonhörer ab und wählte ihre Zimmernummer. Am Morgen, als er aufwachte, mußte er zu seiner Verblüffung feststellen, daß er sie noch immer nicht eingeladen hatte.

Er setzte sich auf, griff nach dem Telefon und entsann sich erst jetzt – den stummen Hörer ans Ohr gedrückt –, daß das Telefon nicht funktionierte und er vergessen hatte, das zu melden. Er überlegte, ob es sich bei dem Defekt um etwas handeln mochte, was er selbst reparieren konnte – ein gelockertes Kabel oder dergleichen. Er stieg aus dem Bett und spähte hinter die Kommode. Er bückte sich, um nach irgendeinem Werkzeug zu suchen.

Und sein Rücken streikte.

Ganz eindeutig, dieser kleine Stich in einem Muskel links neben der Wirbelsäule. Der Schmerz war so heftig, daß Macon nach Luft rang. Dann wurde es besser. Vielleicht war die Sache schon ausgestanden. Macon richtete sich auf – eine minimale Bewegung. Sie reichte jedoch aus, um abermals einen bohrenden Schmerz auszulösen.

Er ließ sich im Zeitlupentempo aufs Bett sinken. Richtig schlimm war es, die Beine hinaufzuheben, aber er biß die

Zähne zusammen und schaffte auch das. Dann blieb er ruhig liegen und grübelte, was er jetzt tun sollte.

Als ihm das früher einmal zugestoßen war, hatte der Schmerz sich in fünf Minuten verflüchtigt, ohne wiederzukehren. Es war nur etwas Vorübergehendes gewesen wie ein Krampf im Fuß.

Ein andermal aber war er vierzehn Tage flach im Bett gelegen und hatte sich hinterher einen Monat lang wie ein Tattergreis fortbewegt.

Er lag da und stellte im Geist seine Termine um. Wenn er eine Fahrt ausfallen ließ, eine andere hinausschob ... Ja, wahrscheinlich konnte alles, was er für drei Tage vorausgeplant hatte, auch in zwei Tagen bewältigt werden, vorausgesetzt, er war bis morgen wieder mobil.

Er mußte eingeschlafen sein. Er wußte nicht, wie lange er geschlafen hatte. Er wurde von einem Klopfen geweckt und dachte, man komme mit dem Frühstück, obwohl er es für heute ausdrücklich abbestellt hatte. Doch dann hörte er Muriel. »Macon? Bist du da?« Sie hoffte, daß er noch nicht abgereist war; sie war da, um ihn wieder anzubetteln, er möge sie doch mitnehmen. Er wußte das so genau, wie wenn sie es laut ausgesprochen hätte. Er war froh um den Krampf, der ihn erfaßte, als er sich von ihrer Stimme abwandte. Irgendwie hatte das Schläfchen ihm einen klaren Kopf beschert, und er gestand sich ein, daß er drauf und dran gewesen war, sich erneut mit ihr einzulassen. Was für ein Glück, daß sein Rücken ihn davor bewahrt hatte. Noch eine Minute – nur noch ein paar Sekunden –, und er wäre verloren gewesen.

Der Schlaf übermannte ihn so jäh, daß er sie nicht einmal weggehen hörte.

Als er aufwachte, war es viel später, das fühlte er auch ohne einen Blick auf die Uhr, um sich die dazu erforderlichen Verrenkungen zu ersparen. Ein Servierwagen wurde an seiner Tür vorübergeschoben, und er hörte lachende Stimmen – wohl Hotelpersonal – draußen auf dem Gang. Sie mußten es hier so gemütlich haben; sie mußten einander so gut kennen. Jemand klopfte an seine Tür, dann klingelten Schlüssel. Ein kleines, blasses Zimmermädchen steckte den Kopf herein und sagte: »Pardon, Monsieur.« Sie machte Miene, sich zurückzuziehen, hielt inne und fragte ihn etwas auf französisch. Er deutete auf seinen Rücken und schnitt eine Grimasse. »Ah«, sagte sie, kam herein und sagte sehr schnell noch etwas. (Vermutlich erzählte sie ihm von *ihrem* Rücken.) Er sagte: »Wenn Sie so freundlich wären, mir aufzuhelfen, bitte«, denn er sah keinen anderen Ausweg, als Julian anrufen zu gehen. Sie verstand anscheinend, was er meinte, und trat ans Bett. Er wälzte sich auf den Bauch und stützte sich dann mit einem Arm ab – die einzige Möglichkeit, ohne Folterqualen aufzustehen. Das Zimmermädchen nahm seinen anderen Arm und stemmte sich gegen sein Gewicht, als er stand. Sie war viel kleiner als er und hatte ein hübsches, zartes Gesicht. Macon wurde sich seines unrasierten Gesichts und seines zerknitterten Schlafanzugs bewußt. »Mein Jackett«, äußerte er, und sie bewegten sich langsam auf den Stuhl zu, über dem sein Anzugjackett hing. Sie legte es ihm um die Schultern. Dann sagte er: »Parterre? Zum Telefon?« Sie blickte hinüber zum Telefon auf der Kommode, aber er machte eine verneinende Bewegung mit der flachen Hand und verzog vor Schmerz das Gesicht. Sie schnalzte mit der Zunge und führte ihn hinaus auf den Gang.

Das Gehen fiel ihm nicht sonderlich schwer; er spürte kaum etwas. Aber der Aufzug rüttelte peinigend, und er mußte auf alles gefaßt sein. Das Zimmermädchen gab leise Laute des Mitgefühls von sich. Im Erdgeschoß führte sie ihn zur Telefonzelle und traf Anstalten, ihm beim Hinsetzen zu helfen, er sagte aber: »Nein, nein, Stehen ist leichter. Vielen Dank.« Sie trat zurück und ließ ihn allein. Er sah sie, mitleidig den Kopf schüttelnd, zu dem Mann an der Rezeption sprechen; der Mann schüttelte ebenfalls den Kopf.

Macon befürchtete, Julian werde noch nicht im Büro sein; und seine Privatnummer wußte er nicht. Der Hörer wurde jedoch gleich nach dem ersten Klingeln abgehoben. »Druck- und Verlagshaus ›Der Handelsmann‹.« Eine Frauenstimme, verwirrend bekannt, verwoben in das Rauschen der Überseeleitung.

»Ähm –« sagte er. »Hier ist Macon Leary. Mit wem spreche –«

»Oh, Macon.«

»Rose?«

»Ja, ich bin's.«

»Was machst denn *du* dort?«

»Ich arbeite hier neuerdings.«

»Oh, ach so!«

»Ich schaffe Ordnung. Du glaubst nicht, was für Zustände hier herrschen.«

»Rose, ich hab's wieder einmal mit dem Rücken.«

»Ach nein, ausgerechnet! Bist du noch in Paris?«

»Ja, aber ich wollte gerade mit den Abstechern beginnen, und jetzt sind alle meine Pläne über den Haufen geworfen – Termine, Abfahrtszeiten –, und ich habe kein Telefon im Zimmer. Da habe ich mir überlegt, ob Julian nicht von dort aus etwas unternehmen könnte. Vielleicht kann er sich mit Becky in Verbindung setzen und –«

»Das erledige ich alles selbst«, sagte Rose. »Du brauchst dich um gar nichts zu kümmern.«

»Ich weiß nicht, wann ich in die anderen Städte komme, sag ihm das. Ich habe keine Ahnung, wann ich –«

»Wir werden das regeln. Hast du einen Arzt konsultiert?«

»Ärzte nützen nichts. Nur Bettruhe.«

»Dann geh dich hinlegen, Macon.«

Er nannte ihr den Namen seines Hotels, sie wiederholte ihn rasch und schickte Macon zurück ins Bett.

Als er die Telefonzelle verließ, hatte das Zimmermädchen schon einen Pagen herbeigerufen, und mit Hilfe der beiden erreichte er sein Zimmer ohne besondere Anstrengung. Sie waren sehr besorgt um ihn. Sie schienen ihn nicht gerne allein lassen zu wollen, er versicherte jedoch, er werde es schon aushalten.

Er lag den ganzen Nachmittag im Bett, stand zwischendurch nur zweimal auf, einmal, um ins Bad zu gehen, und einmal, um Milch aus der Mini-Bar zu holen. Hunger hatte er eigentlich nicht. Er betrachtete sich die braunen Blumen der Tapete; ihm war, als hätte er noch kein Hotelzimmer so gut gekannt. Die Kommode hatte an der Seite einen Fleck in der Maserung, der aussah wie ein knochiger Mann mit Hut.

Zur Abendessenszeit nahm er eine kleine Flasche Wein aus der Mini-Bar und ließ sich behutsam im Sessel nieder. Selbst die Bewegung, mit der er die Flasche an die Lippen hob, verursachte ihm Schmerzen, aber er glaubte, der Wein würde ihn einschläfern. Während er dasaß, klopfte das Zimmermädchen an und kam herein. Sie erkundigte sich, anscheinend, ob er etwas zu essen wünsche. Er bedankte sich und sagte nein. Sie mußte sich auf dem Heimweg befinden; sie hielt ein kleines abgewetztes Täschchen in der Hand.

Später, nachdem er sich ins Bett geschleppt hatte, klopfte es abermals, und Muriel sagte: »Macon? Macon?« Er verhielt sich mucksmäuschenstill. Sie entfernte sich.

Es wurde dämmerig und dann dunkel. Der Mann auf dem Seitenbrett der Kommode verblich. Im Zimmer über Macon ertönten Schritte quer durch den Raum.

Er hatte oft darüber nachgedacht, wie viele Menschen wohl in Hotels starben. Einige mußten es laut Wahrscheinlichkeitsrechnung ja sein – mit Sicherheit! Und manche, die keine nahen Verwandten hatten – etwa einer seiner Leser, ein Vertreter ohne Familienanhang –, tja, was geschah mit denen? Ob es so etwas wie einen Armesünderfriedhof für unbekannte Reisende gab?

Er konnte nur in zwei Haltungen liegen – entweder auf der linken Seite oder auf dem Rücken –, und von einer in die andere zu wechseln bedeutete: aufwachen; bewußt den Entschluß fassen, die Qual auf sich zu nehmen; die Strategie zu planen. Dann versank er wieder in einem unruhigen Dämmerzustand.

Er träumte, daß er im Flugzeug saß, neben einer ganz in Grau gekleideten Dame, einer sehr schmalen, steifen, dünnlippigen Dame, und er bemühte sich, völlig reglos zu bleiben, weil er ahnte, daß sie Bewegung mißbilligte. Und zwar prinzipiell;

das wußte er irgendwie. Da er sich jedoch zunehmend unbehaglicher fühlte, beschloß er, sie darauf anzusprechen. Er sagte: »Ma'am?« Sie wandte ihm die Augen zu, milde, melancholische Augen unter schön geschwungenen Brauen. »Miss MacIntosh!« rief er. Von Schmerz gepackt, wachte er auf. Ihm war zumute, als hätte eine winzige, grausame Hand ein Stück seines Rückens gepackt und ausgewrungen.

Als der Kellner das Frühstück brachte, erschien er in Begleitung des Zimmermädchens. Sie muß unter strapaziösen Bedingungen arbeiten, dachte Macon. Aber er freute sich, sie zu sehen. Sie und der Kellner bemühten sich um ihn, mischten seinen *Café au lait,* und der Kellner half ihm ins Bad, während das Zimmermädchen die Bettwäsche wechselte. Er konnte ihnen nicht genug danken, sagte unbeholfen: »Merci.« Er bedauerte, daß er nicht wußte, wie »Warum sind Sie eigentlich so nett« auf französisch heißt. Nachdem sie gegangen waren, aß er alle Croissants auf, die das Zimmermädchen fürsorglich mit Butter und Erdbeermarmelade bestrichen hatte. Dann schaltete er zur Unterhaltung den Fernseher ein und legte sich wieder ins Bett.

Er bereute jedoch, das Gerät angestellt zu haben, als es an seine Tür klopfte, weil er glaubte, es sei Muriel, die etwas gehört hatte. Aber so früh war Muriel vermutlich noch nicht wach. Und dann wurde ein Schlüssel im Schloß herumgedreht, und herein kam Sarah.

Er sagte: »Sarah?«

Sie war in ein beiges Kostüm gekleidet, sie trug zwei zueinander passende Gepäckstücke, und sie brachte so etwas wie einen energiegeladenen frischen Wind herein. »Also, für alles ist gesorgt«, teilte sie ihm mit. »Ich übernehme deine Tagesreisen für dich.« Sie stellte die Koffer ab, gab ihm einen Kuß auf die Stirn und nahm ein Glas vom Frühstückstisch. Auf dem Weg ins Bad sagte sie: »Wir haben die Termine in den anderen Städten umgestellt, und ich mache mich morgen auf den Weg.«

»Aber wie bist du so schnell hergekommen?«

Sie kam aus dem Bad heraus; das Glas war mit Wasser gefüllt.

»Das verdankst du Rose.« Sie schaltete das Fernsehgerät aus. »Rose ist ein Wundertier. Sie hat das ganze Büro umgekrempelt. Hier ist eine Tablette von Doktor Levitt.«

»Du weißt, ich nehme keine Tabletten.«

»Diesmal nimmst du eine.« Sie half ihm, sich auf einen Ellbogen zu stützen. »Du wirst soviel wie möglich schlafen, das ist das beste Mittel, deinen Rücken zu kurieren. Schluck.«

Die Tablette war winzig und sehr bitter. Er hatte den Geschmack noch im Mund, als er wieder lag.

»Tut es arg weh?« fragte sie.

»Ziemlich.«

»Wie bist du zu deinen Mahlzeiten gekommen?«

»Das Frühstück wird ja ohnehin gebracht. Und das war's dann.«

»Ich erkundige mich nach dem Zimmerservice.« Sie hob den Hörer ab. »Da ich nicht hier sein werde ... Was ist mit dem Telefon los?«

»Es funktioniert nicht.«

»Ich sage an der Rezeption Bescheid. Kann ich dir etwas mitbringen?«

»Nein, vielen Dank.«

Als sie gegangen war, hätte es ihn kaum gewundert, wenn er sich ihre Anwesenheit nur eingebildet hätte. Aber da standen neben dem Bett ihre Koffer – schick und cremeweiß –, dieselben, die sie zu Hause auf dem Bord ihres Wandschranks aufbewahrte.

Er dachte an Muriel und daran, was geschehen würde, wenn sie jetzt klopfte. Dann dachte er an den gestrigen Abend – oder den vorgestrigen? –, als sie mit all den Einkäufen hereingekommen war. Er überlegte, ob sie irgendwelche Spuren hinterlassen hatte. Ein unters Bett gerutschter Gürtel, ein von dem Cocktailkleid abgefallenes Glasplättchen? Er begann, sich ernstlich zu beunruhigen. Es hätte sich doch kaum vermeiden lassen; bestimmt war irgend etwas zurückgeblieben. Fragte sich nur, was. Und wo.

Er rollte sich ächzend auf die Seite und stemmte sich mühsam hoch. Dann kroch er aus dem Bett und sank auf die Knie, um darunter zu lugen. Zu sehen war nichts. Er stellte sich auf die Beine, beugte sich über den Sessel und tastete die Ränder des Sitzkissens ab. Auch hier nichts. Eigentlich war sie ja gar nicht in die Nähe des Sessels gekommen, soweit er sich entsann; sie war nicht einmal zur Kommode gegangen, und trotzdem zog er sicherheitshalber eine Schublade nach der anderen auf. In einer davon hatte er seine eigenen Sachen – bloß eine Handvoll – untergebracht. Die anderen waren leer, nur in der zweiten von oben zeigten sich ein paar Stäubchen rosa Gesichtspuder. Natürlich war das nicht Muriels Puder, hätte es aber sein können. Das mußte unbedingt weg. Er schwankte ins Bad, feuchtete ein Handtuch an und kam zurück, um die Schublade auszuwischen. Dann sah er, daß das Handtuch einen großen rosa Schmierer abbekommen hatte, als ob eine Frau sich damit überschüssiges Make-up vom Gesicht entfernt hätte. Er faltete das Handtuch so zusammen, daß der Schmierer nicht zu sehen war, und legte es hinten in die Schublade. Nein, zu verdächtig. Er nahm es wieder heraus und versteckte es unter dem Sitzkissen des Sessels. Auch das schien nicht das richtige zu sein. Schließlich ging er ins Bad und wusch das Handtuch aus, rieb es so lange mit einem Stück Seife, bis der Schmierer völlig verschwunden war. Sein Rücken schmerzte unaufhörlich, Schweißperlen standen ihm auf der Stirn. Irgendwann fiel ihm auf, daß er sich äußerst merkwürdig benahm; es mußte an der Tablette liegen. Er ließ das nasse Handtuch fallen, kroch zurück ins Bett und schlief sofort ein. Das war kein normaler Schlaf; das ähnelte schon einer Beerdigung.

Er merkte, daß Sarah hereinkam, aber es gelang ihm nicht, aufzuwachen und sie zu begrüßen. Und er merkte, daß sie wieder ging. Er hörte jemanden klopfen, er hörte, wie das Mittagessen gebracht wurde, er hörte das Zimmermädchen flüstern: »Monsieur?« Die Benommenheit wich nicht. Der Schmerz war betäubt, aber immer noch da – bloß vertuscht, dachte er; die Tablette wirkte wie diese in Reklamen angepriesenen minderwertigen Raumsprays, solche, die schlechte Gerüche nur überlagern. Dann kam Sarah zum zweitenmal zurück, und er schlug die Augen auf. Sie stand mit einem Glas Wasser neben dem Bett. »Wie fühlst du dich?« fragte sie.

»Okay.«

»Hier ist deine nächste Tablette.«

»Sarah, diese Dinger sind mörderisch.«

»Sie helfen doch, oder?«

»Sie schlagen mich k. o.«, sagte er, schluckte die Pille aber doch.

Sarah setzte sich auf den Rand der Matratze, behutsam, um ihn nicht zu stoßen. Sie trug noch immer ihr Kostüm und wirkte wie aus dem Ei gepellt, obwohl sie schon total erschöpft sein mußte. »Macon«, sagte sie leise.

»Hmm.«

»Ich habe deine Freundin gesehen.«

Er wurde stocksteif. Sein Rücken verspannte sich.

»Sie hat mich auch gesehen«, sagte Sarah. »Sie war anscheinend höchst überrascht.«

»Sarah, es verhält sich anders, als es aussieht.«

»Wie verhält es sich dann, Macon? Da bin ich aber neugierig.«

»Sie ist von selbst herübergekommen. Bis kurz vor dem Abflug hatte ich nicht einmal eine Ahnung davon, ich schwör's dir! Sie ist mir gefolgt. Ich habe ihr gesagt, ich will nicht, daß sie mitkommt. Ich habe ihr gesagt, es hat keinen Sinn.«

Sarah sah ihn unverwandt an. »Bis kurz vor dem Abflug hattest du nicht einmal eine Ahnung«, sagte sie.

»Ich schwöre es!«

Wenn er bloß die Tablette nicht eingenommen hätte! Er fühlte sich keineswegs im Vollbesitz seiner Kräfte.

»Glaubst du mir?« fragte er.

»Ja, ich glaube dir«, sagte sie, stand auf und begann, die Servierschüsseln abzudecken.

Er dämmerte auch den ganzen Nachmittag betäubt vor sich hin, nahm jedoch wahr, daß das Zimmermädchen zweimal nach ihm sehen kam, und als Sarah mit einer Tüte Lebensmittel eintrat, war er fast schon hellwach. »Ich habe mir gedacht, fürs Abendessen sorge ich selbst«, erklärte sie. »Frisches Obst und so. Du beklagst dich ja immer, daß du auf Reisen nicht genug Frischobst bekommst.«

»Das ist sehr, sehr nett von dir, Sarah.«

Nach vielem Hin und Her gelang es ihm, vom Kissen gestützt, eine halb sitzende Position einzunehmen. Sarah packte Käse aus. »Das Telefon funktioniert wieder«, teilte sie ihm mit. »Du kannst deine Mahlzeiten also selbst bestellen, während ich unterwegs bin. Und dann habe ich mir gedacht: Wenn ich alle Fahrten absolviert habe und falls dein Rücken sich gebessert hat, könnten wir vielleicht eine kleine private Besichtigungstour unternehmen. Uns ein bißchen Zeit für uns selbst gönnen, wenn wir schon mal hier sind. Ein paar Museumsbesuche machen und solche Dinge.«

»Schön«, sagte er.

»Eine zweite Hochzeitsreise, sozusagen.«

»Wunderbar.«

Er schaute zu, wie sie den Käse auf einer glattgestrichenen Papiertüte verteilte. »Wir werden dein Flugticket auf ein späteres Datum umbuchen«, sagte sie. »Deine Reservierung gilt bis morgen früh; und das schaffst du nie. Ich habe meinen Rückflug offengelassen. Auf Julians Anraten. Habe ich dir schon erzählt, wo Julian jetzt wohnt?«

»Nein, wo?«

»Er ist zu Rose und deinen Brüdern gezogen.«

»Wie bitte?!«

»Ich habe Edward zu Rose gebracht, und wen sehe ich? Julian. Er schläft in Roses Zimmer; und jeden Abend nach dem Essen spielt er mit ihnen ›Schutzimpfung‹.«

»Das darf doch nicht wahr sein«, sagte Macon.

»Nimm Käse.«

Er nahm eine Scheibe, wobei er sich sowenig wie möglich bewegte.

»Komisch, manchmal erinnert Rose mich an eine Flunder«, sagte Sarah. »Nicht vom Aussehen her, natürlich ... Sie hat so lange auf dem Meeresgrund gelegen, daß ein Auge sich auf die andere Seite des Kopfes verschoben hat.«

Er hörte auf zu kauen und starrte sie an. Sie schenkte in zwei Gläser eine trübbraune Flüssigkeit ein. »Cidre«, erläuterte sie. »Du darfst zu diesen Tabletten nämlich keinen Wein trinken.«

»Oh. Gut.«

Sie reichte ihm ein Glas. »Auf unsere zweite Hochzeitsreise«, sagte sie.

»Auf unsere zweite Hochzeitsreise«, wiederholte er.

»Noch einmal gemeinsame einundzwanzig Jahre.«

»Einundzwanzig!« sagte er. Eine verdammt lange Zeit.

»Oder doch nur zwanzig.«

»Nein, einundzwanzig stimmt schon. Geheiratet haben wir im Jahre neunzehnhundert –«

»Ich meine, weil wir das letzte Jahr übersprungen haben.«

»Oh«, sagte er. »Nein, es bleibt bei einundzwanzig.«

»Findest du?«

»Ich betrachte das vergangene Jahr nur als eine Etappe unserer Ehe«, sagte er. »Keine Sorge: Es sind einundzwanzig.«

Sie stieß mit ihm an.

Das Hauptgericht bestand aus Fleischpastete auf Weißbrot, zum Nachtisch gab es Obst. Sie wusch das Obst im Bad und kam mit den Händen voll Pfirsichen und Erdbeeren zurück; währenddessen schwatzte sie so zutraulich auf ihn ein, daß er sich wieder ganz zu Hause fühlte. »Habe ich schon erwähnt, daß wir einen Brief von den Averys bekommen haben? Vielleicht kommen sie im Spätsommer auf der Durchreise nach Baltimore. Oh, und der Termitenmann ist dagewesen.«

»Ah.«

»Angeblich ist alles in Ordnung.«

»Ein Trost.«

»Und ich bin mit meiner Skulptur fast fertig, und Mr. Armistead sagt, das ist mein bestes Werk.«

»Freu dich.«

»Oh«, sagte sie und faltete die letzte Papiertüte, »ich weiß, daß du meine Skulpturen für nebensächlich hältst, aber –«

»Wer behauptet das?«

»Ich weiß, du hältst mich für eine ältere Dame mit künstlerischen Ambitionen –«

»Wer behauptet das?«

»Ich weiß schon, was du denkst! Vor mir brauchst du dich nicht zu verstellen!«

Macon wollte sich aufs Kissen zurückfallen lassen, wurde jedoch sogleich von einem Muskelkrampf daran gehindert.

Sie zerteilte einen Pfirsich, setzte sich aufs Bett und reichte ihm ein Stück. Sie sagte: »Macon. Verrat mir nur eines. War der kleine Junge der Anreiz?«

»Hm?«

»Hat dich diese Frau gereizt, weil sie ein Kind hat?«

Er sagte: »Sarah, ich schwöre dir, ich hatte nicht die leiseste Ahnung, daß sie die Absicht hatte, mir nachzukommen.«

»Ja, ich verstehe schon«, sagte sie, »aber ich habe mir über das Thema Kind Gedanken gemacht.«

»Über was für ein Thema Kind?«

»Ich habe mich erinnert, wie du gesagt hast, wir sollten noch ein Kind bekommen.«

»Ach, das war nur ... Ich weiß nicht, was das war.« Er reichte ihr das Stück Pfirsich zurück; der Hunger war ihm vergangen.

»Ich habe mir überlegt, ob du nicht vielleicht recht gehabt hast«, sagte Sarah.

»Was? Nein, Sarah; Gott, das war eine schreckliche Idee.«

»Ja, ich weiß, es ist beängstigend«, räumte sie ein. »Ich gestehe, ich hätte Angst, noch eins zu bekommen.«

»Eben«, sagte Macon. »Wir sind zu alt.«

»Nein, ich spreche von der – nun ja – Welt, in die wir es setzen würden. So viel Schlechtigkeit und Gefahr. Ich geb's offen zu: Ich wäre jedesmal außer mir, wenn wir es auf die Straße ließen.«

Macon sah im Geiste die Singleton Street vor sich, klein und fern wie auf Julians grüner Karte von Hawaii und voll von lustig gezeichneten Menschen, die ihre Vortreppchen schrubbten, an ihren Autos herumflickten, unter dem Wasserstrahl von Feuerhydranten planschten.

»Du hast recht«, sagte er. »Aber im Grunde ist es doch irgendwie – herzerquickend, oder? Wie die meisten Menschen sich bemühen. Wie sie sich bemühen, so verantwortungsvoll und gütig zu sein, wie sie nur können.«

»Soll das heißen, ja, wir sollen ein Kind bekommen?«

Macon schluckte. Er sagte: »Eigentlich nicht. Mir scheint, dafür sind wir zu spät dran, Sarah.«

»So«, meinte sie, »der kleine Junge war also nicht der Grund.«

»Schau, es ist vorbei. Können wir nicht einen Schlußstrich ziehen? Ich nehme dich ja auch nicht ins Kreuzverhör, oder?«

»*Mir* ist ja auch niemand nach Paris nachgereist!«

»Und wenn es so wäre? Meinst du, ich würde dir Vorwürfe machen, wenn jemand ohne dein Wissen in dein Flugzeug eingestiegen wäre?«

»Vor dem Abflug.«

»Wie bitte? Das will ich doch hoffen!«

»Vor dem Abflug hast du sie schon gesehen. Du hättest zu ihr hingehen und sagen können: ›Nein. Steig aus. Und zwar sofort. Ich will nichts mehr mit dir zu tun haben, und ich will dich nie wieder sehen.‹«

»Gehört mir vielleicht die Fluggesellschaft?«

»Du hättest sie daran hindern können, wenn du wirklich gewollt hättest«, sagte Sarah. »Du hättest Maßnahmen ergreifen können.«

Dann stand sie auf und begann, den Tisch abzuräumen.

Sie gab ihm die nächste Tablette, die er jedoch eine Zeitlang in der Faust behielt, weil er nicht wagte, sich zu bewegen. Er lag mit geschlossenen Augen da und hörte zu, wie Sarah sich auszog. Sie ließ Wasser im Bad laufen, legte die Türkette vor, knipste die Lampen aus. Als sie ins Bett kam, rebellierte sein Rücken, obwohl sie sich vorsichtig ausstreckte, aber er muckste sich nicht. Fast unmittelbar darauf hörte er sie ruhig atmen. Sie mußte völlig übermüdet gewesen sein.

Wenn er es sich so richtig überlegte, hatte er in seinem Leben kaum jemals Maßnahmen ergriffen. Eigentlich nie. Die Ehe, die beiden Jobs, die Zeit mit Muriel, die Rückkehr zu Sarah – das alles schien ihm lediglich zugefallen zu sein. Er konnte sich an kein einziges größeres Ereignis erinnern, das er selbst herbeigeführt hätte.

War es zu spät, jetzt damit anzufangen?

Konnte er noch auf irgendeine Weise lernen, anders zu handeln?

Er öffnete die Faust und ließ die Tablette zwischen das Bettzeug fallen. Eine unruhige, unbehagliche Nacht stand ihm bevor, aber immer noch besser, als wieder in der Betäubung zu versinken.

Am Morgen bewältigte er schon die Strecke vom Bett zum Bad. Er rasierte sich und zog sich an, wozu er jeweils ziemlich lange brauchte. Mühsam umherkrauchend, packte er seine Reisetasche. Das Schwerste, was es zu verstauen galt, war *Miss MacIntosh, My Darling*, und nachdem er eine Weile darüber nachgedacht hatte, holte er das Buch wieder heraus und legte es auf die Kommode.

Sarah sagte: »Macon?«

»Sarah. Ich bin froh, daß du wach bist.«

»Was machst du da?«

»Ich packe. Ich reise ab.«

Sie setzte sich auf. Ihr Gesicht war auf der einen Seite zerknittert.

»Aber was ist mit deinem Rücken?« fragte sie. »Und ich habe so viele Termine! Und wir wollten eine zweite Hochzeitsreise machen!«

»Liebes.« Er knickte vorsichtig ein, bis er auf dem Bett saß. Er griff nach ihrer Hand, die leblos blieb, solange Sarah seine Miene beobachtete.

»Du gehst zurück zu diesem Weib«, sagte sie.

»Jawohl«, sagte er.

»Warum, Macon?«

»Ich habe mich eben dazu entschlossen, Sarah. Ich habe in der Nacht lange darüber nachgedacht. Ich habe mir die Entscheidung nicht leichtgemacht, das kannst du mir glauben.«

Sie saß da und starrte ihn an, ausdruckslos.

»Also, ich möchte die Maschine nicht verpassen«, sagte er.

Er stellte sich behutsam auf die Beine und humpelte ins Bad, um seinen Kulturbeutel zu holen.

»Weißt du, woher das kommt? An allem ist diese Tablette schuld!« rief Sarah ihm nach. »Du hast selbst gesagt, sie schlägt dich k. o.!«

»Ich habe sie nicht genommen.«

Schweigen.

Sie sagte: »Macon? Willst du mir bloß heimzahlen, daß ich dich damals verlassen habe?«

Er kam mit dem Kulturbeutel zurück und sagte: »Nein, Liebes.«

»Du kannst dir doch wohl vorstellen, was für ein Leben du haben wirst.« Sie stieg aus dem Bett. Sie stand im Nachthemd neben ihm und schlang die bloßen Arme um sich. »Ihr werdet eines von diesen zusammengewürfelten Paaren sein, die kein Mensch zu einer Party einlädt. Kein Mensch wird wissen, was er von euch halten soll. Alle Welt wird sich bei eurem Anblick fragen: ›Mein Gott, was findet er bloß an *der*? Warum sucht er sich etwas so Unpassendes aus? Das ist ja grotesk, wie hält er es mit ihr aus?‹ Und ihre Freunde werden sich zweifellos das gleiche in bezug auf dich fragen.«

»Kann schon sein«, sagte Macon. Leise Neugier begann, sich in ihm zu regen; er verstand jetzt, wie solche Paare sich fanden. Nicht, wie er immer angenommen hatte, als Ergebnis irgendeines lächerlichen Mangels an Einsicht, sondern aus Gründen, die der Rest der Welt nie erraten hätte.

Er zog den Reißverschluß der Reisetasche zu.

»Tut mir leid, Sarah. Ich kann nicht anders.«

Er legte schmerzgeplagt den Arm um sie, und nach einer Weile lehnte sie den Kopf an seine Schulter. Es kam ihm vor, als sei auch dieser Moment nur eine Etappe seiner Ehe. Wahrscheinlich würde es noch andere Etappen geben – im dreißigsten Ehejahr, im vierzigsten – bis in alle Ewigkeit, egal, was für getrennte Wege sie einschlagen mochten.

Er fuhr nicht mit dem Aufzug; er fühlte sich den Launen dieser Einrichtung nicht gewachsen. Da ging er lieber die Treppe hinunter. Durch die Hoteltür gelangte er, indem er sich steif, mit dem Rücken voran, hinauszwängte.

Auf der Straße herrschte die übliche Betriebsamkeit eines Werktagmorgens – vorbeihastende Verkäuferinnen, Männer mit Aktentaschen. Keine Taxis in Sicht. Er brach zur nächsten Straßenecke auf, wo er mit mehr Glück rechnen konnte. Das Gehen fiel ihm verhältnismäßig leicht, aber das Tragen der Tasche war eine Tortur. Sowenig sie auch wog, zog sie ihm doch den Rücken krumm. Er versuchte es zuerst mit der linken Hand, dann mit der rechten. Was hatte er denn schon drin? Schlafanzug, Unterwäsche zum Wechseln, Notvorräte, die er nie brauchte ... Er ging auf ein Gebäude mit vorspringendem Sockel zu, eine Bank oder ein Bürohaus. Er stellte die Tasche auf den Sockel und eilte weiter.

Ein Stück weiter vorn erblickte er ein Taxi, dem eben ein junger Mann entstieg, aber er merkte zu spät, daß das Herbeiwinken sich als problematisch erweisen würde. Den einen oder den anderen Arm zu heben war nicht möglich. Er sah sich also gezwungen, mit absurden Trippelschritten zu laufen, während er Brocken von Französisch hinausschrie, die ihm noch nie über die Lippen gekommen waren: »Attendez! Attendez, Monsieur!«

Das Taxi fuhr bereits an, und der junge Mann steckte die Brieftasche gerade in die Jeans zurück, als er aufblickte und Macon sah. Er handelte geschwind; er drehte sich um, rief etwas, und das Taxi bremste. »Merci beaucoup«, keuchte Macon, und der junge Mann, der ein liebes, reines Gesicht und zottiges, gelbes Haar hatte, öffnete die Tür des Taxis und half ihm behutsam beim Einsteigen. »Uff!« äußerte Macon, von einem Krampf erfaßt. Der junge Mann schloß die Tür und hob dann, für Macon ganz überraschend, die Hand zu einem formellen Gruß. Das Taxi startete. Macon nannte dem Fahrer sein Ziel und sank gegen die Lehne. Er betastete seine Innentasche, überprüfte Reisepaß und Flugticket. Er faltete sein Taschentuch auseinander und wischte sich die Stirn.

Sein Orientierungssinn hatte ihm offenbar wie gewöhnlich einen Streich gespielt. Der Fahrer wendete und fuhr in die Richtung, aus der Macon eben gekommen war. Sie kamen wieder an dem jungen Mann vorbei. Er hatte einen schlaksigen, staksigen Gang, der Macon igendwie bekannt vorkam.

Wenn Ethan nicht gestorben wäre, dachte Macon, hätte er sich dann nicht zu einem ebensolchen jungen Mann entwickelt?

Er hätte sich gern nach dem jungen Mann umgedreht, aber er brachte die Bewegung nicht zustande.

Das Taxi holperte über das Kopfsteinpflaster. Der Fahrer pfiff durch die Zähne eine Melodie. Macon stellte fest, daß er mit aufgestütztem Arm seinen Rücken vor dem Rütteln einigermaßen schützen konnte. Doch hin und wieder machte ihm ein Schlagloch einen Strich durch die Rechnung.

Wäre es nicht tröstlich, wenn auch Tote alterten? Die Vorstellung, wie Ethan im Himmel aufwuchs – jetzt vierzehn Jahre alt statt zwölf –, linderte das Leid ein wenig. Ja, es war die zeitliche Ungebundenheit der Toten, was einem so ans Herz griff. (Man denke nur an den Ehemann, der in jungen Jahren stirbt und dessen Frau ohne ihn weiteraltert; wie traurig, wenn der Ehemann zurückkäme und sie so verändert vorfände.) Macon starrte aus dem Taxifenster, während er sich das alles noch einmal durch den Kopf gehen ließ. Er fühlte sich mit einemmal innerlich angetrieben, vorwärtsgedrängt. Das wirkliche Abenteuer, dachte er, ist das Dahinströmen der Zeit; ein größeres Abenteuer konnte sich wohl niemand wünschen. Und wenn er sich Ethan nach wie vor als Teil dieses Dahinströmens vorstellte – an irgendeinem anderen Ort, wie unerreichbar auch immer –, dann glaubte er, es doch noch ertragen zu können.

Das Taxi näherte sich Macons Hotel – braun und schmuck, sonderbar anheimelnd. Gerade trat ein Mann heraus mit einem kleinen verhuschten Hund auf dem Arm. Und dort am Randstein stand Muriel, umgeben von Koffern und Tragtüten und Pappkartons, aus denen roter Samt quoll. Aufgeregt winkend versuchte sie, vorbeifahrende Taxis anzuhalten – zuerst eines vor Macon, dann sein eigenes. »Arrêtez!« brüllte Macon den Fahrer an. Das Taxi blieb mit einem Ruck stehen. Ein unverhoffter Sonnenstrahl traf die Windschutzscheibe, und Flitterplättchen stoben über das Glas. Die Flitterplättchen waren eingetrocknete Wasserspritzer, vielleicht auch nur die Spuren von Blättern, aber einen Moment lang hielt Macon sie für etwas anderes. Sie leuchteten so bunt und festlich – und Macon hielt sie einen Moment lang für Konfetti.